Hayakawa
Mystery World

機龍警察　自爆条項〔完全版〕

月村了衛

早川書房

機龍警察　自爆条項〔完全版〕

写真／ ©Peter Zelei/Getty Images
装幀／早川書房デザイン室

目次

［外務省］

枡原太一…………………………………欧州局長

周防尋臣…………………………………欧州局西欧課首席事務官

［イギリス側］

ウィリアム・サザートン…………外務英連邦省審議官

バーナード・ナッシュ……………サザートンの警護要員。ＳＡＳ隊員

［ＩＲＦ］

キリアン・クイン……………………テロリスト。通称〈詩人〉

ショーン・マクラグレン…………テロリスト。通称〈猟師〉

マシュー・フィッツギボンズ……テロリスト。通称〈墓守〉

イーファ・オドネル………………テロリスト。通称〈踊子〉

［フォン・コーポレーション］

馮《フォン》 志文《ジーウェン》 …………………………………フォン・コーポレーションＣＥＯ

關《クワン》 剣平《ジェンピン》 …………………………………馮志文の第一秘書

ミリー・マクブレイド……………ライザの妹

デリク・マクブレイド……………ライザの父

ユーニス・マクブレイド…………ライザの母

メイヴ・マクハティ………………ライザの親友

ブライアン・マクハティ…………メイヴの従兄弟

ジェーン・プラマー………………教区神父の妹

ラヒム…………………………………イスラム聖戦士。テロリスト養成機関教官

イナード………………………………イスラム聖戦士。テロリスト養成機関教官

アメディオ・バレンシアガ………ＥＴＡテロリスト

登場人物

［警視庁］
沖津旬一郎……………………………特捜部長。警視長
ライザ・ラードナー………………特捜部付警部。龍機兵搭乗要員
姿俊之…………………………………特捜部付警部。龍機兵搭乗要員
ユーリ・オズノフ…………………特捜部付警部。龍機兵搭乗要員
城木貴彦………………………………特捜部理事官。警視
宮近浩二………………………………特捜部理事官。警視
由起谷志郎……………………………特捜部捜査班主任。警部補
夏川大悟………………………………特捜部捜査班主任。警部補
鈴石緑…………………………………特捜部技術班主任。警部補
柴田賢策………………………………特捜部技術班技官。緑の部下

酒田盛一………………………………警備部長。警視監
柏宏……………………………………警備部警備第一課長。警視正
佐久間康則……………………………警備部警護課長。警視
安西勉…………………………………ＳＡＴ隊長。警視

清水宣夫………………………………公安部長。警視監
曽我部雄之助…………………………公安部外事第三課長。警視

大日方勘治……………………………中央署副署長。警視

［警察庁］
海老野武士……………………………警備局長。警視監
鷲山克哉………………………………警備局外事情報部長。警視監
長島吉剛………………………………警備局外事課長。警視長
宇佐美京三……………………………警備局国際テロリズム対策課長。警視長
堀田義道………………………………警備局警備企画課長。警視長
小野寺徳広……………………………警備局警備企画課課長補佐。警視

高貴なアイルランド民族のためにだけ、
　バンシーの悲しみの音楽はいつも流れる！
殺された、古の王座の後継者のために、
　低く身を横たえている指導者のために！
聞け！……再びバンシーの泣き声が聴こえるようだ、
　彼方に！　あの時のように今この近くにいるのか？
それとも、夜風が空ろな谷間を
　吹き下ろしているに過ぎないのか？

——クラレンス・マンガン訳「嘆きの歌」
（W・B・イェーツ編『ケルト妖精物語』）

第一章　東京／現在Ⅰ

0

それは、ごくありふれた港の業務風景に見えた。

十月三十一日、午後三時四十四分。横浜港大黒埠頭T－9号バース。接岸した小型コンテナ船から、ガントリークレーンが整然と貨物を積み下ろしている。巨大なクレーンによって持ち上げられたコンテナの一部は、待ち受けるセミトレーラーの荷台に下ろされる。マニフェスト（積荷目録）を手にコンテナ番号を確認している検数員。クレーンを操作するクレーンデリック運転士。その他多くの港湾作業員が一切の無駄口を叩くことなくそれぞれの持ち場で立ち働く。コンテナ船の船体には英語で『イースタン・リーフ』と記されている。

黒く澱んだ海面は朝から重く垂れ籠めた晩秋の雲を映してなお暗く、コンクリートで固められた人工の島の寂漠を深めていた。

イースタン・リーフ号の荷役責任者とおぼしい作業服の男が、焦茶のジャンパーを着込んだ傍らの男と時折何事か言葉を交わしている。ともに黄色い作業用ヘルメットを被っているが、ジャンパーの男は髪こそ黒いものの、日本人でもアジア人でもなく、白人であった。かなり若い。それどころか、張りのある頬の艶からしても、まだ少年と言っていいほどである。多目的の外貿不定期船バースであるT－9号で外国人は珍しくないが、その飛び抜けた若さだけは多少の違和感を醸していた。

「お仕事中に申しわけありません、鶴見《つるみ》署の者ですが」

さりげなく近寄ってきた四人の私服が、素早く二人を取り囲んだ。

声をかけられた二人は、反射的に周囲を見回した。退路を断つかのように現われたパトカーと制服警官。濃紺の制服は横浜税関大黒埠頭出張所の職員達だ。発進間際だったトレーラーの運転手も警官と税関職員に押さえられている。

二人の表情と視線の動きを、刑事達は見逃さなかった。

「なんでしょうか」

荷役責任者の男が無愛想に聞き返す。

「すみません、ちょっとお話を伺いたいのですが……あ、そのままでお願いします、その場を動かないで」

「いいですけど、なんでしょうか」

男の発音には明らかに中国人特有の訛りがあった。背は低くずんぐりとした体型で、気の荒い男達を束ねる職業にしては、押し出しはそう強くない。

「まず身分証を拝見させていただけませんか」

「はい」

日焼けした顔を不服そうにしかめ、男が作業服の内ポケットからＩＤを取り出す。

「これですけど」

「拝見します」

私服の一人が差し出されたカードを受け取る。

荷役責任者の横で、同じくジャンパーの内側に片手を突っ込んだ白人の男が、ファスナーを一気に引き下げると同時に黒い塊をつかみ出した。

短機関銃――ステアーＴＭＰだった。

至近距離からフルオートで放たれた銃弾は、四人の刑事の肉体を瞬時に引き裂いただけでなく、制御し切れぬ勢いで荷役責任者の頭部をも破壊していた。

予想だにせぬ突然の発砲に、周囲を固めていた警官達が棒立ちとなる。

男は弾倉を隠し持っていた予備と手早く交換し、銃口をトレーラーの運転席に向けた。運転手は逃げる間もなく、驚愕に凝固した表情を男に向けたまま運転席で弾丸の奔流を受けた。フロントガラスが破砕され、飛散した血と肉片に、運転席は内側から朱に染まる。側《そば》に立っていた税関職員も銃弾の余波を食らって仰向けに倒れる。

弾倉を再度交換した男は、ステアーを腰だめに構え直し、愕然と立ち尽くしていた作業員達に狙いをつけた。

悲鳴を上げて逃げ出す作業員達。その背中を、フルオートの銃弾が片端からなぎ払っていく。微塵の容赦もない銃弾の波に、埠頭は瞬く間に血の潮で洗われた。

パトカーや建造物の陰に身を隠した警官達が一斉にS&W M37の銃口を向けるが、掃射を受けてなすすべもなく身を縮める。

男は周辺に9㎜パラベラム弾を撒き散らしてから即座に身を翻《ひるがえ》し、コンテナ船と埠頭との間に渡されたタラップを駆け上がった。訓練された兵士の俊敏さであった。

不安定に揺れる急勾配の細長いタラップを登りながら、前方に立っていた船員を撃つ。ずり落ちてきたその死体を跳び越えてタラップを一気に上がり切った男は、背後を振り返り、警官隊の頭上に牽制の掃射を浴びせてから船内へと消えた。

包囲した鶴見署員達は、船内から断続的に響いてくるステアーの銃声をただ呆然と聞くばかりであった。

射殺された四人の私服は、いずれも横浜税関からの要請で出動した鶴見署刑事課の捜査員だった。

約一時間前——午後二時三十一分、横浜税関調査部の山畑稔《やまはたみのる》部長は緊急の報告を受け取った。現在入港中のシンガポール船籍のコンテナ船『イースタン・リーフ』に武器密輸の疑いがあるという。情報の確度は微妙。山畑とスタッフはすぐさま港のスケジュールと関係資料をチェックした。同船は保税、通関の各種審査や手続きを終え、すでに荷揚作業の真っ最中にある。裁判所の許可を待っている時間はない。コンテナ船のスケジュールは分刻みであり、荷揚が終わり次第イースタン・リーフは出港してしまう。情報が誤っている可能性はあるが、禁制品の上陸はなんとしても水際で阻止せねばならない。特にそれが武器や麻薬であれば。この場合、調査部長として山畑が下すべき判断は一つしかない。県警との連携である。

連絡を受けた鶴見署は横浜税関職員と合流の上、通常のマニュアル通りに任意で職務質問を行なった。被疑者の逃走を防ぐため、あらかじめ充分な人員を配置していたが、その段階での短機関銃による銃撃までは想定していなかった。

まさに不意を衝かれたと言っていい。通常は姓名等いくつかの事項を質問してから身体検査にかかる。武器の所持は当然予測の範疇であり、四人の捜査員も油断していたわけでは決してないが、あまりに素早い被疑者の決断と手練であった。

［被疑者は白人の若い男。氏名国籍等不詳。十五時四十四分、警察官四名、港湾荷役事業者六名、横浜税関大黒埠頭出張所職員一名を射殺後、十五時四十八分、シンガポール船籍のコンテナ船イースタン・リーフ号に侵入。同船乗組員及び船内荷役作業者の氏名、総数等詳細は照会中。被疑者は現在も同船内で発砲を続けている模様］

状況はただちに神奈川県警本部、警察庁へと報告され、神奈川本部の刑事部ＳＴＳ、警備部第一、第二機動隊が出動した。

大黒埠頭に通じる首都高湾岸線、大黒大橋は封鎖され、三二二ヘクタールの人工島はたちまち警察車輌と警察官であふれ返った。イースタン・リーフ号周辺の海上には十艘を超える鶴見署のボートが浮かび、海上保安庁の巡視艇が港内を周回している。被疑者の逃亡はもとより不可能である。

「マル被《ヒ》（被疑者）は突然発砲して……そうです、職質した途端いきなりです……続けてトレーラーの運転手を……はっ、間違いありません、明らかに運転手を狙っておりました。次に作業員を片っ端から……」

事案発生時に居合わせた鶴見署員達は、いずれも激しい興奮を示しつつ、現場入りした県警幹部に対し口を揃えて報告した。

その間も船内からは時折激しい銃声が聞こえている。

そのままの状態で放置されていたタラップから、数人のアジア人船員が必死の形相で駆け下りてきた。海に飛び込んで難を逃れた船員もいる。被疑者は船内に残された船員や作業員を今も殺害して回っているらしい。T－9号バース周辺の倉庫、建造物の屋上部からの目視でも、甲板に転がる死体が確認されている。

常軌を逸した虐殺であった。

決断はすぐに下された。晩秋の弱々しい光も薄れ出した午後四時二十七分。第一機動隊銃器対策部隊を中心に編成された突入部隊が三班に分かれて船首、船尾、タラップから突入を開始した。

脱出した船員からの聞き取りによって、船内の構造はあらかた判明している。また被疑者が現在は機関室に立て籠もっていることも。しかし船内の状況が正確に把握されているとは到底言えない。この段階で突入が強行されるのは異例であるが、被疑者の危険性、船内に取り残されている人質確保の緊急性などを考慮した結果、決断が下された。

H&K MP5SFKを構えて船内になだれ込んだ隊員が目にしたのは、甲板や通路に点々と死体の転がる凄惨な光景であった。

一分後、突入第二班が情報通り機関室の片隅でうずくまる被疑者を発見した。

白人の男は、自分に向けられた無数の銃口が目に入らぬかのように見えた。事実、短機関銃をかき抱くような格好でしゃがみ込んだ彼が見ていたのは、ただ自らの手にするステアーTMPの黒い銃口だけだった。

　隊員達は、まぎれもない少年のものである男の白い顔を確かに見た。大量殺人の疲労でも陶酔でもなく、どこかうっすらと上気さえしたようなその決然たるかんばせを。

　相手が未成年に近いと知って判断が鈍ったわけではない。制止する暇はまったくなかった。

　自分を取り巻く突入部隊など意に介するふうもなく、男は自らの顔に向けたステアーのトリガーを右手の親指で力強く押し込んだ。フルオートで放たれた初速三八〇m／sの弾丸に、少年の顔面はたちまちに柘榴《ざくろ》の如く赤黒くはぜた肉塊へと変じた。


　被疑者死亡という結末を迎えても、大黒埠頭の混乱は収まる気配を見せなかった。午後五時五十六分。煌々《こうこう》と輝く投光車の照明が港の夜を一片残らず追い払い、不穏なまでの明るさを現出させていた。

　船内で死亡していたのは、船長、副船長、一等航海士ら乗組員五名、船内荷役作業員二名。鑑識の終了を待って無残な死体が次々と船外に運び出される。

　船外で殺害された十一名を合わせ死者は合計で十八名。前代未聞の無差別大量殺戮であった。

　トレーラーに積載され出荷を待つばかりになっていたコンテナは、万一に備え爆発物処理隊によって慎重に開封された。書類上の名目は業務用工業製品。税関の審査も通過済みであったその内部に隠されていたものをまのあたりにして、警察関係者は一様に呻《うめ》いた。

「キモノじゃないか……」

　投光車の光が差し込むコンテナ内で窮屈そうにひざまずく二体の巨人。

　市街戦を想定して開発された軍用有人兵器。人の形を模した全身に強大な殺傷能力を秘めつつ、今は膝を折り、うなだれて、静かに戦いのときを待つ。

　それは、組み立ての終わった完成形態の機甲兵装であった。

1

十一月三日、午前八時四十二分。東京都江東区新木場。駅前のコンビニエンス・ストアで、鈴石緑《すずいしみどり》警部補は朝食代わりになりそうな食品を物色していた。

昨夜は珍しく護国寺の賃貸マンションに帰宅し、すっかり黴《かび》臭くなっていた布団で寝た。警視庁特捜部の技術班主任である彼女には、連日の泊まり込みが当たり前になっており、定時帰宅の方が異常事態であるかのようにさえ思えた。久々の自宅は、旅の宿よりも遠くよそよそしく感じられ、湿ったシーツはいたずらに入眠を妨げた。

寝過ごした自分に改めて舌打ちし、陳列棚の手前にあったサンドイッチを一つ、選びもせず手に取って、足早にドリンクの棚へと移動する。

九時半には捜査会議がある。何時に終わるか見当もつかない。会議の前に何か腹に収めておく必要があった。

緑は捜査員ではないが、特捜部の中核をなす特殊装備『龍機兵《ドラグーン》』と密接に関わる技術班を統括する責任上、捜査会議への出席が義務づけられている。

その日の議題は知らされていない。従前の継続捜査は別にして、目下のところ取り組むべき事案はなかった。

なんの会議だろう、技術班の負担となるようなことでなければいいのだが――

とりとめのない考えに囚《とら》われて、視線は虚しく棚をさまよう。手早く摂取できる食品となると、なんのことはない、いつもラボでPCのキーを叩きながら食べているのとまるで同じものになってしまう。

雑誌の棚の横に並べられたスポーツ新聞各紙の見出しが目に入る。三日前に起こった大黒埠頭での大量殺人の続報。例によって進展しない警察の捜査を非難するものばかりである。手に取って紙面に目を通すまでもない。自殺した白人男性の身許《みもと》さえ依然不明。あるいは意図的に隠蔽されているか。二機の機甲兵装を密輸し、多数の作業員や乗組員を射殺した犯人の素姓についてはさまざまな憶測が飛び交っている。唯一、犯人が高度に訓練されたテロリストであることだけは警察内外の見解が一致していた。

白人。高度に訓練された。テロリスト。

悪い考えを振り払うように顔を背ける。

不意に声をかけられた。

「よう」

一八六センチの長身にブルゾン。不精髭の残る若く男臭い顔。しかし無造作に後ろへ流した髪は、一部を残してほとんど白髪と化している。

姿俊之《すがたとしゆき》警部であった。

「おはようございます」

生真面目に一礼する。

「お買物ですか」

「コンビニに他の用はない。ＡＴＭも使わないしな」

うっかり間抜けなことを訊いてしまった。

「すみません、なんだか珍しく思えて」

「俺がコンビニにいるのがそんなに珍しいか」

はい、と言いかけ慌てて口を閉ざす。

本来は民間警備要員——すなわち傭兵であるこの男に、戦場という非日常は似合っても、日常の中にいる図は想像したこともなかった。実際、目の前にしてみると相当な違和感がある。他の買物客の多くも、彼を見るとぎょっとして視線を逸らしている。

「コンビニにいるのが珍しいのはそっちの方だろう」

苦笑する姿に、緑も思わず笑う。こちらは自嘲の笑いであった。

「いつもは他の人に頼んで買ってきてもらいますから……」

そう言いながら、姿の手にしたものを見た。片手に缶コーヒーを二缶つかんでいる。

緑の視線に気づいた姿は、もっともらしい顔で、

「庁舎の自販機だと売ってる銘柄が限られるんでね。さすがに飽きてくる。それで時々外の自販機やコンビニを覗いちゃあ、いろんなメーカーのを買ってるんだ」

「そうですか」

緑は気のない返事をする。缶コーヒーの銘柄などどうでもいい。たかが缶コーヒーの味が銘柄によって違うとは考えたこともなかったし、言われてもピンとこない。

姿は日本国籍を持つ日本人であるが、日本育ちではないと聞いている。缶コーヒーそのものが珍しくて堪《たま》らないらしい。

「じゃあ、お先」

慌ただしい朝の弾むべくもない会話に、姿は肩をすくめてレジに向かった。

緑も一礼してドリンクの棚へと向かう。缶コーヒーには目もくれず、オレンジジュースの紙パックを手にしたカゴに慌ただしく入れる。すぐに踵《きびす》を返してレジに急ぐ。が、立ち止まって引き返し、新聞の棚から一番上にあった一紙を抜いてカゴに放り込んだ。


同日午前九時四十八分。特捜部庁舎内会議室で、定例の報告が一通り終わった後、部長の沖津旬一郎《おきつじゅんいちろう》警視長が部下を見渡して言った。

「ところで、大黒埠頭の事案は諸君もよく知っていることと思う。同事案に関しては神奈川県警が捜査中であり、また本庁も連携して動いている。しかしマスコミで報じられている通り、自殺したマル被の身許をはじめ、全容解明につながる有力な情報は依然つかめていない」

部長の沖津と部下の捜査員達がひっきりなしにふかす煙草のせいで黄ばんで見える室内には、ヤニとは不似合いな最新型のディスプレイが大小を問わず数多く設置されている。

窓のない室内に細長く並べられた会議用テーブル。五列目の右端に着席した緑は、正面の大型ディスプレイの前で棚引く煙をうんざりと見つめる。各種ディスプレイは言うまでもなく、各員の手許に配された端末や機器を常時整備点検するのは、技術班の仕事の一つでもある。

官民を問わず禁煙が当然とされる昨今、室内での喫煙があからさまにまかり通っているのは、警察という特殊な組織の中にあっても、ここ特捜部だけだろう。

警視庁特捜部——Special Investigators, Police Dragoon——SIPD。警察法、刑事訴訟法、警察官職務執行法の改正とともに警視庁に設置された新部局。沖津が率いる四十一名の専従捜査員と三名の突入要員は、刑事部、警備部、公安部などいずれの部局にも属さない。緑が主任を務める技術班もまた。

「鶴見署の署員が身体検査を怠《おこた》ったと非難する向きも外部にはあるようだが、なにしろ声がけの段階でいきなり短機関銃だからな。特に今回使用されたステアーTMPは、服の下に隠しやすいよう携帯性を重視して設計された武器だ。鶴見署員が一見して気づかなかったからといって責めるのは酷というものだ。マニュアルも何もあったもんじゃない。こういう事例が起きたとなると、今後は職質のあり方も変わらざるを得ないだろう」

世間話でもしているような口調。洒落たデザインの眼鏡をかけた四十前後の伊達男。飄《ひょう》々《ひょう》とした沖津の話を、捜査員達はうわべは静粛に、内心は懐疑の思いで聞いている。三日前に突発した重大事件には警察官として当然関心はあるが、刑事の念頭にあるのは常に自分のヤマである。沖津が自ら言った通り、神奈川県警が捜査を進めているのであれば、自分達には関係ない。にもかかわらず、あえてこの場で話す意図は。

捜査員達の内心を察したかのように、沖津はおもむろに切り出した。

「さて、ここから先はマスコミに知られていないどころか、保秘に厳重な注意を要する極秘事項だ。そのつもりで聞いてほしい」

捜査員達が一様に緊張する。

三列目の左端に陣取った姿警部は、独り寛《くつろ》いだ表情で缶コーヒーを飲んでいる。彼の隣には同じく突入要員のユーリ・オズノフ警部とライザ・ラードナー警部。姿とは対照的に徹底した無表情で控えている。彼らが並んで座っているのは、そこが三人の部付警部の定められた座席であるからではなく、また三人が同僚の気安い間柄であるからでもない。他の捜査員達から弾かれるように、自ずとその場所に集まった結果であった。

「では、城木《しろき》理事官」

「はい」

沖津の左に控えた理事官の城木貴彦《たかひこ》警視が、上司の合図に応える。入室時から彼は、同僚の宮近浩《みやちかこう》二《じ》理事官とともにどこか蒼《あお》ざめたような顔色をしていた。

「まず横浜の事案の詳細を確認しておきます。第一に発覚に至った経緯から」

城木は沖津の片腕とも言える副官であり、捜査会議は彼の司会によって進行するのが特捜部の通例であった。

「事案発生の当日、横浜税関調査部の職員がまったくの別事案を調査中に、偶然武器密輸の情報をキャッチした。それが今回の端緒である。情報の確度は微妙なところで、もちろん機甲兵装とは知る由《よし》もなかった。当の職員も拳銃だとばかり思っていたと話している。調査部長のもとに情報が入った時点で、同船は正式な保税通関手続きをすべて終えており、荷揚作業を開始していた。臨検に必要な裁判所の許可を待つどころか、裏付け調査の時間もなかったため、横浜税関は速やかに神奈川県警に通報。県警は税関と連携し、必要十分な態勢を取った上で作業の責任者と思われる人物に職質を行なった。現場ではコンテナを積載した一台のトレーラーが発車間際の状態にあった。船から下ろされたコンテナは一旦コンテナヤードへ搬入されるのが通常であるが、一個のコンテナだけが手順を外れて発送されようとしていた。現場写真はすべて『大黒ａ１』のファイルにまとめてあるので適宜参照して下さい」

城木理事官の声と言葉は、その端整な風貌にふさわしく明晰で、広い室内の隅々にまでよく通った。

「次に、マル被の白人男性、推定年齢二十歳前後について。荷役作業員の証言によるとマル被は荷揚開始の直前に現われ、いつの間にかフォーマン――これは港湾事業の用語で荷役責任者を意味します――フォーマンと一緒にいたとのこと。これより以前のマル被の目撃情報は現在のところ得られていない。十五時四十四分、フォーマンと一緒にいるところを職質されたマル被は、隠し持っていた銃器で鶴見署員とフォーマンを射殺。続けてトレーラーの運転手と作業員四名を狙い撃ちにしたのちイースタン・リーフ号に駆け込み、同船内で船長のコスメ・アマビスカ・バティーニョ五十四歳をはじめ、副船長、一等航海士、他乗組員二名、船内荷役作業員二名を射殺した。脱出した乗組員の証言を総合すると、マル被は乗船直後、操舵室へ直行してまず船長と一等航海士を殺害している。船内にいた乗組員や作業員は、最初何が起こっているのか把握できなかったらしい。マル被は船内を迅速かつ的確に移動し、効率的に殺害を行なった。また乗組員らはいずれもマル被と面識はないどころか、以前に見たこともないと証言している。機関室に立て籠もったマル被は県警の突入部隊の眼前で、所持する銃器で自らの顔面を撃ち、自殺した」

城木の話を聞きながら、各自手許の端末で現場写真を確認する。顔面の損壊した少年の死体写真に、緑は会議直前にオレンジジュースで流し込んだサンドイッチが胃の中で逆流するのを感じた。

「それからキモノ関連。『大黒ｄ４』のファイルです」

ディスプレイに表示される機甲兵装の写真と資料。

地域紛争、局地戦へと際限なく細分化され、ウイルスのように無差別に拡散していく——それが戦争の〈現在形〉であり、ウイルスはテロという名の悪種に変異して、地上の至る所を蝕んでいる。必然的に市街地でのCQB（クロース・クォーター・バトル＝近接戦闘）を主眼とした兵器体系が台頭した。機甲兵装と総称される二足歩行型軍用有人兵器群がそれである。最初期のコンセプトモデルを受け継ぐベーシックな機体の第一種。その発展型第二世代機である第二種。極端な改造機など規格から逸脱する機体を示す第三種。現在はこの三種類に区分されている。

キモノとは警察特有の隠語で、機甲兵装全般を指す。元は着物、すなわち［着用する得物《えもの》］からきたという。

「押収されたキモノは第二種の『デュラハン』。テロリストが好んで使用する機種の一つで、昨年あたりから事例が急増している。カイロ空港テロで使用されたのもこのデュラハンである」

昨年八月にエジプトで起こったカイロ国際空港テロ事件の映像は、偶然現場に居合わせたテレビ局クルーによって撮影され、広く全世界に配信された。そこに一瞬大きく鮮明に映し出されていた機体。人体でいう頭部がなく、マニピュレーターの付根である両肩と胴体部が平坦につながったその異様な機影は、テロの衝撃的な映像とともに世界中の人々の脳裏に刻み込まれた。

「ありがとう、城木理事官。次に宮近理事官、これまでに上がっている情報の概略を」

「はい」

沖津の右に座っていた宮近警視が返答してシステムホルダーに収められたファイルを開く。七三分けの神経質そうな額。城木と同格の副官である彼は、地下鉄立て籠もり事案の不本意な落着以来、しばらくは鬱々とした顔を見せていたが、このところようやく持ち前の尊大さを取り戻していた。特捜部関係者にとってはほっとした思いが半分、うんざりとした思いが半分。

「港湾荷役事業に従事する業者は港湾局の管理下にあり、横浜港でも当然これを把握している。現場で作業を行なっていた事業者名は『横丸港湾』となっているが、当日はイレギュラーで下請けの『徳田作業』が代行していた。これは徳田作業側の強い働きかけによるものである。殺害されたフォーマンは徳田作業の従業員で福田《ふくだ》豊毅《とよたけ》四十一歳。中国名趙《チャオ》　豊毅《フォンイ》。残留孤児三世で四年前に日本国籍を取得。トレーラーの運転手をはじめ、殺害された作業員はいずれも趙豊毅の紹介で徳田作業に臨時雇用された者であった」

　チャオ・フォンイ。捜査員達は端末に表示された資料で漢字表記を確認している。機械的な早口でファイルを読み上げている宮近も、そこだけは紙面に顔を近づけるようにしてゆっくり慎重に発声する。

「次に『イースタン・リーフ』号について。シンガポール船籍である同船の所有者はフィリピンの『サンリサール商会』。同船が通関のため提出した書類はすべて正式な体裁を整えた本物であったため、税関はまったく疑いを抱かなかった。積荷は世界各地で荷揚したものであるが、問題のコンテナの発送者はシンガポールの『ジョホール・インダストリー』。同社は日本の『児玉精機』からの注文を受け、業務用工業製品を出荷した。製品の内訳はボルトやナット等のごくありふれたもので、分量は同型コンテナ三十台分。そのうちの一台にキモノ二機が隠されていた。最初の出荷時にすでに入っていたのか、あるいはマレーシア、インドネシア他、数ある寄港地のどこかで中身がすり替えられたのか、その確認は困難である」

　シンガポールは海運産業を中心とする貿易立国である。科学者である緑も、特捜部に在籍する身として、シンガポールを経由した密輸事案の多いことはさすがに聞き及んでいた。

「発注元の児玉精機だが、登記簿に記載されている住所は架空のもので、電話も不通。活動実態はまったくの不明である。一方、出荷したジョホール・インダストリーは、債務超過による経営難から二か月前に倒産している」

　捜査員達が驚いて顔を上げる。同じく緑も。

すでに倒産しているシンガポールの会社が、存在しない日本の会社に向けてボルトを輸出したというのか。

「コンテナに詰められた工業製品にはジョホール・インダストリーの刻印があり、同社が抱えていた在庫であると確認された。何者かが倒産企業の資産を不法にかすめ、日本に向けて出荷した。ジョホールの名義も、通関に必要な書類を用意するために利用された。さらに……」

宮近はここで一旦口を閉じ、息を整えるようにしてから、言った。

「さらに、部長の指示により全国の港湾当局の記録を法務局の記録と照合した結果、横浜の事案と前後して、博多、新潟、名古屋、神戸、大阪の五か所で、同一の手口による密輸が実行された形跡のあることが判明した」

会議室全体にざわめきが起こった。姿でさえ缶コーヒーを持つ手を止めて宮近を凝視している。

全国で同一の手口による機甲兵装の密輸が同時多発的に行なわれた。もしそれが事実であるならば、その意味するところは――

「倒産間もない企業の名義で、日本のペーパーカンパニーへ出荷するという手口だ。使われた企業はインド、ベトナム、タイなどアジア各国にわたり、詳細の把握には相当の時間がかかるものと予想される。輸入されたコンテナはいずれも引き取り手のないまま各港のコンテナヤードで保管されているが、確認したところ、一台もしくは二台、記録より数が少ない。荷揚時に消えたと思われるそれらのコンテナに何が入っていたか、もはや確認するすべはない」

大黒埠頭。密輸犯の虐殺。コンテナから発見された機甲兵装。デュラハン。

個々の点がつながって描かれる最悪の図。その意味するところは他にない。

ファイルを閉じた宮近は、自らには到底測りかねる現実を持て余したかのように、隣に座した上司の横顔を仰ぐ。

沖津は一同を見渡し、ゆっくりと言った。

「複数の地点から同時にキモノが国内に持ち込まれた。それだけの数のキモノが組織的かつ計画的に密輸されたとなると、相当規模のテロが計画されていると見て間違いない。我々特捜部は、一連の密輸事案について独自に捜査を開始する」

捜査員達は身じろぎもできなかった。各員が漠然と予測していたものをはるかに上回る重大事案であった。

沖津はシガリロのケースを取り出した。愛飲するモンテクリストのミニシガリロだ。

「この手口はもとより長く通用するような恒常的なものではあり得ない。収支も無視して同時多発的に一回きりやりおおせればそれでよかった。つまり、目的は密輸によって収益を得ることではない。万一発覚しても、当局が全貌を把握するまでどうしても時間がかかることを見越した手口だ。この点もまたテロ計画の存在を裏付ける。職質を受けた段階で、テロリストの選択肢は一つしかなかった。事情を知るすべての者の抹殺。一見巻き添えになったかに見えるフォーマンの趙《チャオ》だが、彼が死んだのはステアーの反動のせいではない。むしろマル被が最も殺したかったのは彼だった。趙とその紹介で雇われた男達は、すべて共犯であり、密輸を組織的に支援していたものと考えられる。以上の点から、この事案に複数の組織が関与していることには疑いの余地はない。立案者、すなわち主犯の組織は、あらかじめ密輸の手筈を入念に整えていた。到着した荷の中からキモノの入ったコンテナだけを抜く役が趙のグループ。立会人兼受取役として主犯の組織から現場に派遣されていたのがマル被の男というわけだ」

ケースからつまみ出したシガリロを口にくわえ、紙マッチを器用に擦って火を点ける。

「彼には逃亡する気など初めからなかった。彼の頭にあったのは、証人を消すことだけだ。だからまず船長らの元へと直行した。事情を知らない者には目もくれずにな。船内で彼と出くわしながらも難を逃れた乗組員がいるのはそのためだ。船長、副船長、それに一等航海士。イースタン・リーフで殺されたのは密輸に関与していた者達だ。本当に巻き添えとなった乗組員も含まれているかもしれないが、全共犯者の殺害を確認したからこそ、マル被は自決した」

無差別に見えた虐殺は狂気ではなかった。冷徹な計算のもとに遂行されたものだった。いや、それこそが〈真の狂気〉と言っていいかもしれない。

「自決とは潔く聞こえるが、フィクショナルな美意識はテロリストから最も遠い概念だ」

シガリロを優雅にふかしながら、沖津が冷徹な口調で切り捨てる。洒落た眼鏡の奥に覗くのは徹底したリアリストの目であった。

「自分の顔面をフルオートの短機関銃で破壊したのは判別不能にするためだろうが、もちろんそれだけで身許の特定が不可能になるわけはない。指紋もあればDNAもある。百も承知で顔を潰したのは、少しでも、そう、たとえ数時間であっても、数分であっても、特定を遅らせようという意図があってのものだ。マル被は自分に関する記録が当局にないことを知っていた。若年であるにもかかわらず彼が重要な役に起用されたのもそのためだろう。事実、ＩＣＰＯへの照会の結果は該当者なしだ」

各ディスプレイには、容貌の判別できない死体写真と並んで、現場にいた警官や作業員らの証言に基いて作成された似顔絵が３Ｄ表示されている。

黒い髪。白い肌。一面のそばかす。証言の通り、少年らしい初々しさを残した顔。しかし彼は、冷酷に大量殺人を実行し、また決然と自らを破壊した。

緑はハンカチを口に押し当てながら似顔絵に見入る。胃液とは異なる別種の吐き気が込み上げる。憎悪と、嫌悪。狂気に殉じたテロリストへの。

「彼の自殺は、逆にテロの決行が間近に迫っていることの証拠でもある。我々に残されている時間は多くはない」

捜査員にとっては恐るべきプレッシャーであった。

誰しもが息さえつけずにいる沈黙の室内に、突然プシュッという音がした。

姿警部が二本目の缶コーヒーを押し開けた音だった。

眉をひそめて睨む宮近に構わず、姿は美味《うま》そうにコーヒーを啜っている。

沖津は微かに苦笑しただけで言葉を続けた。

「マル被の身許はまったく手がかりなし。イースタン・リーフ号船長らの背後関係は、今のところ国際捜査協力の結果を待つしかないが、現在までの感触からして、おそらくは金で密輸を黙認しただけだろう。となると、残るは殺された徳田作業の趙《チャオ》豊毅《フォンイィ》とそのグループだ。彼らの背後関係を徹底して洗う。マルB（暴力団）あるいはアジア系の組織か。犯罪組織との関わりが必ずあるはずだ。場合によっては組対《そたい》（組織犯罪対策部）や公安《ハム》との合同態勢でやる」

合同態勢。警察組織内で孤立する特捜部にとって、それはいかなる捜査よりも困難なものとなることは明らかだった。捜査の助けとなるどころか、意図的に足を引っ張られる危険の方がはるかに大きい。誰よりも現実を知る沖津自身があえてそれを口にする。部長の抱く危機感がどれほどのものか、全員が改めて痛感する。

「趙の背後にある組織から、主犯の組織をたぐり寄せる。本筋はこれしかない。夏川《なつかわ》主任」

「はっ」

夏川大悟《だいご》警部補が顔を上げる。角刈りの髪。引き締まった浅黒い顔。城木や宮近と同年輩の若さだが、キャリア官僚である彼らと違い、現場で風雨に晒《さら》された強靭さを窺《うかが》わせる。

「担当は夏川班とする。同時に児玉精機——これだけのことをやってのけた組織だ、わざわざ用意したペーパーカンパニーに足がつくような手がかりを残してくれているとは思えないが、念のためこちらの線も当たってくれ。次に由起谷《ゆきたに》主任」

「はい」

由起谷志郎《しろう》警部補。夏川とは対照的な色白の甘い容貌だが、今は同じく峻厳な警察官の顔を見せている。

「博多、新潟、名古屋、神戸、大阪。各港の事案の把握。これは由起谷班の担当だ。各県警本部との連携も必要になってくるが、私が責任を持って話を通しておく。それでも現場では相当に不快な思いをするだろう。承知の上でやってもらいたい」

「分かりました」

覚悟の覗く上司の明言に、由起谷もまた決然と頷《うなず》いた。

「誰が、いつ、どこで、どんなテロを目論んでいるかは分からない。だが、そのときは確実に迫っている。我々はなんとしてもこれを阻止し、主犯グループを国内で検挙する。地検とも状況に応じて調整を進めておくので、諸君は万全の態勢で捜査に臨んでほしい」

捜査員達の決意が、波動のように室内を包む。

全貌の窺い知れぬ大規模テロの阻止。緑もまたその身に高揚を覚えていた。ただし捜査員達の高ぶりとは異なっているはずの感情を。

そっと横目で左前方の席を窺う。

ライザ・ラードナー。特捜部付警部。龍機兵搭乗要員。そして——テロリスト。

ガラスに彫り込まれたような彼女の表情が変化するのを、緑は未だ見たことがない。密かに得心する。それがテロリストであるのだと。

2

詳細な打ち合わせののち、捜査会議は十一時過ぎに終わった。

緑は庁舎地下のラボに戻り、技術班の主だったスタッフとミーティングに入った。

〈ラボ〉と呼ばれてはいるが、そこは研究所と工場が一体化したような施設である。特捜部の擁する龍機兵の整備点検は、吹き抜けになったホールの中央で行なわれる。

その一画に設けられたミーティング・ルームに集まったのは、総勢十七名。白衣、作業着、オープンシャツなど服装はバラバラ。緑がいつも着ている警視庁のスタッフジャンパーも、別に制服というわけではない。単に実用面から個人的に愛用しているだけである。厳重な審査を経て警視庁に採用された彼らは、身分上は警察職員であり、階級はない。主任の緑だけが特例で警部補の階級を与えられている。

さして広くもない殺風景な室内は、それだけの人数を呑み込んでやや息苦しい感があるが、気にする者は誰もいない。煙草の煙がない分だけ、上の会議室よりましとも言える。

緑は保秘の念を押した上、許されている範囲で大規模テロ事案発生の可能性を伝えた。

「それが一体いつ発生するのか、現時点ではまったく分かりませんが、部長の推察通りだとすると、そう遠くないものと思われます」

改めて口にするだけでも、肌に粟立つ思いがする。技術者達も慄然《りつぜん》とした顔で聞いている。

「技術班でも緊急の事態に備え、シフト編成を変更します。チームリーダーは最低でも常時七名から九名が詰めていられるように調整して下さい」

「やっと通常のシフトに戻ったと思ったらこれか」

白衣を着た技術者が嘆息する。手足の細長い瘦せた男。柴田《しばた》賢策《けんさく》技官である。

「すみません。ご負担をおかけします」

頭を下げる緑に、柴田は慌てて付け加える。

「主任のせいじゃありませんよ。第一、それが僕らの仕事ですから」

そう言って手許にある端末のキーを叩きながら、

「待機が増えるのは望むところですが、これでまたスタディに影響が出るかもしれませんね」

研究の直訳である〈スタディ〉は、技術班内部で使われる場合においてのみ、文字通り龍機兵に関する研究を指す。

いずれも一流の技術者である彼らが招聘《しょうへい》されたのは、単なる整備のためではない。龍機兵という最先端兵器の解明のためでもある。

彼らが初めて庁舎地下のラボに足を踏み入れたとき、三体の龍機兵はすでにそこに在った。従来の機甲兵装のおよそ四、五年は先を行く技術が。警視庁がそれを入手した経緯は彼らには知らされず、また開発過程も詳《つまび》らかでない。その理由は察しがつく。入手経路に非合法とは言えないまでも法的に限りなくブラックに近い部分が存在していること。おそらくは外交——ありていに言えば諜報——関係。しかもそれを当の警察組織の反対を強引に押し切ってまで意図的に対犯罪の最前線に配置する、複雑というより歪《いびつ》な思惑と力関係の結果。

ならばむしろ知らない方がいい。それよりも彼らは『龍機兵《ドラグーン》』という素材そのものに著《いちじる》しく興味を惹かれていた。厳密には龍機兵の中枢ユニットである『龍骨《キール》』に。その中には三次元分子構造としてコンパイルされた統合制御ソフトが組み込まれている。このソフトこそが、現時点で他製品を圧倒する龍機兵のハイスペックを可能としているのだ。

五年先を行く技術。逆に言うと、五年後には誰かが実現しているであろう技術。どこかの独立した研究機関が偶然の助けを得て開発に成功したとしても不思議ではない。そしてそれは、間違いなく世界標準となる。たかが五年である。しかしこの五年の差の意味は極めて大きい——ことに軍事面においては。

ともあれ技術者として格好の素材を与えられた彼らは、日夜嬉々としてその解明に取り組んできた。しかし今日に至るも、龍骨を破壊することなく解析する試みはことごとく失敗に終わっている。それだけに突発事案によって日常の研究が中断されることは、彼らにとってあまり好ましい事態ではなかった。

楕円形のテーブル上に設置されたディスプレイに、柴田が呼び出した勤務シフトの表が示された。合議の末、変更プランがいくつか提案され、上書き、修正が加えられていく。ほどなくして決定に至った。

「では、当面はこれに従って通常業務とスタディを進めて下さい。以上です。よろしくお願いします」

スタッフに一礼し、緑は自分の小型端末を手に立ち上がった。

シフトの変更は、その日のうちに予想外の影響を緑に及ぼした。前日に続き、定時に上がれたのである。いや、上がらざるを得なくなったと言うべきか。何か理由を見つけてラボにとどまりたかったが、主任である自分が帰らないと部下が帰りにくくなる。今後はシフトを厳守していかねば、肝心の事案発生時に対応できなくなるおそれがあった。

気の進まぬまま帰り支度をして庁舎を後にした。マンションのある護国寺までは新木場から有楽町線で一本である。まだそれほど混んではいない地下鉄に揺られるうち、もっと帰りたくない場所に行こうと思い立った。有楽町に着く寸前だった。

今行っておかないと、もう当分機会はないだろう――

すぐに心を決め、急いで下車する。地下道を日比谷駅まで歩き、千代田線に乗り換えた。

代々木上原でさらに乗り換え、小田急線経堂《きょうどう》駅で降りる。北口を出て左へ。かつて通い慣れた道。何も変わっていないようで、ところどころ変わっている。新しいビル。知らない店。街の変化は微妙であっても、街を見る緑の目は決定的に変化している。もう決して昔には戻れない。

生活の気配がまだ濃厚に漂う午後七時前の住宅街。一軒の空家の前で足を止める。四十坪ほどの敷地に立つ二階建てで、大きな窓の並んだ開放的な外観は記憶と少しも変わらない。庭と言えるほどのものではないが、玄関までのスペースは近隣の家に比べて広めに取られている。

［鈴石輝正　裕子　仁　緑］

表札にはかつて暮らした家族全員の名がそのままある。

生垣に接した低い門戸は、掛け金が開いたままになっていた。そっと押して敷地に踏み入る。玄関まで歩み寄った緑は、このときのためにいつも持ち歩いている鍵を取り出し、意を決したようにドアを開けた。

湿気と埃。黴臭い匂いと一緒になって、過去が押し寄せてくる。

失われた日々。失われた家族。

そっと靴を脱ぎ、埃に構わず上がり込む。隣家や街灯の光が漏れ入る薄闇の中、ぼんやりと歩を進める。

その足許から、埃とともに記憶の残滓が舞い上がる。

応接間、居間、台所。

どの部屋も片づけられてはいるが、住まう者達がイギリスへと旅立ったその日のままに、凍りついて息をしない。

一番奥に父の書斎。

貿易商だった父は、二人の子供の成長後、休日には書斎に籠もって日がな一日趣味の書きものに熱中していた。仕事で赴いた諸外国の見聞録のようなものだった。洒落で素人エッセイストを自称していたが、のちにそれらは一冊の本にまとめられた。壁面に並ぶ書架の中に、緑はその本を見出《みいだ》した。

大判の書籍の合間に挟まった背表紙は記憶通りの位置にあり、薄闇の中でも判別できた。

『車窓』鈴石輝正著。

その本を抜き出して、ぱらぱらとめくってみる。目はすでに闇に慣れていたとは言え、窓から差し込む淡い光しか光源のない部屋では到底読めない。携帯端末を取り出し、そのバックライトを近づけて目を凝らす。

——国境を越えるとき、私はいつも人と人とを隔てる真の境を思う。この境は、国の境とは必ずしも一致しない。それは幸福であるとも言えるし、不幸であるとも言える。人は何かによってお互い常に隔てられている。目に見えぬその境目が、過去、そして現在、多くの悲惨と不幸を生んでいる。それでもこうして列車に揺られていると、友人になれるはずだった人が不意に車輛のドアを開けて顔を覗かせ、声をかけてくるような、そんな気がすることがある。それは真実の予感かもしれないし、単なる自分の希望かもしれない——

本を閉じ、肩から下げたバッグに入れる。

以前は手に取ったこともなかった本であった。父の綴った文章を改まって読むのが、意味もなく照れくさかったのだ。父もあえて勧めはしなかったし、むしろ父の方が恥ずかしがっているようだった。それも頷ける感傷的な文章。典型的なロマンティストの父は、娘が理系を選択したと知って、不思議そうな顔をした。そんな表情を見せたのも一瞬で、娘の意志をどこまでも尊重するところが文系の甘さだ。

玄関の方へ戻り、階段を上がる。二階手前から母の部屋、兄の部屋、自分の部屋。

自分は母にも似なかった。フランス語が堪能だったという母は、若い頃翻訳家を目指したこともあったと時折得意げに語っていた。そうだ、古いフランス映画が字幕付きでテレビで放映されたときなど。父とは対照的に、母は機械いじりの得意な娘を、女の子がどうしてこんな、と大仰にこぼすのが常だった。それでも緑の留学が決まった夜は、寂しくなるわねと食卓で何度も呟いた。

そして、兄。特に仲がよかったわけではない。口喧嘩はしょっちゅうであったし、一度本格的に喧嘩をすると、何日も、ときには何十日も互いに口をきかないことさえあった。しかしそれは、世の兄妹の大半がそんなものであると知ってみれば、まだまだ仲がよい方だったと言えなくもない。

母の部屋に置かれた箪笥《たんす》には、兄と自分が赤ん坊だった頃の服がこっそりしまわれていることを緑は知っていた。一番下の引き出しを開ければ、きっと今も奥に眠っているはずだ。その思い出を取り出す勇気はもとよりなかった。その小さな服に触れるのは、幼少期の自分ではなく、母の人生そのものに触れるような気がして。

兄の部屋は、どの部屋よりも物がなかった。大手商社のロンドン支店に配属された兄は、赴任の前に自ら荷物を整理していった。異国に骨を埋めるとまではいかなくても、広く世界に飛び出すような気概でいたのだろう。兄は父に似たのだ。父に似て、旅と、旅を巡る想念に、傍目《はため》にも過剰な憧憬を抱いていた。

四年前、両親はロンドンに勤務していた兄を訪ねる旅行を計画した。当時すでにMITの研究員としてマサチューセッツで暮らしていた緑も、休暇に合わせて合流することになった。久々の家族旅行というより、四人の家族全員が顔を揃えること自体が数年ぶりだった。混雑するヒースロー空港に到着した緑を、兄と、一足先に合流した両親が迎えてくれた。送迎デッキから手を振っていた母。微笑みを浮かべた父。面倒くさそうに頷いてみせた兄。

その五日後。チャリング・クロスの路上。閃光と轟音。炎と衝撃。そして闇——

病院で目覚めた緑は、父母と兄がもうこの世にいないことを告げられた。『チャリング・クロスの惨劇』と名付けられた大規模テロだった。病院のベッドの上で、緑はただどうしようもない闇を感じていた。

その闇から続く薄闇の中に、緑は独り立っている。かつての自分の部屋にいるというのに、自分はもう別の誰かになっている。冷たく遠い我家の中で、慣れ親しんだ己の部屋が最も遠く、厭《いと》わしい。MITでの研究に没頭していた頃の緑には、顧みることさえなかった生家であった。兄も同じだったと確信する。仮にテロに遭遇することなく一家全員が無事であったとしたら、やはりそれまでと変わらず、当たり前のように離れ離れのまま暮らす家族であっただろう。

兄とは四つ違いだった。今自分が、亡くなった兄と同じ年齢になっていることを緑は改めて奇異に思った。自分が兄より年長となり、これから先、その差は刻々と開いていくのだということを。若き日の父を思わせる風貌のまま、兄はもう老いはしない。自分の中の記憶が風化して、自分とともに灰と消え去るその日まで。

失ってから分かる。違う、失ってからでないと分からない。平穏と平凡こそが実は輝きであったのだと。いいや、それも違う。失われたからこそ輝いて見える幻だ。

何物にも代え難い幻影の輝きを思い、耐え難い喪失感を抱えて独り廃屋に立ち尽くす。埃とともに舞い上がった記憶の断片は、埃とともに舞い落ちて、黒々とした床に沈んでもう見えない。断片は所詮断片でしかない。見たかったものはすべて見た。二度ともう見たくない。

階段を下り、玄関から外に出る。

いたずらに今日まで先延ばしにしていた決定。

ドアの鍵を閉めながら、緑は家を売る決意を固めていた。

3

午後七時三十分、皇居に面したグランドアーク半蔵門の大宴会場《富士》で、宮近はビュッフェ・スタイルの立食パーティに参加していた。スーツの胸には［初幹××期　宮近浩二］の名札を付けている。

会の名目は『若手職員を励ます会』。若手職員とはこの場合、警察庁総合職採用者のうち、〈見習い〉と称される採用二年目から六年目までの警部を指す。会には警察庁長官から採用二年目の見習いまで、旧Ⅰ種採用者を含む大勢が出席する。宮近の名札にある〈初幹〉とは、警察大学校初任幹部科の略で、数ある警察大学校の課程の中でも旧Ⅰ種及び総合職採用者に限定される。

例年は秋口に催されるのだが、今年は機甲兵装による地下鉄立て籠もり事案の影響で、晩秋の今日まで延期されていた。帝国ホテルグループの運営するグランドアーク半蔵門――旧称半蔵門会館は警察職員共済組合の施設であり、警察関係の会合や各種イベントが頻繁に行なわれていた。

六時半に長官挨拶で始まった会は、見習い各期の自己紹介を挟み、今は和やかな歓談の場となっている。その一隅で、宮近は独り陰気な顔で水割りのグラスを傾けていた。

七、八十人はいるだろうか。会場のそこかしこで、ドリンクを手に談笑する警察官僚達。主な話題は当然人事である。人の多いパーティ会場ではさすがに露骨な話は避けられているが、キャリアが顔を合わせるとまず何をおいても人事の話となる。

宮近も常と同じに如才なく会話に混じろうとした。しかしその夜は、目に見えぬ壁のような疎外の気配に弾かれた。皆にこやかに返礼をしてはくれるが、それは今まで感じたこともない、どこかよそよそしいものだった。話しかけても話題は先に進まない。うわべの笑みでかわされる。その隠微な排除の空気に、宮近は困惑し、気がつけば途方に暮れて立ち尽くしていたのであった。

その間にも行き交い、すれ違う者達は、会釈や目礼をしていくが、立ち止まって宮近に話しかける者はいない。ある程度までは予想していた。それでもここまでのものとは正直考えていなかった。

強制参加の会ではないが、キャリアに必須の親睦の場である。同期である城木も参加の予定であった。しかし二人そろって定刻に退庁しようとしたとき、城木の担当する案件の連絡が入り、その対応のため彼は急遽出席を見合わせた。

間に合うようなら顔を出すよ――そう告げた同僚の顔は、どこかほっとしているように見えた。それは決して気のせいではあるまい。城木の性格を思えばなおさらである。捜査員が日本各地で奔走しているさなかに、城木が呑気《のんき》に見習いの歓迎会に赴く気になれようはずがない。

実は呑気にはほど遠い、キャリアにとってそこは最も厳しいはずの外交儀礼の場であった。本来なら率先して挑み、日々無難に通過せねばならぬはずの関門であった。実際に仕事が山積しているとは言え、出世を避けるが如く会を避ける。キャリアの本能からするとあるまじき態度である。普段の宮近なら、そんな友人の腑甲斐なさを怒鳴りつけていたことだろう。だがそのときは宮近も、一瞬城木とともに欠席しようかと考えたほどであった。

警察という閉ざされた組織の中で、特捜部に対する現場の風当たりは想像を絶して強い。それは現場のみならず、理事官である宮近と城木の二人にも及んでいた。特に地下鉄の事案以後は。

手の中でグラスがじっとりと濡れている。不安と焦慮。同期の中から確実に脱落していく実感。自分の信念、自分の存在が根底の部分で脅かされている。それは恐怖と同等の――

「おっ、宮近」

背後から声をかけられ、反射的に振り返る。

「小野寺《おのでら》か」

陽気そうな小太りの男。警備局警備企画課課長補佐の小野寺徳広《のりひろ》警視であった。

「いやあ、久しぶりだねえ」

同期の変わらぬ気安さで話しかけてくる小野寺に、宮近もつい破顔して、

「なにしろこっちは新木場だからな。霞が関とはご無沙汰だ」

「聞いてるよ、何かと大変らしいね」

「まあ、大変と言えば大変だが、公務の辛さはどこもおんなじだ」

微妙な探りを宮近は身についた慎重さでかわす。

「城木はどうしたの。来てないの」

「ああ、直前に急用が入ってな」

「そうか。特捜じゃ理事官も現場だって言うからね」

そんなことを言われているのか――

胸に不快な感触。恥辱感だ。自分達は本庁で嘲笑されている。地下鉄立て籠もり事案に関連する特捜部員拉致事案で、神奈川の川崎臨港署管内を走り回った記憶が甦る。

「あいつのことだから、パスする口実ができて喜んでたんじゃないの」

冗談めかして笑う小野寺に、宮近は内心で舌を巻く。

相変わらず鋭い――

小野寺が愛嬌のある顔を近づけ、小声で訊いてきた。

「この後、空いてる？」

「空いてる。大丈夫だ」

「よし、じゃあ後で」

気ぜわしく離れた小野寺は、すぐに別の誰かとやあやあと声をかけ合っている。

宮近は我知らず安堵の念を覚えていた。大丈夫だ。まだつながっている。小野寺のような抜け目のない男が声をかけてくる限りは。

充分に取り返せる――心にそう呟いて、近くの人の輪に割って入った。小野寺のように。本来の自分のように。


閉会直後の混雑する会場内で、いつの間にか側《そば》に寄ってきていた小野寺は、宮近を赤坂へと連れ出した。

商業ビルの地下一階にある『千代里《ちより》』という店であった。小さな座敷や個室に仕切られたスタイルで、大衆店だが落ち着ける。

四人用の狭い座敷に通された二人は、早速冷やを頼んで乾杯する。

飲みながら互いの近況などを適度に愚痴を交えつつ話し合っていたとき、

「なあ宮近」

ごくさりげない口調で小野寺が切り出してきた。

「次の異動で、堀田《ほった》さんが君を欲しがってるみたいだよ」

来た――

猪口《ちょこ》を持つ宮近の手が止まった。わざわざ自分を選んで飲みに誘ったということは、単なる世間話や情報交換以外の理由があるのだろうと思っていたが、予想以上の当たりであった。

警備局の堀田義道《よしみち》警備企画課長。宮近の入庁時には人事課企画官の職にあった人物である。小野寺、城木ら、同期のキャリアは皆彼の世話になっている。

「堀田さんが？」

期待を隠しつつ、首を傾げてみせる。

「本当かな、そいつは」

「本当だとしたら、どうなの、君の肚は」

「決まってるだろ。願ってもないよ。なにしろこっちはそのつもりで今日まで新木場で踏ん張ってきたんだ」

「そうだろうねえ」

小野寺はわけ知り顔に頷いて、

「分かった、僕からも堀田さんに伝えておくよ」

「頼む」

「任せてくれ。そのためにもさ……」

「なんだ」

「特捜部での業務については、これまで通り本庁に上げることだね」

愕然として小野寺を見る。

機甲兵装による地下鉄立て籠もり事案。実はＳＡＴ殲滅《せんめつ》作戦であった同事案の実行犯を確保するため、特捜部は被疑者の潜伏先に突入を敢行した。その際、警察内部の何者かによって情報が漏洩した疑いがある。部長の沖津から極秘と厳命された突入作戦を、宮近は事前に警察上層部及び公安委員会に密かに報告していた。事件後、彼が傍目にも煩悶し、憔悴していたのはそのゆえであった。警察が警察を殺すような、そんな馬鹿げたことがあるはずはないと、自らに言い聞かせ、近頃ようやく納得した気でいたのだが――

部長の言う通り、警察上層部の誰かが恐るべき重大犯罪に荷担しているのか。堀田と小野寺はその一味なのか。宮近の疑念と逡巡を察知して、本来の報酬であったはずの出世を餌に脅しをかけてきたというのか。

「どうなの？」

重ねて問う小野寺に、動揺をかろうじて押し隠して返答する。

「分かってる。備局《びきょく》（警察庁警備局）としては、業務上特捜の動きはどうしても把握しておきたいところだろうからな。堀田さんも大変だろう」

「いやホントそうなんだよ」

小野寺はほっとしたように、

「特捜みたいな規格外はホント頭が痛い。刑事局の連中もそうだろうけど、特にウチは業務が業務だし」

「ああ、分かるよ」

分かる。そう答えるしかない。今この場では。小野寺と彼の背後にいる者達の真意が分からぬうちは。

彼は、彼らは、本当に仕事だけで言っているのか。それともあの〈敵〉なのか。SAT殲滅作戦を仕掛け、特捜部を挑発する正体不明の〈敵〉。

「君が理性的でいてくれてホント助かる。城木は顔に似合わず変人だからさ。おまけに沖津さんに心酔してるときてるし」

「心酔ってほどでもないようだけどな。まあ、そのうち目が覚めるさ。もともとあいつは頭がいいんだ」

「だといいんだけどねえ」

と呟いて、小野寺は小鉢の練り物を口に運ぶ。

この男が〈敵〉なのか。

だとすれば、話すわけにはいかない。

そうでないとすれば、話さねばならない。宮近の考える警察組織の規範を守るためにも、また自らの出世のためにも。

「すまんな」

「お、今日はピッチが早いね。どんどん行こう」

徳利を差し出す小野寺に、慌てて猪口を飲み干す。

「実は、もう一件あるんだ」

「もう一件？」

酒を注いでもらいながら、宮近は警戒するように聞き返す。

「うん、近いうちに特捜に行くと思うんだけど」

ああ、と宮近は納得したように頷いた。部局間での調整が必要な伝達が行なわれる際、事前に上司の意向を受けたキャリアの同期もしくは先輩が〈それとなく〉教えてくれることがある。必ずしも決められているわけではないが、そうしてスムーズに案件を運ぶのが官僚たるキャリアの役目であり、世界であった。

官僚の接触は基本的に同じ〈階層《レイヤー》〉の人間に限られる。小野寺が宮近に接触したのは、警備局全体の意向――それだけとは断定できないが――でもあることは間違いない。

「実は、特捜がやってる密輸事案なんだけど。例の大黒埠頭」

「あれがどうかしたか」

「うん、あれ、手を引いてもらうから」

小野寺はさらりと言った。

「捜査中止要請。出るから、たぶん」

「どういうことだ」

「知らないよ。アレはいろんな国が関わってるし。とにかくそんな動きがあるってことだけ教えといてやろうと思って。好意だよ、僕の」

「外事で動いてるのか。ウチは合同態勢も視野に入れて……」

宮近の言葉を嗤うように遮って、

「そんなの関係ないよ。実際に通達が来た時点でギクシャクしないようにあらかじめ調整しとくのが僕らの仕事じゃないの」

「………」

「大丈夫？　もしかして君も城木とおんなじ病気に罹《かか》ったとか？　沖津さんてそれなりにカリスマあるって言うし」

「冗談言うな。俺は新木場に骨を埋めるつもりはない」

「よかった、マジでどうしようかと思ったよ」

一瞬底光りのするような目を見せた小野寺は、たちまち元の愛嬌ある顔に戻った。

「いやマジでマジで。特捜の人間はホント妙なの多いから」

一時間後、小野寺の乗るタクシーを笑顔で見送った宮近は、車が見えなくなるのを待って携帯電話を取り出した。

五回のコールの後、相手が出た。

〈城木です〉

「俺だ、宮近だ」

〈ああ、二次会が終わった頃だな〉

「小野寺に会った」

〈小野寺か、懐かしいな。元気だったか〉

「それどころじゃない。今どこにいる」

ただならぬ気配を感じ取ったのか、城木の声が緊張する。

〈庁舎のオフィスだ。まだ仕事してる〉

「こっちは赤坂だ。すぐに戻る。待っていてくれ」

〈何があった〉

「着いてから話す」

〈分かった〉

携帯を切るより早く、宮近はタクシーに向かって手を挙げていた。

すぐに捕まったタクシーに乗り込み、「新木場」とだけ告げて携帯に別の番号を呼び出す。自宅の番号であった。

〈はい、宮近でございます〉

妻の雅美が出た。

「俺だ、帰りはだいぶ遅くなると思う。今日は先に寝ててくれ」

〈分かってますよ。心配しないで。こういうときこそお付き合いが大事なんだから〉

警察幹部の娘である雅美は、キャリア官僚の妻の心得を教え込まれて育った。いつもは頼もしく感じる妻の言葉に、今はわずかな苛立ちを感じる。〈こういうとき〉とは、特捜部のような部署に飛ばされているときに他ならない。

〈でもあんまり飲みすぎないでね。うっかり羽目を外して取り返しのつかない失敗をする人も多いか

ら〉

「飲み会じゃないんだ。今庁舎に向かっている。急な用事が入って」

〈そうなの？〉

不審そうに雅美が応える。こういうときの勘は異様に鋭い。嘘をついているわけでもないのに、宮近は少し焦った。警察内の異端者である沖津寄りの城木にも雅美は警戒感を抱いている。

「久美子は」

〈ちょっと前に寝たわ。さっきまでテレビを観てたけど〉

「そうか……宿題とか、学校の方は」

〈大丈夫。ちゃんと私が見てるから〉

「分かった、じゃあ」

携帯を切った宮近に、運転手が話しかけてくる。

「残業ですか」

「まあ、そんなもんだ」

「奥さんと娘さんですか」

「ああ」

「寂しがってたでしょう」

「まあな」

無愛想に応えて黙り込む。運転手も心得たものでそれ以上は話しかけてこない。

雅美と久美子。タクシーの後部シートで家族を思う。運転手の言う通り、寂しがってくれているのなら嬉しいが。家族への想念を、宮近はすぐに心から締め出して、たった今入ったばかりの情報の分析に集中した。

捜査中止。それは誰の意志なのか。

眉間《みけん》に皺を寄せた宮近は、新木場駅近くに着くまでもう一言も発しなかった。

『若手職員を励ます会』が催された翌日の午後九時三十分。沖津特捜部長は霞が関の合同庁舎を訪れた。第2号館二十階。庁舎内で最も厳重なセキュリティ・システムの施されたそのフロアには、警察庁警備局が入っている。

照明の落とされた薄暗い通路を抜けて局長室へ向かう。たとえ特捜部長であってもふらりと立ち寄れる所ではない。先方から指定された場所であり、時間であった。

「君の無礼には感心する。行動力と人脈にもだ」

海老野武士《えびのたけし》警備局長は沖津の顔を見るなり言った。

「外務省で習ったやり方か。まったく、大した策士だよ。私の方がスケジュールを空けねばならなくなった。せめて通達が届くまで待てなかったのか」

「恐縮の極みです」

恐縮のかけらも窺えぬ態度で沖津は応じる。

「ですが、局長は私がどう動くかくらい予測しておられたのでしょう?」

「予測よりずっと早かったよ、君は」

苦々しげな表情で海老野は応接用のソファを目で示す。

「座れ」

海老野もまたデスクを離れて沖津の向かいに座る。大柄なせいか、五十九という実年齢よりはるかに精力的に見える。室内には他に三人。海老野の合図でソファに腰を下ろす。いずれも知った顔だった。

外事情報部長の鷺山克哉《さぎやまかつや》警視監。

外事課長の長島吉剛《ながしまよしたけ》警視長。

国際テロリズム対策課長の宇佐美京三《うさみきょうぞう》警視長。

三人ともに押し黙ったまま沖津を見つめて一言も発しない。彼らは現場の捜査官ではないが、警備警察に特有の無機的な表情をしている。

「用件は分かっている。言いたいことはいろいろあるだろうが、お互い時間の無駄はよそうじゃないか」

「まったく同意見です」

抜け抜けと言う沖津に、海老野はため息をついて黙り込んだ。

そのまま二分が過ぎた。

さすがの沖津も首を傾げる。時間の無駄はやめようと言いながら無為に過ごすこの時間には、必ずなんらかの意味がある。

沖津が口を開きかけたとき、卓上の電話が鳴った。

海老野がすかさず受話器を取り上げる。

「海老野です……はい、沖津部長はここにおります」

そして沖津に受話器を差し出し、

「沖津君、君にだ」

「私ですか？」

警備局長室へ直接の電話。どうやらそれは予定されたものであるらしい。沖津は興味津々といった顔で受話器を受け取る。

「沖津です」

海老野は電話に出た沖津の反応を正面からじっと観察している。口許の皺の微かな動きさえ見逃さぬといった目であった。

「……ご無沙汰を致しております……はい……はい……」

沖津の顔色は変わっていない。ただ頷いている。

「お気遣い頂きありがとうございます……いえ、何も問題はございません」

外事の鷺山らも陰気な目で注視している。彼らは電話の内容と事態の推移を完璧に把握しているのだ。

「おそれ入ります……は、失礼致します」

通話の切れた受話器を置く。

同時に海老野が訊いてきた。

「私からは何も言うことはない。君にはあるか」

「はい」

「聞こう」

「捜査員をただちに引き上げさせます」

「そうか」

海老野が億劫《おっくう》そうにデスクに戻る。

「今日はご苦労だった」

外事の三人も無言で立ち上がる。

沖津は一礼して部屋を後にした。

4

捜査中止命令。

引き上げてきた捜査員達は、会議室で一様に押し黙っている。

夏川は腕を組んで人一倍の渋面《じゅうめん》を作っていた。無言で問いかけてくる部下達の視線を封じる如く。

由起谷も出席しているが、全国に散っている彼の部下のおよそ半数はまだ帰着していない。

ユーリ・ミハイロヴィッチ・オズノフ警部は、もどかしい思いで彼らの様子を観察していた。何か言ってやりたかったが、日本警察にとって自分は本来〈部外者〉でしかない。彼らにそう見られていることも分かっているし、またそれは厳然たる事実でもあった。テーブルの下で、黒い革手袋を嵌めた両手を握り締める。そして自らに言い聞かせる——今の自分は、モスクワ民警の刑事でも、日本警察の刑事でもないのだと。

室内に燻《くすぶ》る不穏な気配は、不満ではなく、疑念であった。

外部からの圧力はこれまでも多々あったが、沖津が屈したことは一度もなかった。ゆえに現場の捜査員も、この正体不明とも言える上司に従ってきたのである。警察プロパーではない、他省庁出身者。そんな人物が現場を掌握するのは通常ではあり得ない。しかし沖津旬一郎はそれをやってのけた。誰よりも当の捜査員達が認めざるを得ない手腕であった。

その部長が、なぜ——

「従来の組織構成に基づく軋轢《あつれき》や他の圧力に構っていては、わざわざ特捜部を立ち上げた意味がない。だが今回は違う」

集合した捜査員達を前に、沖津は日頃と大して違いのない恬淡とした態度で言った。

「現場レベルでどうこう言える話ではない。おそらくは警察トップさえ越えている。これは首相官邸の判断だ」

瞬時に室内が静まり返った。

場合によっては何か言おう——それを言えるのが特捜部のはずだ——そう心に期していたらしい夏川も、呆気に取られて声を失っている。

首相官邸。次元が違いすぎて考えを巡らせる余地すらない。ユーリもまた同様だった。

「内閣官房の毛利《もうり》副長官補から海老野警備局長の執務室へ私宛てに直接電話がかかってきた。内容は簡単な慰労だが、必要十分であり、むしろそれ以上ではないところに意味がある。電話があったという事実だけを私に確認させればいいのだから」

内閣官房の副長官補は、事務次官級のポストである。その意向に異を唱えられる官僚は事実上存在しない。

「国家の行く末を考え舵取りをするのが内閣官房であり、その決定の下に働くのが公務員だ。我々はただ忠実であればいい」

捜査員は無言のまま上司を見つめている。

ラードナー警部の虚無に変化はない。

しかしユーリは、己の面上に敵意と侮蔑が浮かぶのを自覚した。

何が国家だ――官僚はどこの国でも同じことを言う――

視線を感じて横を向くと、隣に座った姿警部が缶コーヒーを含みながらこちらの様子を窺っていた。まるで味方のコンディションをチェックするかのように。

いや、〈まるで〉ではない。〈まさに〉だ。

職業軍人である姿俊之は、こちらの精神状態が作戦に影響しないか――自分の足を引っ張る可能性があるかどうかを確認しているのだ。

心の中で舌打ちしつつ沖津の話に耳を傾ける。

「私も捜査員を引き上げさせると警備局長に約束した。しかし……」

そこで沖津は微かに笑い、

「捜査員でない者についてまではなんとも言っていない」

左右に控えた城木と宮近が驚いて上司を振り返る。

それに構わず、沖津は改まった口調で、

「姿警部、オズノフ警部、ラードナー警部。以上三名に非常時哨戒行動を命じる。この場合の哨戒には索敵及びそれに必要な情報収集活動が含まれる。この命令は警視庁と各々との契約に基づく正当なものである」

ほう、と姿が声に出さずに笑った。

「待って下さい」

宮近が顔色を変えて立ち上がる。

「とんでもない逸脱です」

さすがに城木もすぐさま同僚を支持する。

「宮近の言う通りです。脱法行為となるおそれが、いや、それ以前に常軌を逸しています」

「問題はない。姿警部らは突入要員であって捜査員ではない。またこれは哨戒命令であって捜査命令ではない」

「詭弁です」

「その通りだ」

宮近の言葉に、沖津は頷く。

「えっ?」

あっさりと認めた上司に、宮近は混乱の色を浮かべた。

「詭弁であり、抜け道だ。それを用意したのは政府であり、我々は粛々と使わせてもらうだけだよ」

平然として続ける。

「検察にも伏せざるを得ないため当然逮捕もない。現逮《げんたい》(現行犯逮捕)は別だがね。あくまでも哨戒だ。くれぐれも目立たぬように。特に外事の邪魔はするな」

「冗談はやめて下さい」

宮近が姿の白髪頭を指差し、

「こいつらがうろつき回って目立たないわけがない。外事を舐めてるんじゃないですか。連中の目はごまかせるものじゃないですよ」

「それにもまた同意する」

宮近はさらに混乱したようだ。それでなくても理解できないこの上司の言動には、宮近でなくても付いていくのは難しい。

「こう見えても元外務省だ。外事の仕事ぶりは知っている。それを前提に考えてみた。目の前に濁った池がある。国民がうっかり嵌《は》まると大変に危険な池だ。そこに何が潜んでいるか、小石を放り込んでみるのも一つの手じゃないかとね」

ユーリはようやく理解した。部長は何か高度な次元での駆け引きのようなものを企図しているのだ。だがそれは恐ろしく危険な作業である。宮近理事官が狼狽するはずだ。一つ間違えば警察内における彼の将来を揺るがしかねない〈手〉であった。

「もちろん国益を損なうような事態となっては本末顚倒《てんとう》だ。その可能性が少しでも見えればただちに撤収する。またオペレーションの性格上、この件に関する保秘は徹底するよう全員に強く言っておく」

捜査員達を見据えて沖津は厳命した。それが宮近への牽制であるのは明らかであった。警察上層部の意を受けて宮近が特捜部の内部情報を上げていることを、沖津は先刻承知している。

「我々は忠実な公務員であり、そして何より警察官だ。特捜部が創設された経緯と理念を各自再確認してほしい」

ユーリは思い起こす。かつて沖津は、自分達に向かってこう言った——我々は警官の中の警官になろう。

宮近は無言のうちに着席した。納得ではない。むしろ葛藤であろう。警察組織の常識で考えればあり得ない状況であり、当然報告の対象となる。同時にまた、迂闊《うかつ》に報告すると宮近自身が泥沼に引きずり込まれるおそれがある。下手に動かぬ方が賢明か。それでなくても彼は上層部への疑念を拭い切れずにいる。さまざまな事共を瞬時に考え、宮近はそれらをすべて保留として胸のうちに抱え込んだのだ。

「俺達はデコイですか」

姿の質問を、沖津は即座に否定する。

「それは結果となり得る可能性の一つだ。私が下した命令は厳密に受け取ってもらいたい。むしろ私は、索敵という任務における君達の成功を期待している」

「了解しました。やってみましょう。ＭＰの経験はありませんがね」

姿は納得したようだった。

「オズノフ警部」

「はい」

ユーリは日本語で返答する。

「君が姿とラードナーを指揮しろ。夏川主任と由起谷主任から引き継ぎを受けるように。それが全捜査員の努力の成果だということを忘れるな」

「はい」

夏川は何か言いたげな目を今度はこちらに向けてきたが、またも言葉を呑み込んだ。

部長の最後の文言は、夏川や由起谷らに対する配慮だろう。現場捜査員にとっては自ら稼いだネタが命だ。それを〈部外者〉に嬉々として差し出す刑事はいない。そんな捜査員の感情を察した沖津は〈努力の成果〉という言葉をあえて口に出して慰撫したのだ。有無を言わせないために。ユーリを指揮官に指名したのも同じ理由である。

警部という同じ階級にある三人の部付の中で、元モスクワ民警の刑事であったユーリだけが唯一警察官としての捜査経験を持っている。捜査員達が心情的に納得できる――妥協できると言ってもいい――相手はユーリしかいない。

旧弊な警察組織のしがらみから脱することを謳う特捜部もまた、組織の悪弊を脱し得ずにいる。部署が狭くなればなるほど、差別と偏見はより濃縮され、内側へと向かう。元警察官であるユーリはそのシステムを誰よりもよく知っている。

どのみちユーリには選択の余地はない。姿にも、ライザにも。

自分達三人は龍機兵の搭乗要員として警視庁に雇われた〈傭兵〉なのだ。警視庁との間で交した契約書には、いかなる場合においても命令の不服従を許さぬ旨が明記されている。もっとも、ユーリは姿とライザの契約内容まで把握しているわけではない。契約金額も個々で違っているらしい。一番高額なのは姿だろうが、命令に絶対服従の項目だけは共通のはずだ。

絶対服従。それが警察の掟であり、警察官の本能である。にもかかわらず、沖津の指示は逸脱を恐れる警察官の神経を逆撫でしている。

宮近と城木の両理事官も、夏川、由起谷ら現場捜査員も、皆一様に困惑し、憮然とした表情を浮かべている。技術班の鈴石緑さえも。

違っているのは、姿とライザの二名のみ。彼らの様子はまるで普段と変わらない。元刑事の自分もまた、捜査員達にはこの二人の同類にしか見えないだろう。

城木理事官が釈然としない面持ちのまま立ち上がって、一同に散会を告げた。

5

「準備中だよ」

突然現われた長身の白人に、店内を掃除していた房《ファン》朗明《ロンミン》は広東語で怒鳴った。

「なんだおまえ。勝手に入るな」

新大久保の小さな中華料理店。房はそこで働いている。仕事内容は主に皿洗いと掃除。彼にはそれが、店内を跋扈《ばっこ》するゴキブリよりも惨めな仕事に思えた。

こんなはずではなかった――

日々募りゆく鬱屈を抱えて彼は店を掃除し、皿を洗う。こんなはずではなかった。

「さっさと出て行け。聞こえないのか、間抜け」

相手に分かるわけはないと思っているから、母国語で存分に罵った。

「出て行けったら、この馬鹿！　うすのろ！」

「房朗明さんですね」

白人の男は明瞭な広東語で訊いてきた。

「……えっ？」

虚を衝かれて房は改めて相手を見る。

金髪。碧眼。比翼仕立ての黒いコート。両手に黒い手袋を嵌めた彫りの深い白人は、ＩＤを取り出して房に示した。

「警視庁特捜部のユーリ・オズノフです。ドアの外から声をかけたのですが、聞こえないようでしたので入らせて頂きました」

「それ、ちょっとよく見せて下さい」

「どうぞ」

英語と日本語で表記されたＩＤをしげしげと確認する。

［警視庁特捜部　Special Investigators, Police Dragoon
警部　ユーリ・ミハイロヴィッチ・オズノフ］

ポリス・ドラグーンというのがなんなのかはよく分からないが、どうやら本物らしかった。それでも房《ファン》には、ロシア人らしい男と日本警察という取り合わせが今一つしっくりこなかった。しかも男はそれなりに流暢な広東語を使っている。

「警察がなんの用ですか」

他の連中と違って自分のビザに問題はない。嫌な予感がする。横浜で殺された趙《チャオ》の件か。

「福田豊毅さん、もしくは趙豊毅《チャオフォンイ》さんについて調べています。ご存じですね」

やっぱり――

「あなたが趙豊毅さんのご親族であると聞いて伺いました。房さん、あなたは福田ヤエさんを介護するという名目で趙さんと一緒に入国許可を得ておられますね」

「それがどうかしましたか。ちゃんとした許可です。警察に文句を言われる筋合いはありません」

「福田ヤエさんの現住所は茨城県水戸市です。なのにどうしてこんな所におられるのですか」

「ここで勤めながら介護しています」

口を尖らせて答えた房に、白人の刑事はそっけなかった。

「失礼ですが、あまり日本の地理をご存じないようですね」

「それがどうしたと言うんですか。ちゃんとした許可です。何も問題ありません。文句があるなら裁判所に言って下さい」

房には開き直っているという意識はない。法律的に問題ないのに、どうして自分が警察からあれこれ詮索されなければならないのか。問題は何もないのだ。

「私はあなたの滞在資格についてどうこう言うつもりはありません。趙豊毅さん、それにあなたをはじめとする三十一名が、福田ヤエさんの親族として入国した。すべてを手配したのが陸登挙《ルードンジュー》という男であることも分かっています」

「だからどうだって言うんだ。法律で問題ないならいいでしょう」

「場所を変えて話しませんか、房さん」

冷ややかに言う刑事に、

「そんな気はない。帰って下さい」

「いいんですか」

「何が」

「こちらはあなたの事情を考慮して言っているのです。あと二十分もすれば店長が出勤してくる。警察が来ているのを見られるとまずいんじゃないですか」

ぎょっとして身を強張《こわば》らせる。この男はすべて承知の上なのか。

「どうでしょうか、房さん」

言葉に詰まる。店主が来たときに自分が不在の方がもっとまずい。頭に上った血が一気に引いていく。

「……ここでいいです。訊きたいことがあるなら早くして下さい」

「分かりました」

相手は頷いて、

「陸とはどこで知り合いましたか」

「故郷の村です」

「仏山《フォシャン》ですね」

「はい。村民委員の紹介です。紹介料も払いました。村民委員にすべて陸の言う通りにしておけばいいと言われました」

「日本で陸と会いましたか」

「いいえ。趙は何度か会っていたようですが、私は日本に来てから会ったことはありません。陸は悪人です。私は違います。この通り真面目に働いています」

房《ファン》の自己に関する言及には、刑事はまるで興味がないようだった。

「陸登挙《ルードンジュー》について他に知っていることは」

「それだけです」

「本当ですか」

「刑事さん、私を疑っているのですか」

「いいえ」

即答だった。房はほっとしたように、

「そうですよね、私は趙《チャオ》みたいな悪人じゃないですから」

「悪人かどうかは私には判断できませんが、犯罪者かどうかということなら分かります」

「なんのことですか」

「保谷《ほうや》と朝霞《あさか》」

房の体をさらなる戦慄が走った。やはりこの男はとことん調べ尽くしてからやって来たのだ。

房は来日後の一時期、趙に誘われて二度強盗を手伝った。保谷と朝霞。目星をつけた民家に入り込んで、老人を殴り、金を奪う。その見張り役だった。二回ともうまくいったが、思ったほどの金は入らなかった。怖くもあったし、分け前を少ししかよこさない趙への不満もあって袂を分かった。以後付き合いはない。もし趙と行動をともにしていたら、自分も横浜で死体になっていたかもしれない。

ロシア人の警察官は犯罪者かどうか分かると言っただけである。それと二か所の地名。他に具体的なことは一切口にしていない。冷徹な碧眼には同情も義憤もなく、ひたすらに目的の獲物を追う猟犬の慎重がある。この男は確かに刑事だった。それも相当にしたたかな。

自分は犯罪者なんかじゃない、何を知っているのか言ってみろ、証拠があるならとっくに捕まっているはずじゃないか——そう言い張る気力はもはやなかった。

そんな気力が自分にあれば。少なくともこんな惨めな暮らしではなかったはずだ。

房の内面を見透かしたように、相手は一枚の写真を差し出した。

「この男を見たことはありませんか」

房はちらりと一瞥《いちべつ》する。白人のCG画像。二十歳くらい、いや十代か。まだ子供のようだ。

「ありません」

「よく見て下さい」

もう一度目を凝らして見る。

「知りません」

「そうですか。では、趙さんの交遊関係についてお訊きします。あなたのような同郷の方以外で、親しくしていた人はいませんでしたか」

「さあ……」

「仕事で会っていた人は。行きつけの店はありましたか」

「そう言えば……」

三つの人名と二軒の店名を相手に告げた。

刑事は写真をしまい、代わりに取り出したメモ帳に五つの固有名詞を記して帰っていった。

うなだれた房の視界の隅を何かがよぎった。ゴキブリだ。

房は我に返って掃除の続きにかかった。もうじき店長が来る。掃除が終わっていないと知ると、また大声で怒鳴るだろう。今度こそクビになるかもしれない。

肩を落としてため息をつく。

こんなはずではなかった――

6

人通りのない住宅街を、寒々とした風が抜けていく。

「おい、ちょっと待ってくれ」

背後からの声に、ユーリはライザと同時に振り返った。

東武伊勢崎線鐘《かね》ヶ淵《ふち》駅近くの路上。自販機の前で足を止めた姿が、缶コーヒーのボタンを押している。

「こいつは初めて見る。新製品かな。それとも旧モデルか。日本は変わってるよ。街中自販機だらけだ」

　ユーリもライザも無言であるが、姿はまるで気にする様子もなく、

「自販機の品揃えにも地域差ってのがあるんだな。捜査、じゃなくて哨戒もたまにはいいもんだ」

　彼が自販機からコーヒーを取り出すより早く、二人は先に進んでいる。

　夏川と由起谷から引き継ぎを受けたユーリは、まず夏川班の担当していた捜査の続行に絞り込んだ。元は捜一《そういち》期待のホープと言われていただけあって、夏川は趙 豊毅《チャオフォンイ》周辺の人間関係を入念に洗い出していた。残留孤児の遺族を偽装した不法入国者からなる犯罪集団。房 朗明《ファンロンミン》の名もその中にあった。そして〈陸登挙《ルードンジュー》〉なる闇ブローカーの名も。ネタを渡さざるを得なかった捜査員達の複雑な心中は手に取るように分かる。だがユーリは命令に従うしかない。警視庁と交わした契約によって。

『龍機兵』という現代最強の個人用兵器を与えられた突入要員としての任務よりも、刑事として捜査に取り組む方が性に合っている。指名手配となって故国を追われ、一度は失った警察官としての生である。日本警察にとっては所詮〈外注〉でしかないと分かっていても、再び警察官として生きられることへの密かな歓喜が自らのうちに在ることは認めざるを得ない。

　だが捜査に着手したユーリの足は重かった。これは自分の捜査ではない。他人のつかんだ他人のネ

タである。国境を越えた刑事特有の価値観は、散々に傷つきながらもユーリの中で生きていた。

姿にもライザにも捜査経験はない。しかし歴戦の傭兵である姿は、CIAをはじめとする各国情報機関の手法を間近で見ている。元テロリストであるライザもまた、警察の捜査についてはその身を以て熟知しているはずである。

分担して捜査線上にある人間に当たり、そこから得られた名前と情報を整理して、また片端から当たっていく。

姿もライザも、捜査員としてユーリの予想した以上に有能であった。それぞれの担当分を迅速に抜かりなくこなした二人に対して、ユーリは密かに舌を巻いた。

やがて、三人は一つの情報に行き着いた。

ある店で趙が写真の男と会っているのを見た——

店の名は『ジーブラ』。ギニア人の店主が経営する六本木のバーで、外国人犯罪者の情報交換の場となっているらしい。日時は大黒埠頭の虐殺の二日前。証言者は写真の男の素姓については何も知らず、ただその一度、趙と飲んでいるのを見かけただけであるという。店員にも当たったが覚えている者はいなかった。ユーリは目撃された時間に店内にいたとおぼしき客を可能な限り割り出して、個々に当たることにした。

十月二十九日にジーブラの店内でこの男を見たか？　以前にも見なかったか？　どこの誰か知っているか？

居合わせた客を特定できたとしても、男の正体に辿《たど》り着けるかどうか。大方徒労となると予測はできる。だがやるしかなかった。砂粒のように微小な〈点〉を拾い集め、頼りない〈線〉につなげていく。捜査の苦労はどんな事案でも同じである。

店が店なので客も店員も口が重く、それは困難を極める作業となった。結果、特定できたのはわずかに四人。白人が二人、イラン人が一人、日本人が一人。

手分けしてそのうちの三人に当たった。収穫はなかった。

残ったのは白人が一人。引退したイギリス人の犯罪者。大昔に故郷を捨て、老境に入って極東の異国に棲みつくしかなかった男。

十一月十一日、午後一時十五分。鐘ヶ淵で合流した三人が向かっているのは、男が一日の大半を過ごしているという場所である。

「引退したってのは本当かね、その爺さん」姿がコーヒーの缶を開けながら言う。「案外現役なんじゃないか」

ユーリもライザも無言で足を運んでいる。姿は独り言のように自分の問いに自分で答える。

「いや、大手術の末に命を拾った男だ、そんな嘘をつく理由もないか」

「だが正直者になったと断定できるわけでもない」

振り返りもせず、ユーリは日本語で言った。

母国語はそれぞれ違うが、日本警視庁という職場の同僚である三人で会話するときは、もっぱら日本語を使っている。

「元刑事としての意見か」

「元刑事でなくてもそれくらいは想像できる」

そっけなく答える。同僚に対する親愛の情は微塵もない。ライザは終始無反応。着古した革ジャンにデニムといういつもの格好で住宅街を歩いている。

狭い道を抜け、荒川の堤防に突き当たる。コンクリートの階段を上がると一挙に開放的な景観が広がった。

河川敷を流れに沿ってしばらく歩く。午前中は弱いながらも陽が射して久々に晴れたと言える天気であったが、午後にはやはり雲が増し、川面には白々とした鈍い光が澱んでいた。

野球に興じる少年達の歓声が聞こえてくる。四つ木橋を行き交う車の騒音も排気ガスも、一個のボールを投げ、打ち、走る、ただそれだけの動作に伴う無心な声の背景に消えている。

野球場の側に設けられたベンチの一つに、老人が座っているのが見えた。放置された枯木かオブジェのように身動きもせず、じっと少年達の野球を眺めている。

「ステファン・ロッジさんですね」

小さく丸まったその背中に向けて、ユーリが英語で声をかける。

返事はない。

ユーリは老人の前に回り、その視界を遮らぬよう配慮して斜め横からIDを示す。

「警視庁特捜部のユーリ・オズノフです。少しお話を聞かせて下さい」

差し出されたIDに目をやるどころか、ユーリの声さえ聞こえぬかのように、老人は同じ姿勢で試合を見つめている。厚手のセーターの上に着古したコート。その喉元を灰色のマフラーで覆っている。

「ロッジさん、先月二十九日の午後七時から十時にかけて、六本木のジーブラというバーで、あなたは昔の仲間のニック・メイヤーと会っていましたね」

ユーリは構わず話を続けた。

「メイヤーに聞いてやってきました。彼はその日の夜あなたと店にいたことを認めています」

そしてCG写真を見せ、

「我々はこの男を捜しています。十月二十九日の夜、カウンターの奥で中国人と話していた男です。メイヤーとあなたは壁際のテーブルにいた。出入口に向かう席に座っていたメイヤーは覚えていなかったが、あなたの席からはちょうど男の顔が見えていたはずだ」

姿はコーヒーの缶を傾けながら、老人の様子を観察している。聞こえているのかいないのか。いや、確かに聞こえている。なのに古木のような老人はなんの反応も示さない。野球ではなく、まるで彼岸の彼方を見据えているように。

ライザは少し離れた位置からさりげなく周囲に目を配っている。

「覚えているなら首を縦に、覚えていないなら横に振って下さい。また筆談がご希望でしたらどうぞこれを使って下さい」

ユーリは用意してきたメモパッドとサインペンを差し出す。

老人の喉元を覆うマフラーの下には、大きな傷痕が隠されているはずであった。

あらかじめ聞かされていた。ステファン・ロッジは発声機能を喪失している。喉に手術の痕。聴覚障害はない。発話にのみ障害のある聴唖《ちょうあ》者である。

六年前ロッジは喉頭癌と診断され、喉頭全摘手術を受けた。それ以来、彼は声を失った。密輸から足を洗い、日々少年達の野球を眺めて余生を過ごしている。久々の再会となったジーブラでの夜、メイヤーは散々飲んで酔っ払ったが、ロッジは一滴たりとも飲んでいない。

「聞こえているのは分かっています。どうですかロッジさん」

野球場を見つめたまま、老人は微動だにしない。何度問いかけても同じであった。

メモを差し出したユーリも、缶コーヒーを手にした姿も、互いに顔を見合わせる。頑固者とは聞いていた。偏屈者とも。しかし老人の無反応は、人生の無為を知る者の諦念であり、関心の放棄であった。犯罪者への聴取、あるいは古参兵への尋問に慣れているはずのユーリと姿が、困惑するほどそれは深い。

二人がため息をついたとき——

それまで傍観していたライザが、何を思ったか、突然老人の前に立った。視野を完全に遮っている。野球見物を妨げられ、怒気を孕《はら》んだ目でロッジは彼女を見上げる。老人の目に初めて宿った感情であった。

ライザはそのましゃがみ込み、老人の顔を覗き込んで両手を複雑に動かし始めた。

老人は意表を衝かれたように目を見開いた。滑らかに動くライザの手。やがて老人は、何度も頷きながら自らも皺だらけの手を動かす。

手話であった。

ユーリも姿も、呆気に取られて沈黙のやり取りを見守っている。

彼らと同じくライザも五か国語以上の言語を操れる。それは知っていたが、彼女がまさか手話まで習得しているとは想像したこともなかった。

複雑に変化する手の動きは、聴取なのか、それとも雑談なのか。枯木と思えた老人の手は澱みなく動いて、会話に飢えていた者の饒舌を感じさせる。死人のようだった顔貌には、気のせいか生色さえ戻ったように見えた。

やがて立ち上がったライザは、二人の方を振り返って告げた。

「ロッジは確かに写真の男を見たと言っている」

「男の身許に心当たりは」

勢い込んで訊くユーリに、

「ないそうだ。しかし……」

何ゆえにかライザが言い澱む。砂色に近いブロンド。美よりも翳《かげ》りの勝ったその顔が、虚無以外の表情を浮かべることはほとんどない。それが今、明らかに別の何かを示している。

「水をもらおうとカウンターに近寄ったとき、男の話が聞こえたと言っている。英語だったそうだ」

「英語か。何を話していた?」

「この店の酒は不味《まず》いとか、そんな会話の一部で、内容はよく覚えていないらしい」

ユーリは落胆の吐息を漏らし、苦笑を浮かべた姿はコーヒーの残りを一口で呷る。

ライザは続けて言った。

「だが、男にはアイルランドの訛りがあったと言っている」

アイルランド訛り。

ユーリと姿が顔を上げる。二人は同時に、一大テロ組織の名前を想起していた。

ＩＲＦ――アイリッシュ・リパブリカン・フォース。

ライザが一瞬見せた奇妙な表情。その意味は明らかだった。

自嘲。そして覚悟。

ライザ・ラードナー。元テロリストである彼女がかつて所属していた組織こそ、他ならぬＩＲＦであった。

7

同日午後四時二十一分。渋谷門から代々木公園に入った沖津は、中央広場に向かって歩いていた。カシミアのコートを粋に着こなした彼の足取りは常の如く飄々として、散策なのか所用なのか、にわかには判然としない。

晩秋の公園に、人の影は疎《まば》らであった。

「沖津さん」

背後から声をかけられた。沖津は振り返らない。声の主はすでに横に並んで歩いている。

「はじめまして、西欧課首席事務官の周防尋臣《すおうひろおみ》です」

「特捜部の沖津です」

沖津は軽く会釈を返す。相手は警察ではない。外務省である。

周防と名乗った若い外務官僚は、年齢に不相応とさえ言える余裕と自信を有していた。国家間の外交に携わる者として当然の資質である。深みのある落ち着いた声にもそれは表われていた。意志の強さを示す顎。目鼻立ちははっきりしているが似合わない太縁の眼鏡をかけている。度はかなり強い。

背はどちらかというと低い方だが、肩幅が広いせいか実際の身長以上に大きく見える。日頃は手のうちの一切を窺わせぬであろうその顔は、翳りゆく光の中で心なしか緊張しているようにも見えた。

「インフォーマルの面会に応じて頂き感謝します」

「お気になさらず。私も元は外務省ですから、心得ているつもりです」

「念のために申しておきますが、この接触はあくまで非公式のものであるとご理解下さい」

元外務官僚に対しての不必要な念押し。周防は念を押したのではなく、事の重要性を〈一段階〉強調したのである。沖津もそれを察して頷いてみせる。

木枯らしに舞う落葉を踏んで中央広場に出る。周防は周回路を躊躇なく左に曲がった。

「こんな形になりましたが、個人的には伝説の先輩にお目にかかれて光栄に思っています」

「とんでもない、伝説などと」

「ご謙遜なさらず。伝説とは真偽や詳細が不明の部分が含まれるからこそ伝説なのです」

「なるほど」

沖津は愉快そうに笑い、

「周防さんは何年採用ですか」

「××年です」

「お若いですね。外務省のエース候補だと前々からお名前は耳にしていましたが、いや、これは確かに」

「沖津さんに比べればまだまだ青二才ですよ。いち早く龍機兵を囲い込んだ手際も実に見事でした。狛江事件で警察全体が非難されている流れを逆手に取るなんて」

『狛江事件』とは、東京都狛江市で職務質問を受けた韓国人犯罪者が隠匿していた機甲兵装に搭乗して逃走した事案である。小学生児童を人質に取った被疑者は、最終的に多摩川に架かる宿河原堰堤《しゅくがわらえんてい》上に追いつめられた。現場は東京都と神奈川県の境界線上にあり、かねて確執のあった警視庁と神奈川県警が真っ向から対立する形となった。組織の歪みは人質の児童と警察官三名の殉職という最悪の結果を招き、警察の恥ずべき体質をこの上なくあからさまな形で満天下に晒してしまった。

特捜部設立案はこの以前から検討されていたものであり、狛江事件をきっかけにできたわけではない。しかし各方面からの抵抗により成立が危ぶまれていたのも事実である。折から突発した狛江事件は、確かに追い風の一つとなった。狛江事件での失態により轟々たる非難を浴びていた警察は、表立った抵抗ができず特捜部の創設を看過するより他なかった。

「相反するいろんな流れを一つにまとめて、最も好ましい方向へと誘導する。外交の基本にして極意そのものです。沖津さん、できればその手腕を古巣で生かしてもらいたかった」

「現役外務官僚のあなたが言うと皮肉にしか聞こえませんよ」

「そうですか。ところで」

周防は唐突に切り出す。外務省流である。

「特捜には官邸の意向が伝わっていると理解していたのですが」

「確かに承っております」

「特捜の性格上、自律的コミットメント――独自判断で動くこともあり得ると想定はしておりましたが、ここまで大胆におやりになるとは思いませんでした」

「本題をお願いします」

沖津も外務省流で切り返す。

「大黒埠頭で自殺した男はピーター・オハロラン。IRFのメンバーです」

自殺したテロリストにアイルランド訛りがあったという報告はすでに受け取っている。外務省は特捜部がそこまでつかんだことを察知して接触してきたのだ。

沖津は横目で周防を睨む。

「外務省ではいつから把握していたのですか」

「事案発生の数日後とだけ申し上げておきます」

「神奈川もウチもそうと知らずに走り回っていたわけですか」

沖津の口調に非難のニュアンスを感じ取って、周防は即座に牽制にかかる。

「正直に申しまして、特捜は私どもにとっても頭が痛い存在です。特に北アイルランドの女性の件。イギリスはあれを利用可能なカードの一枚と考えたからこそ黙っているだけで、こっちはいつそれを切られるかと……」

「ご苦労をおかけします」

沖津は素直に謝った。警視庁特捜部というもっともらしい看板を掲げた部署は、『龍機兵』という最新鋭兵器のみならず、国際問題となりかねない〈火種〉をいくつも抱え込んでいる。その一つが元テロリストたるライザ・ラードナー部付警部の件である。存続どころか成立そのものが奇跡とも言える特捜部は、外務省をはじめとする関連省庁に常時高度の緊張を強いていた。

「それでなくても警察内外に相当の敵をお作りになったというのに、今度の成り行き次第ではかなりまずいことになると思いますよ」

「ＩＲＦの目的は」

「それをお伝えするのは私の任ではありません」

周防はきっぱりと言った。

「非公式とは言え、私の権限では許されておりませんので」

自らの将来に大きく影響しかねない責任を、彼は慎重に回避している。キャリア官僚——特に外務官僚にとって、それは生存競争に必須の処し方である。

「妙な話ですね、呼び出しておきながら伝えられないとは」

白々しく訊く沖津に、周防もまた白々しく口をつぐむ。

伝える者は他にいる。周防は沖津をその誰かの元へ案内しようとしているのだ。

周回路を左に折れて、参宮橋門から井ノ頭通りに出る。晩秋のその時刻、周囲はすでに夜へと変わっている。

周防に従い渋谷方面へと歩いていた沖津の横で、一台の車が停まった。シルバーグレイのレクサスLSであった。後部ドアのロックが外れ、わずかに開く。

中を覗き込んだ沖津は、少しく目を見開いた。

「枡原《ますはら》さん……」

後部座席の奥に座っていたのは、外務省欧州局長の枡原太一《たいち》であった。

「早く乗りなさい」

枡原に促され、沖津は車内に乗り込む。それを確認してから周防は助手席へ。二人が乗車すると同時にレクサスは滑らかに走り出した。

「相変わらずだな、君は」

枡原はじっと前方を睨んだまままため息を漏らした。もともと小柄な体軀が、小さくまとまるように老いていた。

「他省庁に移ったからには、もう君の後始末をすることもないと思っていたのだが、甘かったよ」

「申しわけありません。局長には損な役ばかり押しつけて参りました」

神妙に頭を垂れる沖津を遮り、

「お互いに多忙の身だ、前置きは省いて用件に入ろう。日米関係の現状は君も理解しているな」

「はい」

それは周知の事実であり、連日のように各種メディアで報道されている。日米安全保障体制及び経済関連をはじめとする膨大な問題の数々。長年にわたって累積したそれらはすでに——あるいは最初から——異なる文化間における異なる価値観の衝突でもあった。それでも解決のための努力は続けられてきたのだが、前後して両国に誕生した新政権による方針転換ですべては無に帰した。双方の狙いがことごとく裏目に出たばかりか、トップから末端に至るまでの不幸なトラブルと醜悪なスキャンダルが連鎖した結果、問題は複雑化し、かつてないほどの泥沼に陥った。

「私の入省以来、いや、戦後最悪の危機と言っていい。今は特に時期がまずい。中国だ。南シナ海、東シナ海に続き、中国は明らかに西太平洋の第二列島線まで活動領域を広めようとしている。中国の軍拡路線と覇権主義を牽制するためにも、日米間の緊密な同盟は双方にとって不可欠だ。韓国も反日活動においてのみは中国に同調している」

枡原は疲労の濃く滲む息を吐いた。

「事態は報道されている以上に深刻だ。もはや限界に達している。猶予はない。これ以上拗《こじ》れるようなことにでもなれば、日本の将来が大きく変わってしまう。日米関係の修復は現政権にとって緊急かつ最重要の課題なのだ」

「存じております」

「アメリカ側も対応に苦慮している。現状で日本とのパートナーシップを失うことはアメリカにとってもリスクが大きすぎるからだ。調整に当たる双方の外交官がどれだけ神経を磨り減らしていることか」

元外務省の沖津は言うまでもなく、世界中の外交関係者が容易に想像できる苦衷《くちゅう》である。

「そこで双方から請われる形を取った上で調停役となったのがイギリスだ。肝はその〈形〉だよ、沖津君」

「はい」

「政治的な立場のみならず、歴史的な観点から見ても、イギリスが必然と言っていいほどの最適任国であることは世界が認めてくれるだろう。裏を返せば、それくらいの形を整えねばもう収まりがつかんのだ」

公用車は一定の速度で夜の山手通りを流している。助手席の周防は前を向いたまま口を挟まない。背中で二人のやり取りを聞いている。

「その調整のため、イギリスの高官が極秘裏に来日することが決定している。外務英連邦省審議官ウィリアム・サザートン。SISの北アイルランド特殊工作にも関与してきた人物だ。IRFの処刑リストにもトップで名を連ねている」

枡原は初めて沖津を振り返った。

「IRFの目的はサザートンの暗殺だ。イギリス本土ではなく日本で暗殺することにより、日本政府の国際的信用を失墜させるばかりか、日米関係のみならずイギリスをも巻き込んだ国際協力体制に打撃を与える。一石三鳥、それがテロリストの戦略だ。日本政府及び警備警察は全力を挙げてこれを阻止せねばならない。何もかも極秘のうちにだ」

沖津は声もなく枡原を見つめている。今車内で語られているのは極めて高度な外交機密であり、国家機密である。警察関係者を通さず、直接にインフォーマルな接触を図ってきたのも合点がいく。

「周防君、後は頼む」

そう言って枡原は疲れ果てたようにシートへもたれ込んだ。

助手席の周防が前を向いたまま冷静に引き継ぐ。

「SSのTブランチから提供された情報によれば、IRFの有力メンバーの一人が現在行方をくらませています。この男が作戦を指揮している可能性が高い」

「名前は」

沖津の問いに、周防は一呼吸置いてから答えた。

「キリアン・クイン」

国家機密を打ち明けられても冷静を保っていた沖津の顔色が、その名を聞いてはっきりと変わった。

「大物ですね」

「大物中の大物です」

周防は運転手に向かい、声をかける。

「車が拾えそうな場所で停めて下さい」

しばらく走行した後、公用車は路肩に寄って停止した。大崎駅の近くだった。

助手席から振り返った周防が、沖津を見据えながら言った。

「特捜はすでに全体指揮の妨げとなっています。特に公安の外三《がいさん》（外事三課）、あれを統括するには特捜の排除が絶対の条件です。オペレーションへのこれ以上のコミットは即刻やめて下さい。突入部隊としての評価はしておりますので、状況に応じてはＳＡＴや機動隊と合同で待機をお願いすることになるかと思います」

「その場合に想定される状況こそ龍機兵の出番なのでは」

周防は一、二秒考えてから訂正する。

「そう判断されればＳＡＴの前に投入を検討します。いずれにしても命令は警備局から刑事局経由で下されます。では」

沖津の横のドアロックがゴトリと解除される。そのノブに手をかけて下車する体勢を見せ、咄嗟《とっさ》に言った。

「日程は」

「なんです？」

「サザートン来日の日程は」

「コミット不要と申し上げたばかりです。特捜が知る必要はありません」

にべもない周防に、沖津が食い下がる。

「龍機兵の整備の問題もあります。同じ待機でもタイミングが分かっていた方がより万全の態勢で出動できます」

周防が困惑したように後部の枡原を振り返る。枡原は目を閉じて頷いた。それを受けて不承不承に、

「十二月二日です」

「何日までですか」

「現段階でそこまでは不要でしょう。行って下さい」

限界だった。

歩道に降りた沖津を残し、公用車は夜の流れに溶けるように走り去った。

無数のヘッドライトが連なって光の波が寄せ来る車道の彼方を、沖津はしばし無言で見つめていた。

8

その日の夜は暗かった。重い雲は月と星のすべてを隠し、アスファルトを這う冷気は街灯の光さえ遮っているようだった。

運河に面した田町の小さなビル。ライザは駐車場にホンダCBR1000RRファイアーブレードを置き、階段を上った。三階に自宅としているロフトがある。他に居住者はいない。再開発のため解体される予定が、業者の倒産によるトラブルで宙に浮く形となっていた物件である。周辺のビルやマンションも同様で、ライザは廃墟と化した一角の、ただ一人の住人であった。

薄暗い階段を上がりながら彼女は想う。故郷と、故郷の廃墟とを。寒々とした港と運河とを。日本という極東の地に流れ着いて、皮肉にも故郷と同じ廃墟の街に住んでいる。どちらも正《ただ》しく死の街だった。人が生活を営むための家々を破砕し蝕んだのが、銃弾か金融かの違いがあるだけの。廃墟を逃れ、廃墟に暮らす。嗤うしかない。生ける亡者に近い自分には、廃墟こそが似合いの檻ということか。狂おしい想いは無音の運河に吸われて消える。静寂こそ死の証《あか》しに他ならない。死者の怨嗟に満ちた煉獄に音はない。そしてここは地上に突き出た煉獄の一端だ。

自室のドアの前に立った瞬間に分かった。人の気配。

革ジャンの内側からS&W M629を抜き、左手をドアノブにかける。ノブを通じて明瞭な殺意が伝わってくる。

来た、ついに――

願いの叶えられた歓喜は皆無である。虚無に干涸びた心には、波立つ水面などあろうはずもない。

足音を殺して中に入る。照明が点けられていた。銃を構え、廊下を進む。左右それぞれに配置された浴室にも客間にも人の気配はない。気配の在処《ありか》は奥の居間だ。

天井の高い吹き抜けのメゾネット。窓の前に男が一人立っていた。一度も開けられたことのないベージュのカーテンを開け、漆黒に沈む運河を見下ろしている。

まさか――

全身が凍りつく。過去から、故郷から吹きつける風に。

その後ろ姿には見覚えがある。

〈詩人〉。

故郷を愛する詩を吟じ、故郷のために銃を取った。自らの血で詩を綴り、敵の返り血で頰を濡らす。かつて〈詩人〉は多くの者を闘争へと導いた。ライザもまた彼を間近で仰ぎ見た一人であった。

「まさか……」

口に出して言っていた。母国語で――いや、英語は母国語ではない――生まれたときから使う敵国語で。

男はゆっくりと振り返る。ひょろ長い体軀にウェーブのかかった銀髪。下がり気味の眉には人懐こい愛嬌があり、双眸《そうぼう》には少年の情熱と青年の理想と壮年の老獪《ろうかい》とが混在している。白皙《はくせき》の知的な面差しには穏やかな微笑み。ツイードのジャケットの上に羽織ったアーミーグリーンのモッズコート。何もかもが昔のままだ。

「まさかあなたが来ようとは……キリアン」

〈詩人〉キリアン・クインは抱擁を求めるように両手を広げた。

「生きて再びの邂逅を果たした同志に祝福あれ、だ。お互いにね」

ライザの銃口は相手の頭部に向けられている。

「もう同志じゃない」

「君は自分でそれを認めるのかね、同志ではないと」

「………」

「君が前線から無断で離脱したとき、参謀本部は裏切りと断定した。君は知らないだろうが、僕は最後まで君を信じて弁護したんだ」

「同志じゃない」

冷ややかに言うライザに、キリアンは肩をすくめてみせる。

「私はもう同志じゃない。だからあなたが来た」

「その通り、確かに僕は君の処刑に来た。だが厳密に言うと少し違う。僕はある目的があってこの国に来た。君の処刑は言わば〈第二の目的〉だ」

〈ある目的〉とはなんなのか。それに対する関心は湧いてこない。そんなことはどうでもいい。

「その目的、つまり僕の〈第一の目的〉を君が今所属している組織が知ったらしい。それでまあ、挨拶に寄ったというわけだ」

口調もまた変わっていない。茫洋として本心を決してつかませない。その韜晦《とうかい》は神の目をも欺《あざむ》こう。

「おっと、君の処刑がまるでついでの用事みたいに聞こえたら申しわけない。君の件は組織の重大な懸案事項の一つだ。そして僕は君の引き起こした事態に対し責任を負う立場にある。しかし並の処刑人では返り討ちに遭うのが関の山だ。これまでのようにね。パリで二人、ストックホルムで三人、マドリードで一人。すでに六人だ。参謀本部にも面子《メンツ》というものがある」

キリアンを捉えたM629の銃口は微動だにしない。

「そうだ、面子だ。それがあるから、こうして奇跡の再会が成ったんだ。運命という奴はいつも予想外の趣向を用意してくれる」

ＩＲＦはライザを決して当局に売らない。それどころか司直の手から積極的に守ろうとさえしている。

裏切り者を他者に委ねず、絶対に自らの手で処刑する。それがＩＲＦの〈面子〉であり、組織を支配する〈掟〉である。

ライザもまた、警察に勤務しながらかつての仲間の――自分の命を狙う者達の情報を決して漏らさない。特捜部の扱う事案に関わるものでない限りにおいて。それは警視庁との間で交わした契約書の特約項目にも明記されている。ライザからの求めによって設けられた項目だった。ライザは元の仲間を決して売らない。警視庁も情報の提供を強要しない。その確約を得て初めて彼女は警察のために働くことを了承したのだ。

「君の身に起きた悲劇については理解している。まさに悲劇だ」

瞑黙するかのように目を閉じて、

「言葉もない。実際、僕がどんな言葉を口にしようとも、君は僕を許さないだろう。また僕も、どんなことがあっても兵士の逃亡を許すわけにはいかない」

百も承知の掟である。これまで幾多の脱走兵を処刑してきたライザには。

己に向けられた銃口に目をやって、キリアンは感慨深そうに、

「まだその銃を使っているんだね」

Ｓ＆Ｗ Ｍ６２９Ｖコンプ。銀に輝く６インチのステンレス・バレルを持つカスタムガン。

「やはり君は昔を忘れていないらしい。いや、憑かれていると言っていいかもしれない」

〈詩人〉は窓の外に視線を移し、

「ここはベルファストに似ている。特に運河の暗さがだ。闇と泥が混然一体となった黒だ」

私もそう思うよ、キリアン。

「そうは思わないか、ライザ」

「考えたこともない」

狙いをつけたまま答える。

「なんだ、ここを住居に選んだのはてっきり故郷に似ているからだと思ったんだが」

「ここがどこであってもいい。ベルファストでも、東京でも。あなたの闘争はここで終わる」

「それはどうかな」

口許に往時はチェシャア猫とも形容された笑いを浮かべ、キリアンは部屋中を眺め渡す。

「死人の宿、か。どうやらここにはボトルの一本もないようだ。そうと知っていれば手土産のウィスキーくらいは買ってきたのに」

彼の言う通り、寒々としたライザの居室には生活の匂いはまるでない。まさしく死人の宿である。

「さっき言った通り、今夜は挨拶に寄っただけだ。懐かしい人と久闊《きゅうかつ》を叙《じょ》そうと思ってね。君と最後に飲んだのはいつだったたっけな」

「挨拶はいい。さっさと終わらせよう」

トリガーを絞ろうとしたそのとき、指が止まった。

背後に強烈な殺気。反射的に振り返ろうとした。できなかった。指どころか全身が動かない。本能が告げている。動いてはいけない。動いたら殺《や》られる。

入るときにはまるで気づかなかった。確認したつもりであったのに、ここまで完璧に気配を殺していたとは。

気配は二つ。銃口が向けられているのを背中で明確に感じる。二つの気配は実体となって前方に回り、左右から同時に視界に入る。ベレッタPx4。二人の男が左右の斜め前方からその銃口をそれぞれこちらに向けている。一人は縮れた赤毛にダウンジャケットの大男。もう一人はハンチングを被った小柄な老人。赤毛は傲慢な冷笑を、老人は温和な微笑を浮かべている。どちらもよく知った顔だった。

「どうだい、懐かしいだろう。〈猟師〉に〈墓守〉だ」

〈詩人〉はライザの銃口に向かって微笑んだ。

赤毛は〈猟師〉ショーン・マクラグレン。

老人は〈墓守〉マシュー・フィッツギボンズ。

「よう〈死神〉、しばらくだな」

赤毛がライザに声をかける。〈死神〉とはライザに付けられた渾名《あだな》であり、通称である。〈猟師〉と〈墓守〉という呼び名もまた同様で、ともにＩＲＦきっての処刑人として知られている。

〈猟師〉は残念そうに、そしてまた愉しそうに、

「やっぱりこうなっちまったなあ、〈死神〉。だがパブで奢《おご》られるのは〈墓守〉の爺さんじゃねえ、この俺だ」

二人の護衛を従えたキリアンが言う。

「驚くことはないさ。なにしろ標的はかの名高い〈死神〉だ。こっちも最強のカードを用意してきた」

獲物を威圧する〈猟師〉と、墓所の暗がりに潜む〈墓守〉。

耐えるしかない。緊張に耐え切れず獲物が動けば、すかさず〈猟師〉が狩り立て、〈墓守〉が墓穴へと蹴り落とす。ライザは髪の毛よりも細いロープの上に立つ己を自覚する。

それだけではない。強大な殺気の塊がもう一つ。

Ｍ６２９をキリアンに向けたまま視線を上にずらす。いつの間に現われたのか、吹き抜けの中二階に白い人影。やはりベレッタＰｘ４をこちらに向けている。女であった。白い小鳥のようなトレンチコート。小さな顔にワンレングスの黒く長い髪。小柄で背は高くない。二十代前半、いや二十歳前か。

可憐な容姿でありながら、その存在感は〈猟師〉と〈墓守〉にいささかも劣らない。

三人の放つ殺気の総和は、今や恐るべき質量を伴って室内に満ちていた。その重圧には息さえ詰まる。

女は手すりに沿って螺旋階段に向かい、そのまま踊るような足取りで降りてくる。さながら舞台に降り立つ女優の如く。

「彼女とはさすがに初めてだろう。紹介しよう、イーファ・オドネルだ。仲間内では〈踊子〉と呼ばれている」

〈踊子〉は無造作にライザの真正面に回り、まじまじと彼女の顔を覗き込む。大きな黒い瞳で、品定めをするように。

「ふうん……」

愛らしく上を向いた鼻の先に嘲笑を浮かべ、〈踊子〉はキリアンを振り返る。

「これが〈死神〉？」

「ああ。僕が知る限り、最高の処刑人の一人だ」

「見てよこいつ、震えてるよ」

〈踊子〉が無遠慮に挑発する。恐ろしいまでの傲岸さだ。

「〈死神〉っていうくらいなんだから、あんた、散々殺してきたんでしょ？　それでも自分が殺されるのは怖いっていうの？」

ライザは銃を手に凝固していた。

眼前の小娘が放出している暴力の気配。思い出す。故郷に漂っていた死臭。同胞と同胞以外の人を、否応なく傷つける狂おしい衝動。

「そりゃあ君達ほどの処刑人を三人も前にすれば、誰だって震え出すさ。僕だって怖いよ」

おどけた口調で答えたキリアンは、ライザに向かい、

「彼女は僕の手許で働いてくれている。今では僕の最も強力な手札さ。いわば君の後任でね。これでなかなかの逸材なんだ」

後任。自分の。

ライザは正面からイーファの視線を受け止める。円《つぶ》らな瞳に宿る悪意を隠そうともしていない。その激しい視線に吸いつけられ、目を逸らすことがどうしてもできない。まるで合わせ鏡の魔力に囚われたかのように。

そうだ、合わせ鏡だ。

姿形は似ていない。憎悪の相似がそこにある。己の罪が無限に連なって見える世界。永遠に抜け出せぬ罪の連鎖だ。それが己を搦《から》め捕《と》っている。

「どうだい、まるで昔の君みたいだろう？」

「似てないわ、全然」

イーファが抗議の声を上げる。

それに構わず、キリアンは改めてライザを眺め、

「ライザ・ラードナー警部か。いや、君が警官になったと知ったときは驚いたよ。次に歓喜し、神に感謝した。君は警官として我々と戦え。我々は君を元同志としてではなく、警官として殺す。君は誇りを失い、最低の賤業に堕ちた身で死ぬのだ。それこそＩＲＦにとって理想的かつ最高の処刑じゃないか」

愉快そうに言ってから、キリアンは室内に一脚きりの椅子へと向かう。その動きに応じて、彼の頭部を捉えたライザの銃口も移動する。

「キリアンを道連れにでもしようって気？」

〈踊子〉がベレッタをライザのこめかみに押し当てる。

「そんなこと、あたしがさせると思う？」

冷たく固い銃口の感触。〈踊子〉の無造作な殺意がはっきりと感じられる。

質素な木製の椅子の背もたれに手をかけたキリアンは、しみじみと呟いた。

「この椅子まで故郷の細工に似ている気がする。思い出すよ、座るでもなく、しみじみと呟いた。デリクはこんな椅子に座って飲んでいた。君は昔も今も同じ場所にいる。だが君の魂は大違いだ」

それまで無言であった〈墓守〉が、温和な笑みのまま吐き捨てるように言う。

「裏切り者のマクブレイドが」

その目の形は穏やかに笑いながら、奥底に深い嫌悪と侮蔑を宿している。真に唾棄すべき者への厭わしさ。見るだけで穢《けが》れるとでもいうように。

「わしは最初から言っていた。〈裏切りの血筋〉など信用できんとな。最初からマクブレイド家の者を仲間にするなどとんでもないと言っていたんだ」

何度も浴びせられた言葉。生まれてからずっと、己の名より耳に親しい罵倒の定型。

「わしはおまえの祖父を知っている。ジョシュア・マクブレイドをな。七二年、『血の日曜日』の頃だ。おまえと同じ恥知らずの裏切り者だった。マクブレイドの人間はみんなそうだ」

「彼女はもうマクブレイドじゃない。もっと最低のラードナー警部さ」

静謐《せいひつ》のうちに激する老人をなだめ、キリアンがコートの裾を翻す。

「行くとしよう。挨拶は終わった」

〈詩人〉は悠然とライザの横をすり抜け、ドアへと向かう。ライザの銃口はもうその後を追っていない。

「邪魔をしたね。おやすみ、警部。今夜は星のない夜だ。運河を眺めて君が捨てた祖国の夢でも見るといい」

〈猟師〉〈墓守〉、そして〈踊子〉が、キリアンの後に従って足音もなく去っていく。

〈踊子〉が足を止めて振り返る気配。微かに嗤った。ライザはそれを背中で感じる。

ドアが閉じられ、来訪者の気配は消えた。

全身を縛り上げていた緊張の糸が解けたように、ようやくM629の銃口を下ろす。

肺に溜まっていた息を一気に吐き出す。次いで悪寒が来た。瘧《おこり》のように震えが止まらない。M629を取り落とし、両手で両腕を押さえつける。歯の根が合わぬほどの寒気。恐怖だ。キリアン・クインと三人の従者はまぎれもない恐怖を残していった。

だがライザがここまで震えるのは死への恐れのゆえではない。遠い日の己の罪にである。それは虚ろな魂の空洞で谺《こだま》する残響でもあった。

かろうじて顔を上げ、正面の窓を見る。その先に広がっているのはまぎれもなく故郷の闇だった。アイルランドの夜に潜む女精霊バンシー。死者の出る家の窓辺で啜り泣くと云う。

そのときライザは、窓辺で咽《むせ》ぶバンシーの声を聞いたように思った。

9

翌朝、沖津は部長室に主だった面々を呼び集めた。城木、宮近の両理事官。三人の部付警部。捜査主任の由起谷と夏川。そして技術班主任の緑である。

応接用のソファからパイプ椅子まで、デスクの前に乱雑に置かれた各種の椅子に全員が着席している。

保秘の念を押した上で、沖津は外務省から非公式にもたらされた情報を手短に告げた。

「キリアン・クインか……」

姿が呻いた。その名はもちろん緑を含めた全員が知っている。国際テロリストとして、イスラム原理主義組織の精神的指導者に次ぐと言っていいほどの知名度がある。

いつもと同じ警視庁のスタッフジャンパーを着込んだ緑は、膝の上に置いた両手を固く握り締めた。城木が案じるような目でちらりと振り返る。

キリアン・クイン。通称〈詩人〉。ＩＲＦ結成の立役者であり、参謀本部の重鎮。そして緑の家族を奪った『チャリング・クロスの惨劇』の主犯。

「しかし部長、クインがすでに入国しているという確証は……」

城木の発言を、ライザが遮る。

「キリアンは日本にいる」

「えっ？」

「昨夜、私のロフトに現われた」

全員が絶句する。

昨夜の出来事をライザは淡々と語った。感情を排した情報のみを、まるで他人事のように。

内容は絶句どころか耳を疑うものだった。

〈詩人〉の来訪。彼に従う三人のテロリスト〈猟師〉〈墓守〉〈踊子〉。

「国際指名手配のテロリストが警察官の住居に来たというのか」

堪らず宮近が叫んだ。緑も同じ思いである。

「貴様はそれを黙って帰したのか？　緊逮《きんたい》（緊急逮捕）は無理だったとしても、どうしてすぐに報告しなかった？　緊配《きんはい》（緊急配備）もできたのに」

ライザは何も答えない。

「いや、緊配は駄目だろう」

城木が首を捻りながら、

「キリアン・クインが東京にいるなんておおっぴらに通達したら大騒ぎだ。外務省の狙いを潰すことになる」

「そうか……」

さすがに宮近も苦々しげに黙り込んだ。相手が大物すぎて所轄がパニックになることは目に見えている。保秘どころか、漏洩は必至である。

夏川が意を決したように立ち上がった。

「本職も宮近理事官と同じ疑問を抱きました。ここにいる全員がそうだと思います。姿警部とオズノフ警部は違うかもしれませんが」

胸に溜まった思いを吐き出しているかのようだった。

「ラードナー警部の話は正直言って本職にはよく理解できません。今回の事案でなくても、警部の経歴について将来的に必ず現場捜査員になんらかの説明をせねばならないときがあると思われます。そのとき本職は部下になんと言えばいいのでしょうか。本職も部下も薄々は察しています。あくまでも噂レベルでです。公《おおやけ》に説明してはならないことかもしれませんが、これ以上の秘匿は士気の維持を困難にするばかりです」

「自分も夏川主任と同意見です」

由起谷も決然と立った。

沖津は二人を見つめ、

「公に説明してはならないこと、か。確かにそうだ。ウチはそんな機密事項をいくつも抱えている。そうでなければそもそも特捜部の設立自体なかった。君達もそれは承知のはずだ」

「はい、ですが……」

口ごもった夏川を制し、

「知るということは厄介な荷物を背負い込むことでもある。城木理事官も宮近理事官もそのリスクを負っている。〈知らない〉という一点で君達の最低限のアリバイは担保されているんだ。もっとも、いずれは君達にその担保を放棄してもらうときが来るとは思っていた」

一瞬考えてから、夏川は言った。

「本職は担保を望みません。それが現場捜査員に対する本職の責任であると考えます」

「由起谷主任は」

「同じです」

二人をフォローするように城木は上司に向かい、

「私は夏川主任と由起谷主任を信頼します。ラードナー警部の報告には私にも理解できない部分が多々含まれています。夏川主任の言った通りです。理解していなければ、その問題に関する判断もできません」

「いいだろう」

沖津はライザに向かい、

「ラードナー警部、皆に君の本名を教えてあげたまえ」

「ライザ・マクブレイド」

機械的にライザが返答する。

夏川と由起谷に顕著な反応はない。その名を知らないためである。他の者は以前からライザの本名を知っている。特に姿とユーリは〈死神〉という二つ名も、その名が裏社会にもたらす恐怖も熟知している。

「君が以前属していた組織名を」

「ＩＲＦ」

「組織における君の役割」

「処刑人」

「任務内容を具体的に」

「祖国の独立を阻む一切の敵の排除。及び軍規に反した者の粛清」

処刑人――暗殺に特化した任務の専従者をＩＲＦではそう称しているらしい。

「君が元同志に狙われる理由は」

「軍規に反し戦線を離脱したため」

「キリアン・クインとの関係は」

「彼の誘いに応じて志願しました。入隊後は一貫して彼の直属の指揮下にありました」

「君の働きは参謀本部内での彼の地歩を固めるのに寄与したか」

「寄与したと考えています」

「どの程度か」

「相当程度」

尋問にも似た一問一答。答えるライザの面上に、躊躇の色は微塵もない。

「君は過去においてイギリス当局、あるいは他の国の司直による取り調べを受けたことはあるか」

「ありません」

「指名手配されたことは」

「ありません」

「犯罪の嫌疑をかけられたことは」

「ありません」

「ＩＲＦはなぜ君の情報を当局に流さない」

「軍規に従い自らの手で処刑するためです」

「キリアン・クインが君のロフトを訪れた理由は」

「処刑の宣告です」

「ありがとう、警部」

そこで沖津は他の面々を振り返り、

「必要な情報は大体以上に含まれていると思う。質問があれば警部に直接訊きたまえ」

「よろしいですか」

緑は立ち上がってまっすぐにライザを見据える。体が強張ったように硬直していた。

「今伺った限りでは宮近理事官が指摘した疑問の回答になっていないと思います。テロリストの接触を受けながらなぜすぐに報告しなかったのですか」

「その義務はない」

無表情のままに言い切るライザに、緑は一瞬呆気に取られた。

他の者も同様だったが、姿警部だけは興味深そうな笑みを浮かべていた。

「そんな、警部は警視庁と契約し……過去はともかく現在は警察官として……」

「特約項目がある。私の契約にのみ設けられた項目だ。警視庁は私にＩＲＦに関する情報提供を強要しない。特捜部の扱う事案に関わるものでない限り」

「だったらなおさらじゃないですか。この事案は……」

そう言いかけて緑は口ごもる。特捜部はこの事案から排除されている。たった今上司からそう聞かされたばかりである。

「ですが、昨夜の時点では」

「昨夜の時点では大黒埠頭の事案との関連は明確ではなかった。少なくとも私には」

「…………」

「私には、キリアンの来訪は個人的なものと思えた」

淡々と答えるライザに、宮近が再び激昂した。

「なんだその言い草は」

「おい宮近」

城木が同僚をいさめるが、さすがに今度ばかりは彼も由起谷らも宮近に共感しているようだった。

「言わせてくれ。こいつはやっぱり最低の犯罪者だ。断じて警察官なんかじゃない」

怒りのあまり宮近は特捜部の根幹を否定した。しかしそれが警察官としての純粋な矜持《きょうじ》に基づくものであることは全員が理解している。

「貴様には鈴石君の気持ちが分からんのか」

「事情なら知っている」

ライザが言った。静かな声で。

「『チャリング・クロスの惨劇』。その生き残りだとは知っている。私には……」

何かを言いかけて、ライザは不意に口を閉ざした。

「私には関係ない」「私にはその気持ちは分からない」

そう言おうとしたのだろうと緑は思った。そしてさらに憤激した。

「整理させて下さい」

かろうじて自らを抑え、質問を続ける。

「警部は昨夜ご自分の命を狙うＩＲＦのメンバーと直接会話しながら、彼らを放置したわけですよね？」

「そうだ」

「彼らに殺されてもいいと思っているのですか」

「いいや」

「矛盾しています」

「そうかもしれない」

「理解できません」

「してくれなくていい」

宮近がまたも怒鳴った。

「ふざけるのもいいかげんにしろ」

ライザにはやはり変化はない。

「任務の遂行には全力を尽くす。問題はない」

「信じられません」

緑はあらためて息を整え、思い切ったように言った。

「技術班主任としての見解を述べさせて頂くと、作戦時におけるバンシーのアクションには一定の傾向があるように思います」

『バンシー』とはライザが装用する龍機兵のコードネームである。

「つまり極端な突出です。いえ、警部が命令を無視していると言っているわけではありません。むしろ警部は命令を極めて正確に実行しています。あくまで傾向です。命令の範囲内におけるアクションの分析と観察からそう推論できるということです。確かにバンシーはそうした運用において最大限の能力を発揮し得る機体ではあります。けれど……」

一瞬ためらってから、その先を口にする。

「けれど私には警部が単に死にたがっているようにしか見えません」

「それは正しい。同時に間違っている」

一同はいよいよ混乱する。

「どっちなんだ！　分かるように言え！」

もはや宮近を制止する者はいない。沖津も冷ややかに沈黙している。

「それは俺も聞いておきたいね」

姿警部だった。

「あんたがラードナーであろうとマクブレイドであろうと、はっきり言って俺にはどうでもいい。確かにあんたは頼りになるよ。重要な戦力だ。あんたほどの腕を持った兵はベテランの中にもそうはいない。だが同時にあんたはいつ爆発するか分からない時限爆弾みたいなものだ。そんなヤバイものを抱えて前線に出るこっちの身にもなってくれ」

全員がライザを注視している。

「私には自死は許されない」

それが彼女の返答だった。

「二時間後に会議だ。捜査員には私から状況を伝える」

沖津は一同に解散を告げた。

姿とユーリはなぜか納得したらしかったが、他の面々は釈然としないまま立ち上がった。

緑は部長の執務室を後にしながら、心のうちでライザへの詰問を繰り返す。

私の家族を、多くの人の命を奪って、あなたはどうして平然と生きていられるのですか——

自席に戻った城木は、専用端末ですぐにICPOとFBI、そしてスコットランド・ヤードなどのサイトにアクセスした。

三人の処刑人の情報は、国際指名手配犯として顔写真とともにいずれのサイトでも広く公開されていた。城木は適宜メモを取りながら各種資料を熟読する。

ショーン・マクラグレン。通称〈猟師〉。アーマー出身。IRA暫定派南アーマー旅団の闘士として多数のテロに関与する。のちにリアルIRAを経てIRFに合流、一貫して強硬路線を歩む武闘派。リアルIRAに所属していた九〇年代は、ベルファスト合意に反対して実行されたオマー爆弾テロをはじめとする主要なテロに参画。ニューリーでの強盗事件の容疑者として逮捕され、十二年の実刑判決を受けるが、服役六年目に仮釈放となる。政治取引によるものと推測されるその仮釈放中に地下に潜り、以後はIRFの処刑人、すなわち暗殺専任要員として活動。少なくとも四人を殺害した。

マシュー・フィッツギボンズ。通称〈墓守〉。エニスキレン出身。七二年の『血の日曜日』事件以前から闘争に参加。入隊当時、十代前半であったという。決して表に出ない裏の仕事を黙々とこなしてきた歴戦の老兵。北アイルランドの歴史の生き証人であり、同志が次々と死亡する中で常に生き延びてきたことから、いつしか〈墓守〉と呼ばれるようになる。老いてなおその暗殺技術は熟練を増し、若年の兵士など足許にも及ばない伝説的存在。活動歴からすると長老格であるが、表舞台に出ることを固辞し、自ら望んで一兵卒にとどまった。北アイルランド紛争の政治的解決には徹底して反対の立場を貫く。そのため和平プロセスの最中には指導部から疎《うと》んじられ、一時は引退、死亡説さえ伝えられていた。IRFの結成に応じて一線に復帰、現在も処刑人として活動中との情報あり。

イーファ・オドネル。通称〈踊子〉。ダウンパトリック出身。十三歳のとき、プロテスタント地区住民に対する暴行容疑で初めて逮捕される。その後三度にわたって逮捕と保釈を繰り返す。狡猾《こうかつ》で知能は高いが性格は極めて冷酷。十五歳のとき、ラーンのクラブでダンサーにまぎれ、ステージ上からUDA（アルスター防衛協会）東アントリム旅団のメンバーを射殺した。その大胆な実行力に目をつけたキリアン・クインの誘いに応じ、IRFに身を投じる。〈踊子〉の異名はクラブでの殺人から付けられたもの。以後キリアン・クイン直属の部下として暗殺任務に従事。PSNI（北アイルランド警察）職員、イギリス軍将校を含む九人の殺害に関与した――

読み進めるに従って城木は暗鬱な思いに囚われた。職業柄犯罪者のプロフィールは読み慣れているが、それでも彼らの経歴は桁外れであった。全員が幼少時から暴力と隣り合わせに生きている。揺籠の中で銃声を聞き、葬儀の席で爆弾の炸裂音を聞く。当たり前のように憎み、殺す。知識として知ってはいても、アルスターの日常は城木が決して実感し得ないものであった。

最後に［ライザ・マクブレイド］で検索してみる。何度も確認済みであったが、やはりその名は載っていない。キリアン・クインは自らの切札とするために彼女の存在を徹底して秘匿し、〈クリーン〉に保ったという。イギリス当局が察知していないはずはないが、表面上あえて知らぬふりをしたのはインテリジェンス（諜報）上の思惑だろう。イーファ・オドネルがライザのようにクリーンでいられなかったのは、ＩＲＦ入隊以前の逮捕歴と、何よりクラブでの殺人があったからだ。

城木は机上の時計に目を走らせる。会議まであと十分。メモをまとめてファイルホルダーにしまい、立ち上がる。無性に深呼吸がしたかった。どこでもいい、屋外で空気を吸いたかった。自らの知る日常の空気を。地下鉄立て籠もりの一件以来――いや、その以前から――不穏な気配が日に日に濃くなりつつあるとは言え、日本はまだアルスターとは違う。

キリアン・クインと三人の部下。それにライザ・マクブレイド――ラードナー。

城木は彼らが過ごしたアルスターでの日々を思う。彼らの憎悪の過去を思う。そして自らの無知と甘さをも。


二時間前に明言した通り、沖津は捜査員に対して状況を告げた。

ＩＲＦのキリアン・クインが日本に潜入したこと。目的は来日するイギリス高官の暗殺であること。特捜部の介入は禁じられていること。

ライザの前身については触れなかった。しかし沖津は、キリアン・クインの〈第二の目的〉がライザ・ラードナー警部の処刑であることのみを最小限の言葉で端的に告げた。捜査員は二時間前の宮近らと同じく呆気に取られ、次いで由起谷と夏川を見た。部下達の視線に対し、二人は無言でただ重く頷いた。それにより捜査員は、かねて噂されていたライザの過去を言外に悟った。

室内の誰もが黙り込む。捜査の継続などもはや論外であった。

特捜部はＩＲＦを捜査できない。だが、命を狙われているというライザはどうなるのか。特捜部はこの部付警部をどう処遇するというのか。

本人はまるですべてが他人事であるかのように無関心な顔を晒している。

「キリアン・クインの名はもちろん諸君も知っているだろう。だが人間には報道や資料の文面だけでは分からない匂いというものがある」

　沖津はライザに向かい、

「ラードナー警部、君はかつてキリアン・クインと間近で接していた」

「はい」

「君から見て、彼は一体どんな人物だった？」

　そう問いかけた上司を見つめ、ライザは少し考えてから、はっきりと答えた。

「部長に似ています」

　その答えに全員が硬直する。あろうことか、上司がテロリストに似ているとは。

「容貌が似ているということではありません。おっしゃる通り、匂いです。キリアンの発する匂いは、部長のものに似ています」

「いや、こいつは参ったな」

　沖津もさすがに虚を衝かれたようであったが、怒るでもなく、苦笑している。

「そうか、私に似ているか……それは光栄と言うべきかな」

　悪戯っぽい少年のような笑み。それでいて悪魔のように奸智を巡らす。

　宮近らが不快そうに顔をしかめる中で、姿はなるほどといった表情で頷いている。

　緑は込み上げる吐き気を堪《こら》え切れずにいた。キリアン・クインが誰に似ていようとどうでもいい。突然すべてが悪夢に思えた。四年前から続く悪夢に。瞬きすらせずガラスの彫像の如く座すライザこそ、その証左でなくてなんなのか。願わくば今のこの瞬間が、目覚めの直前であってほしい。だが同時に、緑はそれが儚い望みであると知っている。悪夢の果ては未だ遠い彼方にあって、尽きる気配はまるでない。午《ひる》の前でありながら、庁舎を取り巻く光は薄れ、周囲は闇であるかとさえ思われた。

第二章　ベルファスト／過去

1

ハーリーとハーリーが激しくぶつかり合い、ボールを追う。フォワードのシュートしたボールが、ゴールキーパーによって弾かれる。

ただ一人の観客であるライザは、フィールドを駆け回るカモギーの選手達をスタンドベンチで退屈そうに追っていた。全員がセカンダリー・スクールのジュニア・サイクル（前期課程）。そしてカトリック。

北アイルランドでは、カトリック教会の運営する学校の課外活動はゲーリック・ゲームに限定される。ゲーリック・フットボールと並んで代表的なゲーリック・ゲームとされるハーリングの女子版がカモギーである。一チーム十五名。ユニフォームを着た三十名がフィールドを縦横に疾駆する。ボールを追って、ハーリーを振り回す。ホッケーのスティックを一回り大きくした形状のハーリーは、固い樫の木でできている。当たると危険だが、ヘルメットの着用は義務ではなく、選手の判断に任されている。当然のように誰も着用していない。

ハーリーで打つばかりでなく、足を使ってキックもする。全身で繰り出す多彩な技と動きがカモギーの魅力だが、今フィールドで展開されている試合は、ジュニア・サイクルのチームであることを割り引いてもレベルが高いとは言えない。

同じフォワードが再び突出してシュートを狙う。長身の赤毛。メイヴ・マクハティだ。ライザと同じクラスの十五歳。その気性はいやというほどよく知っている。プライマリー・スクールの頃からの幼馴染。

メイヴは手にしたハーリーでボールを叩く。大きく振られたハーリーの先端が空を切って相手チームの選手の顔に当たった。顔面をしたたかに打たれた相手は仰向けに倒れる。敵と味方の全員が走り寄ってくる。たちまち乱闘が始まる。いつものパターンだ。地区の生徒は皆それが面白くてやっている。ライザも以前は面白かった。決まってメイヴより先に出たものだ。今はもう面白くない。

スポーツ・カウンシルから派遣されているコーチが、頃合を見て割って入る。頭頂部の禿げ上がった中年のコーチは、あからさまにやる気のない顔で大儀そうに選手達を叱り、練習試合の終了を告げる。顔面を打たれた少女は、血だらけになって運ばれていった。一学年下のステファニー・ピケットだった。他の選手は口々に悪態をつきながら三三五五と散っていく。ライザもうんざりと立ち上がり、両手をパーカーのポケットに突っ込んでスタンドベンチを後にする。

「ライザ」

後ろから声をかけられた。息を弾ませたメイヴだった。

「どうだった、今の試合」

答えるまでもない。最低だ。

「いいいかげんにしたら」

「何が」

「わざとやったろ」

ライザはメイヴの手にしたハーリーを指差した。その先端には生々しい血の飛沫が付着している。

メイヴは悪びれるそぶりさえ見せず、

「あの女、プロテスタントの大学生とデキてんだってよ」

「本当?」

思わず聞き返す。

「本当さ。地区の連中はみんなカンカン。キャシーの兄貴の話じゃ、ユニオニストの高利貸しの息子だって」

ライザは嘆息する。本当にそんな相手と付き合っているのだとしたら、ハーリーの一撃を食らうのも当然だ。それどころか、この先もっと酷い暴力を覚悟しなければならないだろう。

暗澹たる思いで踵《きびす》を返したライザを、メイヴが呼び止める。

「待ってよ」

振り返ったライザに、メイヴはハーリーをかざしてみせる。

「あんた、本当にもうやらないの？」

「うん」

「どうして」

「なんとなく」

「それじゃ分かんないって」

「…………」

「ルースの言ったこと、まだ気にしてんの？」

ルース・マイルズはチームのディフェンダーで、かつてライザと揉めたことがある。最初は些細な口論だったが、弾みでルースはライザを〈裏切り者の血筋〉と罵った。

「あいつにはもう何も言わせないから。ヘボなクセに、あいつ、ロクなこと言わないし。他のみんなもあたしがちゃんと抑えるよ」

ルースとの一件は忘れたわけではない。確かにチームの皆とうまくいかなくなったきっかけの一つではあるが、そのためにカモギーをやめたわけではない。言いようのない倦怠を表わす言葉を見つけられず、ライザは黙った。

「ウチは見た通りの弱小だからさ、あんたくらいの奴がいてくれないとどうにもならないんだ。もう一回やろうよ」

「悪いけど他を当たって」

「この辺じゃ、あたしより速いのはあんただけなんだよ。悔しいけどさ」

ライザは上気した相手の顔を見つめる。メイヴは昔から一本気な性格だった。何より、マクブレイド家の娘であるライザと分け隔てなく接してくれる唯一の友人だった。

「ミリーを迎えに行かなきゃ」

かろうじてそう言った。

「そうか、今日は木曜だっけ」

メイヴはあっさりと頷いて、

「しばらく会ってないけど、ミリーは元気？」

「うん。ピアノの日は特に元気みたい」

「ピアノを習うのって、金かかるんだろ？」

「うん、でもミス・プラマーが特別に見てくれてるから」

「ミリーによろしく言っといて。たまには前みたいに遊びにおいでって。うちのスコーンは不味《まず》いけどさ」

「分かった。言っとく」

メイヴは校舎に向かって身を翻す。

「チームのこと、考えといてよ」

ライザの返答を待たず、メイヴはフィールドを突っ切るように駆け出していた。

その後ろ姿を見送って、ライザは反対方向へと歩き出した。

学校を出てシャンキル・ロードの方に向かう。そのあたりはプロテスタントの居住区で、ライザは心持ち足を速めた。昼間とは言え、カトリックにとっては危険区域だ。用心に越したことはない。

所々にユニオンジャックが掲げられている。建物の壁には色鮮やかな落書きと政治的スローガンの数々。

［ロイヤリストは偽りの平和にだまされない］［ナショナリストはプロテスタントへの差別を撤廃せよ］［神よ正しき我らを正しき世界へと導きたまえ］

人通りの少ない路上には、一昨日の暴動の跡が片づけられることもなく生々しく残っていた。投石の煉瓦。砕け散ったガラスの破片。ガソリンの匂い。焼け焦げたタイヤ。すべて馴れ親しんだ故郷の顔だ。広い道路の左右には商店が軒を連ねているが、活気どころか生気もない。街頭で気怠《けだる》げに立ち話をしていた若い男が二人、ライザに威嚇するような一瞥をくれた。視線を合わせず先へと進む。

シャンキル・ロードを突っ切り、路地に入る。しばらく行ったその先は飛び地のように孤立したカトリックの居住区になっている。狭い地域でモザイク状に入り交じるカトリックとプロテスタント。ナショナリストとユニオニスト。捩《ねじ》れて絡み合った宗教と政治とが、どの塀よりも高く聳《そび》えて人を隔てる。

煉瓦の壁の合間を抜けると、左右はエニシダの垣根になった。春はまだ浅いが、黄色いエニシダの花はすでにちらほらと咲いている。遠く聴こえるピアノの音に、足は自ずと速まった。

伸びやかに広がる聴き慣れた旋律。バッハだ。題名は——そう、確か『G線上のアリア』。

音が近づくにつれ、さらに早足となっていく。水溜まりを蹴立ててライザは小走りに駆け出す。細い路地に面して古い教会が建っている。ピアノはそこから聞こえてくる。垣根の合間を潜ってライザは教会の裏手に回る。

雑草の生い茂る裏庭から礼拝堂にそっと近寄る。一心にピアノを弾く小さな背中が窓から見えた。三つ下の妹の背中。黄色いワンピースの肩が、軽やかに揺れている。エニシダの花のような明るい黄。洗い晒《ざら》しのワンピースはライザのお下がりだが、ライザはそれを着ていたはずの自分を思い出すどころかイメージすることさえできない。黄色いワンピースはそれほどミリーに似合っていた。そして肩で切り揃えられた黒い髪。母の血を受け継ぐ艶やかなブルネット。自分は母ではなく父に似た。裏切りの血は自分に流れ込んだのだ、その分ミリーは無垢なのだ――理屈ではなくそう思う。無垢な背中が無心に揺れる。それを眺めているときだけは、ライザはすべての嫌なことを忘れられる。

旋律が不意に途切れた。丸い顔がこちらに向かって微笑んでいる。傍らに座った婦人が、ライザの方を振り返った。

「ああ、もう時間なのね」

ジェーン・プラマーは、穏やかに頷いて立ち上がった。地味なブラウスにスカート。弱々しく痩せた肢体が、彼女を実年齢より老けて見せていた。

「ミリーはだいぶ上手になったわ」

「いつもありがとう、ジェーン」

ライザは開けっ放しになっていた戸口から中に入る。

ジェーンは教区の神父の妹である。確か今年で三十九になる。昔はダブリンでピアノを教えていたそうだが、今は未婚のまま兄と一緒に暮らしている。折々の祭礼や慈善バザーの準備など、人手も予算もない兄の手伝いで忙しい。週に二回、月曜と木曜にピアノを教えてくれるのは、彼女の純然たる好意であった。

「タイでつながれた八分音符が強すぎる癖があるわ。それと旋律の終わり方が少し乱暴ね。でも注意されるとちゃんときれいな流れになるし、全体はとても上手」

彼女の言葉には、称賛だけではない、半ば諦念のようなものが混じっている。どうにもならない現状への悲嘆。もっとちゃんとした先生に教わることができたなら――ジェーンは実際にそう呟いたことがある。もっとレベルの高い正当な教師について学べればと。

一流のピアニストを目指すには、早い段階からそれなりの環境で教えを受け、研鑽を積まねばならない。毎日弾き続けることは言うまでもなく必須であるのに、ミリーが弾けるのは週にわずか二回。所詮無理な話であった。マクブレイド家は有償のピアノ教師を雇うどころか、ピアノを購入するような経済状態からはほど遠い。ライザにはそれが誇らしく、また悲しい。どんなに才能があっても、ミリーは決して磨かれず、大成もしない。それでも本人はピアノに触れていられるだけで幸せらしかった。ライザにできるのは、その幸せな時間を守ってやることくらいしかない。

「来週またお願いします」

「ええ、待ってるわ」

ジェーンは近頃急に皺の増えた口許に笑みを浮かべた。

「さあ帰ろう、ミリー」

ミリーは黙って立ち上がり、姉の手を取った。そしてジェーンを振り返り、にっこりと無言で頷く。

「さようなら、気をつけてお帰りなさいね」

ジェーンの挨拶に、ミリーはやはり無言で微笑んだ。

以前は——ライザがファースト・レベルのプライマリー・スクールに通い始めた頃は、北アイルランドにはまだ希望があった。失業率は依然として高く、ナショナリストとユニオニストの対立は続いていたが、それでも和平プロセスはかろうじて進行中だった。一九九八年のグッド・フライデー合意、二〇〇六年のセント・アンドルーズ合意、二〇一〇年のヒルズバラ合意。停戦の宣言とその破棄が何度も繰り返された末、DUP（民主統一党）とシン・フェイン党は——信じ難いことに——交渉のテーブルに着き、警察権、司法権はロンドンのイギリス政府からストーモントの北アイルランド自治政府に委譲された。またIRA暫定派、INLA（アイルランド民族解放軍）の武装解除も終了した。リアルIRA、コンティニュイティIRAなどの非主流派リパブリカンによる散発的なテロは依然として続いていたが、情勢ははっきりと紛争の終結へと向かっていた。それらは決して和解という言葉で曖昧に粉飾されるようなきれい事ではなく、政治的思惑と利害の入り乱れた駆け引きの結果であるが、北アイルランドの歩んできた道程を知る者には、奇跡の如くに劇的な変化であった。

非主流派リパブリカンやロイヤリスト準軍事組織による犯罪と暴力は残るだろう。差別も貧困も。中世から続く怨念も。しかし世界中の誰の目にとっても、時代の流れは明白であり、動かし難いものであったのだ。

それが動いた。血の日曜日に。厳密に言えば北アイルランドで二度目の〈血の日曜日〉に。

一九七二年一月三十日、デリーのボグサイド地区で公民権運動のデモ行進をしていた非武装の市民に対し、イギリス陸軍パラシュート連隊第一大隊が三十分に及ぶ無差別射撃を行なった。その日、十三人が死んだ。後日負傷者が死亡して死者は合わせて十四人。ブラッディ・サンデー――『血の日曜日』。世論は一気に武装闘争容認へと傾き、ＩＲＡに志願兵が殺到した。なんのことはない、エイモン・マッカンらの主導による公民権運動の高まりがあっさりとＩＲＡの思想にすり替えられたのだ。すべては暗黒に帰結する。最悪の七〇年代。それが本当に最悪であったかどうか、今はもう誰にも分からない。

そして悪夢は連環する。白昼の喧騒に人が払暁《ふつぎょう》の悪夢を忘れても、それは再び寝床を襲う。何度自問を繰り返したことか。あの日、ミリーの手を放さなければと。

あの日――二年前の日曜に、ライザは教会に妹を迎えに行った。

特別な日曜だった。和平プロセスの進展に合わせ、各地で『血の日曜日』の犠牲者追悼集会が催された。教区の神父もその日はミサを早めに切り上げ、最寄りの集会に顔を出すことになっていた。だからジェーンが特別にピアノを使わせてくれたのだ。

約束の時間に着くと、今日と同じく、教会からピアノの旋律が漏れていた。現在に比べると拙くたどたどしい音だった。しかしそこには澄んだ歌声が加わっていた。幼く無垢で、生命の歓喜を表わす声。寂れた古い教会を天使が祝福しているかのような。その声が好きだった。歌うミリーを見ているのが好きだった。

やはり今日と同じく、裏庭からミリーを見た。

生き生きと揺れる小さな肩。小さく、そして愛おしい。

――ライザ！

ピアノを弾く手を止めて、ミリーは振り返った。今はもう失われたその声で、嬉しそうに姉の名を呼んだ。

傍らに腰掛けたジェーンも振り返る。今よりもずっと若い顔だったように思う。

別れ際にミリーはジェーンを見上げ、笑顔で挨拶した。

――さようなら、ジェーン。いつもありがとう。

ミス・プラマーと知り合ったのはプライマリー・スクールの教師の紹介だった。規則の厳しい学校では理由の如何にかかわらず授業以外でのピアノの使用を禁じている。地区の実情もあり、学校という公的機関は生徒を信用しないという原則の上に管理運営されていた。しかしミリーの才能を惜しんだ教師の一人が、旧友のジェーンを紹介してくれたのだ。

初めてミリーのピアノを聴いたジェーンは、その場で個人指導を快諾してくれた。だが教会の仕事の合間を縫っての指導は週に二回が精一杯であり、また自身の指導力には限界があるともジェーンは言った。それでもミリーは大喜びだった。

ベルファストには珍しく、その日はまだ雨は降っていなかった。だが空はいつもの灰色だった。教会からの帰途、二人はフォールズ・ロードで市民の行進と遭遇した。何十年も前の『血の日曜日』に死んだ同胞を追悼する市民の行進だった。大半はカトリックだが、趣旨に賛同するプロテスタント系住民も参加しているようだった。沿道には警備に当たる警察官が配置されているが、和やかな表情でゆっくりと歩を進める行進は、デモというよりパレードに近いような祝祭の気分に包まれていた。その中に、近所に住むパトリック・ダフナーの一家が交じっていた。

――ミリー！

十一歳のアンジー・ダフナーが二人を見つけて声をかけてきた。アンジーはミリーと同じプライマリー・スクールに通っている。

――ミリーだ、ミリーだ！

アンジーの弟のボビーと妹のベッツィも大はしゃぎで手を振っている。ボビーは八歳、ベッツィは六歳。皆ミリーとは大の仲良しだった。鬱々として陰気な自分とは違い、周囲の子供達から愛される妹を、ライザは誇りに思い、また密かに羨んでもいた。

ダフナー家の人々は、マクブレイド家と隔たりなく接してくれる数少ない隣人だった。

――ねえミリー、あたし達と一緒に来ない？

アンジーが誘ってきた。

――シティホールに着いたら、チョコレートファッジを買ってもらえるの。そうよね、パパ？

娘の視線に、父親のパトリック・ダフナーが苦笑する。

――ミリーもライザも一緒に行こうよ。ねえ、いいでしょう？

ボビーとベッツィも口々に言った。

――ミリー、ねえ行こうよミリー。

躊躇するライザとミリーに、夫人のマギーは穏やかに微笑みかけた。

――いらっしゃいよ、二人とも。ボビーとベッツィがこんなになったらもうお手上げ。心配しなくてもいいわ、うちの人が後でちゃんと家まで送ってくれるから。

妻と並んだパトリックが頷く。朴訥《ぼくとつ》な労働者、そしてアルスターに生きる若い父親の顔。

――どうしよう？

ミリーがライザを振り仰ぐ。その目は興奮と期待に輝いていた。

――行っといでよ。母さんには私から言っとく。

――ライザは？

――私はメイヴと約束があるの。

嘘だった。

ダフナー家の人々は嫌いではない。むしろ大好きだった。嫌いなのは自分の翳《かげ》だ。この光の輪の中に、自分はいない方がいい、その方がきっとミリーも楽しめる、ただ咄嗟《とっさ》にそう考えた。またそれが自分に対する言いわけであるとも自覚していた。

――本当に？

首を傾げるミリーに、内心を見透かされているような気がした。

――本当よ。さあ、行っといで。

その動揺をごまかすように、ライザはミリーの手を放した。

ダフナー夫妻に後を頼んで、行進と反対方向に向かって歩き出す。

周囲の喧騒にもかかわらず、大喜びしているボビーとベッツィの笑い声がいつまでも背中に聞こえていたのを覚えている。

ライザはまっすぐには自宅へ帰らなかった。当時から両親とは折り合いが悪かった。特に父とは。

行く当てもなく、無意味に街をうろついて時間を潰した。

一年中バーゲンをやっている安い衣料品店のワゴンを覗いていたとき、興奮した声が聞こえた。店のレジに置かれたテレビの音声だった。どうやら実況中継らしい。

〈詳しい状況は判明しておりません……死傷者が出た模様……現場は大混乱に……爆発があったとの情報も……〉

また自動車爆弾《カー・ボム》か、と思った。最近は減ったとは言え、アルスターでは珍しくもない。

〈警備の機甲兵装がデモの市民に発砲して……〉

顔を上げて振り返った。テレビの前にはすでに店中の人々が集まっていた。携帯端末の情報を大慌てでチェックしている者もいる。

〈シティホール前から中継でお送りしております〉

画面の中では、入り乱れる群衆と警官隊を背景にレポーターが蒼白な顔で叫んでいた。

〈繰り返します、『血の日曜日』事件の犠牲者追悼のため集まった市民をPSNIの機甲兵装が銃撃しました！　信じられない、まったく信じられない暴挙です！〉

店を飛び出し、全力で走った。

グローブナー・ロードを疾走しながら携帯を取り出し、表示画面を見て舌打ちする。バッテリーが切れていた。

通りのあちこちで人々が声高に騒いでいた。ライザと同じくシティホールに向かって駆け出す者も少なくなかった。

バスは到底待っていられない。走るしかなかった。

ぽつぽつと雨が降り出した。

頭の中で嫌な感触。初めて〈裏切り者の血筋〉と罵られたときのような。何かがより悪い方向へと傾いた瞬間に決まって感じる。その感触を自ら打ち消そうとするかのように、ライザは濡れた道路をひたすら走った。何もない殺風景な車道。すべての景色が雨に崩れて後方へと流れ去る。

グローブナー・ロードはダーラム・ストリートとの交差点でPSNIの警察車輌によって封鎖されていた。重機関銃を装備した機甲兵装も見える。マスコミも締め出されたらしい。黄色いテープの前でカメラやマイクを手にした報道クルーが警官隊と押し合っている。迷うことなくその中に分け入った。

――止まれ！

レインコートを羽織った二人の警官が、黄色いテープを飛び越えようとしたライザを制止する。

――ここは通行禁止だ、下がれ！

――放して！　妹が、妹がデモにいたの！

雨と汗とでずぶ濡れになって叫んだ。

――駄目だ駄目だ！

――シティホールで何があったの！　デモはどうなったの！

――知るか！　とにかくこの一帯は全面封鎖なんだ！

道路の封鎖に動員された警官達も、何が起こったのかは把握していないようだった。

懇願も虚しく封鎖線の外へと押し出された。

結局、その日ライザが現場を見ることはついになかった。そこにはきっとおびただしい血がまだ完全には雨に流されぬ状態で残っていたはずだ。

両親と合流したライザが妹の安否を知ったのは五時間後のことであり、面会を許されたのはさらにその二時間後であった。

ミリーは無事だった。

病院のベッドに横たわる妹を目にして、ライザは心底安堵した。

――ミリー、ああ、よかった、ミリー……

目を見開いて天井を見つめる妹に、ライザと父母は口々に喜びの言葉をかけた。

返答はなかった。

医者は一時的なショックだろうと言った。

その夜は一旦帰宅し、翌朝再び病院を訪れたライザと両親は、ミリーにまた何度も呼びかけた。しかし硬く強張ったミリーの顔は、表情を失くしたままだった。

次の日も、またその次の日も、ライザは根気よく病院に足を運んだ。一週間を過ぎる頃、ミリーは極度の緊張状態をようやく脱し、病室に入ってきたライザに弱々しい笑顔を見せた。

――よかった、だいぶ元気になったみたいね。気分はどう？

ライザの問いに、ミリーはすぐに答えようとした。だが唇の動きにかかわらず、どういうわけか音がしなかった。懸命に口を動かしていたミリーの顔が、次第に焦りに包まれる。そしてついに泣きそうな顔で姉を見上げた。

そのときライザは初めて気づいた。ミリーの声が失われているということに。


BLOODY SUNDAY AGAIN――当時そんな見出しが新聞をはじめ各種媒体にあふれた。ブラッディ・サンデー・アゲン。［血の日曜日再び］あるいは［第二の血の日曜日］。歴史は繰り返された。およそ考え得る最悪の形で。のちにこの事件の一般的な呼称として『アゲン』『セカンド』といった言葉が使われるようになったのもゆえなしとはしない。

この事件により、時代の流れははっきりと変わった。一九七二年と同じく。人々の意識は和平に対して明確に否定的になった。DUPもシン・フェイン党も、それぞれの支持基盤の民意を反映して臆面もなく主張を変えた。その厚顔こそ北アイルランドの政治である。衰退するかに見えた非主流リパブリカンやプロテスタント準軍事組織の活動もにわかに活発化した。

そして――IRFが台頭した。

二年前の日曜日、シティホールで一体何があったのか。情報は錯綜し、人々が事件の全容を知るまでには相当の時間がかかった。情報収集のためのツールやメディアが広く普及していたにもかかわらず。各所に監視カメラがあり、携帯端末で動画を撮影している市民もいた。だがいずれも断片であり、全体像を俯瞰《ふかん》で捉えていたものはなかった。

事実を時系列に沿って並べると、まず最初に銃撃があった。そのときの模様を記録した複数の映像がある。大半が市民の撮影によるもので、粛々と行進していたデモ隊の人々が突然の銃声に足を止めて周囲を見回す。合計で六発。いずれも銃声のみで、発砲した者の映像はない。

次いで、シティホールの前に四機配置されていた第一種機甲兵装『ダーナ』の一機が、装備していたブローニングM2重機関銃を市民に向けて発砲した。その銃撃で十三人が死んだ。奇《く》しくも一九七二年の事件当日の死亡者数と同じ数。

死んだ十三人の中には、ダフナー家の五人が含まれていた。アンジーもボビーもベッツィも、父母とともに死んだ。仲睦まじい夫婦と愛らしい三人の子供。一瞬にして彼らの体は引きちぎられ、無残な肉塊へと変わった。そのさまを、ミリーはまのあたりにしたのだ。

間近で一緒に歩いていたミリーが傷一つ負わず難を逃れたのは奇跡と言っていい。複数の目撃者によると、ミリーは血の海に一人呆然と立ち尽くしていたとも、心身喪失状態で死体に交じって倒れていたともいう。実際にどうだったかは厳密には分からない。ともかくも生き残ったというその僥倖《ぎょうこう》と引き換えに、ミリーは声を失った。心因性による聴唖者となったのだ。父と母は手を尽くして娘の治療を試みたが、効果はなかった。マクブレイド家の経済力では高額な費用のかかる治療プログラムの選択は不可能であったし、また医者の多くが効果はまず望めないだろうと言った。医者の言葉を聞きながら、ライザは心中に何度も思った——あのとき自分が妹の手を放しさえしなければと。

教会からの帰途、バスの車中でミリーは姉に向かい、両手の指を素早く動かした。

《何を考えているの?》

昔からミリーは勘がよかった。声を失ってからはことさらに。

「別に。ぼうっとしてただけ」

声に出して言う。ミリーの障害は発話だけで、耳は正常に聞こえている。

《嘘》

妹の手の動きを見て、ライザはため息をついた。ライザと母はミリーと一緒に手話を学んでいる。

「教会に行く前、メイヴに頼まれたの。もう一度カモギーのチームに入ってくれって。それでどうしようかって考えてた」

それも嘘だった。『血の日曜日』のこと、『アゲン』のこと、そしてフォールズ・ロードでミリーの手を放した瞬間のこと——そんなことを考えていたとはミリーに言えない。

しかし咄嗟の嘘にしては上出来だった。メイヴの誠意と好意は本心からのものだ。彼女の頼みは無下にはできない。ライザは真剣な表情で三つ年下の妹に尋ねた。

「どうしたらいいと思う?」

ミリーが再び両手をせわしく動かす。

《メイヴには悪いけど、私は姉さんにもうカモギーをやってほしくない》

ハーリングやカモギーに熱中するジュニア・サイクルの連中——シニア・サイクルもそうだ——は、ゲームをしながら別の熱に浮かされている。土地に溜まった抑圧の鬱屈を、他者への暴力に転化しようとする衝動。ミリーは顔見知りの皆が暴力を振るうのをことのほか嫌っていた。もちろん中には心から郷土のスポーツを愛している者もいる。メイヴをはじめ、ほとんどの選手がそうだと言っていい。しかし十代の不安定な精神はゲームの熱狂にたやすく我を忘れてしまう。そしてたやすく乗っ取られる。幼い頃から親や親族、周囲の環境に植え付けられてきた憎悪と偏見に。

現に今日も、本来は友達思いのメイヴが試合中にステファニー・ピケットをわざとハーリーで強打した。あのときの得意げな顔。カトリックとプロテスタントの別なく、北アイルランドの低所得者層の人間は、長ずるに従って多くが暴力に親和する。ライザはそれが嫌だった。ミリーにそう見られるのが怖かった。

「そうだ、メイヴが言ってた。また前みたいに遊びに来いって」

ミリーは嬉しそうに微笑んだ。

《今度、行こうね》

「うん、行こう。不味いスコーンをご馳走になりに行こう」

二人は笑った。ライザは声を上げて。ミリーは声を出さずに。

　マクブレイド家の住居はベルファストシティ墓地に近い一画にあった。もちろんカトリックの居住区で、そのあたりはアライアンス・アヴェニューと並び北アイルランドで最も衝突の激しかった地区として知られている。二階建ての同じ造りの家が共通の軒をまっすぐに連ねるテラスハウスだが、一列に並ぶ家の五軒に一軒は廃屋となったまま補修もされずに放置されている。

　その一番左端にマクブレイド家の四人は住んでいた。さらに左の空いた土地には、木造の粗末なガレージが雑草に囲まれて建っている。父の仕事場を兼ねたそのガレージは、ライザが産まれた頃に安い資材で仮設され、そのまま今日に至ったものだった。

「遅いじゃないの」

　帰宅したライザとミリーに、母のユーニスが台所から声をかけてきた。五時を回っていたが決して遅くはない。いつもと同じはずだった。ライザはそれを聞き流して母の傍らに立ち、料理を手伝った。ミリーは戸棚から食器を取り出し、食卓に並べる。頃合を見て裏口から隣のガレージに父のデリクを呼びに行くのもミリーの役目だった。

　デリク・マクブレイドは一日中ガレージに籠もり、手作業で各種の金属を加工し、アクセサリーや土産物を作っている。お世辞にもセンスがいいとは言い難い、ありきたりの品。遠縁に当たるというアーマーの卸商がお情けでくれる仕事だった。終日働いても大した額にはならないその仕事がマクブレイド家の主たる収入源である。母はパートタイムで魚市場の清掃を、ライザはアルバイトでスーパーのレジ係をやっているが、フルタイムでもない限り実入りはたかがしれている。昔も今も、デリクは金物細工の仕事にしがみつくより他なかった。なにしろマクブレイドの男に仕事を与えようとする者など地元には皆無なのだから。以前はそうでもなかったらしいが、職に就いて何日かすると必ず雇用主に嫌がらせを言ってくる者がいたという。それが単なる嫌がらせなのかテロの予告なのか、ベルファストでは簡単に区別はできない。リパブリカンを刺激して店や倉庫に火炎瓶でも投げ込まれたらおおごとだ。結果的にマクブレイドを雇おうという者は皆無となった。

ミリーと一緒に、裏口から父が台所へと入ってくる。木製の質素な椅子とテーブルの食卓。席に着いた家族の食器に、母が料理を盛っていく。夕食のメニューはラムのシチューだった。それにブラウンブレッドとポテト。燻製のサーモンも少々。代わりばえのしないいつものメニュー。違いはラムの量が多いか少ないか。野菜屑《くず》ばかりで肉がまるで入っていないときもある。近隣の所帯はどこも似たようなものだ。失業者でないだけましとも言えた。

祈りを捧げてから、マクブレイド家の四人は黙々と食事を口に運ぶ。以前はミリーが重苦しい食卓を一人で和ませてくれていた。そのミリーが声を失くした。マクブレイド家の食卓は一層憂鬱なものとなった。経文のように愚痴ばかり吐いていた母でさえ、『アゲン』以後は愚痴も滅多に言わなくなった。愚痴というものは、ある一定の限度を超えて大きくなりすぎると口から容易に出なくなるものらしい。代わりに暗いため息をつくようになった。長患いの病人の断末魔を思わせるそのため息が、ライザには苦痛であった。母がため息をつくごとに、あの日のことを責められているような気がして。おまえはどうして妹の手を放したのかと。実際に事件の直後は食事中も母から声高に罵られた。

悔恨に日を暮らすこの母がどうして父と一緒になったのか、ライザには知る由もない。カトリックもプロテスタントも、それぞれ狭い世界で生きている。路地や通りを一本隔てれば、そこはもう別の世界だ。地区だけですべてが完結している。そんな環境、いや認識が、北アイルランドの住民をより偏狭にした一因だ。メディアやツールの発達は関係ない。携帯端末で広く地球上のニュースを眺めながら、その同じ端末で連絡を取り合うのは近隣の顔馴染みでしかない。若い頃はかなりの美人であったという母も、地区という世界から通りを越えて踏み出せなかったのだろう。だがそれでもマクブレイドの男と一緒になるリスクは承知していたはずだ。

「あんた、この先どうするかもう決めたの」

歯茎からの出血に悩む母が、肉片を辛そうに咀嚼《そしゃく》しながら訊いてきた。ミス・プラマーと同様に、母もこの二年で急速に老け込んだ。

「うん……」

ライザは曖昧に頷く。最近では母との会話といえばこの話題ばかりだった。

セカンダリー・スクールは三年間のジュニア・サイクルと二年間のシニア・サイクル（後期課程）とに分かれており、義務教育はジュニア・サイクルまでである。十五歳のライザは今期中にシニア・サイクルに進むかどうかを決めねばならない。級友の多くは進学する。今ライザが通っている公立校なら学費は無償である。

大学進学は無理としても、シニア・サイクルくらいは修了してほしい――広がる一方の格差を日々痛感する親なら、誰であってもそう考える。

父は黙ってサーモンを口に運んでいる。母のため息もライザの不平も、まるで聞こえていないといった顔。デリクの学歴はジュニア・サイクルで終わっている。彼だけではない。マクブレイド家の人間でシニア・サイクル以上の学歴を持つ者はほとんどいない。

ある特別な意味において、マクブレイド家ほど北アイルランドの有為転変に翻弄された家系もないだろう。〈裏切りの血筋〉。それはそのまま北アイルランド闘争史に重なる。

一九一六年のイースター蜂起以来、いやそのずっと以前から、マクブレイドの男達は故郷のために血を流して戦った。そして裏切った。イギリス・アイルランド条約締結を端緒とする内戦の勃発。アイルランド共和国の成立。ＩＲＡの分裂。紛争の節目ごと、あるいは延々と続く暴力の日常のさなかに、マクブレイドは裏切った。追いつめられて裏切らざるを得なかった。仲間を売った卑怯者もいれば、前線から逃亡した臆病者もいる。ライザの祖父ジョシュアは前者だったと聞いている。曾祖父のアダムも。父はどちらでもなかった。何もしなかったのだ。祖先を恥じてか、闘争と関わらず、人目を避けて生きてきた。

「あんたは将来どうしたいの。はっきりと言って」

母は重ねて訊いてきた。

「働く」

不承不承にライザは答える。

「働くって、どこで働くの。街中に失業者があふれてるってのに」

「うちを出て働く」

ミリーがはっと姉を見る。不安そうな面持ちで。

「どこに行ったっておんなじだよ」

「少なくともここよりは稼げると思う」

うんと稼いでミリーにピアノを習わせてやりたい、ミリーの声を取り戻してやりたい——そこまで口にできなかったのは、実現させる自信のなさと、何より照れのゆえである。

また同時に、ライザは自らの心のうちを計りかねてもいた。なぜ家を出るのか。なぜ故郷を捨てるのか。明確な理由があるようで、突きつめるとすべては茫と霞んで曖昧に思えてくる。己の衝動の正体をライザは察し得ずにいる。その煩悶を表現する言葉さえ見つけられない。そんな自分が苛立たしい。

「出て行くのは賛成だ」

唐突に父が言った。

ただそれだけだった。賛成の理由は言わなかった。

いつもそうだ。生来の寡黙の上に卑屈と鬱屈が重なった父の本意は、いつだって分からない。それはそのまま父と他者との距離だった。他者の中には自分の家族さえも含まれている。

父が賛成なのは、ライザの考えに同意してのことかもしれないし、単なる厄介払いのつもりなのかもしれない。

母は一際大きいため息をついた。

寂しそうに俯いてしまった妹に、ライザは言ったことを後悔した。

夕食が終わると、父は居間でテレビを観る。にこりともせずきっかり一時間半。番組内容には頓着しない。映画の途中であっても時間が来れば切り上げる。政治情勢の変化や暴動の発生を伝えるニュースにも一時間と三十分以上の関心を示さない。それがいつもの習慣だった。その後父はガレージに引き上げて、台所にあるのと同じ椅子に腰を下ろし、一人でブッシュミルズを飲《や》る。つまみも話し相手もなしにちびちびと飲る。居間や台所では決して飲まない。また飲んでいるときの顔を誰にも見せない。

幼い頃――プライマリー・スクールに上がる前――ライザはガレージで飲む父の顔を盗み見たことがある。特別怖い顔をしていたというわけではない。独り静かに、虚空を見据えながら飲んでいるだけだった。なのに総毛立つ思いがした。父との距離をはっきりと感じたのはそのときが最初であった。

母とライザは汚れた食器を洗い、ミリーはそれを拭いて戸棚にしまう。一日の家事を終えた母は力尽きたように食卓の椅子に沈み込む。父がガレージに消えると、入れ替わりにテレビの前に座る。母は他愛ないトークショーを好んで観た。低俗な番組からより低俗な番組へ、下らない番組からより下らない番組へと、わざと選んでいるようだった。

ミリーとライザはしばらく母に付き合ってテレビを観てから、二階の寝室に上がる。そして就寝までのほとんどの時間を一緒に過ごす。同じ年頃の娘達が、携帯端末での無意味なやり取りに余念のない時間帯。ライザは家の中で決して携帯を使わない。ミリーを気遣ってのことである。携帯で友人と雑談に興じるなど以てのほかだった。自然と外でも使わなくなり、一か月ほど前から電源は切ったままになっている。十代の少女に必須の携帯端末というツールを放棄したため、クラスにおけるライザの孤立は決定的なものとなった。ライザはそれを気にしなかった。地域や学校での孤立はどうせ昔からである。今さらどうということはない。
毎晩十時にミリーはベッドに入る。つぶらな双眸《そうぼう》で《おやすみ》と告げる。
だがその晩の目は違っていた。
《家を出るって本当なの？》
ミリーは手話でそう問うた。
「うん……まだ決めたわけじゃないんだけど」
《進学はしないの？》
「学校にはもう飽きた」
《本当に行く気なのね》
妹は肩を落とした。夕食の席で見せたのと同じ寂しげな顔で。
「でも、あんたを見捨てて行くんじゃないわ。このままベルファストにいたって稼ぎは知れてるし」
ライザは慌てて付け加えた。我ながらこの上なく言いわけじみて聞こえた。妹への言いわけ。そして自分への言いわけ。
《私もその方がいいと思う》
ミリーは首を左右に振り、そう手で告げた。
《お父さんの言ったこと、分かる気がする。姉さんはここにいちゃいけない》
「どういうこと？」
《うまく言えない。でもお父さんはいろいろ心配してる》
ライザは黙った。偏屈な父を嫌う自分に対し、妹は父と姉とをともに気遣っている。自分にはない、天性の優しさだ。人は幼い頃の優しさを成長とともに捨てていく。ミリーは声と引き換えに変わらぬ無垢を得たのかもしれない。
《寂しいけど、私のことは心配しないで。私だって、自分のことは自分でやらなくちゃ》

「ミリー……」
《ありがとう、ライザ。今まで一緒にいてくれて》
まだ決めたわけじゃない、そう繰り返す代わりにライザは妹を強く抱き締めた。
どうしてあのとき、手を放してしまったのだろう。この妹をどうして一人で行かせたのだろう——

二年経った今も『アゲン』の真相は不明とされている。

最初の発砲は、誰が誰を狙って撃ったものなのか。

PSNIの機甲兵装が市民を銃撃したのは、その銃声を攻撃と判断したからなのか。

捜査上の必要と称して当初PSNIは情報の開示を拒んでいた。その対応も事態をより混乱させる一因となった。一九七二年の『血の日曜日』ではイギリス政府が隠蔽に動き、「暴徒から攻撃されたためやむを得ず発砲した」という虚偽の主張を頑《かたく》なに繰り返した。アルスターの住人にとってその記憶は拭い難いものである。年月を経て再び起こった日曜日の惨劇。人々が最初から当局を一切信用しなかったのも当然と言えた。


確認されている情報を総合すると——

銃声はシティホール正面に四機配置されていた第一種機甲兵装『ダーナ』の全機が感知している。各機に搭乗していた警官は市民と同様に硬直した。狙撃地点は未確認。指示を仰ぐ間もなく、突然一機が市民を銃撃し始めた。エドガー・キャンベル巡査の乗機であった。命令は何もなかった。我に返った他の三機が発砲している僚機を制圧した。すべて現場の判断であった。最初の発砲から制圧まで、その間約三分。

キャンベル巡査は片足を押し潰された状態で確保された。武装した機甲兵装を同じく機甲兵装で無力化した場合、被制圧機搭乗者の致死率は八〇パーセントを超えると言われている。キャンベルは幸いにも即死を免れたが意識不明の重態であった。PSNIはすぐさま彼を病院へ搬送した。その途中で意識を取り戻したキャンベルは、応急処置に余念のない救急隊員の隙を衝《つ》いて自殺した。隠し持っていたナイフで自らの喉を突いたのだ。これにより自白に基づく真相解明の道は閉ざされた。

人々はキャンベルの自殺を疑った。それどころか、キャンベル機を即座に他の三機が制圧したのも〈予定通り〉であったとする説が根強く囁かれた。

生前キャンベルが過激な思想に偏っていた形跡はない。あれば決してダーナの搭乗要員に選抜されなかったはずである。また幻覚症状をもたらす薬物等を使用していた痕跡も発見されなかった。生活環境や家庭についても調査されたが、独身者であるキャンベルにはそうした問題さえなかった。

警察官、特に治安警備任務に就く者には厳重なチェックが入る。それをパスしたはずのキャンベルがなぜ虐殺行為に走ったのか。

多くの人が、その理由を北アイルランドの歴史に求めた。ＰＳＮＩの前身はＲＵＣ（王立アルスター警察隊）である。かつては職員のほとんどがプロテスタントで占められており、紛争の全期間を通じてカトリック系住民を抑圧した組織。無論現在では差別の撤廃が標榜されているが、中世から続く対立が警察内部でのみ解消されたと信じられる者はプロテスタント、カトリックのどちらにもいない。キャンベル巡査はプロテスタントであった。彼が風土に根差す偏見を心の底に隠し持っていなかったという保証はない。ＲＵＣがＰＳＮＩと名を変える以前も以後も、カトリック系住民は彼らを〈自分達の警察〉と見なしてはこなかった。カトリックにとってＰＳＮＩは〈占領軍の手先〉にすぎない。何十年も揺るがぬその認識が、非主流派リパブリカンを必要とする政治勢力の拠り所となっている。

事件当日の深夜、ＤＵＰをはじめとするユニオニスト政党、シン・フェイン党をはじめとするナショナリスト政党は、それぞれ声明を発表した。双方ともに死亡した市民に哀悼の念を表し、真相の解明を求め、そして互いを非難した。

翌日の未明には最初の発砲に関する犯行声明がＵＤＡ東アントリム旅団の名で出た。その一報は各種のソーシャル・メディアによって瞬く間に広まったが、数時間後に同団体が公式に否定した。デマであった。情報源はついに特定されなかった。発砲の目的を「ナショナリストの挑発的示威行為を黙認するPSNIの弱腰に対し憂慮の念から警告を発したものである」とするニセ声明文は、ロイヤリスト過激派の主張そのものであったため、長らく論議の的となった。あれはデマなどではなく、本物だったのではないかと。

デマであったとすれば、誰がなんの目的で流したのか。

本物であったとすれば、UDAが数時間後に否定したのはなぜか。

死亡した非武装の市民十三人の内訳は、ダフナー家の五人を含むカトリックが八人、プロテスタントが四人。無神論者が一人。リパブリカンによるテロでもロイヤリストによるテロでも、これまで幾度となくカトリックとプロテスタントが同時に死んでいる。まるで命の公平を象徴するかのように。

テロは同胞の犠牲を厭《いと》わない。否、本来は厭うものであったはずが、次第に鈍感になり、無自覚になり、最後には変質する。それがテロというものである。ことに北アイルランドにおいては。一切はロイヤリストの陰謀でもあり得るし、リパブリカンの陰謀でもあり得る。IRAの事実上の上部組織であり政治組織であるシン・フェイン党の関与を指摘する声もある。イギリスの関与さえ疑われた。

ベルファストの空の如く、すべてが灰色であった。すべてが黒に近い灰。疑心の運河はただ混沌の海へと通じていた。

曖昧でない事実はただ一つ——『血の日曜日』が再び起こったということ。

その結果としての現実がある。

ライザは深夜に自室のベッドで、煤けた天井の暗がりにそれを見る。アルスターの家々のすべての暗がりに〈現実〉はある。ほんの少しの闇を見つけては、不幸という靴を履き、悲痛という服を着た現実という名の妖精がするりと家に入り込む。時に彼は、憤怒や憎悪と呼ばれる仲間を連れてくる。

幼い頃からライザはマクブレイドの血を嫌った。父に似たひねくれ者の自分を嫌った。マクブレイドを裏切り者と罵る周囲の環境。何よりそれが最悪だった。

小さい頃、家の前で遊んでいると見知らぬ男達が言った――あれがマクブレイドの娘かと。あれが裏切り者の血筋かと。それが自分の家系を意識した最初の記憶である。なんのことかと父母に問うたが教えてはもらえなかった。教えられずとも、長ずるに従って否応なく知った。祖先のことなど関係ないと思ったが、狭いコミュニティではそうはいかない。ライザは自ずと地域の価値観に染まりながら成長した。

一家四人のうちに罪人などいない。しかしこの肩身の狭さはどうだ。まるで犯罪加害者の家族のようだ。息を殺して日を過ごす。〈祖国への反逆〉という大罪人の家族には、それが妥当な仕打ちというのだろうか。

『アゲン』の後、ダフナー一家と一緒にいたミリーが無事であったと知り、誰かが言った。心ない誰かが「一人だけ生き残るあたりがマクブレイドらしい」と。さらにミリーが発声できなくなったと知り、「裏切りの家系に与えられた天罰だ」と。

湿気た毛布の中でライザは己の顔を両手で覆う。

ミリーの耳は聞こえている。悪意の声は否応なくミリーの耳にも入っている。顔にも声にも出さず、妹は周囲の悪意に耐えているのだ。

ライザは憎む。悪意の主を。自分自身を。悪意の声は幼時のライザが内心に感じた不安と同じであったから。

ベルファストの夜は急に冷え込むことがある。そんな夜、古い住宅はことのほか冷える。眠れないのは冷気のせいか。それとも暗がりに潜む小人達のせいか。

起き上がってガラス越しに窓の外を見る。ガレージから明かりが漏れていた。父はまだ飲んでいるらしい。アルスター中の男達から軽蔑されながら、酒の量だけは立派にアルスターの男だ。あのガレージの中で、父は虚空に何を見ているのだろう。自分が父に似ているのなら、やがては同じものを見るのだろうか。そう考えた途端、名状し難い衝動が突き上げてきて思わず壁を殴りそうになった。かろうじて堪《こら》える。ミリーが目を覚ましたら大変だ。

悪夢を見ているのなら起こしてやろう。だがもし幸せな夢を見ているのなら、そしてもしそれを壊してしまったら。そう考えるだけで恐ろしかった。

2

いつも通りの朝。『アゲン』の前と変わらぬ午前八時三十分。ライザはミリーと一緒に家を出る。ライザはグレイのパーカーを、ミリーは淡いピンクのカーディガンを羽織っている。初夏に近いが、朝はまだ肌寒かった。

ミリーは以前と同じプライマリー・スクールへ通っていた。医者は障害児のケアに対応できる学校を勧めたが、ミリーは発語ができないだけで聴力に問題はなく、元通りの通学は可能であった。何より本人がそれを望んだ。

日々の暮らしは概ね変わらなかった。

変わったのは、登校時には愛らしくさえずるようにおしゃべりをしていたミリーが、一言も発しなくなったことである。

一旦表通りに出てから右に曲がる。三十フィートほどの高い壁に沿って古い住宅が建ち並んでいた。ライザとミリーは足を速める。そこはプロテスタントの居住区であった。

イギリス政府によって築かれた壁『ピースライン』。一九七〇年代初頭に着工し、八〇年代後半に完成した。カトリック居住区とプロテスタント居住区が隣接する場所には必ずこの壁がある。

ピースラインの建設は激しく対立する双方の衝突を避けるための措置である——かつてイギリスはそう主張していたが、人々に暗くのしかかるその壁はまさに断絶の証しに他ならない。プロテスタントはこの壁越しに火炎瓶や爆弾を投げ込んでくる。壁のこちら側に住まうのが獰猛な怪物であると信じ込んでいるかのように。

赤錆びたシャッターを閉じたままの金物屋の前で、三人の若い男が登校中らしいアジア人の少年を小突いていた。

おまえら、汚ねえんだよ――

とっとと中国へ帰りやがれ――

そんな言葉が聞こえてきた。生活保護を受けながら朝から晩までマイノリティや移民いじめに余念のない連中だ。

少年はじっと俯いて耐えている。泣きそうに伏せられた目はどこか惚けているようにも見えた。野暮ったいデザイン、しかし丁寧に洗濯された古びたシャツ。垢抜けないというより滑稽なヘアスタイル。平坦な顔には諦念にも似た虚脱の色がある。

その色はライザにも覚えがあった。自分を取り巻く他者への恐怖、怒り。運命への無力感。そしてそれらのすべてに抗し得ぬ自己への嫌悪。

少年が本当に中国人なのかどうか、ライザには分からない。ベルファストには中国系移民が特に多いというのは確かだが、韓国人、あるいはベトナム人かもしれなかった。アジア人はみんな同じように見える。

プロテスタントの低所得者層における失業率は高まる一方であり、それはカトリックも同様である。鬱積した不満がマイノリティに向けられているのだ。

まったくの日常。まったくの現実。

マクブレイド家の姉妹は黙ってその場を通り過ぎる。

いつもこんなときだった。ミリーの沈黙が茫漠とした何かへの抗議に思えるのは。

八時四十五分。プライマリー・スクールの前でミリーを見送り、ライザは二ブロック先のセカンダリー・スクールへと向かう。

退屈なだけのカリキュラム。将来にかけらも希望を見出せない者が、授業に熱中できるわけもない。さまざまな教師達の熱弁も空論も、等しく頭上を流れ去る。ただ時を空費する疲労と焦燥に、教室内で飽《あ》いたような視線をさまよわせている生徒はライザの他にも少なくなかった。

午後三時四十分。帰宅しようと教室を出る。廊下でメイヴと出くわした。

「考えてくれた？」

いきなり訊かれた。カモギーのチームの件だ。

「まだちょっと……」

曖昧に言葉を濁す。メイヴの顔を間近に見ると、すぐに嫌とは言いかねた。

「だろうね。なにしろ昨日の今日だしね」

メイヴは一人先回りして納得したように頷いた。今さらのように申しわけない気持ちが湧いてきたが、校舎ですれ違うチームの面々からあからさまに無視される半日を過ごした後ではどうにもならなかった。

「いいよ、しばらくしたらまた聞くよ」

「悪いね」

「その代わりさ、今日はちょっとあたしに付き合ってくれない？　実は叔父さんの誕生日でさ、急に親父の代わりに顔を出さなきゃならなくなって」

「親父さん、どうかしたの」

「実は昨日からニューリーの警察に留められてんだ」

メイヴはさすがに決まり悪そうに、

「ニューリーに友達が住んでて、昨日一緒に飲んだのよ。一人で運転して帰る途中で、検問に引っ掛かったんだ。あのバカ親父、おとなしくしてればいいのに、大暴れして警官を殴っちまって」

「親父さんらしいよ」

よくある話だ。むしろ微笑ましい。

「親父もだいぶ飲んでたんだけど、連中、かなり細かく調べるみたい。親父はそれでキレちゃって。ニューリーあたりの警察ってさ、下っ端が点数稼ぎによく裏道張ってんだって。爆弾か麻薬でも見つけられれば大手柄だし。とにかくそれで、親父の代わりに行かなきゃならなくなったわけ。大層なパーティとかじゃなくて、行ってハグして、お祝い渡して、それで終わり」

「でも、なんで私が」

「ブライアンの家なんだ。叔父さんはブライアンの父親だよ」

「ブライアン？」

「あたしの従兄弟の。覚えてるでしょ。ほら、昔ちょっとだけ一緒に遊んだじゃない」

「そりゃ覚えてるけど……」

メイヴの父方の従兄弟、ブライアン・マクハティ。知ってはいるが、最後に会ってからもう随分になる。おとなしいというよりどこか影の薄い少年で、歳は確かライザとメイヴの三つ上だった。

「ブライアンの奴、だいぶ前からキリアン・クインにかぶれててさ、うるさいんだよ、ＩＲＦの理念がどうとかさ。人の顔を見たらもうそればっかり」

うんざりといった顔でメイヴがため息をつく。

ようやく思い出していた。ブライアンがキリアン・クインに傾倒しているという話は以前にも耳にしたことがある。

リアルＩＲＡ、コンティニュイティＩＲＡなど、ＩＲＡ暫定派から分裂した過激派は数多い。そうした非主流派リパブリカンは、しかしいずれも和平プロセスの流れには抗えなかった。抑圧された衝動は得てして純粋に結晶し、ついには爆発する。ＩＲＡ暫定派が武装放棄を決定した二〇〇五年以降、分派の動きは急速に拡大した。外部ではなく内部に向けられたときにこそ、憎悪はその凶暴性を最大限に発揮する。凄まじい抗争と粛清の末に、アイルランド・リパブリカン・フォース――IRFが誕生した。

当初新たな一分派にすぎないと思われていたIRFは、その過激な軍事路線ゆえに一躍支持を得た。『アゲン』の後の話である。時代の潮目は一変した。情報のメディアとツールが発達した時代だからこそ、人々はリアルタイムで中継される暴力の衝撃に世界の本質を直感したのだ。そして、人心は原初の衝動に回帰した。IRFの掲げる理念、フィジカル・フォース・リパブリカニズム――武力による統一アイルランドの実現。失われた夢想が蘇った。

IRF結成の立役者の一人がキリアン・クインである。元は詩人であったという彼の言葉は、鬱屈する労働者層の心を打った。その発する言葉以上に、キリアンの行動――すなわちテロ――は雄弁だった。

新たなるカリスマ。時代の寵児。彼に心酔する青少年はアルスターどころかアイルランド全土で珍しくない。ブライアンのような若者はそこら中に掃いて捨てるほどいる。

「あんたがいてくれたら抜けやすいと思って。二人でライブに行く約束してるからとかさ。最近は滅多に家にいないらしいけど、もしブライアンがいて妙なこと話しかけてきたら、あんた、もう始まるわよとかなんとか言ってくれない？　お願い」

造作もないことだったが、安請け合いするにはなんとなくためらわれるものがあった。それでも目の前で頭を下げる友人の頼みをすげなく断る理由は見当たらなかった。チームへの復帰を断るつもりでいるという後ろめたさもあったかもしれない。

「分かった、一緒に行く。その後で本当にライブハウスに行こうよ。買物でもいいいし」

「それ、いい！　あたし、新しいブーツが欲しいと思ってたんだ」

メイヴがほっとしたように顔を綻ばせた。

ブライアンの家は、ミス・プラマーの教会の横手から北側に細長く延びる路地を入った先にある。飛び地のように離れたカトリック居住区のさらに先。まさに飛び石伝いのような立地だった。

同学年の女子の間で流行《はや》っているファッションについて。教師達の退屈な授業と虫酸《むしず》の走る高飛車な説教について。お気に入りのバンドの動向について。他愛もないことを話しながら、バッグを手に二人は足を運んだ。クラスの誰と誰が付き合っている、誰と誰が別れた、そんな話が中心だった。もっぱらメイヴが話し、ライザは言葉少なに頷きながら聞いていた。

殺風景な裏通り。低学年の子供達がサッカーボールを追っている。ボールは湿った敷石の上を転がり、コンクリートの壁にぶつかり弾む。子供達は飽かずにボールを壁に向かって蹴り続ける。遊ぶ子供の歓声にはプロテスタントもカトリックもない。

ペニーもダイアンもずっと前から上級生のトビー・ファーロングに片思いでさ、朝から晩までトビー、トビーって、どう考えてもあんなニキビ面、それほど大した男じゃないのに、大体あたしに言わせりゃ……

メイヴがそう話しているときだった。

右手の路地から二人の男が現われて行手をふさいだ。右側のゴリラのような男は手に棒状のものを持っている。それに気づいて、メイヴとライザは相手の目的を悟った。

ゴリラが手にした物を突き出した。

「これが何か分かるだろう」

カモギーのハーリー。

「こいつで顔を一撫ですればどうなるか、おまえならよく知ってるはずだよな、メイヴ・マクハティ」

男はハーリーで横の壁を力任せに叩いた。硬直してこちらを見ていた子供達がわっと逃げ出す。

「かわいそうに、妹の鼻はひんまがったままだ。小さい頃から自慢の可愛い鼻がな」

ステファニーの兄貴だ。ライル・ピケット。名前だけは聞いたことがある。地区の不良。札付きだがIRAでもINLAでもないただのチンピラ。

メイヴとライザは同時に背後を振り返る。そこにも二人の男がいた。険しい顔で足早に近寄ってくる。一人は大きなスパナを握っていた。

「逃がすもんか」

見透かしたようにライルが言う。ライザは素早く周囲を見回す。人影はない。路地に面した窓もすべて閉ざされている。まずい状況だった。

「学校からずっとつけてたってわけ？　あんた、シスコンの上にストーカー？」

減らず口を叩くメイヴの頬を、ライルがいきなり手にしたハーリーではたいた。

よろめいたメイヴをライザがかろうじて抱き留める。鼻血が出ていた。

その血を掌《てのひら》で拭いながら、メイヴは怯《ひる》まずに返す。

「仕返しなら肝心の男はどうしたの。付き合ってる大学生。自分の女がやられたってのに、仕返しは女の兄貴にお任せなんだ？」

「あんな腰抜けのユニオニストなんか最初から当てにもしてねえ」

「だったらその腰抜けとデレデレ付き合ってたあんたの妹はなに」

ものも言わずライルは再びハーリーを閃かせた。咄嗟にライザがメイヴをかばう。ハーリーはライザの右腕をしたたかに打った。

「筋違いだろ」

あふれる血にくぐもる声でメイヴが叫んだ。

「自分の親戚や地区の連中に聞いてみな。ステファニーがどうなっても自業自得だって言ってるさ」

「ああ言ってるとも。尻軽のステファニー、とんだ恥晒しだってな」

ライルの顔が憤激に歪んだ。

「畜生、なんでよりによってユニオニストなんかと」

恥辱と憎悪。それが彼の内部でせめぎ合っている。身内と世間、自分達を取り巻くすべての世界への怒り。汚泥のように蓄積した心の澱だ。ライザにははっきりと分かる。メイヴや他の三人の男達も同様だろう。分かっていながらどうしようもない。鬱屈を暴力に変える以外には。

「妹も相手の男も、それから地区の連中も！　俺を馬鹿にしやがった奴は片っ端から思い知らせてやる！　最初はおまえ達だ！」

「だったらライザは関係ないだろ」

ハーリーを握り締めたライルは、打たれた右腕を押さえるライザを一瞥し、

「マクブレイドの娘だろ。それこそどこでどうなったって文句を言えた筋合いじゃねえ」

「最低！」

「だってそうだろ、マクブレイドの娘ならたとえ口がきけなくなるような目に遭っても——」

反射的にライザの左腕が動いていた。強烈なフックがライルの顔面に入った。

「この女！」

仲間の男達が一斉に動いた。つかみ合いになったそのとき、通りの前方から男達が駆けつけてきた。

五人。いずれも二十歳前後といったところか。

「早く！　あそこだよ！」

案内しているのはさっき走り去った子供達の一人だ。

先頭の男が荒々しく割って入った。

「何をやってるんだ、やめろやめろ」

その顔を見てメイヴが声を上げる。

「ブライアン！」

「メイヴじゃないか。ここで何やってんだ」

「何って、こいつらがいきなり」

ライザは驚いて男を見つめる。黒に近い茶色の髪に鳶色の瞳。確かにブライアン・マクハティだった。最後に会ったときの印象とはまるで異なっている。影の薄い少年は、いっぱしの男の顔になっていた。


ブライアンはすでにＩＲＡだ――ライザは悟った。

ＩＲＡは昔から体を張って地域の住民を守ってきた。その側面は否定できない。イギリスをはじめとする諸外国、及びプロテスタントにとっては犯罪集団。カトリック系住民にとっては理不尽な暴力からの守護者。テロ組織は常に二つの顔を持つ。善と悪とに分かち得ない、ただの二つの顔なのだ。世界中のどの土地に行っても同じだろう。同根の顔であるから、根絶はあり得ない。ブライアンはすでに一細胞としてＩＲＡ――あるいはＩＲＦ――に取り込まれている。

長らく補充が途絶えていた細胞が『アゲン』の後にわかに新陳代謝された。所詮街角レベルではあるが、その細胞が街のいざこざをさばく自警団としての機能を発揮しているのだ。

ブライアンが正式に入隊したのかどうかは定かでない。入隊していたとしても組織の最末端か、それ以前の見習いといった方が近いだろう。他の四人も年齢からして似たり寄ったりに違いない。

「なんだおまえら。関係ない奴が口を出すな。こっちは身内をやられてんだ」

立ち上がってハーリーを握り直すライルに、

「関係はある。その娘は俺の従姉妹だ。とにかくここで騒ぎは起こすな。言いたいことがあるんなら俺が聞いてやる」

「うるせえ、引っ込んでろ」

ライルの仲間が横から手を出した。ブライアンが肩にしていたバッグをつかんで引き倒そうとする。

「放せ」

その手を払い除けるようにブライアンが体を捻る。安物のバッグが裂けて中身が散らばった。機種の異なる二個の携帯。ヘアスプレーの缶。フリスクのケース。ライター。雑誌。本。手帳。サインペン。キーホルダー。たちまち揉み合いになった。

ライルの振り回すハーリーがブライアンの仲間の腹に入った。体を二つに折って苦悶する男。その上にのしかかろうとするライルの顎をブライアンが蹴り上げる。ライルは悲鳴を上げてのけ反《ぞ》った。もう一発蹴りつけようとしたブライアンも背後からのタックルを受けて路上に突き倒される。敷石に鮮血の飛沫が散った。誰の血かは分からない。誰しもが全力でつかみ合い、獣のようにもがき暴れる。

メイヴとライザは男達の乱闘を見守るしかない。体格ではライルと彼の仲間が勝っていたが、たとえ一人であっても人数の差は大きかった。

積んであったゴミ容器が倒れ、野菜屑が散乱する。窓が割れ、住人の悲鳴が上がる。

間延びしたパトカーのサイレンが聞こえてきた。双方がはっとして顔を上げる。

全員がものも言わずに散っていく。ライルもブライアンの仲間を突き飛ばして素早く去った。

路上に散らばった自分の荷物を拾い集めながら、ブライアンがメイヴとライザに声をかける。

「大丈夫か。走れるな?」

「うん」

メイヴが頷きながら足許にあったブライアンの携帯を拾う。ライザも慌てて彼のノートや本を拾い集め、自分のバッグに放り込む。

「急げ」

右の瞼から血を流すブライアンに急かされて、ライザは彼の後を追った。

七分後。メイヴとライザを自分の家に送り届けると、ブライアンは中に入りもせずに姿を消した。

ハーリーで殴られたメイヴの顔は大きく腫れ上がっていた。

息も絶え絶えに転がり込んできた姪の無残な顔に、マクハティ家は誕生日のお祝いどころではなくなった。メイヴの叔父は口汚なく息子のブライアンとIRAを罵った。そしてさらに汚い言葉でキリアン・クインとIRFを罵った。

居たたまれぬ空気に、ライザは早々に暇《いとま》を告げた。口には出さなかったが、ライルに殴られた右腕がパーカーの下で強く痛んだ。

その痛さに改めて思った。

危なかった――ブライアンが来てくれなければ、自分もメイヴもこの程度では済まなかった――

今になって震えがきた。震えと痛みとを抑えるように、ライザは左手で右腕を強くつかんだ。

自宅に帰り着いたライザは、家族には何も言わず夜を過ごした。言うまでのことではないと思った。不意に突発する暴力は、ベルファストでは午後の雨よりありふれたものだった。妹の身に起こったことに比べれば、腕の青痣《あおあざ》程度で騒ぐ気にはなれなかった。

下級生に振るったハーリーの一撃が、自分の顔に返ってきた――メイヴの災難は自業自得だ。笑えるほどに愚かで分かりやすい。巻き込まれた自分自身も。ただブライアンの変貌には驚いた。

決して珍しくはない。無心にボールを追っていた少年が、数年後にはテロリストに変わる。あるいはテロリストのメンタリティを心底に抱く。いや、数年を待たずとも十歳にも満たずして警官隊に向かい、自然な成長の証しであるかのように投石する。それがアルスターであると理解しながら、ライザの心はざわめいた。

曖昧な思いを抱えてライザは自室のベッドに身を投げ出す。

頼りなさを示すのみだったブライアンの細い顎は、細いままに鋭利で力強いものとなっていた。ハーリングにもゲーリック・フットボールにも興味を示さなかった少年。他の子供達に無視されながらそれを気にするでもなく、反発するでもなく、黙って受け入れていた。昔のブライアンの記憶がそれほど自分には鮮烈だったのか。彼の変化が印象に残ったのはそのせいかとぼんやり考えた。

漠然とした思考はどうしてもまとまらない。自分の頭が悪いせいだろう。ミリーはすでに眠っている。父はまだガレージだ。夜の冷気はいつの間にか増していた。横たわったまま机の上の時計を見る。十一時五十五分。じきに日付が変わる。明日の支度をしなければ。億劫《おっくう》な思いで立ち上がり、机に向かって椅子の横のバッグを取り上げる。

課題はまったくやっていない。いつものことだ。どうでもいい。教師もとっくに諦めているに違いない。

そのとき、バッグの中の教科書やノートを取り出して明日の授業に必要なものと詰め替える。そのとき、見慣れない本が交じっていることに気がついた。首を傾げながら本を手に取る。そう厚くはない。赤茶色のそっけない装幀。日焼けした表紙には折れた跡があり、四隅が擦り切れている。随分と読み込まれているようだった。

書名は『鉄路』。著者はキリアン・クイン。

あのときだ——

著者名を目にした瞬間に分かった。路上に散らばったブライアンの荷物を大慌てで自分のバッグに拾い集めた。ブライアンの家の玄関先ですべて彼に渡したつもりだったが、この本だけ自分の教科書にまぎれていたのだ。

どうやら詩集のようだった。裏表紙に著者の経歴が書かれている。

デリーの労働者階級の出身。早くから詩作を志す。トリニティ・カレッジ中退後に出版した第一詩集『日の素描』でイェーツ賞受賞。今後が最も注目される新鋭である——

〈今後が最も注目される〉。確かにその通りだった。その後の彼は世界的に注目される存在になった。ただし詩人としてではない。テロリストとしてだ。

ライザはキリアン・クインのすべての詩集がイギリスとアイルランドで発売禁止になっていることを思い出した。

ページを開いて拾い読みする。

若く老いぼれた君は果てなく延びた鉄路を往くか。
愚直に引かれた二本の線の合間を往けば
執念深い悔悟を振り切れるとでも夢見たか。
鉄路の先に故郷は在らずと鴉《からす》が咽《むせ》ぶ。
ならば後ろに在るか。
確《しか》となかった。
鉄路は不潔な街を抜け
冷たい墓地を散々に堂々巡って
挙句に君は徒労を知って滅びるのだ。
奈落の果てでどん詰まってみじめに震えるのだ。
救いを求めるのは尚の徒労だ。
赤錆びた運命の先にも後ろにも
鉄路を這う蛆《うじ》に微笑みかける馬鹿者はいないのだ。

そこで放り出した。

わけが分からない。自慢ではないが詩や作文は何より苦手だ。平均を上回る点を取ったことがない。

この詩が北アイルランドの過酷な歴史と現在の状況を暗示しているのはライザにもなんとなく察せられた。本の発行はキリアン・クインがテロリストになる前だから、アジテーションが目的ではなかったのだろうが、秘められた思想がすでに表われていると読み解くこともできる。

またそう考えると、文言の一つ一つが陳腐に見えてきた。分かりやすすぎるのだ。だからこそ広く浸透したのかもしれないが。

どうでもいいか――

立ち上がってベッドに向かおうとしたライザは、しかし再び椅子に腰を下ろして本を手に取った。

そして最初から読み始めた。腕の痛みはいつの間にか忘れていた。

3

七回の呼出音の後、相手が出た。

こちらからかけた電話でありながら、一瞬声が出なかった。

〈……誰だ〉

警戒する気配が感じられた。努めて平静を装いながら名乗る。

「ライザ・マクブレイド」

〈おまえか〉

相手は意外そうな声を上げた。

〈どこでこの番号を……そうか、メイヴか〉

「今お見舞いの帰り。今日は学校を休んでた」

〈傷の具合は〉

「本人は大したことないって言ってるけど、だいぶ腫れてる」

〈そうか〉

「あんた達が来てくれなかったらどうなってたか分からない。ありがとう」

〈いいよ。昨日は久しぶりだったな。最後に会ったのは五年前か〉

「もっと前」

〈すっかり変わってたな。見違えたよ〉

「そっちもね。それで昨日のことなんだけど」

本題を切り出す。

「私のバッグの中にあんたの本が入ってた。キリアン・クインの詩集。返したいんだけど、どうすればいい？」
二、三秒の間があって、相手は言った。
〈ハーパーの店は覚えてるな〉

「うん。でもあそこは三年前に燃えたって」

〈その跡地で待ってる。明日の四時〉

通話は切れた。

メイヴの見舞いの帰り道。ドラッグストアの前の舗道で、ライザは手にした携帯を見つめる。電源を入れたのはほぼ一か月ぶりだった。

メイヴの部屋で、ライザはブライアンの連絡先を訊いた。怪訝《けげん》そうにしながらもメイヴは携帯の番号を教えてくれた。

――親父さんにも教えてないらしいよ、この番号。ブライアン、家にも滅多に帰ってないし。あたしには教えてくれたんだ、家に何かあったときのためにって。まあ、一度もかけたことないけどね。

でも、どうして？

――昨日のお礼が言いたいだけ。

詩集のことはメイヴには言わなかった。どうしてだか分からない。隠す理由はないはずなのに。

なんとなく言いそびれたのだと、心の中で独りごつ。

ライザは携帯をパーカーのポケットにしまい、家に向かって歩き出した。

『ハーパーの店』はチェスナット・アヴェニューにあるパン屋を兼ねた駄菓子屋だった。

幼い頃、ライザとメイヴはブライアンと一緒に何度かピーナッツタフィーを買いに行った。頻繁に出入りしていたわけでもない店の名が記憶に残っているのは、甘すぎるタフィーの味のゆえではない。ルーという名の店主が、無口で影の薄いブライアンを妙に気に入っていて優しく接するのを見たからだ。決して陰気ではないのだが、無口で影の薄いブライアンは、他の店ではぞんざいに扱われることが多かった。そんなふうに感じていたから、ルーの態度は幼いライザの印象に残った。ブライアンもまた、大人にはどことなく心を開かぬようであったのが、ルーにだけは懐いているようだった。

思えばルーも昔のブライアンに似て、影が薄いというより幸が薄い感じがした。見た目は全然違っていたが。ルーは真ん丸な体型の太った中年男で、騒がしい子供相手にただ黙々と駄菓子を売っていた。白髪の覗くその横顔に、〈取り残された者〉の佇《たたず》まいといったものを子供心にライザは感じた。

そのルーも三年前に死んだ。チェスナット・アヴェニューの近くで暴動があり、火炎瓶の一つが彼の店にも投げ込まれたのだ。ルーは火を消そうとして逃げ遅れた。たまたま手に取った新聞でライザはルーの死と店の消滅とを知った。記事の扱いは小さかった。ありふれた事件のありふれた記事だ。誰もがすぐに目にしたことさえ忘れてしまう。あの無口な太った店主も、甘ったるい香りの満ちたこぢんまりとした店も、今はもう覚えている者さえいないだろう。

翌日、ライザは店の跡地に立った。

チェスナット・アヴェニューに軒を連ねる店舗の多くが、空家となったまま放置されている。ハーパーの店とその両隣の建物は完全に取り壊され、更地になっていた。近隣の住民のものらしいバンやセダンが数台駐められている。ライザは建設会社の社名が記された白いバンの横で待った。パーカーのポケットから携帯を取り出そうとしたとき、こっちに歩いてくるブライアンが見えた。一昨日に見た細い顎。右の瞼にはまだ傷が残っていた。約束の四時を二十分ほど過ぎている。

「悪い、遅くなった」

「いいよ、それより」

近寄ってくるブライアンに、バッグから取り出した本を差し出して、

「ごめん、全部渡したつもりだったんだけど、これだけ私の荷物にまぎれてた」

「捜してたんだよ。そんな所にあったとはな」

ブライアンは微笑みを浮かべて詩集を受け取る。

「『鉄路』は手に入れるのが難しいんだ。ネットでも相当な値が付いてるらしい」

「作者から直接もらえないの？」

なにげなく言ってみた。

「作者？　キリアンのことか？」

「ＩＲＦに入ったんじゃないの？　だったら……」

「直接会えるわけないだろ、俺なんかが」

ブライアンは苦笑して、

「会うどころか、キリアン・クインの居場所を知っているのは雲の上の幹部だけさ」

「そうか。そうよね」

自分の間抜けな発言が恥ずかしかった。自己嫌悪が語尾に滲む。

「中の詩は読んだか」

不意打ちのように訊かれた。

「うん」

反射的に答えてから、慌てて付け加える。

「ごめん、勝手に読んで」

「謝ることはないよ。どうだった」

「どうって？」

「感想くらいあるだろう」

急に訊かれても言葉など出てこない。

「まだ途中までしか読んでないから……」

嘘だった。とっくに読了している。

「途中って、どの辺」

「半分くらい……本を読むのは苦手なんだ……読み始めたのは一昨日だし……」

そう答えるライザの顔をじっと見つめながら、

「この本、もうしばらく預けとくよ」

「えっ」

ブライアンが詩集を差し出す。

「せっかくだから最後まで読めよ。それから感想を聞かせてくれ」

「うん」

思わず受け取ってしまった。赤茶色の詩集は再びライザの手に渡った。もう断るわけにはいかない。面倒なことになったという思いが半分。後の半分、心は奇妙にざわめいた。

「ルーのこと、覚えてるか」

またも出し抜けに訊かれた。

「昔ここにあった店の親父だよ。覚えてるわけないか。あんまりしゃべらない人だったもんな。でも俺は好きだった」

「覚えてるよ。太ってて、白髪があった」

へえ、とブライアンは驚いたように、

「意外だな。メイヴはまるで覚えてなかったのに」

「ルーは無口だったけど、あんたには特別優しかったから」

「そうか、やっぱり……記憶の通りだ、ルーはやっぱり俺に優しくしてくれたんだ」

ブライアンは嬉しそうに笑った。

「じゃあ、あの店のピーナッツタフィーの味は覚えてるか」

「それも覚えてる。甘すぎて好きじゃなかった」

「そうか、やっぱり」

ブライアンが大仰に頷く。その仕草がおかしくて、ライザは我慢できずに噴き出した。

甘すぎるピーナッツタフィー。周囲に馴染まない無口な少年。ぶっきらぼうな口調で彼に声をかける中年の太った店主。曇ったガラス越しに射し込む柔らかな光。そのすべてが失われ、二度と戻らないことを想いながら、ライザは笑った。


その夜、『鉄路』を初めから読み直した。

読了してから一時間ばかり、ベッドの上で考えた。

携帯を取り上げてブライアンの番号を呼び出す。しかし発信ボタンは押さなかった。家で携帯を使わないのが自分のルールだ。ミリーは隣の部屋で寝ているが、声が漏れ聞こえるかもしれない。起こしてしまったらかわいそうだ。やめておこう。

ライザは電源を切った携帯を枕元に放り出し、毛布にくるまって目を閉じた。

次の日も、その次の日も、ブライアンに連絡はしなかった。

電話は向こうからかかってきた。

ライザが下校しようと教室を出たときだった。廊下にいたルースとダイアンが珍しそうにこっちを見ている。自分が携帯を使っているのがそんなに珍しいのか。

〈読んだか〉

校舎の階段を下りながら答える。

「うん、読んだ」

〈で、どうだった？〉

「よく分からない。今まで詩なんて読んだことなかったし。言葉とかもあんまり知らないから。分かる所もある。けれど私なんかにも分かるってことは、喩えがあからさますぎるってことなんじゃないかと思う。その分だけ何か熱みたいなものは感じるけど」

最初に感じた通りのことを言った。再読してからあれこれ考えたが、他に答えを思いつかなかったのだ。

ブライアンは感心したように、

〈本は苦手だと言ってたわりには批評家じゃないか〉

「批評って……そんなんじゃないわ」

〈立派な批評だよ〉

「違うって」

〈もっと詳しく聞かせてほしい。また会いたいな〉

「………」

少し考える。本を返すためにどのみちブライアンにはもう一度会わねばならない。

「いいわ。でも私はＩＲＦにもＩＲＡにも興味ない。活動に引き入れようって気なら……」

〈心配するな。そんなことはしない〉

「本当？」

〈引っ張らなくても、おまえは自分でこっちに来るよ〉

え……？

〈次の土曜はどうだ〉

「土曜はバイトがあるの」

〈じゃあ来週の月曜は〉

「月曜は妹を教会に連れて行かなきゃならない。ピアノを習ってるんだ」

〈じゃあ水曜は〉

「その日なら……」

〈決まりだ。来週水曜の五時、ハーパーの店の跡で待っててくれ。迎えに行くよ〉

こちらの返事を待たずに通話は切られた。

おまえは自分でこっちに来るよ――

その言葉が気にかかった。どういう意味だろう。すぐにでもかけ直してブライアンに質《ただ》したい衝動に駆られた。かろうじてそれを抑える。

どうせ来週にはじかに会うのだ。真意はそのときに訊けばいい。

4

次の日の朝、落ち着かない気持ちを抱えてライザは登校した。まるで難解なパズルでもあてがわれたようにすっきりしない。

不安を感じつつも、『鉄路』はバッグに入れて持ち歩いている。なにしろキリアン・クインの著書だ。発売禁止の本とは言え所持だけで罰せられるわけではないが、思想に偏向があると誤解されかねない。家に残して父や母に見られる危険は避けたかった。またなぜか手元に置いておきたいという気持ちもあった。

校舎の階段を上がり、そのまま教室に向かおうとして驚いた。

「メイヴ！」

ロッカーの前に立っていたメイヴが振り向く。ライザを見て照れくさそうに笑った。腫れは引いているようだが、左の頬には大きなガーゼが当てられている。

「大丈夫？　もういいの？」

「うん、いつまでも休んでられないから。チームのこともあるし」

言葉に詰まる。復帰の意志のないことは未だ伝えられずにいる。

ライザの表情を見て、メイヴは話題を変えるように、

「ブライアンに電話はした？」

「した」

「ブライアン、どうだった？　あいつも派手にやられてたから……」

「平気そうだった。傷はまだ残ってたけど」

メイヴが不審そうにライザを見つめる。

自分の迂闊《うかつ》さに舌打ちする――〈傷がまだ残っていた〉というのは直接会った者の言い方だ。メイヴにはお礼の電話をするからといって番号を訊いた。ただの礼なら電話だけで事足りる。

「あんた、ブライアンと会ったの？」

「うん、私のバッグに彼の本が入ってて……パトカーが来て慌てて逃げたじゃない、あのときよ」

ライザは思い切って言うことにした。もともと隠す理由はどこにもないのだ。すべてを伝えた方がいい。

「ブライアンが感想を聞かせてくれって……それで来週の水曜に返すことになったの」

「チームのミーティングがその日あるんだ。それまでに復帰を決めてくれたらいいなって思ってたけど……それじゃあんたは来られないね」

「ごめん」

「いいって。あたしが勝手に思ってたことだから……でも……」

ためらいがちに訊いてきた。

「あんた、もしかしてＩＲＦに興味あったりとかする？」

「まさか」

言下に否定する。

「あんたもよく知ってるじゃない。小さい頃から私がどんな気持ちで生きてきたか」

「悪い、気に障《さわ》ったら謝るよ」

「いいよ、そんな」

謝りつつも、メイヴは念を押すように、

「あんたを疑うわけじゃないんだ。なんだか気になってさ……このあたりじゃ誰がいつリパブリカンになってもおかしくないし、そうなった奴は一杯いる。現にブライアンがそう。あたしだってプロテスタントのやり口はむかつくし、ステファニーをぶん殴ったりもするけど、リパブリカンじゃないわ。ともかくブライアンにはあんまり関わらない方がいいよ」

「分かってる。ありがとう」

礼を言って自分のロッカーに向かう。メイヴの視線を背中に感じるが、懸命に堪《こら》える。微かな疑惑の混じる視線だ。振り返ってはいけない。そんな挙動は疑惑を肯定することになる。メイヴと自分自身に対して。

頭の中で嫌な感触。すべてを隠さず話すつもりだったのに、自分は本の題名が『鉄路』であり、キリアン・クインの著書であることを言わなかった。

そのことに意味はない、理由があって言わなかったわけじゃない——内心に呟く弁解も、自分で呆れるほどそらぞらしかった。

「手首をもっと柔軟に、そう、そんな感じ……四分音符に絡まる装飾音に気をつけて……音の持つ基本的な動きを崩さずに、前後のつながりを崩さないで……いいわ、その調子」

ミリーの背後に立ったミス・プラマーが言う。言われるたびに音が深まる。旋律の揺らぎが消える。心地好い、まっすぐな演奏。

週明けの月曜。ピアノの指導の日であった。教会にミリーを迎えに来たライザは、ぼんやりと『G線上のアリア』を聴いていた。温かい音の連なりは、しかし遠い谺《こだま》となってライザの頭上を滑り去る。

引っ張らなくても、おまえは自分でこっちに来るよ――

再会したばかりのブライアンが、何を根拠にそんなことを言ったのか。自分はそれほど危険な顔つきをしていたのか。それとも昔一緒に遊んだ頃の自分に、そう思わせる何かがあったのか。

あるいは――自分がマクブレイドの血を引くからか。裏切り者、卑怯者と蔑《さげす》まれつつ、常に闘争の最前線に身を投じてきたマクブレイドの。

水曜になれば。ブライアンに直接訊けば。

「ライザ」

ジェーンの声に我に返る。彼女とミリーがこちらを見ている。練習は終わっていた。

「ありがとう、ジェーン」

慌てて礼を言い、妹に向かって手を差し出す。

「さあ、帰ろう」

何かを察したのか、ミリーはライザを不安そうに見上げながらその手を取る。ミリーはいつも勘がいい。ミリーには何も隠せない。でもミリーには何も言えない。自分にもよく分からないことを、妹に説明する自信はまるでない。少しでも口にしようものなら、それはたちまち誤解となるだろう。これまでの十五年の人生で、誤解の渦はいやというほど経験してきた。生来の口下手のせいであるかもしれないが。曖昧なことを言っていたずらに妹を心配させるくらいなら、何も言わない方がいい。そう思った。

帰り道、バスの座席でミリーが手を動かす。
《姉さんは本当にきれい》
驚いて声を上げる。
「なんなの、いきなり」
《いつも思ってる。姉さんは私の誇り》
「変なこと言うね」
《きっと姉さんは特別な人なんだわ》
「なにそれ」
《きっとそうだわ。ライザは特別》
「そんなんじゃないわ」
ミリーは微笑みながら首を左右に振って、
《姉さんはどうしていつもそんな服を着ているの》
はっとして自分のパーカーに視線を落とす。洗い晒しのグレイのパーカー。
「どうしてって、別に……これが気に入ってるの」
嘘だ。自分の物は何もかも好きではない。
《姉さんはきっと赤が似合う。赤を着た姉さん、きっと素敵よ》
「そんなことないって。私はこれがいいの」
《それに姉さんの黄金色の髪。おひさまみたい。いいえ、おひさまよりもきらきらしてる》
「そんなことない」
頑なに否定する。
《うらやましいわ。おひさまよりも明るい金髪なんて、姉さん以外に見たことない》
「なに言ってんの。ミリーの方が可愛いよ」

《私はこんなカラスみたいな髪だから》

寂しげに俯くミリーの横顔に、

「私の髪は父さんに似ただけよ」

ついむきになっていた。

「母さん譲りのミリーの髪の方がずっといいわ。本当よ」

《お父さんが嫌い？》

「母さんの方がましってことよ」

またも言ってから気づく。あからさまな否定を避けようとして、父ばかりか母まで謗《そし》るような言い方をしてしまった。

ミリーが悲しそうな顔をする。

その顔が見たくなくて窓の外へと視線を逸らす。

どうしてミリーが突然あんなことを言い出したのか、その理由は判然としないまま、手と声の会話は終わった。


水曜になれば。ブライアンに直接訊けば。

火曜はゆっくりと過ぎた。時間の長さは均一だ。長く感じるのは気のせいだ。いつも退屈な授業が、数割増で退屈なだけだ。

授業が終わると早々に下校した。メイヴに会うのを避けたかったのかもしれない。

夜もまた退屈だった。珍しく雨は降らず、星が出ていた。静かで平穏な夜。湿気も少ない方だったのに、いつもよりミリーの寝つきが悪いのが気になった。

水曜になれば。ブライアンに直接訊けば。

その知らせは唐突にやってきた。水曜の朝だった。

登校前の食卓。父はまだ眠っていた。母は起きて卵を焼いたが、頭痛がするといって寝室へと引っ込んだ。ライザがミリーのカップにミルクを注いでいたとき、パーカーのポケットに入れっ放しにしていた携帯が鳴った。メイヴからだった。

〈ブライアンが死んだわ〉

最初は意味が分からなかった。

携帯の向こうで嗚咽《おえつ》する声。

〈今朝の五時だって……さっき知らせが……アードインのパブで撃たれて……やったのはUDAよ……仲間といるところを後ろから……〉

あの本をどうしよう。誰に返したらいいのだろう。そんなことを考えた。

キリアン・クインの詩集。血を流すステファニー・ピケット。振り上げられたハーリー。ライル・ピケット。裂けたバッグ。散らばった荷物。鉄路。冷たい墓地。ハーパーの店。ピーナッツタフィー。無口な少年と太った店主。

水曜になれば。ブライアンに直接訊けば。

〈あたし、もう……ごめん、いきなり……〉

何かくどくどと告げる声が聞こえるが、よく分からない。啜り泣きが高まって、通話は切れた。どれくらい過ぎただろう。数秒か、数分か。ミリーが身じろぎもせずにこっちを見ている。

座ったままミリーが手を動かす。

それに応えず、メイヴに携帯をかけ直す。電源が切られていた。

《どうしたの》

《何があったの》

ミリーが再び訊いてくる。

「分からない」

そう答えた。それが精一杯だった。分かりすぎるほど分かっている。よくある話。ありふれた事件。まだまだ熟さぬ青い小さな林檎の実が、一陣の風にぽとりと落ちる。ブライアンはそんなふうに逝ってしまった。あまりにも呆気なく。

メイヴの携帯はその日は二度とつながらなかった。


各種メディアは未明に起こったアードイン地区での事件を一斉に報じた。

UDAによるIRFメンバーの襲撃。今年になって六件目の〈パニッシュメント・シューティング〉だった。報道の焦点は抗争の激化を示すその回数にあり、ブライアン・マクハティという固有名詞にはなかった。

無口だった頃のブライアンの写真がメディアにあふれ、拡散した。北アイルランドに関心を持つ人々の間に。そして一片の興味もない人々の間に。世界の隅々にまでとめどもなく広がって消費され、やがて頼りない夢の如くに消えた。影の薄い少年であったブライアンの、それが本来の末路だとでもいうかのように。

葬儀の前に、ライザはメイヴの家を訪ねた。

「これ、ブライアンに借りてた本」

部屋に招き入れられたライザは、バッグから『鉄路』を取り出した。

「あんたに渡すことにした。ブライアンの家族に返してくれてもいいし。あんたに任せる」

考えた末のことだった。彼が生前大切にしていた本を自分が持っているわけにはいかないと思った。

差し出された本の作者名を一瞥し、メイヴは顔色を変えた。

「キリアン・クインの本じゃない」

「うん」

「ブライアンがあんたに読めって言ったのはそれだったの」

「うん」

「どうして隠してたの」

「別に隠してたわけじゃない」

「へえ、そうなの」

親友の面上にはそれまで見たことのない侮蔑が表われていた。

「あんた、分かってる？　ＩＲＦに関わったせいでブライアンは死んだのよ？」

「…………」

「あんたはこっそりブライアンと闘争ごっこをやってたわけ？　キリアン・クイン・ファンクラブ？」

「…………」

「帰って」

「でも」

「いいから帰って」

ドアの外に押し出されながらも、ライザはなおも詩集を渡そうとした。

「でもこの本……」

メイヴは冷たく嗤った。

「そんなもの、あんたがずっと持ってればいいじゃない。そうよ、あんたに似合いよ」

ドアはついに閉ざされた。ライザは言葉を失い、立ち尽くす。

予期もせぬ拒絶であった。旧友の態度に混乱する。

頭の中の嫌な感触。自分は今、何か大きなものを失った。

不意に気づいた。

メイヴはブライアンを愛していたのではないか。

これまでの付き合いの中で、メイヴはそんな感情を漏らすどころか、ブライアンを話題にさえしなかった。他の男どもとは年相応にあれこれあったにもかかわらず。秘めた想い——叔父の誕生日に同行を頼んできたのは、ブライアンに話しかけられるのを恐れてではなかった。むしろ逆だったのだ。そして自分にブライアンを知ってもらいたかった。そんな形で彼の存在を示唆したかった。含羞《がんしゅう》の想いの、それがメイヴらしい友への打ち明け方だったのだ。

ライザは手にした本を見る。メイヴが忌避するのも当然だ。愛する男を死に追いやった。そうなるのは分かっていた。

赤茶色の小さな詩集。混乱のせいか、それが自分の手の中にあるのが不思議にも、また自然にも思えた。

その日以降、学校での孤立は決定的なものとなった。今までも校内に寄る辺ない身とは思っていたが、まだまだ生温《なまぬる》いものだったのだ。

ライザへの反感を抑えていたのは、ひとえにメイヴの存在であった。彼女の支持を失ったことにより、ライザへの差別は公然化した。

やっぱりマクブレイドの血筋だね——

そんな声が聞こえてきた。わざと聞こえるように言ったのだ。

西校舎の廊下を歩いているときだった。ルース・マイルズがこちらを見て嫌な笑いを浮かべている。それにペニー・オサリヴァンとダイアン・ケイン。

「せっかくメイヴが誘ってくれてたのに、ねえ」とペニー。

「あんな奴をチームに入れようなんて、メイヴもどうかしてたんじゃない」とダイアン。

三人ともカモギーの選手だ。ペニーとダイアンはディフェンダー。ルースはフォワード。レベルは雑魚《ザコ》。

「メイヴも後悔してるってさ」

ルースが嘲笑する。

いつもなら無視するところだ。だが今日はできなかった。

三人に歩み寄り、ゆっくりと言う。

「なんて言った」

「え、なに」

「今なんて言った」

ルースは挑発的に平たい顎を突き出して、

「メイヴが言ってたんだ、あんたに裏切られたって。マクブレイドはやっぱり裏切り者だって」

「………………」

「あたしが言ったんじゃないからね。文句があるならメイヴに――」

その顔にストレートを食らわせる。ルースが仰向けに倒れる。左右からペニーとダイアンがつかみかかってきた。

「やったな！」

喚くペニーの腰を蹴飛ばし、しがみついてくるダイアンの横腹を殴りつける。三人もつれ合って廊下に倒れる。鼻血を噴きつつ身を起こしたルースが、上から容赦なく踏みつけてくる。

「こいつ！　内緒で男と乳繰り合ってたんだろ！」

その足をつかんで引きずり倒す。

ライザは全身で暴れもがいた。相手を滅茶苦茶に乱打する、その痛みを拳に感じつつ、心はどこかに往っていた。

水曜になれば。ブライアンに直接訊けば。

教会を包む柔らかな旋律。優美で、透明で、清澄な。

『G線上のアリア』。少し前に比べても、ミリーのピアノは格段に上達していた。最初の頃は音符をなぞるように弾いていたが、丁寧さのあまり、むしろ独り善がりな旋律の揺らぎがあった。今は確固として迷いがない。左手のベース音は深々と、主旋律はくっきりと、内声部は慎ましく、声部を描き分ける。

ライザはじっと聴いている。

季節はそろそろと夏に入っていた。それでも古い教会にはいつもの冷たい湿気があって、外の暑さを感じなかった。

旋律が不意に途絶えた。

「どうかした?」

ジェーンが驚いてミリーに声をかける。

背後の姉を振り返ったミリーが胸の前で両手を動かす。

《私のピアノ、そんなに下手になった?》

「えっ?」

思わず聞き返す。

《この頃、姉さんは少しも聴いてくれてない》

胸を衝かれた。

自分では聴いているつもりでいた。だがそれは、聖堂に谺《こだま》する遠い残響を感じているにすぎなかった。ミリーに指摘されてようやく自覚する。

ブライアンの死の前後から、天も地もないように揺れていた己の内面を、聴啞の妹は明確に感じ取っていた。ブライアンのこともメイヴのことも、ミリーには一言も話していないのに。

手話のできないジェーンは、ただ姉妹の顔を見比べている。

「私も、弾いてみていいかな」

出てきたのは、自分でも意外な言葉だった。

「好きなんだ、その曲……だから、ちょっとだけ、いいかな」

自分でもよく分からない胸のうちを、妹はやはり鋭敏に察してくれた。

許しを願う期待の目で、ミリーはジェーンを振り仰ぐ。ジェーンはミリーを指導するため好意で時間を割《さ》いてくれているのであって、ライザの気まぐれに付き合う理由はない。

「……いいわ」

ため息をついてジェーンが頷く。はっきりとは理解できぬものの、姉妹の間で交わされたなんらかのニュアンスを感じたようだ。

ジェーンに礼を言うように微笑んで、ミリーが椅子から立ち上がる。

代わってライザはピアノに向かう。

かつてミリーがピアノを弾き始めた頃は、戯れに自分も一緒に弾いていた。それだけだ。自分も弾かせてくれと言えるほどの資格は何もない。だがミリーの練習はずっと見ていた。音の連なりも曲の構成もすっかり頭に入っている。どうせ素人の慰みだ。でたらめだって構いはしない。弾きたいように弾けばいい。

震えもない。力みもない。大丈夫、これならやれる——

白い鍵盤に指を伸ばす。息を吸い込んで弾き始める。『G線上のアリア』。

柔らかな出だし。上々だ。悪くない。

だがそこで止まった。初めの四小節だけで。

凝然と己の手を見つめる。指がどうしても動かない。いや、指は自ら踊りたがっているのに、心の何かがそれを強く押しとどめている。

ミリーとジェーンの落胆を背後に感じる。手を一度引っ込めてから、もう一度やり直す。

最初の四小節でやはり止まった。その先はどうしても弾けない。

「もう来ない……」

鍵盤の上に突っ伏して呻《うめ》いた。

「水曜はもう来ないんだ」

涙があふれた。心の亀裂から唐突に湧き上がる。水曜日はもう来ない。自分はブライアンを愛していたのか？　違う、たぶん。悲しいのは別の何かだ。苦しいのはその何かが分からないからだ。

ブライアンは、きっとその手がかりを持っていた。

おまえは自分からこっちに来るよ――

彼は自分に何を見たのだろうか。それを知るすべはすでにない。ハーパーの店のように、甘ったるいピーナッツタフィーのように消え去った。

ミリーとジェーンの視線が落胆から困惑に、次いで哀れみに変わる。その気配を感じながら、ライザは涙をとどめることができなかった。

5

七月に入って、日照時間は一気に延びた。

その日は夕刻から市街全体が騒然とした空気に包まれていた。幹線道路に配備された機甲兵装。サイレンを鳴らして過ぎるパトカー。交差点ごとに立つ武装警官。いつもの爆弾騒ぎか、あるいはデモか暴動か。

ベルファスト市民はそうした騒ぎには慣れていたが、その日の空気はいささか違っていた。イギリス軍の装甲車や兵員輸送車が出動しているのも最近では珍しかった。

バイトからの帰り道、ライザはシャンキル・ロードの舗道上で何事かを打ち合わせている制服警官とイギリス軍兵士を見た。立ち止まって手にした携帯端末を覗き込んでいる人。顔を真っ赤にして警官と小突き合っている男達もいる。

――なんでイギリス軍が出張ってんだよ！

そんな声が耳に入った。

――腰抜けが！　警察権はストーモントに移ったんじゃなかったのかよ！

――そうだ、シン・フェインは裏切り者だ！　俺達を裏切ったんだ！

〈裏切り者〉。街に吹く不穏の風は、しかし俯き加減に歩くライザの髪をまるで揺らしはしなかった。

家ではソファに並んだ母と妹が珍しくニュースを見ていた。二人の頭越しに画面を眺める。報道番組だった。時折母が手にしたリモコンを操作する。どの局も特番を放映していた。

［PSNIがIRFの各拠点を一斉捜索］［市街各区でIRF幹部七名を拘束］［抵抗したIRFメンバー四人が射殺される］［一般市民に犠牲者］［重傷の男性は搬送先の病院で死亡］［一部の幹部は依然逃走中］［イギリス軍の介入に抗議の声］

画面を数分眺めただけで騒ぎのあらましは分かった。ベルファスト中で大規模な手入れがあったこと。突入したのはPSNIではなくイギリス軍のSASであったこと。それが問題視されていること。市民が巻き込まれて死んだことも。

ため息をついて母が腰を上げる。夕食の支度はいつもより少しだけ遅い時間にずれ込んだ。

夕食はチキンにポテト、熟したトマトに熟し切っていないトマト。それにソーダパン。後片づけを終え、ライザは階段に向かった。食後すぐに父がガレージへ戻ったので、母とミリーは居間でテレビを見ている。逃亡したIRFの幹部はまだ捕まっていないらしい。階段を上がろうとしたとき、視界の端にテレビが見えた。揺れる画面は市民による抗議集会の模様を映していた。

二階の自室に入り、カーテンを閉めようと窓に近づいた。開けっ放しにしてあった窓から、父がガレージで金属を研磨する音が聞こえてくる。カーテンを閉め切る寸前、ガレージの前に立つ人影に気づいた。午後七時を過ぎて光は弱まりつつあるとは言え、外はまだ昼の明るさを保っている。長身の男だった。濃いグレイのフィールドジャケットにベージュのチノパンがはっきり見えた。こちらに背を向けて立っているので顔は分からない。男はシャッターの横手にあるドアを叩いている。父の知人なのか。だとすれば相当珍しい。ライザの記憶する限り、父を訪ねてきた友人は皆無だった。作業の音がやみ、ドアが開かれる。顔を出した父が男を中に招き入れた。やはり知人であったらしい。

机に向かって旧式のノートPCの電源を入れ、レポートの作成にかかる。課題は近代ヨーロッパの歴史について。形だけでも提出しなければ卒業はおぼつかない。

しかしいくらモニターを見つめても、思考は散漫にたゆたうばかりで文章がどうにも浮かんでこなかった。教科書に載っている歴史はどこか別世界のものだといつも感じる。別の世界の別の歴史だ。自分達の暮らす世界とは別の。あるいは、この街だけがヨーロッパではないのかもしれない。地理上の位置だけで、みんなヨーロッパの一部だと思い込んでいるにすぎないのではないか。クロムウェルの入植もジャガイモ飢饉も、イースター蜂起さえも、自分達には関係のない、テレビドラマの筋書きのように思える。時間の流れは一つのはずだ。歴史の結果として今がある。だがそれを認めたくないという思いがどこかにあった。教科書にまとめられている言葉を歴史と称し、事実として受け止めるには、自分達の抱えるものは複雑すぎる。だからどうしてもパッケージの中の歴史には距離を感じる。冷笑的になる。嘲笑的にもなる。それは自分だけではないはずだ……

ありったけの集中力を総動員して、なんとか最初の一節を綴ったときだった。外でガラスの割れる音がした。カーテンを開けて下を見る。ガレージの窓が破れていた。雑草の疎《まば》らに生えた地面に転がる破片の中には、ブッシュミルズのラベル付きのものもあった。父が窓に酒瓶を投げつけたのだ。あるいは訪ねてきた男か。

急いで階下に駆け下りる。母もミリーも立ち上がっていた。

「ガレージに父さんの客がいる」

母の顔色が変わった。

「ちょっと見てくる」

「待ちなさい」

勝手口に向かうライザに母が後ろから声をかける。

「行かない方がいいわ」

「どうして？　ケンカかも」

足を止めて振り返る。理解できなかった。

「ねえ、どうして？　止めなくていいの？」

重ねて問う。答えはない。ライザは母の顔から表情が消えていることに気づいた。まるで——まるでいつもの父のようだ。

身を翻して走り出す。

「ライザ！」

背後で母が叫んでいた。構わず台所を走り抜け、ガレージに向かう。

木製のドアを勢いよく開けて中に飛び込んだ。

「父さん！」

父と向かい合って立っていた男がこちらを振り向く。

知っている顔だった。しかし知人ではあり得ない。

まさか——

「キリアン……クイン?」

歳は確か三十四。ウェーブのかかった銀髪。下がり気味の眉とまなじり。知性と愛嬌とが同居する瞳は、粗暴なリパブリカンとはまるで異なる。メディアの報道で散々見知った顔が綻んだ。

「娘がいるとは聞いてたが……上のお嬢さんか」

父は険しい顔で怒鳴った。

「家へ戻ってろ」

「ねえ、これって――」

「聞こえないのか、ライザ」

何か言おうとしたとき、背後からも厳しい声がした。

「出てって」

母だった。その後ろにミリー。姉と母の後を追ってきたのか。両親のただならぬ様子に怯《おび》えている。

キリアン・クインがさらに目を細める。

「久しぶりだね、ユーニス」

母をファーストネームで呼んだ。

「出てって、早く」

母は無機的に繰り返す。

「裏切り者の家にあなたの用はないはずだわ」

キリアンは意外そうに、

「あなたまでマクブレイドを裏切り者呼ばわりか」

その言葉にライザは母を振り返る。

「どういうこと」

母もまた答えない。

「ねえ、どういうことなの」

「娘にも教えていなかったのか。そうか、そうだろうな」

「マクブレイドは悲しげに首を振り、
キリアンは裏切り者なんかじゃない。少なくとも先代のジョシュアも先々代も――」

「俺はこいつと出かけてくる。ユーニス、おまえは子供達と家に戻れ」

キリアンの言葉を遮るように、父が母に向かって言った。

ライザの足は動かなかった。

裏切り者じゃないだって？

あのキリアン・クインがうちにいて、マクブレイドは裏切り者じゃないと言う。理解できない。どういうことだ？　たった今自分の耳で聞いたばかりの言葉に、頭がまるでついていかない。

マクブレイドは裏切り者じゃない――父は一言も言わなかった――母もそれを知っていた――

「ライザ、何をしている、早く行け」

父が叱咤《しった》する。

「出かけるって、どこへ？　警察はきっとキリアン・クインを捜してる。今夜の騒ぎはその人が狙いよ」

自分で言ってからようやく気づく。ＩＲＦ幹部の検挙が目的の手入れであるならば、最大の標的はキリアン・クインであるはずだった。だがＳＡＳとＰＳＮＩは真の獲物を取り逃がした。

「その通り」

キリアンが笑みを浮かべる。正解を述べた学生を見つめる教師のように。

「メインディッシュはこの僕だ。連中は僕がベルファストにいるという情報をつかんだ。誰かが漏らしたんだ。しかもＰＳＮＩとストーモントは、恥知らずにもイギリス軍に応援を頼んだ。何が自治だ。何が主権だ。とんだところで馬脚を現わした。これこそ我らがありがたき自治政府の実態だ」

「それがデリクと――私達とどういう関係があるの」

母が父とキリアンの間に割り込むように、

「デリクはずっと耐えてきたわ。世間からなんと言われようと、一言も反論しなかった。祖国のために思ってね。汚名を背負ったままひっそりと生きてきたのよ。なのに今になって私達になんの用があるって言うの」

毅然と立つ母に、キリアンは賛嘆の念を表わして、

「ユーニス、あなたはちっとも変わってない。十七年前のあのときのままだ」

「答えてちょうだい」

「脱出に手を貸してもらいたいんだ。僕には素敵な女神がついているらしくてね、幸いSASの急襲は逃れたが、奴らはベルファスト中をしらみ潰しに捜索している。キーディまででいいんだ。緊急用の〈ポート〉がある。そこまで行けばなんとかなる」

「同志に頼めばいいじゃないの。私達じゃなくて」

「内通者がいる。今の状況では誰にも連絡できない。危険すぎる。IRAや他の非主流派もすべて敵と言っていい。かのキリアン・クインがベルファストで孤立している。状況は絶望的、まったくの窮地だ。そこで思い出した。マクブレイド！　そうだ、デリク・マクブレイドなら間違いなく当局からノーマークだ。悲しいことに仲間からもね。哀れな三文詩人を救えるのは裏切り者のマクブレイドのみ。底意地の悪い女神でもなければ到底思いつかない巡り合わせじゃないか」

ライザは鷲愕の思いで母とキリアンのやり取りを聞いている。これまでの日常からあまりにかけ離れた内容に、頭がどうしようもなく混乱する。

これがあの母か？　歯茎の出血に悩む愚痴っぽい主婦か？　十七年前？　マクブレイドは裏切り者じゃない？

「勝手だわ。いつもそう。あんた達はいつでもマクブレイドに押しつける。挙句に手柄だけを横取り

して、マクブレイドを裏切り者と呼ぶんだわ」

「分かってほしい、ユーニス」

「もうたくさん」

「デリクは、ご主人は理解してくれたよ」

母と同時にライザは父を見る。

「今夜中に帰る。それだけだ。それ以上は関わらない」

そっけない顔で父は答えた。が、父には母以上に憤懣《ふんまん》やる方ない思いがあったに違いない。それはブッシュミルズのボトルを窓に叩きつけたことでも明らかだ。理不尽な要求への憤り。当然だ。しかし葛藤の末、父はいかなる理由でかキリアンの要請を受け入れたのだ。

「ここまではどうやって来たの」

母がキリアンに問う。

「車を二度換えて、最後は徒歩で。墓地を抜けてきた。誰にも見られてない。迷惑はかけないよ」

母はため息をつく。理解ではない。諦念であり、放棄である。

父はガレージに駐めてあるルノーの古いワンボックスカーに向かう。アーマーへの納品に使っている車だ。後部荷台には納品する土産物の入った段ボールが積まれている。

「私も行く」

ライザは夢中で叫んでいた。

全員が振り返る。

「私も一緒にいた方が怪しまれないわ」

懸命になって正当性を主張する。検問をごまかすには、確かに子供が乗っていた方がいいだろう。しかし北アイルランドでは十代のテロリストは珍しくない。

「ライザ!」

父が再び叱咤する。

「自分が何を言ってるか分かっているのか」

「連れてってくれないなら警察を呼ぶ。どうせマクブレイドは裏切り者だし。母さんもその方がいいでしょう？」

必死に考える。訊きたいことは山ほどある。父に、そしてキリアン・クインに。訊くなら今一緒に行かねば。帰ってきたときには、父はきっと今まで通りの顔をして何も教えてくれないだろう。母もまた同じに違いない。

表通りを通過するパトカーのサイレンが遠く聞こえる。

「どうするの、連れてくの、それとも警察を呼ぶの」

キリアンが面白そうに目を細める。

「いいわね、母さん？　警察を呼ぶわ」

母は苦り切った顔で答えない。

「駆け引きの才、それに度胸がある」

〈詩人〉が感心したように、

「お嬢さんがマクブレイドから受け継いだのは黄金の髪だけではないようだ」

「やめて」

母が不吉そうにキリアンを睨み、

「ライザ、あんた、馬鹿なことはやめなさい」

「馬鹿なことじゃないわ。市民の義務よ」

「そう……じゃあ、そうしなさい」

急にあっさりと首肯して、母は考え込むように言った。

「それがいいかもしれないね」

またパトカーのサイレン。さっきよりも近い。

「通報するわ」

シャツの上に羽織ったパーカーから携帯を取り出す。

「分かった。おまえも手伝え」

そう言って父はルノーの荷台から段ボールを降ろし始めた。

母は聞き取れない小声で何かを呟いた。きっと神への詫び言、もしくは繰り言に違いない。

ルノーに駆け寄ろうとしたとき、パーカーの裾が後ろから強く引っ張られた。ミリーだった。ライザのパーカーをつかんだまま首を激しく左右に振っている。

「許して、私は行かなきゃならないの」

驚くミリーの顔。言いたいことがはっきりと分かる――どうして？

「どうしてだか分からない。それを知るために私は行くの」

ミリーは泣きそうになってさらに激しく首を振った。顔を背けるようにして妹の手を振りほどく。

「ごめんねミリー」

ごめんねミリー。興奮のあまり、己の発した言葉の空疎さに、ライザはまるで無自覚だった。


旧型のルノーがガレージを出たときには九時前になっていた。運転手はデリク。助手席にライザ。後部には段ボールの山。

ベルファストシティ墓地からフォールズ・パークに抜け、バリーダウンフィーンで左折して国道A501に入る。すぐに検問で停められた。

「免許証、それに身分証を」

無愛想に言う警官に、父は同程度の無愛想さで提示する。

警官は受け取ったＩＤに目を走らせ、

「行先は」

「アーマー」

ぶっきらぼうに父が答える。

「仕事ですか」

「今日中に納品しろって、担当の若いのがうるさくてよ。今までは二、三日遅れるくらい当たり前だったんだが」

ライザはわざとふて腐れたような顔で窓に肘を突いてみせる。夏の夜は人の顔がまだはっきり見える明るさを保っていた。

案の定、警官の注意を引いた。

「あんたの娘？」

「ああ。従業員を雇う余裕なんてありゃしない。娘と女房に交替で手伝わせてる」

ライザはフンと鼻を鳴らしてそっぽを向く。父親を侮《あなど》る思春期の少女特有の顔を作って。

「行っていいよ」

警官が慌ただしくＩＤを突き返して後方に向かう。アクセルを踏む父親の額には汗が浮いていた。

Ａ５０１からＡ55に入る。再び検問。同じ手で通過する。

〈世話をかけるね〉

後部から声がする。自らの状況が他人事であるかのような呑気な口調。キリアン・クインの声だ。

「よけいな真似はしなくていい」

背後の声を振り返らず、ハンドルを握ったデリクが娘を叱る。

荷台に積まれた段ボールの中。キリアンはその一つに隠れている。膝を抱えてうずくまった人間一人がぎりぎり入る大きさの箱。周囲を埋める箱にはすべて納入前の商品が詰まっている。箱を一つ一つ検められれば簡単にばれてしまう。危険極まりない稚拙な隠れ方だが、逆に言うと怪しまれさえしなければまず調べられることはない。

〈あなたは娘に厳しすぎる。効果的なアドリブだったじゃないか〉

「どうして分かるの」

ライザは驚いて背後を振り返った。段ボールの中に後ろ向きで入っているキリアンに、検問での一部始終が見えていたはずはない。

「私が肘を突くのが見えてたの？」

声は感心したように、

〈そうか、肘を突いたのか。夜まで仕事を手伝わされて不服そうな娘の顔もしてみせたか〉

「じゃあ見えてなかったの？」

〈当たり前じゃないか。こっちは自分の指先も見えない〉

「でも、効果的なアドリブだったって」

声は澄まして言った。

〈音は聞こえる。警官とのやり取りの一語一語とそのタイミング、よけいな真似をするなというデリクの言葉、そして検問をやり過ごしたという結果。これらから推測したことだ〉

なるほど、〈詩人〉だ。ライザは妙な納得の仕方をした。分かるようで分からない。

デリクは前を見つめて押し黙ったままだった。

アーマーに直通のA３をあえて避け、ルノーはA１をひたすら南下する。市街地を抜けると、周囲は単調な牧草地が続くだけとなった。灰緑色の野が宵闇近い光の中に広がっている。所々の紫はヒースの群落だ。ぽつんぽつんと離れて建つ人家に納屋。遠望される稜線はじきに夜に没するだろう。風は湿気を孕んで重く、雨の迫りつつあることが感じられた。

「マクブレイドは裏切り者じゃないって言ったよね」

あえて前に向き直ってから、ライザは背後に向かって発した。

「どういうこと？」

〈ご両親が君に教えなかったのは、それなりの理由があってのことだ。それでも君は知りたいと言うのかい〉

「ええ」

声はデリクの反応を窺うようにしばし黙した。だが父は依然口を開かない。

〈例えば君の祖父、ジョシュア・マクブレイドだ。金目当てに彼はトマス・コーディをイギリスに売った。トマス・コーディは知ってるね〉

「名前だけは」

知らないはずがない。幼い頃から祖父の名と表裏一体の如くに聞かされてきた。祖父の名が唾棄すべき者の象徴ならば、トマス・コーディは幸いなる者の象徴だ。

「マイケル・コリンズの再来だって言われた人。ＭＩ５だか６だかに殺《や》られたんでしょ」

〈殺ったのはジョシュアだ〉

「えっ……」

〈コーディは卑怯者だった〉

つながりがすぐに理解できない。

〈トマス・コーディが発言力を持っていたのは、彼が資金の調達能力に長けていたからだ。彼は犯罪組織と関わりを持っていた。今も昔も、抑圧された人民の抵抗組織は敵の定めた法に抵触する手段によって資金を得ている。早い話が麻薬だよ。指導部もそれを知りながら黙認していた。コーディは麻薬の収益を巡ってトラブルを引き起こし、仲間を二人も殺してしまった。あるとき、ある場所で、それが偶然に発覚したんだ。コーディはプロテスタントとの安易な妥協を認めず徹底抗戦を主張する強硬路線の旗手として知られていた。それでなくても和平プロセスに向けての動きが見え始めた頃だ。

彼の犯罪が発覚すれば、人心は決定的に闘争から離れてしまう。組織内でも組織外でもだ。それだけは絶対に避けねばならなかった。当時のリパブリカンが等しく抱いていた危機感を君も理解してくれるといいのだが。戦争は最初からきれい事などでありはしない。それでも戦わねばならない。自ら戦わねば誰も自由をくれないからだ。ＩＲＡには大義があった。汚れていようといまいと関係ない。むしろ自ら手を汚すからこそ大義であり得るのだ〉

大義を語るその者が、大義をまるで信じていない。そう思わせる〈詩人〉の声の響きであった。

〈コーディも開き直って言ったものさ、自分を告発したいのなら好きにするがいい、自分は逃げも隠れもしないとね。それを聞いた者達は、逆にコーディを聖人に祭り上げることにした。その場に居合わせた者の一人、つまりジョシュアだがね、彼がコーディを殺し、敵に暗殺されたように見せかけた。どうせアルスターでは真相はすべて藪の中だ。他の多くの事件と同様さ。この場合、マクブレイドの名の持つイメージが隠蔽に最適だったのは言うまでもない。ジョシュアはそれを理解していた。だから自ら望んで裏切り者の汚名を負ったのだ〉

「やめろ」

突然父が声を上げた。堪《こら》えるつもりが、ついに堪えかねたようだった。

「頼む、やめてくれ」

息をつくことさえ叶わずキリアンの話に聞き入っていたライザは、思わず父の横顔を振り返る。

〈どうしたデリク？　これは真実だ。マクブレイドの汚名をそそぐ真実じゃないか〉

「ライザには自由が必要だ」

ハンドルを握り締めたまま、確かに父はそう言った。ライザにはその意味が分からなかった。

〈トマス・コーディは死して英雄となり、ジョシュア・マクブレイドは裏切り者となった。組織の大方の者にさえ知られることなく。かくて秘密は闇の深くに葬られた〉

ライザは集中して頭を巡らす。

「その話……あなたはどうして知ってるの？」

声は愉快そうに笑った。

〈鋭いね。さすがはマクブレイド家の娘だ〉

「答えて」

〈その場にいたからさ〉

前方を見つめる父の目が遠い悲哀に潤んだ気がする。灰色の夜が一段と深まった。

〈僕もいたんだ。ドラムボッカニーの納屋だった。すべてはそこで発覚し、そこで終わった。合わせて九人が集まっていた。僕だけじゃない、デリクも、彼の恋人のユーニスもそこにいた〉

「それが〈十七年前〉なのね……」

十七年前。ドラムボッカニーの納屋。ライザは牧草地の彼方にわだかまる白い光をぼんやりと見る。不分明な空と地と、紫に乱れるヒースの花。ドラムボッカニーには行ったことはないが、きっとその納屋は同じような風景の中にあったのだろう。きっと十七年前も今と同じに。

〈IRAの関係者とその家族、それにトマス・コーディ。全部で九人がドラムボッカニーの農場に集まっていた。仕事じゃない。週末にロワーアーン湖でボート遊びをするはずだった。僕はまだ二十歳にもならない若僧だった。僕の父アレックスも活動家でね、父に連れられて来てたんだ。デリクも同じく父君のジョシュアとともにいた。思い出すよ。若き日のデリクのなんと意気軒昂だったことか。ユーニスが愛したのも当然だ。ともあれ、夕食の席でコーディは口を滑らせた。歓談の最中のなんということもない一言だった。行方不明になっている二人の仲間について。彼が殺していたんだがね。不審に思ったジョシュアと僕の父が追及した。コーディの話はどんどん辻褄が合わなくなった。それで皆が気づいた。その場から納屋に移動し、参謀本部の副議長だったアレックス・クインが自らの責任において彼を裁いた。刑を執行したのがジョシュアだった。全員がそれを見ていた〉

和やかな夕食の席。会話が止まる。自らの失言に気づいて蒼白になる男。彼を納屋に連れ込み、処刑する祖父。居合わせた女と子供は、ただ黙って男達の行動を眺めるしかない――すべてが目に浮かぶようだった。日常の平穏、それが突如破られて惨劇に至る。人は否応なく暴力を目にし、そして口をつぐむ。それが歴史だ。北アイルランドそのものだ。

〈トマス・コーディの唐突な死を説明するには、事故死でも自殺でも駄目だ。重要なのは当時のタイミングにおいて強硬路線をなんとしても死守することだった。そのために彼と彼の仲間の罪を背負う者も必要だった〉

剽軽《ひょうきん》と紙一重とさえ感じられるリズム。それがにわかに重く転じた。

〈この件に関する偽装工作の要諦はすべてを曖昧に見せかけるという点にあった。すべて噂だ。我々がわざと流した。曖昧な噂だからこそ人は信じる。噂だけを残してジョシュアは逃亡した。それで決まった。人々は自白したも同然と決めつけた〉

祖父はライザが生まれる前にトリノで死んだ。ミラノだったかもしれない。病死だと聞いている。自殺だったという人もいる。だが多くの人々は、ジョシュア・マクブレイドはIRAの処刑人に殺されたと思い込んでいる。参謀本部は実際に追手を放ったはずだ。

自らは追手に命を狙われ、故郷に残した家族を裏切りの汚名で苦しめる。得られるものは何もない。それほどの犠牲を払ってまで、祖父はなぜあえて貧乏くじを引いたのか。

〈ジョシュアは愛国者だったのだ。それだけだ〉

ライザが抱いた疑問に、先回りするようにキリアンは言った。そのときの口調には、揶揄《やゆ》するような響きは微塵もなく、深い畏敬の念があった。

雨が降り出し、フロントガラスに点を描いた。父が無言でワイパーを作動させる。その指先が咽《むせ》ぶように震えていた。

もはや訊くまでもなかった。父と母が今日まで何も語らなかった理由。そして、父が闘争から距離を置いた理由。

父もまた愛国者だ。だから祖父の行動を理解した。同時に祖父一人に裏切りの汚名を着せて恥じぬ組織に絶望し、闘争から一切身を引いたのだ。

怒りは湧いてこなかった。父や祖父の愛国心は家族を巻き込むエゴでしかない。自分がこれまで被った差別。憎悪。侮蔑。暴力。いくら怒っても足りない。だが今は、まったく別種の思いに胸が詰まった。

自分は何に苛立っていたのか。

自分は何を求めていたのか。

自分はブライアンに何を訊きたかったのか。

闇は刻々と濃さを増し、ひた走る道の行手を閉ざす。降り渡る雨が大地に夜を連れてくる。

不快に軋《きし》むおんぼろのルノーの助手席で、ライザは己の底を覗いていた。たぶん父も同じだったろう。

〈ジュシュアの父アダム・マクブレイド……すなわち君の曾祖父の話を僕は父から聞いたことがある。参謀本部副議長の地位にいた父だからこそ知り得たのだ。アダムは敵と内通していたと言われている。だが事実は違う。確かに彼は敵と接触していた。それは決して裏切りなんかじゃない。二重スパイとして敵の懐に入るはずだった。その途中で彼は死に、作戦は放棄された。何かアクシデントがあったらしい。たぶん参謀本部のミスだろう。結局組織は公表を避ける道を選んだ〉

出発前に打ち合わせた通り、ニューリー近郊のデリー・ペグでデリクはA1からA25へとハンドルを切る。そしてA25から緩やかにうねる田舎道へ。未舗装の道の悪さに車体が揺れる。周囲の景観は牧草地と荒地が入り混じったものへと変化した。どこまでが牧草地で、どこからが荒野か。盛り上がった土、黒く伸びた林、生い茂る草が雨に一体となって判然としない。

〈アダム以前の話はさすがに知らない。まあ、似たようなものだったことは想像に難くない。中には本当の卑怯者もいただろうがね。つまり組織は、常にマクブレイドを生贄の羊としてきたのだ。その

時々の政治の都合でだ。歴史の皮肉、人間の弱さ。なんでもいい、たぶんすべてだ。随分と勝手なものさ〉

ようやく分かった。父の頑迷と鬱屈の因《いん》が。

延々と続く無人の野。ただ一本の田舎道に雨が勢いを増していく。

声は自嘲を帯びて饒舌となった。聴衆が二人きりであると知るためか。告白はどうせ雨の原野に染みて消えると踏むゆえか。さすが〈詩人〉だ。薄明の荒地で悠揚と過去を暴くその口調は、まさに一篇の詩を吟ずる如く。

〈マクブレイドは裏切り者じゃない。英雄だ。むしろ殉教者だ〉

自分が家を出ようと思った理由。故郷を捨てようと思った理由。自分はただ誇りを求めていたのだ。ほんの少しでいい、胸を張って生きられる根拠が欲しかった。マクブレイドの娘として生まれた自分は、それがあらかじめ失われた状態にあったのだ。社会との間で常に感じていたどうしようもない距離感。プラスチックの被膜が挟まっているような。その正体はこれだった。

自分はいかに傷ついていたことか。あまりの長きにわたる痛みに、もう痛みとさえ自覚できなくなっていた。なんのことはない、アイルランド人そのものだ。遠い昔、己が生まれるはるか以前に失われた誇りを、ずっとずっと求めていた。無自覚であるがゆえ、それは魂を空虚に見せるほど激しく切実だった。

ブライアンに訊きたかったこと、それをキリアンが彼に代わって教えてくれた――そんな気がした。

「やめろ」

しかし父は再び言った。

「裏切り者であろうと殉教者であろうと、死人は死人だ。墓を掘り返してどうなる」

〈墓の下の真実が、常に無意味とは限らない〉

「ライザには自由が必要なんだ」

また同じ言葉が出た。理解不能の。今のこの瞬間、真実はむしろ自分を自由にしてくれたと感じているのに。

〈真実は常に自由への近道だ〉

「だったら国中に公表するがいい。マクブレイドの真実をだ」

父は激した。

〈意地が悪いね〉

「できないなら他人の墓を弄《もてあそ》ぶな」

〈政治は狡《ずる》いし、人は弱い。だからと言って戦いをやめるわけにはいかない。十七年前と同じだよ、デリク。あなたの怒りは当然だ。世界中がアルスターを見捨てたように、僕達はマクブレイドを見捨てた。でもあなたは祖国を愛している。どれだけ汚れた戦いであっても、やめるわけにはいかないと理解している。今祖国に必要なのは妥協と欺瞞《ぎまん》に満ちたＩＲＡではなく、ましてやシン・フェインの政治などでもなく、戦いの旗を真に受け継ぐＩＲＦだとね。だからこうして僕を助けてくれている〉

「娘は関係ない」

関係なくはない――そう声に出そうとしたができなかった。迂闊に口を挟めぬ父の気迫であり、〈詩人〉の情熱であった。

〈あなたは本当に誇りまで失ったのか。僕の見るところ、お嬢さんは確かにマクブレイドの――〉

突然背後でサイレンが短く鳴った。

通り過ぎた納屋の陰から現われたパトカーが停止の指示を出している。

広大な窪地の縁に沿うように延びた道には、車一台分の幅しかない。右側はなだらかな斜面となって落ちている。左側は縹渺《ひょうびょう》とした草原に所々の疎らな林。納屋は林の影と溶け合って、荒涼の趣の中に没していた。

ニューリーあたりの警察ってさ、下っ端が点数稼ぎによく裏道張ってんだって――メイヴが言っていたのを思い出す。

ここまで来て、こんな所で――

ライザは拳を握り締める。

メイヴは確かこうも言っていた――連中、かなり細かく調べるみたい。

デリクがやむなく車を止める。

すぐ後ろで停止したパトカーから、レインコートを着た二人の警官が降りてくる。

ルノーの窓を叩く雨。この季節の日没は十時前後だ。その十時を過ぎて、地にわだかまる最後の光が驟雨《しゅうう》に打たれる警官の輪郭のみを露わにしている。パトカーの運転席にもう一人、雨の帳《とばり》を通して見えた。黄昏のわずかな残光はそれで尽きた。

警官の一人がマグライトで車内を照らす。

窓を開けたデリクに強い光が浴びせられた。

「免許証を」

眩しそうに目を伏せて、デリクは言われるままに提示する。

警官はマグライトの光を免許証に当てて目を走らせる。次いで助手席のライザを照らし、

「こっちは」

「娘だよ。手伝いをさせてる」

「こんな時間まで?」

「仕方ないだろ。納期を勝手に繰り上げた問屋に言ってくれ」

顔に当てられたマグライト。眩しさと緊張にライザは目をしばたたく。

「具合でも悪いんじゃないか」

「……?」

「娘さん、顔色が悪いようだが」

心臓が激しく収縮した。

「晩飯も抜きでやってるからな。俺だっていいかげん調子悪いよ」

デリクの声は心なしかうわずって聞こえた。ライザは今にも飛び跳ねそうな全身を抑え、必死に無表情を装う。

「調べるから後ろを開けて」

「え、なんでだよ」

「いいから開けて」

二人目の警官はすでにルノーの後ろに回っている。

「早くしないか」

警官の口調に不審が混じる。デリクがリアハッチのロックを解除する。待ち構えていた警官が大きく引き開け、手前にあった段ボールを開梱し始めた。

「何をするんだ」

蒼白になって抗議するデリクに対し、警官はにべもなかった。

「ちょっと調べさせてもらう」

「おい、商売物なんだぞ」

「どんな商売物かを調べるんだ」

後部に回った警官が次の段ボールに手をかける。中に詰まった細工物を乱暴にかき回し、さらに横の箱へと手を伸ばす。金物細工の商品の上に、レインコートのフードから盛大に雨滴が落ちる。

動悸が高まる。息が苦しい。

「もういいだろう」

「いいかどうかは調べないと分からんよ」

いやにしつこい。メイヴの言っていた通りだ。こいつらは何か小遣い稼ぎのネタが出るまでやめないだろう。怒りを覚える。庶民の生活を斟酌《しんしゃく》する気などもとよりない、それが警察の末端のありさまだ。

警官は前列の段ボールを、泥の上に無造作に降ろした。そして後列の段ボールに手を伸ばす。

もう駄目だ――目眩がする――ああ、その中には――

警官の手が段ボールにかかった。

銃声が轟く。警官がのけ反《ぞ》った。段ボールから拳銃を手にした影が飛び出てくる。キリアンだ。

同時にデリクが思い切りアクセルを踏み込み、ルノーをバックさせる。後ろに止まったパトカーの鼻先に、リアハッチの開いたルノーをぶつける。乗っていた警官は逃げ出す暇もなかった。

二度、三度。デリクはルノーをパトカーに激突させる。尋問していた警官が何か叫んで銃を抜いた。前面のひしゃげたパトカーは押し出されるように道を外れて泥土を滑り、窪地の底へと転がり落ちた。勢いのついたルノーも、パトカーに続いて後ろ向きに滑っていく。

ライザはドアを開けて外へと身を投げ出した。一瞬の風圧。急転する視界。そして衝撃。

ヒースの群落の上を転げ落ち、灌木に受け止められる。全身の痛みに息が止まる。動けない。頰を打つ雨の感触。

横たわったまま考える――父はどうなったのか。キリアンは。父は車の中だ。キリアンは激突に巻き込まれたかもしれない。

闇の奥で銃声がした。

キリアンか。それとも警官の誰かか。

歯を食いしばって身を起こす。雨と風の音。足が滑る。慌てて全身の均衡を保つ。そこが斜面であると知る。中腰の姿勢になって窪地の底を覗き込む。何も見えない。いや、見えた。ルノーとパトカーの車体。一緒になって横転している。距離は。二十ヤードか、三十ヤードか。雨だ。雨と闇でよく分からない。

驟雨の彼方で再び銃声。銃火も見えた。パトカーの先、窪地のさらに奥。そして怒号。微かに聞こえた。生きているのだ。父、あるいはキリアン。まだ生きて追われている。

ライザは斜面を回り込むように下降する。濡れたヒースは上質のシルクよりも滑らかだった。とてもまっすぐには下れない。

起伏の激しい斜面。突き出た岩。木々の影。気が焦る。何度も滑りそうになる。岩をつかみ、灌木にすがる。手がたちまち傷だらけになる。構ってはいられない。生きているのは父かキリアンか。警官は何人だ。荷台に回った警官はキリアンに撃たれた。パトカーに乗っていた警官は生きているかもしれない。声をかけてきた警官は。銃を抜いてた。あいつは先に窪地の底へ降りたはずだ。

勾配が急に緩くなった。数ヤード先に黒々とした影。雨が鉄を叩く音。横転したパトカーの前に出た。息を殺して近寄ってみる。

間近で不意に声がした。

「動くな」

驚いて振り返る。ヒースの茂みの中。半身を起こした警官が銃口を向けている。

「そのままじっとしてろ」

一ヤードも離れていない。苦しげなしゃがれ声。暗がりの中でも相手が血まみれなのが分かった。パトカーに乗っていた警官だ。運転席から放り出されたか、あるいは自力で這い出たか。

「一歩でも動いたら……」

警官が血を吐いて咳き込んだ。銃口が上下にぶれる。咄嗟に組みついた。全力で相手の腕を押さえる。警官は猛然とあがいた。生温かい感触。警官の血で全身が滑る。銃を。銃を奪わねば。血と雨。汗と泥。岩とヒース。喚き、暴れる。

閃光が弾けた。

最初は雷が落ちたのかと思った。破裂音がして相手が急に無力になった。警官の体を押し退けて立ち上がる。荒い息を吐き、足許の男を見下ろす。頬の下に孔が開いていた。殺した。自分が。

意味が分からない。やってしまった。意味が分かる。自分が殺した。ああ、雨が痛い。

驟雨が警官の顔の泥と血を洗う。白く洗われた銃創は、それでも黒い小さな泉のように後から後から血を湛《たた》える。

またも銃声。我に返って顔を上げる。前方の木立だ。闇の合間、同時に二か所で銃火。互いに発砲しながら移動している。

落ちている拳銃を拾い上げ、ライザは夜の底を走り出す。

誰だ？　誰が生きている？　誰と誰が戦っている？

岩陰から岩陰へ。そして林の手前で草の中に身を伏せる。名も知らぬ下生えの中。慎重に気配を窺う。雨が小降りになっていく。思い切って飛び出し、一番近くの木の陰へ。銃を両手で握り締め、木々の合間を覗く。誰かいる。だがどこだ。閃く銃火。レインコートの黄が見えた。警官だ。左の奥に潜む相手——父かキリアン——と撃ち合っている。

レインコートに向けて撃つ。警官が驚いて振り返り、銃口をこちらに向ける。夢中でトリガーを引く。何度も何度も。悲鳴を上げて警官が膝を突く。突然トリガーが引けなくなった。銃のスライドが後退して止まっている。弾を撃ち尽くしたのだ。警官が銃口を上げる。隠れねば。急いで身を隠さねば。警官がこっちに狙いをつけている。何か叫んでいる。聞き取れない。銃声。警官は顔から泥に突っ伏した。そのまま動かなくなった。

草を踏んで近寄ってくる足音。反射的にスライドが後退したままの銃を向ける。

「待て、僕だ」

キリアンだった。銃を提げている。

「大したものだ」

ライザの手にある銃を見て、微かに笑ったようだった。

何か言おうとしたが声が出ない。

父は――父さんはどこ――

ライザの表情に、彼は無言で視線を背後に投げる。横転した車の方だった。

駆け出していた。木の根に足を取られて転びそうになる。雨はもうやんでいた。頭の中で嫌な感触。運転席。さっきは見えなかった。ひび割れたフロントガラス。おんぼろのルノーの。いつもガレージで父の背中の間近にあった。

父は両目を開けて死んでいた。

6

娘の自分が人質に取られていたため、父デリク・マクブレイドはキリアン・クインの逃走に手を貸さざるを得なかった――

事情聴取に対し、ライザはそう主張した。出発前に打ち合わせていた通りに。マクブレイド夫人も同じ主張を繰り返した。

通行人の通報によって現場に急行した警察は、三人の警察官と一人の市民の死体を発見した。そして放心状態にあった未成年の少女を保護した。

保護されたライザは、キリアン・クインが三人の警官を殺して逃げたと証言した。父はその巻き添えになったとも。

キリアン・クインは後部に積まれた段ボールの中から常に父と自分を狙っていた、一人目の警官を殺したキリアン・クインは車をパトカーにぶつけるよう父に強要した、自分は咄嗟に飛び出して気を失い、後のことは覚えていない――

概ねはその証言通りの形で落着した。

アーチー・オグデン巡査は道路上で至近距離から胸を撃たれて即死していた。段ボール箱に開いていた孔から推定される弾道とも一致する。パトカーの側で死んでいたクリフ・モリスン巡査は全身打撲の上に肋骨が折れていた。キリアン・クインと揉み合った際についたと思われる擦過傷も多数。致命傷は頭部への銃撃。自らが所持していたグロック17の銃弾によるもの。ベン・オケリー巡査は全身に複数の銃弾を受けていた。いずれも9㎜パラベラム。うち一発はモリスン巡査の銃から発射された弾丸と旋条痕が一致した。状況から見て、クインがモリスン巡査から奪った拳銃を使用したものと推測された。凶器の拳銃はクインが持ち去ったらしく、いずれも発見されなかった。現場から逃走した彼の足取りは不明であった。

また少女の家系はＩＲＡと奇妙な因縁のあることが判明し、慎重に捜査が行なわれたが、死亡したデリク・マクブレイドは相当以前からＩＲＡと一切の関係を絶っていたこと、何よりリパブリカンの間で忌避されていたらしいことなどから、積極的にＩＲＦ活動家の逃亡に協力した可能性はないと判断された。

市民の犠牲を出しながら肝心のキリアン・クインを取り逃がしたＰＳＮＩとＳＡＳは世間の非難に晒された。またごく限られた一部で――一切のメディアを介さぬ昔ながらの噂として――こう囁かれた。「マクブレイドが裏切ったのだ」と。

八時三十分にミリーと一緒に家を出る。プライマリー・スクールの前で妹と分かれ、セカンダリー・スクールへと向かう。クラスでは話しかけてくる者もいない。月曜と木曜は妹を教会へ連れて行く。ジェーンが妹にピアノを教えてくれる。バイトのある日とない日がある。ある日は黙々と働く。ない日は漫然と無為に過ごす。帰宅して母と夕食の準備をする。

以前と同じ生活だった。父がいないということ以外。夕食の後にきっかり一時間半テレビを見ていた父も、深夜までブッシュミルズを飲んでいた父もいない。父が虚空を見つめて飲んでいたガレージだけが、生前のままに残されている。父が毎晩何を見つめていたのか、今は少し分かる気がする。

警官を殺したことは誰にも打ち明けなかった。母にもミリーにも。だが母は一目で察したようだった。人を殺したリパブリカンを何人も見てきたユーニス。娘を見る目には、非難と嫌悪とが押し隠されているように感じた。それでも母は、諦観に満ちたため息をついたきりで何も言わなかった。ミリーは？　ミリーは気づいたろうか？

しかしもの言わぬミリーの表情は、姉を気遣う優しさと思いやりに覆われて、その奥までは分からなかった。

以前と同じでありながら以前と違う。そんな日々が静かに過ぎた。

一年後。ライザはダブリンにいた。

かねて希望していた通り、街の外に職を求め、ダブリンの小さな運送会社に車輛清掃係として雇われた。ジュニア・サイクルの修了を待って家を出た。母はもう反対しなかった。

職場はメーター・ミザリコー・ディアエ病院の近くだった。コノート・ストリートに寮があった。狭いし同室のインド人の女は最悪だったが、それでも不満は感じなかった。持参した荷物はわずかだった。ボストンバッグ一個分。着替えと日用品だけ選んで詰めた。それと赤茶けた装幀の詩集。

ライザは午後のシフトに回された。午前十一時に出社して各種点検と細々した雑務を行ない、少しの休憩を挟んで午後八時までバンやトラックを洗う。

洗いながら考える。マクブレイドのこと。デリクについて。ジョシュアについて。アダムについて。父は戦死だ。そう感じた。娘の目にも負け犬のようでいて、実は誇りを抱いていた。長い年月を耐えに耐え、ついに死に場所を得た。最後に意地を見せたのだ。

さらに考える。自らの殺人について。

人を殺した。

一線を越えたという怖れは不思議となかった。罪の意識も。代わりに奇妙な高揚のようなものがあった。自分はやるべきことをやった、そんな感じがした。日が経つにつれ、記憶は時を遡《さかのぼ》って鮮明になる。トリガーの感触。敵を撃った。ヒースの紫。窪地の闇で自分は息の限りに走っていた。ああ、雨が痛い。

残業は多かった。作業が就業時間内に終わる日は一日もない。従業員は不平だらけで、特にインド人の女は始終愚痴をこぼしていた。二言目にはやめると言いながら、彼女がやめる気配はまるでなかった。他に仕事がなかったからだ。ライザは何も言わずに作業に徹した。

その日も帰途に就いたのは九時過ぎだった。

夜のノース・サーキュラー・ロードをまっすぐに歩く。

歩きながらなおも考える。マクブレイドの血を汚名ではなく、誇りとして生きること。自分が愛国者だとは思わない。だが愛国者であるということと、誇りを抱いて生きるということはまた別だ。

前方の街路樹の陰に誰かが立っている。ひょろりとした長身。アーミーグリーンのモッズコート。

足を止めて彼を見つめる。

驚きはなかった。なんとなく予期していた気さえする。なぜだかは分からない。

「少しは驚いてくれよ」

キリアンは拍子抜けしたように言った。下がり気味の眉が困惑でさらに下がった。

「全部お見通しという顔だね、君は」

「そうかもしれない」

〈詩人〉は大仰に肩をすくめた。

「降参だ、その通りだよ。君を勧誘に来たんだ」

「いいの？　私はマクブレイドよ」

「だから来たんだ。マクブレイドは筋金入りだ。僕はそれを知っている」

前にも思った。さすが〈詩人〉だ。

「申しわけないが、時間がない。本来なら丁重に口説きたいところだがね。この場ですぐに決めてほしい。僕と一緒に来るか、それとも寮に帰って明日の出勤に備えるか」

「通報するという選択肢は」

「それもあるかもしれないね。どれでもいい、さあ、決めてくれ」

迷いはなかった。ためらう理由など最初からなかった。ブライアンはそれを正しく理解していた。

気がかりなのはたった一つ――ミリー。

第三章　東京／現在Ⅱ

1

沖津部長がキリアン・クインの日本潜入、及びＩＲＦによるイギリス高官暗殺計画の存在を告げた日——すなわち捜査が完全に封じられた十一月十二日の夜、由起谷班と夏川班の両主任はそれぞれ部下の慰撫に努めねばならなかった。

由起谷警部補が越中島のマンションに帰り着いたのは、日付も変わった午前〇時過ぎだった。京葉線越中島駅から徒歩五分。約三十世帯が入居するコンパクトマンションで、民間の物件だが警察の借り上げとなっている。そのマンションの他にも、主に京葉線沿線の物件がいくつか借り上げられ、特捜部関係者の官舎として使用されていた。いずれも登庁しやすい立地で、セキュリティの厳重な点が共通している。特捜部という部署の特殊性や階級を鑑《かんが》みての配慮である。

由起谷の部屋は最上階の四階にある。広めの２ＤＫ。独身者には十分な広さだった。コートを脱ぎながら留守電を聞く。大半は無言。後は何者とも知れぬ声の罵《ば》詈《り》讒《ざん》謗《ぼう》。ＰＣにも誹謗や中傷のメールが頻繁に届く。曰《いわ》く、全警察官が清貧に甘んじている中で貴様らは国民の血税でのうのうと高級マンションに暮らしやがって。曰く、恥を知れ。曰く、裏切り者。

大方は警察関係者だ。与えられた住居さえ警察内部の妬《ねた》みを買っている。プライベートの電話番号やアドレスはおそらく警察学校の同期から漏れているのだろう。嫌がらせの電話もメールも、発信者が本気で追及されることはないとたかをくくっているあたりが警察らしい。実際、警察関係者であることが明らかであればあるほど放置するしかない。

由起谷は鬱然とした顔でスキップのスイッチを押す。いちいち気にしていては到底やっていられないし、いいかげん慣れてもいるが、こんな夜に聞くのはやはり応える。

裏切り者。この言葉が一番きつい。警察官としての誇りを抱いて職務に励めば励むほど、警察内部で白眼視される。最も理解してほしい身内に理解されない。子供の頃から周囲の無理解を当然のこととして生きてきた由起谷が、しばし暗澹たる思いに囚《とら》われるほどだった。

ため息をついたとき、携帯が鳴った。夏川だった。

〈官舎にいるのか〉

「ああ、さっき戻った」

〈そっちへ行っていいか〉

「いいよ。俺も飲み足りないと思ってたところだ」

夏川もまた同様のマンションに住んでいる。最寄り駅は隣の潮見だが、互いに歩いて行ける距離だ。もっとも、日頃が激務にすぎるため行き来することは滅多にない。

十分後にドアホンが鳴った。玄関モニターで夏川の顔を確認し、オートロックを解除する。

ダイニングキッチンのテーブルにグラスを並べ、サイドボードからウイスキーのボトルを取り出す。

大股で入ってきた夏川は、室内を見回しながらテーブルに着いた。

「相変わらず片づいてるな」

「そうでもないよ。掃除だってずっとしてないし」

「いやいや、俺のとこに比べたらずっと片づいてるよ。きれいなもんだ」

由起谷は苦笑しながらグラスに酒を注ぐ。

「ストレートでいいか」

「おう、すまん」

確かに片づいて見えるかもしれないが、そもそも片づけるほど物を持っていなかった。

「つまみはないが我慢してくれ」

「おう」

差し出されたグラスを受け取って、夏川は改めて言った。

「悪いな、こんな時間に」

「とんでもない、来てくれて助かった気分だ」

「このままじゃ寝付きが悪い気がしてな」

「俺もだよ」

立場と同じく、思いは共通している。夏川も部下の愚痴をたっぷりと聞いて官舎に戻ったのだろう。部下の前では見せられぬ弱気も懐疑も、同じ主任同士なら見せられる。

「それにしても、キリアン・クインとはなあ」

夏川は感に堪《た》えぬように切り出した。

「大物すぎてどうにも実感が湧かん。ああいうのはニュースの中だけのような気がしてた。そんな認識では警察官としてはいかんのだろうが」

「俺も同じだ。北アイルランドと言われて思い出すのは『アゲン』のときの騒ぎくらいだ」

「ああ、あれは凄かったな。毎日のニュースがもう『アゲン』一色だった」

「あの頃俺達は中学生か、いや、もう高校だったかな。どっちにしろ田舎のガキには別世界の話だよ。興味の持ちようもない」

「そりゃそうだ、俺なんて部活のことしか考えてなかったな。気になるのはひたすら県大会で、アイルランドなんかより、ローカルニュースの方が大事だった」

体育会系らしい夏川の話に軽く笑ってグラスを傾け、由起谷は話題を戻す。

「まあ、今回はなにしろ外務省絡みの国際問題だからな。圧力がかかるのも当然だ」

「それにしてもラードナー、いや、マクブレイドか、今度ばかりは宮近さんの言う通りだ。何人殺してるか分からん女だろう？」

「それを言うなら姿警部もオズノフ警部もおんなじだ」

やんわりと言うと、夏川は憤然として、

「確かにそうだが、姿警部は職業軍人だ。言うなれば敵を殺すのが仕事であって犯罪者じゃない。オズノフ警部はアジア近辺の裏社会で相当ヤバい仕事をやってたらしいが、それにしたってＩＲＦとはわけが違う。いくらなんでもあれは凶悪すぎる」

「この話はいつもふりだしに戻ってしまうな」

由起谷は苦い思いでウイスキーを呷った。

「龍機兵《ドラグーン》の搭乗要員はやっぱり警察官の中から選抜すべきだった。機動隊かＳＡＴの隊員を選んでいれば、ウチはここまで身内から批判されることもなかったんだ」

飲めばすぐに赤くなる夏川に対し、由起谷は酔うほどに白くなる。

「それをやらずにあえて外部から選んだ理由は俺達には分からない。俺達が集められたときには、龍機兵の面子《メンツ》はもう決まってた。特捜部はあいつらありきなんだ。今さらどうこう言っても始まらん」

「そりゃそうだが……」

「正直言えば、俺だって納得はいかない。なんでわざわざあんな連中をと思うよ」

日頃は決して口にしない本音であった。

「あの三人は確かにちゃんと仕事してるよ。実際、とんでもない凶悪犯相手に命を張ってる。特にオズノフ警部……過去はともかく、今のあの人には警察官の矜持《きょうじ》みたいなものを感じる。でもな……」

由起谷はボトルを手に取って自分のグラスに注ぐ。

「やっぱり思うんだ、警察にも優秀なのはいっぱいいるはずなのにってな」

今さら言っても始まらないと言っておきながら、自分で今さらのように繰り返す。酔いのせいだけではないことは分かっている。

由起谷にはどうしようもなく荒れていた時期がある。警察官であった叔父の尽力で更生した。そして叔父と同じ警察官となった。警部補に昇進した今も、彼は自分の中に眠る昔の自分を自覚している。何かの拍子に、過去の自分が首をもたげはしないかと、常に恐れを抱いている。

だからこそ、由起谷は警察の改革に自己の変革を仮託する。特捜入りの道を選んだのもそのゆえである。にもかかわらず、警察官としての彼の性根が警察内の異物を拒否している。警察官である限り、逃れ得ない自己矛盾というほかない。

そのとき由起谷は、夏川がグラスを手にしたまま、じっとこちらを見つめていることに気がついた。昔気質で誠実なこの同僚は、自分の葛藤を察し、危惧してくれているのだ。

由起谷はかろうじて己を取り戻す。

「そうだ、確か冷蔵庫にチーズが残ってたはずだ。ちょっと見てみよう」

明るく言って立ち上がる由起谷に、夏川も笑顔で応じる。

「なんだ、そんなのがあるんなら早く出せよ」

冷蔵庫へと向かう背中で、夏川のぼやきを聞く。

「なんにせよ、捜査中止に変わりはない。今度こそ完全に終わりだ。悔しいが、俺達にはもうどうしようもないよ」

チーズを持ってテーブルに戻ろうとした由起谷は、我知らず足を止めていた。腰を屈めて冷蔵庫の横に転がっていた箱を取り上げ、しげしげと見つめる。

「どうした？」

問いかける夏川に、由起谷は手にした箱を差し出した。ウイスキーの空箱である。

「今飲んでるウイスキーだ。もらい物でさ、箱は捨てようと思ってここに置いといた」

夏川は受け取った箱に印刷された文字と、テーブルに置かれたボトルのラベルを見比べる。

［COLERAINE］――コールレーン。確かに同じものだった。

「これがどうかしたか」

「どうもしないが、妙な縁だと思ってな。今まで意識もしなかった」

「なんだ？」

「ここだよ」

由起谷は指で箱の下部を指し示した。日本語で表記されたシールが貼られている。

［アルコール度数40％　アントリム　ブッシュミルズ蒸留所］

夏川もブッシュミルズという名前は知っていたようだ。

「そうか、こいつはアイリッシュ・ウイスキーか。道理で舌触りがいいと思った」

「俺も気づかずに飲んでいたがな」

痛切な想いを抱え、由起谷はしみじみと言った。

「気づいてないだけで、俺達はあまりにも世界を知らなすぎるのかもしれないなあ」

2

城木と宮近を伴い、終日外出していた沖津部長が午後八時前に帰庁した。同時に全捜査員に招集がかかった。

約二時間後の十時、会議の趣旨も知らされぬまま、由起谷は部下を率いて入室した。夏川班はすでに集合している。技術班からは例によって鈴石主任が生真面目な顔を見せていた。

突入班も全員が揃っていた。いつもと変わらぬ三者三様の態度である。不遜とも見えるほどに気楽そうな姿警部。冷静を保つオズノフ警部。そして冷静を通り越した虚無のラードナー警部。

多くの者がラードナー警部の挙動を気にしている。ＩＲＦの元処刑人は、やはりそれまでと同じく、周囲に人など存在せぬかの如く黙然と座していた。彼女自身がＩＲＦに狙われる身だというのに。

その超然とした態度に捜査員達が、反感と苛立ちとを一層募らせている。ＩＲＦを巡る一連の事案に、まるで関係ないと言わんばかりの神経は、由起谷の理解の範疇を超えていた。ましてや鈴石主任には――

会議は沖津による発令で始まった。

「一昨日未明、台東区上野の路上で中国籍の男が刺殺された。名前は胡振波《フージェンボー》、四十一歳。中国人犯罪グループの一員で、上野署ではよくある組織内のごたごたと見ている」

「中国系犯罪組織、いわゆる黒社会の日本への進出は近年増加の一途を辿っており、対策が急がれている。我々はこの中国人殺害事案を組織犯罪摘発の第一歩と位置付け、本日より捜査に着手する」

中止となったＩＲＦ関連の捜査にはなんの未練もないような沖津の言いように、悄然とした空気が広がった。黒社会への対策は確かに焦眉の急ではあるが、それまで取り組んでいた事案とはまるで関係ない命令に、捜査員の誰しもが気持ちの切り替えができないでいる。

しかし続く一言に由起谷は顔を上げた。

「殺された胡振波は陸登挙《ルードンジュー》とつながっていた痕跡がある」

陸登挙。大黒埠頭で殺された趙豊毅《チャオフォンイ》らの背後にいたとおぼしき闇ブローカー。夏川班の丹念な捜査によって炙《あぶ》り出された名前である。不法入国の手引きをはじめとして、人身売買の斡旋、密輪の仲介などさまざまな犯罪に関与している疑いがある。神奈川県警も総力を挙げて彼の行方を追っているはずだが、未だ発見されていない。

「また胡振波のシノギは密輸、しかも武器を扱っていたことが判明している。ＩＲＦのためにキモノを密輸した業者の一人である可能性が高い」

室内が大きくどよめいた。その反応に沖津は小さく頷いて、

「黒社会の捜査はどこからも禁じられていない。自由に動ける。これは我々のヤマである」

突発した中国人殺しを捜査の口実にしようというのだ——

由起谷は思わず声を上げそうになった。歓喜の念が込み上げてくる。予想していなかった分だけ興奮も大きい。〈我々のヤマ〉。それでこそ沖津部長だ。警視庁の特捜だ。不安もある。いくら横紙破りと言われる特捜部でも、そこまでやって通るものかどうか。

「地検にも組織犯罪事案としてすでに話を通してある。上野署は嫌がるだろうが、怯《ひる》むことなく存分に捜査に取り組んでもらいたい」

沖津の明言に歓声が沸いた。

城木理事官が力強い声で補足する。

「胡振波《フージェンボー》が殺されたのは東上野二丁目の路上。時刻は午前四時から四時十五分の間。マル目《モク》（目撃者）は今のところ出ていない。上野署では現在も地取りと敷鑑《しきかん》に全力を挙げている。死因は鋭利な刃物による心臓部への一突き。凶器は胸骨下部から入って縦方向に心臓を貫いており、この一撃でマル害《ガイ》（被害者）は即死している」

姿警部が感心したように、

「そいつはかなりの腕だ。胸骨の下を突くと横隔膜が麻痺するからターゲットは声が出ない。だが胸骨に触れずに刃を軟骨の下に通すのは角度が難しいんだ。ベテランの兵士でもよくやり損ねる。それを完全にマスターしてるとなると、相当場数を踏んだプロだな」

不意にラードナー警部が口を開いた。

「〈猟師〉の手口だ」

沖津がすかさず問う。

「ＩＲＦのショーン・マクラグレンか」

「マクラグレンはリアルＩＲＡの頃から処刑にはその手を使っています。気配を消して獲物に近づき、正面から仕留める。その技術では右に出る者はいなかった。状況に応じて銃や爆薬を使うこともありますが、ＩＲＦに合流後はもっぱら細身のナイフを愛用していました」

淡々と答える。あまりにも機械的な口調ゆえに、情報の信憑性が感じられた。

ラードナー警部が自ら語った契約の特約項目──警視庁は特捜部の扱う事案に関わるものでない限りＩＲＦに関する情報提供を強要しない。今彼女が自発的に情報を告げているということは、取りも直さず、契約通りに任務を遂行する意志のあることを示すものと考えられた。

ロシア人の部付警部が黙って挙手する。

「オズノフ警部、どうぞ」

城木の指名を受けてユーリ・オズノフが立ち上がった。冷ややかな外貌に、ためらいにも似た色が微かに混じっている。それは遠慮であっただろうか。今は刑事ではない、突入要員である自分が捜査会議で意見を述べることへの遠慮。実際、室内の多くが非難めいた視線を向けている。由起谷自身や夏川をはじめとする数名の者はまだ好意的と言える方だろうが、それは詰まるところ外部の客に対する感情で、かえって孤立の観を深くする。

「密輸の際のトラブルだろうというのは異論ありません。しかしＩＲＦがこの時期にそんなリスクを冒すとは考えにくいのではないでしょうか。彼らが日本に来たのはイギリス高官暗殺という目的があってのことです。人目を引くような行為、ましてや殺人などの犯罪は極力避けるものと考えます」

「もっともな疑問だ」

淡々とした口調で沖津は続けた。

「我々は胡振波殺害におけるＩＲＦの関与をあくまで可能性の一つとして視野に入れた上で、一切の予断を持たず捜査に当たる。『序盤は本の如く』だ」

「また外務省の鉄則ですか」

姿警部の問いに微笑んで、

「チェスの格言だよ。序盤戦では教本の定跡通りに指せという意味だ。我々の置かれている状況はまだ本筋に辿り着く前の序盤でしかない。ここは基本に忠実に行こうじゃないか」

中止命令が下った捜査の口実に中国人殺しを使う。初手から奇手を用いながら抜け抜けと〈基本〉を口にする。部長らしいと由起谷は思った。

「各自ショーン・マクラグレンの資料と写真を確認しておいて下さい。捜査の過程でマル被と遭遇する可能性も予想されるのでくれぐれも用心を怠《おこた》らぬよう願います。迂闊《うかつ》な接触は避けて下さい」

注意を促す城木の指示に由起谷は改めて緊張する。IRFの名だたる処刑人。オズノフ警部の指摘した通りIRFの関与には疑問が残るが、もし彼が実行犯だとすれば、これほど危険な被疑者はない。大黒埠頭で射殺された鶴見署の四人が思い出される。彼らは通常の職質を行なっただけで突発的な死を迎えた。

ともあれ沖津の捜査続行宣言に捜査員はかつてなく発奮している。その空気を作り出したのは、何か障害があるごとにそれを逆手に取って士気を高める沖津の手腕であった。

息を吹き返したような捜査員とは対照的に、宮近理事官は苦い顔で控えたまま何も発しなかった。キャリアの致命傷となりかねないこの危険な局面に際して、いかに関わるべきなのか、あるいは関わらざるべきなのか、未だ決めかねているようだった。

会議後、いくばくかの逡巡ののち、宮近は部長室に引き上げた上司を訪ねた。

「自分はこの捜査の目的について本庁に報告を上げます」

彼の決意表明を予期していたかのように、沖津は少しもたじろがなかった。

「構わんよ。それが君の判断であるのなら」

自分から言い出しておきながら、宮近はその返答に驚いて、

「部長は秘匿すべき捜査の真意が知られてもいいとおっしゃるのですか」

「君が報告するのは上層部から特に与えられた職務じゃないか。そもそも君がウチに配属されたのもそのためだったのではなかったのかね」

皮肉めかしてもいない。真面目そのものといった上司の顔を、宮近はまじまじと見つめる。

「最初から想定しておられたのですね、自分が報告するのを」

沖津は机上の煙草入れから、愛飲するモンテクリストを摘み上げた。先ほどまで会議室で盛大に喫っていたというのに、まるで今日初めての一本であるかのように愛しげに咥《くわ》えて火を点ける。

「あのテロリストと同じだよ」

「は?」

「大黒埠頭で自殺したテロリストだ。単なる時間稼ぎのために自らの顔を潰した。我々の状況も同じだ。サザートン来日の日程は決まっている。もう目の前だ。残された時間は知れている。その時間の分だけを稼げればいい。君がどういう判断をしたとしても、私はそれを支持するつもりでいる」

宮近はため息をついた。身の処し方の決定はやはり保留とするしかない。沖津はすべて見越した上で動いているのだ。懐の深さが違っていた。

「勘違いはしないでくれよ。私は君が特捜部設立の主旨を理解し、捜査員の意欲に共感してくれることを期待している」

一礼して宮近は退室した。

敵わないと思った。それが部長の人心掌握術であると知りながら。


夏川班と由起谷班との間でただちに分担が決められた。

胡振波《フージェンボー》の属していたグループ全員。取引のある組織。交友関係。血縁及び地縁関係。周辺のすべてを由起谷班が入念に洗っていく。洗い出された組織と人物を夏川班が監視する。

胡振波。安徽省出身。十三年前に留学生として来日。埼玉県の日本語学校に三日間通ったのち行方をくらました不法残留者。すでに死亡した日本語学校の経営者は和義幇《フーイーパン》下部組織の構成員で、学校自体が不法入国に組織的に関与していたとして当時埼玉県警に摘発されている。同校の理事として名を連ねていたのが陸登挙《ルードンジュー》である。

胡《フー》のグループ自体は総勢十人とそう多くはなかったが、構成員の各自が他の犯罪集団と有機的につながっており、その末端は裏社会の暗がりへと拡散する如くに広がって全貌の把握は困難だった。それでも特捜部は数十名の中国人犯罪者と関連拠点のいくつかを〈重点的監視対象〉と位置付け、夏川班は昼夜を分かたぬ監視態勢を取った。中国人犯罪集団が拠点を構える場所は都の内外に数多く、その形態も事務所、飲食店、雑貨店、服飾店、個人住宅と多様であった。

由起谷班による調査の結果はただちに夏川班へとフィードバックされ、監視対象が絞られる。

そして得られた情報はさらに由起谷班へとフィードバック。

都内で胡とその仲間が数名の白人男性と会っていたとの目撃情報——白人男性の少なくとも一人は不法入国のアイルランド人と判明——胡の秘密口座に入金の形跡——振込人の名義はアメリカの民間団体『アイルランド同胞支援協会』——

両班からの報告が刻々と形を成す。胡振波《フージェンボー》のグループがＩＲＦの機甲兵装密輸に関与していたことは今や疑いの余地がなかった。

捜査の進展に関わりなく、技術班では待機状態が続いていた。

鈴石緑にとって、泊まり込みの待機は苦でもないが、今度の件は特別だった。

ＩＲＦ。緑の家族を奪った者達。彼らはまた〈裏切り者〉ライザ・ラードナー警部の命を狙っている。彼らと戦うために緑は黙々と龍機兵を整備する。ライザの乗機『バンシー』を。

元ＩＲＦであるライザへの憎しみに、各部機器をチェックする目が曇らされるようなことがあってはならない。固く自分に言い聞かせる。自分の感情によるミスが、結果としてテロリストを利する。もしそうなれば、自分は絶対に自分を許さないだろう。

緑の心中は複雑と表現できる範囲を超えていた。乱れるままの思いを抱え作業に打ち込む。没頭によって底のない思考を振り払う。それしかなかった。

暗殺の標的となっているイギリス高官の来日は十二月二日だが、それまでに実行部隊の拠点が判明すれば、特捜部の龍機兵にも出動命令が下る可能性が高い。即時対応できるように龍機兵を仕上げておく必要がある。

三体の龍機兵の中でもバンシーは抜きん出て美しかった。搭乗するライザその人のように。優美な機体に秘めた恐るべき殺傷能力。それもまたライザを象徴している。違っているのは、バンシーの機体が王女のドレスを思わせる眩いばかりの純白であるのに対し、ライザはいつも革ジャンにデニムという垢抜けない格好である点か。

キーを打つ手を止めて、緑はふと自分の服装を顧みる。警視庁のスタッフジャンパーに野暮ったいスカート。何日も着たままのジャンパーには各所に染みや汚れがついていた。

ロッカーには替えのジャンパーがまだ何着かあったはずだ。着替えるついでに休憩しよう——緑は仕事用の眼鏡を外し、デスクの上に置いて立ち上がった。

ロビーと言えるほどのものではないが、庁舎の二階には簡素なソファがいくつか設置された一角がある。ほとんどの窓がふさがれた特捜部の庁舎で、その一角だけがのびのびと明るい。

午後三時を過ぎた頃。他に人はいなかった。なぜだかほっとしたような思いで、緑はソファの一つに腰を下ろした。自販機で買ったほうじ茶のボトルを開栓し、一口飲んで横に置く。そして手にした本を開いた。

『車窓』。父の生涯ただ一冊の著書である。実家から持ち出して、ラボのロッカーに置いていた。仕事の合間に思い出しては読んでいる。

幻の友人達に感じるこの懐かしさはなんだろう。まだ出会ってもいないのに。きっとそれは人間が本来持っている寂しさであり、他者への慕わしさだ。頼りなく心細い旅の途次にあるとなおさら感じる。私はその気持ちを大切にしたいと思う。誰だってそうだ。列車の中では誰もが互いに異邦人である。それはこれから知り合える可能性を意味している。未知の友人は常にいる。一番悲しむべきことは、本来なら友人になれるはずの人とそうなれないことだ。

旅のエピソードの合間に、父のセンチメンタリズムが覗く。生前の父が思い出されて懐かしかった。それはまた辛くもあった。気分転換のつもりがよけいに滅入る。それでもページを繰る指を止められなかった。

ほうじ茶を飲もうと顔を上げる。息が止まった。

目の前にラードナー警部が立っていた。

声を発する間もなく、相手はすぐに顔を背けるように階段の方へと歩み去っていた。

緑は本を閉じて立ち上がった。一口しか飲んでいないボトルをゴミ箱に捨て、足早にラボへと戻る。体に残る不快感。おぞましさ。警部は確かにこっちを見ていた。無防備に本を読みふける自分の顔を。

どうしてこっちを見ていたのだろう。言いたいことでもあったのか。自分がそれほど間抜け面を晒《さら》していたのか。

目があったとき、向こうは何か驚いたような表情をしていた。気のせいかもしれない。分からない。頭が混乱する。あのテロリストがあんな顔を見せるとは。やはり見間違いか。いや、確かにあの顔は。

3

「おい、見ろ」

ホンダアコードの助手席で三好《みよし》が声を上げた。運転席には相棒の本間《ほんま》。両名とも夏川班の捜査員である。二人は数日前から北千住にある雑居ビルの監視に当たっていた。同ビルの一階と二階に入居している『長向商事《ちょうこう》』は、中国人犯罪者グループの拠点の一つと見られていた。殺害された胡振波《フージェンボー》も役員として在籍していたことが確認されている。その日は朝から人の出入りが慌ただしく、二人は何事かあるものと予想していた。

「動いたか」

シートにもたれかかっていた本間が身を起こす。

ビルの中から走り出てきた五人の男が、誰かを待ち受けるように整列する。いずれも長向商事社員の中国人である。

「客か？」

運転席で目をすがめる本間に、三好が応じる。

「だとすればよっぽど大事な客らしいぞ」

「一体誰が来るっていうんだ」

固唾《かたず》を呑んで二人は前方を注視する。

長向商事の五人の前に黒いメルセデス・ベンツが止まった。

「今分かる」

三好が手にしたカメラを向けた。アコードは目立たぬよう少し離れた対面のビルの角に止められている。ビルの正面口がぎりぎり窺える位置である。

ベンツの前部から男達が降りてくる。護衛らしい。周囲に鋭い目を配っている。一人が後部ドアを開ける。出迎えの男達が一斉に低頭する。誰かが降りてくる。

「ダメだ、顔が見えない」

ファインダーを覗いたまま三好が呻《うめ》く。護衛と長向商事の男達に囲まれて、肝心の男の顔が隠れていた。

「もう少し右だ、右に寄れ……違う、そっちじゃない……」

高速で作動するカメラのシャッター。三好は独り言のように呟いている。

「そうだ……いいぞ、そのまま……」

しかし男の足はすでにビルの入口に続く短い階段にかかっている。

そのままビルの中に消えるかと思われた瞬間、先頭を歩く男の頭が階段一段分だけ上に出た。

「あっ！」

同時に三好が声を上げる。

「見えたのか」

本間が苛立たしげに訊く。彼の位置からはよく見えなかった。サングラスをかけていたのがかろうじて分かった。

「あいつは……」

三好がカメラを下ろす。その驚愕の面持ちに、

「どうした、知ってる男か」

「ああ、たぶん。でも直接には知らない。写真で見ただけだ」

「誰なんだ、一体」

「捜査資料にあった。今回の事案じゃない、前の奴だ」

「前の？」

本間は首を傾げる——前の事案？

自分自身の目が信じられないとでも言うように、三好は手にしたカメラを見た。

「確か、あいつは……」

「間違いない、關《クワン》だ」

同日午後五時三十五分。庁舎会議室の大型ディスプレイに拡大表示された写真を見て、姿警部は断定した。昼間三好が撮影した写真である。

全捜査員が驚愕して画面を凝視する。

「姿警部の言う通りです。この男は確かに馮《フォン》の秘書です」

ユーリもまた同人《どうにん》と確認した。

長向商事入口前。背後に男達を引き連れ、中に入ろうとしている若い男。その一瞬の横顔。サングラスをしていてもはっきりと感じられる、昏《くら》い何かを湛《たた》えた目。

關剣平《クワンジェンピン》。フォン・コーポレーションCEO長馮志文《フォンジーウェン》の第一秘書であった。

フォンがこの件に絡んでいる——

前の事案。すなわち機甲兵装地下鉄立て籠もり事案。ユーリはその際に思わぬ深傷を負っていた。その記憶はユーリだけでなく、特捜部の全員にとって生々しいものだった。また同事案の捜査の過程で、馮志文は面談に訪れたユーリと姿に密造機甲兵装に関する手がかりを提供した。馮の真意は今も不明のままである。

予想もしていなかった展開に、会議室は異様な興奮に包まれた。

「奴とはそのうちまた会いそうな気がしてたが、思ったより早かったたな」

気楽な口調とは裏腹に、姿は慎重な目で画面の關を見つめている。

三好と本間の報告によると、關が長向商事にいたのは約二十分。ビルから出てきた彼を乗せたベンツはホテルオークラの地下駐車場に入り、關と護衛を降ろして去った。以後の關の足取りは追えなかったという。

フォン・コーポレーションは香港財閥の中でも一、二を争う馮《フォン》グループの日本総代理店である。中国マネーは日本の政財界にも深く食い込んでおり、その影響力は決して小さいものではない。同社はまた、同じく香港を拠点とする黒社会の最大組織『和義幇《フーイーパン》』となんらかの特別な関係にあるとも指摘されていた。先の地下鉄立て籠もり事案をきっかけに、そのつながりは図らずも明らかとなった。姿とユーリは、丸の内のフォン社屋内でCEOの馮志文から第一秘書の關《クワン》を紹介されている。その際の経緯と継続捜査の中間報告が資料としてまとめられ、各員に配布されていた。

「これよりフォンの動きを重点的にマークする。夏川班を中心にシフトを組む」

沖津が即座に指示を下す。

「關が長向商事に現われたのは偶然だった可能性もある。由起谷班は従前の捜査を継続」

「はっ」

夏川と由起谷が同時に頷く。

「IRF、和義幇、胡《フー》殺し。これらがどうつながるのか。徹底して究明に当たる」

ただちに捜査態勢の確認と再編が行なわれる。

重点監視対象――關剣平《クワンジェンピン》。

「なんだか楽しみになってくるな。あいつの淹《い》れるコーヒーはやたらと美味《うま》いんだよ」

場の空気を一切読まぬどころか捜査員の神経を逆撫でする姿警部の軽口も、今は聞き咎める者さえない。捜査員達は与えられた各自の持ち場へと我先に走り去り、三人の部付警部が最後に会議室を出た。捜査には突入要員の出番はない。

「なあ、關のコーヒー、本当に美味かったよな？」

階段に向かいながら、姿が話しかけてきた。

「知らんな」

ユーリはそっけなく答える。

「知らんはずはないだろう。元刑事のくせに忘れたのか。フォンの社長室で奴が俺達に出してくれたコーヒーだよ」

「俺は手もつけてない」

「あ、そうだっけ」

同僚に構わず、ユーリは足早に階段を下った。逸《はや》っているのだ。猛然と駆け去った捜査員達と同じく。そして苦しむ。逸る心の遣《や》り場を見つけられずに。

4

対象者氏名／關剣平
年齢／二十九
現住所／新宿区西新宿七丁目グランシティ新宿六階六〇一号
出生地／中華人民共和国福建省安渓
職業／会社員
照会結果／犯歴なし
他詳細項目／照会中

入国管理局に残された記録には問題はなかった。日本での就業に必要な書類はすべて揃っている。それだけである。他の一切は不明であった。有名企業の社長秘書でありながら、正体がまるで分からない。社員の個人情報を明らかにしないのは企業として当然であるが、フォン・コーポレーションのほとんどの社員は実際に知らないようだった。第一秘書という役職の存在すら知らない者もいる。のみならず、フォン社内には闞《クワン》について触れるのをタブーとする空気があった。

闞が出社するのは多くて月に五、六日。秘書として社長の面談の場に同席することもあるが、それ以外に何をしているかは社員も知らない。闞に何かを命じることができるのは社長である馮《フォン》志文《ジーウェン》ただ一人。また現住所とされている西新宿の高級マンションにも滅多に帰らない。

短く刈った髪。日焼けした肌に細い眉。プラダのサングラスを常時かけていて、社内にいるときもよほど大事な客が相手でない限り外すことはない。

そして、闞を包む圧倒的なまでの負の気配。直接面識のあるユーリ・オズノフ警部は、彼を「黒社会の上部構成員である」と断言している。アジアの裏社会に精通したユーリの眼力は信頼できたし、捜査員達の感触も同様だった。

闞の監視任務に当たる夏川班から、次々に報告が上がってくる。

〈事実上の住居は少なくとも三か所。いずれも大田区の不動産会社『鶴壁《つるかべ》地所』の所有する物件。組対の資料によると同社は事実上和義幇《フーイーパン》下部組織のフロント企業である〉

〈近親者と思われる者は確認できず。特定の女もいない模様〉

〈闞《クワン》剣平《ジェンピン》名義の口座は第一首都銀丸の内支店に開設されており、フォン・コーポレーション経理部から月々の報酬が入金されている。しかし同口座より金が引き落とされた形跡は認められず〉

プライベートもある程度までは判明したが、それ以上では決してない。その先はまったく不明のままと言っていい。全国から選び抜かれた特捜部捜査員の監視の目に晒されながら——あるいはあえて晒しながら——この秘匿能力は尋常ではない。そしてときには尾行を易々とまいてさえみせる。まるでこちらを翻弄《ほんろう》するかのように。

〈横浜市鶴見区『大星飯店』で同店経営者張《チャン》恩濤《アントウ》と会食。張は和義幇の有力幹部であると確認されている〉

〈京王プラザホテルで中国人二名と面会。ともに和義幇とは友好関係にある非合法団体の代表者〉

〈六本木のバー『小河《シャオホー》』で華僑商工連絡会副会頭エディー・スンと会談。スンは和義幇の構成員としてかねてから組対にマークされている人物〉

關は連日のように黒社会の有力者と接触していた。

捜査会議の席上で沖津は断定した。

「關剣平は和義幇の幹部構成員であると見て間違いない」

大星飯店での会食の際、張は關を低頭して出迎え、恭《うやうや》しく上座に据えて歓待したという。夏川班の捜査員が確認している。

「オズノフ警部が看破した通り、關は和義幇の中でも相当の上位にあると思われる」

日本で非合法活動を行なう中国人犯罪組織は、実は相互のつながりの薄い小グループが大半を占めている。不法入国者やバイト感覚の留学生など、個人単位で犯罪を行なう者も多い。大黒埠頭で殺された趙豊毅《チャオフォンイ》らのグループも実態としてはこれに近い。

対して今世紀に入ってから日本に進出した和義幇は青幇の系譜を受け継ぐ大組織であり、華僑ネットワークを通じてその影響力は全世界に及んでいる。また中世発祥の秘密結社として古来の形式を堅持しており、親分と子分の関係を師匠と弟子になぞらえ厳しい上下関係を定めている。師に入門を許された弟子は、直接の師にはもちろん、その上位にある師に対しても実子以上の礼を尽くさねばならない。六十二歳の張恩濤が三十以上も年下の關を丁重に迎えたのも、組織内の位階において、關が少なくとも張の上位に位置するためと推測された。

そんな男をフォンは社長秘書に据えている。

言いようのない気味の悪さを覚えつつ、捜査員はディスプレイに大きく表示された二枚の写真を見る。

一枚はサングラスの關——捜査員による隠し撮り。

もう一枚はにこやかな笑顔の馮《フォン》——経済誌の表紙を飾ったポートレート。三十六歳の御曹司の完璧な笑顔は、まるで捜査当局、いや日本の社会全体に向けられた嘲笑のように感じられた。

「不愉快な笑いだ」

馮の写真を見つめて沖津が漏らした。捜査員の気持ちを見抜いたかのような一言であった。

「關《クワン》の正体を馮が知らないはずはない。また隠す気もないに等しい。これは日本警察への挑戦である」

不愉快と言いながら、なぜか沖津は愉快そうだった。


携帯端末で部下からの報告を受けながら、夏川主任は品川の柘榴坂《ざくろざか》を上っていた。昼間はこの時期にしては暖かかったが、夜になるとやはり相応に冷え込んできた。短い言葉で指示を伝え、凍《こご》えた指で携帯を切りコートにしまう。

監視任務の指揮を執りつつ、夏川はプライベートの時間を割《さ》いて情報収集を続けている。その夜は關を知るフォン・コーポレーションの元社員と会うために彼の現在の勤め先を訪ねたのだった。

その会社は柘榴坂を上り切る少し手前のオフィスビルの中にあった。業務内容は香港系企業のシステムチェックの下請けであるという。元社員はフォンを退社して同社の起業に加わったのだ。応接室で十分ばかり話したが、關についてはこれまで判明している以上のことは知らないようだった。

結局大した情報は得られなかった。礼を言って会社を後にする。

徒労であったが無駄足だとは思わない。捜査の九割は無駄足である。無駄と思った瞬間に捜査は潰れる。かつてそう教えられた。自分の今日はその教えを愚直に守ったからこそあると夏川は考えている。

短い間に、外は一段と冷えていた。夏川は道路を挟んで向かいにそびえるグランドプリンス新高輪を見上げ、コーヒーでも飲んでいこうと思い立った。横断歩道を渡りながら姿警部を思い出す。捜査会議のたびに聞かされるろくでもないコーヒー談義のせいで、近頃ではコーヒーがすっかり飲めなくなってしまった。監視任務の最中は出涸《でが》らしであろうがインスタントであろうが構わずに飲んでいるが、プライベートとなると別である。警察官とも言えない傭兵の影響を知らず知らずのうちに受けているのかと思うといまいましい気もする。癪《しゃく》なのでコーヒーはやめて紅茶か日本茶にしようと思った。そうだ、日本茶がいい。ホテルのカフェラウンジなら日本茶もあるだろう。

ホテルに入ってカフェを探す。ロビーをぶらぶら歩いていると、右手からやってきた恰幅《かっぷく》のいい人物と出くわした。

「大日方《おびなた》さん」

思わず呼びかける。相手も驚いたように立ち止まって夏川を見つめた。

「おお、夏《ナツ》か」

捜査一課時代の上司である大日方勘治《かんじ》警視であった。当時は捜一《そういち》の係長で、現在は確か中央署の副署長を務めている。

「元気そうじゃないか、夏」

「はっ、係長、いや副署長もお元気そうで何よりです」

反射的に姿勢を正している。捜一時代、大日方には随分と世話になった。

「何してる、こんな所で。いや待て、おまえのことだからきっと捜査だろう」

「は、実は捜査の帰りでして。大日方さんは」

他意なく聞き返すと、大日方は複雑な表情を見せた。

「うん、まあ……昔、一課の管理官だった平賀《ひらが》さん、覚えてるか」

「もちろんです」

平賀管理官のこともよく覚えている。酒好きの好人物で、その後上野署の署長に就任した。

「平賀さんが今度勇退を決められたので、当時の一課のOBで集まろうという話になったんだ。その会が今夜ここであるんだよ」

知らなかった。胸にすっと冷気が差し込む。

周囲の反対を押し切って特捜入りした自分は、警察内部では裏切り者扱いされている。同期の連中や親しかった仲間からの誘いもなくなった。今日まで極力気にしないようにしてきたが、OB会の連絡網からも外されていようとは。

口から異論や不満がこぼれそうになったが、ぐっと堪える。覚悟の上の特捜入りだ。努めて明るい顔で言った。

「じゃあ、自分も平賀さんにご挨拶していきましょう。皆さんにも久々に会いたいし。懐かしいな」

「やめた方がいい」

大日方が顔を曇らせた。

「悪いことは言わん。今日はこのまま帰れ」

「どういうことですか」

「みんな特捜を嫌ってる。おまえが顔を出せば、みんなが気まずい思いをする」

「そんな……」

あまりの言われように言葉を失う。

大日方は意を決して諭すように、

「夏、おまえも一度は捜一の飯を食った人間だ、分からんはずはあるまい」

「………」

「他ならぬ平賀さん自身が大の特捜嫌いだ。長年捜一の看板を守ってきたあの人からすると、特捜なんてわけの分からん連中に現場を荒らされるのが我慢ならないんだ」

まじまじと大日方を見つめる。一旦は嚙み殺した不満が再び口を衝《つ》いて漏れそうになる。

「堪えてくれ、夏。今夜は平賀さんにとって特別な席なんだ。台無しにすることはできん」

台無し――

かろうじて耐える。そして、言った。

「……一つ、教えて下さい」

「なんだ」

「大日方さんも同じ考えなのですか、特捜に対して」

相手は答えなかった。しかしその目が答えていた。

夏川は無言で一礼し、ドアに向かって足早に歩き出した。

品川駅に向かって柘榴坂を下りながら考える。警察官の誇りを胸に日々捜査に専念しているつもりの自分が、ここまで警察組織から排斥されている。自分が姿警部らを部外者としてしか認められぬように。

それにしても、久々に再会した大日方の言葉は心に応えた。

『無駄足を無駄と思った瞬間に捜査は潰れる』。かつてそう教えてくれたのは、他ならぬ大日方であった。


執務中に城木の携帯端末に着信があった。仕事用ではなくプライベートのものだった。

番号に覚えはない。用心しながら応答する。

「はい?」

〈あ、城木君ですか。ご無沙汰してます、私、須田《すだ》です〉

「須田さん?」

珍しい相手だった。大学の一年先輩で、それほど親しくはなかった。経済産業省に行って今は課長補佐だったか。

「こちらこそご無沙汰しております。お久しぶりですね」

〈突然お電話して申しわけありませんね〉

「いえいえ、お変わりありませんか」

〈ええ、おかげさまで。そっちはどうです？〉

「いろいろ大変ですが、まあなんとかやっております」

〈聞いてますよ、新しい部署で頑張ってるとか。君のことだから、また孤軍奮闘で張り切りすぎてるんじゃないかと心配で〉

「これはどうも、ご心配をおかけしまして」

互いに久闊《きゅうかつ》を叙《じょ》するやり取りののち、須田は気軽な口調で用件を切り出した。

〈今度、花森《はなもり》ゼミのOB会をやることになって、私が幹事を仰せつかりました。なにしろ久々の会ですから、花森先生もお呼びして盛大にやろうって話になってまして〉

懐かしい恩師の名を聞いて城木は我知らず破顔した。

「先生、お元気でいらっしゃいますか」

〈ええ、かくしゃくたるものだそうですよ。どれだけお元気か、一つ我々の目で確かめてみようじゃありませんか。日程はまだ調整中ですが、城木君もぜひ来て下さい〉

「はい、喜んで参加させて頂きます」

〈そうですか、よかった〉

須田はほっとしたように、

〈君は最近同期の飲み会にも顔を出さないらしいって聞いてたから、ちょっと心配してました。みんなも会いたがってたし、いや、よかった。公務も大事ですが、ここらで息抜きですよ、息抜き〉

「ありがとうございます。楽しみにしています」

〈ところで、ちょっと耳にしたことがありまして〉

「なんでしょう」

〈いえね、そちらが今やっておられる事案なんですけど、ウチの上の方がなんだか怒ってるらしくて。いえ、私のとこじゃないですよ。通政局の方、はっきり言うと北東アジア課です〉

「どういうことでしょう？」

それまでの和やかな気分が急速に霧消するのを感じつつ、身構えるように聞き返す。

〈フォンですよ。あれこれつついてるそうじゃないですか。さる筋を通して抗議が来たそうですよ。ほんとにフォンを調べてるんですか〉

「それはお答えできません」

〈とにかく、時期が悪いですよ。今ウチは例の共同プロジェクト、香港と日本企業の、あれの音頭を取ってるとこですから。あれはほら、中国の商務部とかも嚙んでますし。もうちょっとしたら通達か要請、形式は分かりませんが、そちらの方に行くと思います〉

大学の先輩。最も汎用性の高い〈回線〉の一つである。須田にはなんの関係もない案件だが、省庁間の慣習として彼は回ってきた連絡を〈中継〉せざるを得ない。経済産業省の課長補佐である須田と警視庁の理事官である城木は同じ〈階層《レイヤー》〉に属する。接触には申し分ない。電話の本題はこちらであった。

「ご厚意に感謝します」

〈私も久しぶりに城木君の声が聞きたかったし。ＯＢ会、きっと来て下さいよ。詳細が決まったらまた連絡しますから〉

「ありがとうございます。楽しみにしておりますので、どうかよろしくお願いします」

丁重に礼を言って切る。

そのまま身じろぎもせず五分ほど考え込む。それから立ち上がって同室内の宮近のデスクに向かった。城木のデスクと宮近のデスクとは、パーティションのように配置されたロッカーや書類棚で、同じ部屋とは思えないほどに隔てられている。

専用端末に向かって執務中だった宮近に、須田からの電話の内容をすべて伝える。

「外務省の次は経産省か」

宮近はそう呻いて立ち上がった。すぐさま連れ立って同じフロアにある上司の部屋に向かう。

在室していた沖津に、城木が報告する。

「早いな」

それが沖津の感想だった。城木も同意見である。

「ウチの捜査員は慎重にやっているはずです。いずれはフォンに察知されるのは避けられないでしょうが、それにしても早すぎます」

「普段から組織周辺に張ってあるんだろう、あれだ、姿警部の使う用語で言えば〈センサー〉という奴だ」

「それほどまでに用心していたとなると、やはりフォンは關《クワン》が黒社会の構成員と知りながら身中に飼っていたわけですね」

考え込みながら言う宮近に、

「まあそうだろうがね。この件を断定の根拠にするには無理がある。フォン単体ならともかく、馮《フォン》グループ全体となると企業として表に出せない案件の十や二十は常に抱えているだろう。常時どんな防衛策を取っていても不自然ではない」

「それで、我々としてはどう対処すべきでしょうか」

城木の問いに対し、沖津はうそぶくように言った。

「須田さんにはお礼を言ったのだろう？」

「はい」

「ならそれでいい。ウチとしては他にすることはない」

宮近が驚いたように聞き返す。

「放置しろとおっしゃるのですか」

官僚としての彼の〈センサー〉が警告を発している。それは城木も同じであった。官界で主流派たらんとするのであれば、この種の〈連絡〉に表立って逆らうのは得策ではない。異を唱えるにしても入念な配慮が必要である。

「我々は目の前の事案で手一杯だ。経産省が何を言ってこようと構っている暇はない。少なくとも十二月二日まではな」

十二月二日とはサザートン来日の当日である。

城木と宮近は首肯し、かつ蒼ざめて退出した。

5

「状況は」

十一月十七日、豊島区池袋二丁目の路上に駐められたバンに乗り込んだ夏川は、いきなりそう問いかけた。中にいた部下の山尾《やまお》と辻井《つじい》が振り返る。

「これを見て下さい」

山尾が車内に並べられたモニターを指差して言う。

どのモニターにも、ものものしい様子でマンションらしい建物に出入りする男達が映っていた。彼らの発散しているひりつくような暴力の波動が、画面越しに皮膚感覚として伝わってくる。

「なるほど、どいつもこいつもやる気満々てツラだな」

モニターに映し出されているのは、山尾と辻井の担当する監視対象『池袋第二高畠マンション』のリアルタイム映像である。捜査車輛のバンから少し離れた位置にある同物件は、和義幇《フーイーパン》とは友好関係にある組織『和方楽《フーファンロオ》』の拠点の一つと見なされていた。

「三時過ぎくらいから、構成員が続々と詰めかけてきて……連中、抗争でも始めるつもりなんですかね……あ、今ちょうど右端に映っている男、こいつの上着ですけど」

辻井が映像を拡大する。男の左胸の不自然な膨らみがアップになった。

「明らかに拳銃《チャカ》を持ってますね。他の奴らもおんなじです。組対にも連絡しますか」

「連中ならもうとっくに動いてるよ」

モニターを睨みながら答えた夏川の胸ポケットで、携帯端末が振動した。

「俺だ」

素早く応答した夏川は、

「……分かった、すぐ行く」

短く答えて携帯をしまい、辻井と山尾に向かって言った。

「今度は新宿だとさ。ここはおまえらに任せる。動きがあったらすぐに連絡しろ」

「はい」

二人の返事を背中で聞きながら慌ただしくバンから降りた。

平和通りに出てタクシーを拾い、「新宿一丁目」と告げる。

靖国通りで降車した夏川は、徒歩で花園通りの方へと向かい、途中にある雑居ビル『グランコート西岡』に入った。

二階二〇二号室の前で立ち止まり、インターフォンのボタンを押すと、すぐに部下の蔵元《くらもと》がドアを開けた。

ワンルームの狭い室内には、蔵元の他に目つきの鋭い男が三人。黒ずんだフローリングの上に直接設置された四台のモニターを見つめていた。いずれも警察官と一目で知れる。三人とも組対二課の捜査員だ。

二〇二号室は組対の借り上げで、主に監視任務の詰め所に使われているという。

「ご苦労様です」

夏川は三人に挨拶したが、向こうはこっちを一瞥しただけで何も言わない。蔵元はさぞ居心地の悪い思いをしたことだろう。

「和方楽の幹部がガン首揃えてるそうですが」

そう声をかけると、三人の中でも一番ベテランらしい男がモニターを顎で示し、無愛想に言った。

「見ての通りだよ」

モニターには、焼肉店『西楽酒家』の前で警戒に当たる中国人の男達が映っている。

「一触即発ってとこだ。特捜は何かつかんでんじゃねえのか」

「いえ、ウチでも特に……」

言葉を濁す夏川に、三人は聞こえよがしに舌打ちし、

「使えねえなあ」「いつもの秘密主義じゃねえのか」「これだから特捜は」「こっちの好意で軒先に入れてやったってのによ」

そんなことを口々にぼやいている。

蔵元が悔しそうに唇を嚙むのが分かった。しかし今は耐えるしかない。

「おい」

組対の一人が画面を指差す。

全員が身を乗り出してモニターを覗き込む。

西楽酒家の前で、黒いメルセデス・ベンツが停まった。黒社会の男達が直立不動になって出迎える。

その映像に、夏川は瞬時に緊張する。

車内から降り立ったのは、關《クワン》であった。


十一月十八日、午後六時三十分。特捜部庁舎内会議室。由起谷班池端《いけはた》捜査員の報告。

「陸登挙《ルードンジュー》の消息は依然不明。ブローカー仲間の話によると、陸と連絡が取れなくなったのは今月十一日で胡《フー》殺しの日と一致します。前後の状況からして、胡が殺されたと知った陸は慌てて行方をくらましたものと思われます」

同じく由起谷班加納《かのう》捜査員の報告。

「和義幇《フーイーバン》の下部組織周辺で不穏な動きが見られます。組対では大規模な抗争の兆候と見て、対応に追われています。外二《がいに》でも警戒を強めているようです。中国人犯罪者の間では、アイルランド人と戦争になるという噂が流れているそうですが、確認には至っておりません」

上野で何者か――おそらくは〈猟師〉――に刺殺された胡振波《フージェンボー》のグループは、和義幇の下部組織であった可能性が高い。彼らの他にも和義幇の傘下にある多数の中国人犯罪者グループがＩＲＦの機甲兵装密輸に協力したはずである。ＩＲＦはその恩義に報いるどころか、次々と彼らの同胞を殺害している。趙豊毅《チャオフォンイ》、胡振波、あるいはもっと。

「ＩＲＦと和義幇が日本で全面対決か。そいつは凄い」

姿警部が面白そうに言った。

「イギリス人のブックメーカーなら絶対に放っておかないね」

「会議中に無責任な私語は慎め」

普段に増して甲高い声で宮近が注意する。まさに無責任そのものの姿の発言だった。

万が一そんな事態にでもなれば――

「次、夏川班、お願いします」

自らの緊張を押し隠すように城木が促す。

立ち上がったのは主任の夏川だった。

「昨日午後三時前後、和義幇下部組織の一つ『和方楽』傘下の各拠点に大きな動きが見られました。殺気立った構成員が続々と集まり始めたのです。午後五時、和方楽の幹部連は新宿の焼肉店『西楽酒家』で鬮と会談。直後、各拠点に集合していた構成員は一斉に散会。この二日間で同様の推移を辿った動きが三件。以上の事実より、鬮が黒社会の有力幹部と会合を繰り返しているのは、下部組織の暴発を抑えるためと推測されます」

沖津はしばし目を閉じて考え込んだ。集中している。次の一手を探すチェスのプレイヤーのように。必要なのは盤面の把握。だが伏せられている駒が多すぎる。

一分後、沖津は目を開いた。

「黒社会の緊張の要因は胡殺しにある。だとするとやはり例の疑問が引っ掛かってくる。サザートン来日が迫ったこの時期に、ＩＲＦはなぜ黒社会を挑発するような危険をあえて冒さねばならなかったのかだ。ＩＲＦに関して正面からの捜査が封じられている以上、我々は現状黒社会の線を追うしかない。由起谷班は胡周辺の洗い出し、夏川班は和義幇関連の監視をそれぞれ続行。序盤はあくまで本の如くに指す」

これほど複雑かつ厄介な局面となりながら沖津は未だ序盤と言い切る。サザートン来日の日も刻々と迫りつつあるというのに。この規格外の上司が盤面の情勢を一体どのように俯瞰《ふかん》しているのか、副官の城木にも測りかねた。


同日午後九時六分。沖津は部長室で鈴石主任から報告を受けていた。特捜部の擁する三体の龍機兵のうち『フィアボルグ』と『バーゲスト』の運用上の問題点について。各機の搭乗者である姿警部とオズノフ警部も立ち会っている。

デスクの上の電話が鳴った。盗聴防止処理の施された外線である。沖津はすぐに受話器を取り上げた。

外務省の周防事務官からであった。

〈どういうつもりなんです。あなたは個人の思惑で日本の将来を潰す気ですか〉

深く響く男性的な低音。しかしその声からは以前の落ち着きが失われている。

〈外事の現場は怒り狂ってます。連中はそちらに何をするか分かりませんよ。もう抑え切れません〉

「それをテロリズムと言うのですよ。テロ対策のためのテロとは興味深い」

〈ふざけないで下さい〉

「ふざけてなどいませんよ。テロの起源は歴史的にも存外そんなものです。第一我々は地検ともよく相談した上で、中国人犯罪組織を追っているだけです」

通話の内容を察した緑とオズノフ警部が退席しようとするのを目で制する。姿警部は堂々と聞き入って最初から出ていくそぶりも見せていない。

〈よくそんなことが言えますね。検察は視野が狭い上に外交の機微が分からない。それを見越した上での段取りでしょう〉

「検察は犯罪捜査に専念する私どもの姿勢を理解してくれています。その上での判断だと私は受け取っています」

〈いいかげんにして下さい。そんな言いわけが通る局面だとまさか本気で思っているわけではないですよね〉

「局面は刻々と変化します。特に対局者がキリアン・クインのような稀有な指し手である場合には」

〈どういうことです〉

「現在、都下の黒社会周辺がどういう情勢下にあるかご存じですか」

〈特捜絡みで報告は受けています。しかし〉

「それもキリアン・クインの手かもしれない」

相手が黙った。

「他にも可能性は考えられます。いずれにせよ、黒社会の緊張がこのまま高まれば、サザートンの警護にも影響が出る。そういう局面だということです」

周防はため息をついて、

〈欧州局長と話をしてみます。警察庁の海老野さんとも。それでいいですね？〉

「感謝します」

〈私は今日の段階で特捜に明確な意思を伝えました。それだけはご確認を願います〉

「分かりました」

〈その代わり〉

すかさず相手は付け加えた。

〈そちらで得られた情報は私のところにも上げて下さい〉

「もちろんです。しかしそのためにはこちらにも情報が必要です」

〈この上何が要《い》ると言うんですか〉

「日本に潜入したと思われるＩＲＦ活動家《プレイヤー》のリストです。ウチの人間が不用意に接触してしまうのを避けるためです」

〈敵いませんね〉

「お願いします」

声はそこで賛嘆の念を含んだ。

〈……やりますね、沖津さん〉

「何がです」

〈各方面でのあなたの動きです。有力な援護があったとしても、あの流れからここまで持ってくるとは。さすが伝説と言われるだけはある〉

「外交上のリップサービスでしょうが、周防さんに言われると嬉しいですよ」

受話器を置いた上司に、姿警部が言った。

「外務省ですか」

「西欧課の周防首席事務官だ。切れ者だよ」

「そうみたいですね。向こうの声は聞こえませんでしたが、一瞬でウチの必要性を見極めて取り込みにかかったようだ」

「その通りだ。警察組織は専門能力は高くても相互の連携があまりに弱い。加えてＩＲＦと和義幇《フーイーパン》の衝突も予想される局面だ。龍機兵を持つウチを押さえておくべきだと判断してくれた」

オズノフ警部が何かに気づいたように、

「部長は最初から相手の有能さを前提に動いていたのではないですか」

「思った以上に鋭い男で助かったよ。決断力もある。外務省の次期エースと言われるだけのことはある」

「それを部長は逆に利用したんですね」

かつて警察官僚に裏切られたオズノフ警部は、〈得体の知れない元外交官〉の上司というものを未だ信頼できずにいる。

「彼としてはこっちを利用したつもりでいるはずだ。将来的に彼はウチにとってより大きな脅威となるだろう。だが今は先のことを気にしている場合ではない。喫緊《きっきん》の事案に対処するのが先決だ」

「もし周防という人物がそこまで明敏でなかったら、我々は潰されていたということじゃないですか」

「その場合は別の攻め方を考えたさ。実際に局面は大きく変わっている。誰にも予測などできない。

ただその時々で最善の手を打つまでだ」

鈴石主任は緊張しつつもそのやり取りを聞いている。システム制御工学一筋だった彼女には政治のシステムと力学は理解できない。外務省を相手にした駆け引きの話題に口を挟む気など毛頭ないと言わんばかりの顔だった。

「それにしても外交官は凄まじいね。互いに相手から引き出せるだけ引き出した」

姿警部の皮肉に、沖津は我にもなく笑みを漏らしていた。

6

埼玉県川越市の雑木林に放置された中年男性の他殺死体が発見されたのは十一月十九日の早朝であった。指紋から死体は手配中の中国人犯罪者陸登挙《ルードンジュー》であると判明した。死後三日が経過している。死因は鋭利な刃物による心臓部への一突き。胡振波《フージェンボー》殺害と同じ手口である。

特捜部では誰もが肩を落とした。有力な線の一つがこれで完全に途切れたのだ。

同日午後六時二十八分。JR中央線吉祥寺駅のホームで由起谷は上りの電車を待っていた。

砂漠で一個の砂粒を探すに等しい地道な捜査の帰りであった。

今朝、庁舎で顔を合わせたときに夏川が漏らした言葉を思い出す――「デリーとロンドンデリーの違いなんて今まで考えたこともなかったよ。それどころか、そんな地名さえ聞いたこともなかった。いや『アゲン』の報道は覚えているから耳にしたことはあるかもしれないが、少なくとも俺は覚えてなかったよ」

俺も同じだ、とそのとき答えた。一九七二年『血の日曜日』事件の起こった場所。地図には二つの表記がある。デリー、そしてロンドンデリー。同じ土地を、南北アイルランドの統一を主張するナショナリストはデリーと呼び、北アイルランドのイギリスへの帰属を望むユニオニストはロンドンデリーと呼ぶ。アイルランドについて調べ出してから初めて知った。外事でもない捜査畑の一刑事にはまるで縁のない、メディアの向こうの話であった。その無関心がすべての根源だったのだと今は思う。彼らの事案を直接捜査する立場にならなければ、自覚できたかどうかも疑わしい。

十代の頃の自分は荒れていた。暴力の痛みは知っている。下関の子供が感じた痛みと、アイルランドが中世から負った痛みが等質であるはずもない。自分はやはり無知なのだとも思う。だが自分は警察官として、新たな痛みの拡散だけは防ぎたい。黒社会もまた、北アイルランド以上の闇に根付いたものなのだろう。異なる文化に由来する暴力が今、日本でせめぎ合っている――

携帯端末に着信。部下の松永《まつなが》捜査員からのものだった。

〈胡《フー》の女の一人が、殺される前日に胡と会っています。上野署もウチも前に当たっている女ですが、同僚の女と口裏を合わせて隠していました〉

ホームに列車が入ってきた。携帯を耳に当てたまま一旦列を離れる。

〈女は勤め先のマッサージ店に借金があり、店主が催促したところ、十二月二日までに返すと答えたそうです〉

十二月二日。サザートン来日の日だ。偶然だろうか。部長が前に言っていた――『偶然を信じるな』。

〈現在女は同店で勤務中。監視を続けています〉

「場所は」

〈荻窪二丁目。中国式マッサージ『美美』の前です。もうじき仕事が終わります〉

近い。即座に決断する。

「任同《にんどう》（任意同行）かけろ。自分も行く」

ドアが閉まる寸前に電車に飛び乗る。

混み合った車内で由起谷は息を吐いた。

予感がする。何かの線に触れた予感だ。望みは薄いかもしれないが、陸登挙《ルードンジュー》という線が断たれた今は、そんなものにもすがりたかった。サザートン来日まで残すところ二週間を切っている。


女は多少抵抗はしたものの、同行に応じたという。連絡を受けた由起谷は荻窪署に直行した。

署内の冷ややかな視線を気にせず、取調室へと向かう。待機していた松永から詳細の説明を受ける。女は日常生活に困らない程度には日本語ができるが、不都合な話題になると分からないふりをすることがたびたびあるという。念のため本部に連絡して通訳を要請する。北京語と広東語に通じたオズノフ警部が近くにいるので急行させるとのことだった。

警部の到着を待って取調室に入る。参考人が女性であることを考慮し、取調補助者として荻窪署の女性警察官も同席する。

女の名は林小雅《リンシャオヤー》。三十三歳。

量販店で買ったとおぼしいピンクのナイロンジャンパーにタイトスカート。厚いだけの化粧の下から滲む不安を隠し切れずにうなだれている。

入ってきた由起谷を見て、小雅は意外そうな表情を浮かべた。

後ろ暗いところがあって警察官を見慣れた者ほどそういう反応をする。自分の発する雰囲気はそれほど他の警察官と違っているらしい。

続けて入ってきたロシア人のオズノフ警部に、女はさらに首を傾げる。自分達の組み合わせは、確かに日本の警察署には不似合いだ。

「私、オーバーステイ違います。資格、あります」

いきなりまくし立てた女に、由起谷は穏やかに言った。

「お越し頂いたのはその件ではありません。私は警視庁特捜部の由起谷と申します。こちらはユーリ

・オズノフ警部。円滑に聴取を進めるため通訳をお願いしています」
　特捜部と聞いて女ははっとしたように呟いた。

「机龙警察《チィルウオンチンチャ》……」

　チィルゥオンチンチャは日本語表記で『機龍警察』。裏社会における特捜部の通称は、中国人犯罪者の間ではそう発音される。それを知っているからには、女は裏社会の事情にある程度通じているに違いない。

　何点かの形式的な確認を行なったのち、由起谷は陸登挙《ルードンジュー》の写真を差し出した。

「この人を知っていますか」

　何も答えない。

「今朝この人の死体が発見されました。胡《フー》さんが殺されたのと同じ手口でやられています」

「えっ」

　顔色が変わった。明らかに動揺している。

「知っていますね」

「陸です。陸登挙。胡と一緒に仕事してました」

「なんの仕事ですか」

　再び黙り込んだ小雅《シャオヤー》に、

「林《リン》さん、場合によってはあなたをすぐに保護する必要があると私は考えています。あなたご自身の安全のためにも、どうか話して下さい」

　躊躇《ちゅうちょ》している相手に由起谷は重ねて言った。

「お願いします」

　こちらの真摯な態度を信用してくれたのか、小雅は俯《うつむ》いたまま供述を始めた。

「走私《ツォウシー》です」

「密輸のことですね」

「はい。大きな仕事を受けたので、あちこちのグループに声をかけると言っていました。陸が仕切っていたようです。詳しくは知りません……あの、本当に保護してくれるんですか」

「できるだけのことをするつもりです。上司を通して法務省や入管にも話をします。特別措置を取ってもらった先例もあります」

女は少し安心したようだった。

普段から由起谷は、取り調べにおいては、聴取する側の人間性こそが向き合う相手の心にじかに響くと信じていた。

狭い取調室の壁際に立ったオズノフ警部は、無言で女を見つめている。どうやら通訳の必要はなさそうだった。

「あなたは勤務先のオーナーである史《シー》さんに三百万近い借金がありますね」

「はい」

「史さんに催促されたあなたは、十二月二日までに返すとおっしゃったそうですが」

「はい」

「どうやって返済するつもりだったのですか」

女は素直に答えた。

「胡から回してもらうつもりでした。お金はちゃんと渡すって胡が約束してくれましたから」

「胡さんはどこからその金を調達する予定でしたか」

「アイルランド人からもらうと言ってました。殺される前の日です。十二月二日までに、あいつらきっと払うはずだって」

由起谷はオズノフ警部と一瞬視線を交わす。

「どういうことですか」

「胡《フー》は何か知ってるみたいでした。陸《ルー》もです。二人を殺したのはやっぱりアイルランド人でしょうか」

「落ち着いて下さい。胡さんと陸さんは何を知っていたのですか」

「分かりません。他には何も知りません。私、関係ないです」

「ゆっくり思い出して下さい。どんなことでも結構です。胡さんの態度や言葉で何か気づいたことはありませんでしたか。最後に会ったときのことを初めから順番に思い浮かべてみて下さい」

「…………」

「あなた自身は胡さんにどんな話をしましたか」

「お金のことです。史《シー》にうるさく言われてたし……あの人は金持ちのくせに本当に強欲です……早く返さないとまずいからお金を用意してくれって」

「胡さんはなんと言いましたか」

「さっき話しました。あいつらは十二月二日までにはきっと払うって」

そこまで言って、小雅《シャオヤー》はぽつりと口にした。

「……樹《シュウ》　枝娃娃《チーワーワ》」

「なんですって？」

聞き返した由起谷に、女は勢いづいて言った。

「そうです、思い出しました。私も気になって訊いたんです、十二月二日がなんなのかって。そしたら、胡はにやりと笑って〈樹枝娃娃〉と言ったんです」

「樹枝娃娃？　なんですか、それは」

「知りませんよ。私もわけが分からないので何度も訊きました。けれど胡はそれ以上教えてくれませんでした。とても腹が立ったのを覚えてます。ふざけてると思って」

由起谷は側に立ったオズノフ警部を見上げる。彼もまた分からないというように首を振った。

林小雅《リンシャオヤー》の証言は同日午後十一時から開始された捜査会議で由起谷主任によって報告された。

「胡と陸はＩＲＦの機甲兵装密輸に関与していました。その際に暗殺計画に関するなんらかの情報をつかみ、それをネタにＩＲＦを強請《ゆす》ったため殺されたのではないでしょうか。そう考えると十二月二日までに払うという意味も、ＩＲＦがあえて二人を始末せざるを得なかった理由も明らかになります。〈樹 枝娃娃《シュウチーワーワ》〉とはその情報に関わる何かを指すものと思われます」

樹枝娃娃。単純に訳せば〈木の枝の人形〉である。

「シュウチーワーワ？　胡は本当にそう言ったのか。その女の聞き間違いじゃないのか」

宮近に質《ただ》された由起谷が答える。

「自分も何度も確かめましたが、林小雅は間違いないと言っています」

例によって姿の不規則発言。

「作戦名か何かの暗号じゃないのか。軍隊じゃよくあるぜ」

確かにそうとも思える奇妙な語感であった。

無言で部下のやり取りを聞いていた沖津が口を開く。

「由起谷主任の推測する通りだろう。筋は通る。ＩＲＦがこの時期にあえて危険を冒した理由が判明した。だが代わりに新たな謎が生まれた。樹枝娃娃だ」

沖津は紫煙を燻《くゆ》らせながら目を閉じた。

「姿警部の言うように何かの暗号である可能性もある。サザートン暗殺の作戦名そのものかもしれない。だが相手は〈詩人〉だ。テロという作品にどんな比喩や修辞を凝らしているか知れたものではない」

その言葉にラードナー警部が微かに頷いていたのを、緑は見逃さなかった。

北アイルランドのテロは中世にその端を発する。他民族による絶え間ない抑圧と暴力。抵抗、そして絶望。

深い緑と清澄な水の青に、数え切れぬ精霊が棲むと云う。太古の戦士の末裔はその島で赤い血を流して抗った。だがケルトの風土は、日本人の日常からはあまりに遠い。

会議は新たな方針の指示のないままに終了した。

ケルトの血を示す長身に金髪。会議室を後にするラードナー警部の後ろ姿に、緑は中世の暗黒を見た。

7

目覚めてしばらくの間、そこがどこだか分からなかった。ラボの仮眠室か、護国寺のマンションか。どちらも大して違いはない。湿った枕の感触に緑はようやく思い出す――護国寺だ。

手を伸ばして枕元に置いた目覚まし時計をつかむ。八時を回ったところ。昼か夜か。カーテンの隙間から差し込む光で朝だと分かった。社会人が目覚めるごく当たり前の時間だが、緑には珍しかった。

ベッドから起き出して顔を洗う。次のシフトまでだいぶ時間があった。キッチンで昨夜帰宅前に買った食パンを焼かずに食べ、紙パックの牛乳を飲む。トーストにした方が美味しいだろうと思うが実行しない。面倒なのではなく、それが習慣になっているからである。MITでも実験中は何かと手が離せないことが多かった。

食事とも言えない食事を終えると、緑はバッグから父の著書を取り出した。すでに読了していたが、改めて拾い読みをする。心に残る個所がいっぱいあった。どこを読んでも慕わしい。小さい本の中に父がいる。

父の想念、父の微笑。卓見、警句、そして少々の箴言《しんげん》。それらが密やかな含羞《がんしゅう》とともに行間で息づいている。

読み始める前には予想もしなかった後悔を覚える。もっと早くに読んで、生前の父に感想を聞かせてあげたかった。きっと父は、忙しげに横を向き、娘の生意気な批評を聞き流すふりをしたことだろう。照れくさそうに笑う横顔が目に浮かぶようだ。

人文書はほとんど読まないが、この本は賞賛に値すると緑は思った。あの父がこんな旅をして、こんな思索に耽っていたとは。狭い書斎でこつこつと書き溜めていたのが、こんな温かい文章だったとは。それは娘の身贔屓《みびいき》にすぎるだろうか。

記憶をいくら辿っても『車窓』が売れたという話は聞いた覚えがない。思い出せるのは出版社の人に申しわけないとこぼしていた母の顔くらいである。そもそもこの本は今も流通しているのだろうか。

携帯端末を取り上げ、書名と著者名で検索してみる。

絶版かどうかまでは分からなかったが、通販サイトでは品切れになっていた。大型書店の店頭在庫ならまだあるかもしれない。いずれにしても広く読まれているとは言い難《がた》いようだった。

おびただしい出版物の中で、父の本はひっそりと埋もれている。それがいかにも父らしく思えて緑は妙に納得した。同時に残念にも思った。父が遺した穏やかな心の気配。本が読まれなくなると、父の気配はか細く途切れて消え失せる。そんな気がした。


十一月二十日、午前十時二十八分。歌舞伎町を漫然と歩いていたライザは、セントラルロードから靖国通りに出た。ちょうど青だった横断歩道を渡り、駅と反対方向に向かって進む。

日本警視庁と契約して特捜部の一員となって以来、ライザは時折任務の合間に街を歩いた。

ターミナル駅の繁華街を中心に歩く。目的はない。強いて言えば東京の地理や交通機関に慣れるため。雑踏の中で自らの妄念をかき消すため。そして——もしかしたら——自分がそこにいると知らせるため。

どこにいようと処刑人は来る。いつか必ず。ならば一日でも早く。そんな思いがあったのかもしれない。

三時間と少し前に待機が明けた。田町のロフトに直行して睡眠を取るべきだったが、その気になれず街に出た。どこでもよかった。まるで知らない街に行くほどの余裕は心にない。銀座か新宿。あるいは上野。新宿にした。任務で何度も行ったことがある。新木場から遠いところがいいと思った。革ジャンの下には使い慣れたS&W M629を所持している。官給品である。改正された警察法第六七条の三「国民及び警察官本人の生命の保護に関して特に重大な必要性があると認められる場合に限り」及び警察官職務執行法第七条第四号以降によって、特捜部突入班の部付警部には小火器の常時携帯が認められている。

出歩く必要はもうないはずだった。キリアンは自分を見つけた。三人の処刑人が再び訪れるのは時間の問題だ。座してそれを待てばいい。特捜部が先に向こうを見つけたならば、こちらから出向くことになるだろう。いずれにしても違いはない。分かっていながら、出歩かずにはいられなかった。一人で田町のロフトにいると、取り戻しようのない昔ばかりが思い出される。思い出したくもない、同時に何よりもかけがえのない思い出。気の狂いそうな桎梏《しっこく》から逃れたかった。

キリアン・クインの来訪以来、その衝動は強くなる一方だった。異国の群衆の中に身を置くと、寄る辺がないどころか人の営みの一切から断絶している己の身が思い知らされ、かえって正気を保てるようにも感じた。

この国の街はあまりに奇妙で不可解だった。職業軍人である同僚が好むドリンクの自販機も、所々に描かれた落書きも。ベルファストにも落書きは至る所にあった。しかしそれらはいずれも政治的メッセージかアジテーションだった。賛同できるか否かにかかわらず明確な意味があった。この街に描かれているのは、文字とも記号とも判別できない奇妙な紋様だ。手間暇をかけてなぜそんなものを描くのか理解できない。

立ち止まって空を仰ぐ。どこまでも高く青い。冬を迎える直前の、日本の秋空だ。ベルファストの空とはまるで違う。日本人の不可解さはこの空のせいだろうか。抜けるように爽快なこの空の下で、自分は虚ろに生をつなぐ。

数か月前には田町のロフト近くから花火を見た。夜空に広がる光と色の視覚的管弦楽。美を美として愛《め》でる心をとうに失くしたライザにも、それは圧倒的な美であった。故郷の夜を決して彩ることのない美。爆弾テロの多いベルファストでは、花火は何十年にもわたって禁止されている。和平プロセスの最中には解禁された時期もあったらしいが、ライザは見た記憶がない。それは『アゲン』の突発によってすぐにまた禁止された。新宿を歩きながらライザは思う。もし今ベルファストで花火が許されたとしても、むしろ悲しいだけだ。一瞬の閃光によって浮かび上がるのは、廃墟の悲惨でしかないのだから。

足の向くままアドホックの手前で右に曲がり、新宿通りへと抜ける。紀伊國屋書店が目に入った。これまでも何度か前を通ったことがある。

否応なく思い出す。庁舎のロビーで鈴石主任が読んでいた本。一瞬『鉄路』かとあのときは思った。シリアに捨ててきたはずのあの本かと。だが違った。書名と著者名が見えた。日本語だった。テロ被害者である鈴石主任が『鉄路』と似た装幀の本を読んでいる図はあまりに恐ろしかった。著者名は確か鈴石と書かれていた。

もしかしたらあの娘の親族だろうか。あるいは――家族。

衝動的に中に入った。午前中なので人はそれほど多くない。店内に検索用の端末が設置されていた。試みに著者名の欄にファミリーネームを入力してみる。ファーストネームは分からない。

あった――

表示されたフロアに行き、棚を探す。旅行エッセイのコーナー。赤茶けた装幀。あの忌まわしい色は心に焼き付いている。その色は新しい本の合間にひっそりと挟まっていた。

鈴石輝正『車窓』。

巻末に著者の略歴が載っている。貿易業者であるらしい。鈴石主任との関係は分からない。

ライザはその本を手にレジへと向かった。


同日午後五時四十分。ホテル椿山荘東京のロビーを横切りながら沖津は独り言のように呟いた。

「『中盤は奇術師の如く』」

宮近とともに同行していた城木は上司を振り仰いだ。

「この前言っておられたチェスの格言の続きですか」

「そうだ。中盤戦では相手の意表を衝きつつ臨機応変に指せという教えだ」

沖津は状況を今や中盤と見ている。あまりに急激な展開に城木は改めて慄然《りつぜん》とする。

須田を介して経済産業省から城木に再び接触があったのは昨日の昼前だった。伝えられたのは通商政策局の山口《やまぐち》参事官の意向である。城木はただちに上司に報告。その後参事官本人から沖津に直接連絡があった。

――フォン・コーポレーションの社長が内々に沖津さんと会見したいとウチに仲介の打診がありました。場を設けますのでスケジュールの調整をお願いします。先方は可及的速やかな面会が望ましいとのことです。

「ウチがフォンを内偵中であると知りながら、しかも抗議までよこしておいて、場を設けるからとは、経産省は一体何を考えているんでしょうか」

「何も考えてないんだよ、あいつらは。無知なだけだ」

宮近が吐き捨てるように言う。

「常識を知らないんだ。そうでなければあんな太鼓持ちか御用聞きみたいな真似ができるもんか」

経済産業省はフォンに代表される香港系企業との合同プロジェクトを推進している。日本経済再生の舵取りをしているという自負が内外に対してある分だけ、どうしてもプロジェクトの円滑な進行、つまりはフォンの意向を優先させてしまう。フォン側もその力学を十分に理解しているからこそ経済産業省に仲介を依頼したのだ。

——先手を打ってきたか。ここは相手の仕掛けを見る手だな。

気軽に言って面会に応じた沖津が、今は気軽とは言い難い表情を見せている。

「『奇術師の如く』と言うが、まさかここでこんな手を繰り出してこようとは。予想外の奇手だ。奇手と言うより、対局者が途中で交代したような気さえする。我々が戦っている本当の相手は誰なのか。キリアン・クインか、それとも馮志文《フォンジーウェン》なのか」

沖津の呟きは二人の理解を超えている。目眩すら覚えるほどに。

「チェスでは往々にして先手が有利だ。盤上はまだすべては見えていないが、我々が後手に回ってしまったことだけは確かだよ」

『序盤は本の如く、中盤は奇術師の如く』。ならば終盤は？　その格言はどう続くのか？

それを訊くのは城木にはためらわれた。

指定された客室に入る。ガーデンビューのプレミアガーデンスイートである。外に広がる庭園の全貌は晩秋の早い夜に沈んで今は見えない。ライトアップされた三重塔を背景に、ゼニアのスーツを品よく着こなした男が立っていた。

「はじめまして、沖津さん。フォン・コーポレーションCEOの馮志文です。このたびは急な申し出にもかかわらずご快諾を戴きましてありがとうございます」

訛りのほとんどない明瞭な日本語だった。切れ長の目をした香港財閥の貴公子。公表されている年齢は三十六だが、それよりだいぶ若く見える。

「遅いじゃないですか、馮《フォン》さんはとっくにお越しになっているというのに」

一緒にいた男が挨拶より先に文句を言ってくる。城木は反射的に腕時計を確認しそうになった。約束の時間より十分は早いはずである。

「お待たせしたようで申しわけありません。警視庁特捜部の沖津です」

沖津は慇懃《いんぎん》に頭を下げ、名刺を差し出した。

初対面の者同士が名刺を交換する。男は経済産業省通商政策局通商機構部の山口辰巳《たつみ》参事官であった。件《くだん》の合同プロジェクトにおける経済産業省の窓口であるらしい。馮の洗練された物腰とは対照的に、居丈高で傲岸な態度は自分達を含む官僚そのものを思わせて城木も宮近も鼻白んだ。体脂肪率の高そうな体型とむくんだ顔、気難しそうな目つきもまた馮とは対照的だった。

沖津、馮、それに山口の三人は窓際のコーヒーテーブルを囲んで座る。馮も山口も部下を同席させていなかった。陪席した城木と宮近は室内にあったアームチェアに腰を下ろす。

「やっとお会いできて嬉しいですよ。私はかねてから沖津さんの知遇を得たいと思っていたのです」

馮は親密そうな笑みを向けてきた。その背後に広がる都市の夜景。暗いはずの夜が散らばる光で薄ぼんやりとしたものに錯覚される。

馮はかつて、国際傭兵仲介組織ＳＮＳ（ソルジャー・ネットワーク・サービス）を介して姿俊之の獲得に動いたが、同時期に龍機兵の搭乗要員として姿に白羽の矢を立てた沖津に敗れた。その一件があって沖津の身辺を調査したと本人が語っている。

「それは光栄ですね。私のことを随分お調べになったとか」

「はい」

「何か分かりましたか」

「分からないということが分かりました」

「ほう」

「れっきとしたキャリアでありながらこれまでの職務は不詳。貴国ではあり得ないことのはずです」

「これはどうも、お手数をおかけしたようで恐縮です。直接お尋ね下されればよかったのに」

「今からでもお教え頂けますか」

「閑職という奴です。ずっと飛ばされてたんですよ、誰も知らないところへ」

城木と宮近はアームチェアの上で身を強張らせる。いきなり強烈な応酬が始まっていた。

「さて、本日は馮さんが警察庁を通さず直接沖津さんにお話ししたい重要な案件がおありだということですので、その趣旨を鑑み、私がこの場をセッティングさせて頂きました」

二人のやり取りの意味をまるで解さず、自らの存在を主張するように山口が割って入った。仕切っているのは自分だと言わんばかりの顔。無神経というよりあまりの凡庸さに、城木も宮近も呆れるしかない。

「山口さん、その前に灰皿をお願いします」

丁寧な口調ではあるが、他国の高級官僚に対し、馮は「灰皿を持って来い」と言っているのだ。

「え、馮さんは煙草は喫わないんじゃ？」

驚いたように聞き返す。官も民も禁煙で当たり前と思い込んでいるのがあからさまに窺えた。

「沖津さんがおやりになるんですよ。そうでしょう、沖津さん」

「さすがですね。よくお調べになっている」

笑いながら沖津が懐からシガリロのケースを取り出す。山口は城木と宮近の方を見るが、他人の部下、しかも他省庁の者に命令するわけにもいかない。やむを得ず立ち上がって灰皿を探し始める。沖津は灰皿を待たず、持参の紙マッチで平然とシガリロに火を点けた。

馮は確かに沖津の身辺調査を徹底して行なっている。警察組織の管理職を民間企業のトップが調べる、その異常さを馮は隠そうともしていない。むしろ明らかにすることで勝負に来ている。

「特捜部では当社の社員である關《クワン》剣平《ジェンピン》についてお調べになっているようですね」

「その通りです。公式には否定しますが」

「結構です。關《クワン》がなんらかの犯罪に関係しているとお考えですか」

「お答え致しかねます」

　山口が高そうな陶器の灰皿を持って戻ってくる。

「ありましたよ、さあ、お使い下さい」

　馮《フォン》は山口に軽く会釈してみせてから、

「私達は世界中にネットワークを持っています。このネットワークが私達のビジネスにとって大きな利点となっているのはご承知の通りです。私達は〈縁〉、つまり地縁や血縁といったものを何よりも重視します。常にその大切さを忘れずにいるからこそ世界に散っていけたのです。悲しいことに、この伝統的な価値観に基づく人間関係が他国では往々にして誤解のもとになっているらしい。私はこの誤解を解きたいと願っています。馮グループはあくまで正当かつ公平にビジネスを展開しており、私の友人であり、貴国の高官でもある山口さんはそのことをよく理解して下さっています」

　高官と言われて山口は気をよくしている。城木と宮近には山口はもはや眼中になかった。フォンと和義幇《フーイーパン》との関係はすでに明白なものとなっている。その現状を馮が理解していないはずがない。承知の上で、馮は一体何を弁解しようとしているのか。

「つまりこういうことですか」

　沖津はゆっくりと煙を吐いて、

「フォンには古い価値に由来する独自の情報網があるが、それは巷間言われるような犯罪組織ではなく、そのことを証明するためにも、そこから得られたなんらかの情報を提供したいと」

　馮が感嘆の笑みを浮かべる。

「古代の賢人も、あなたの前では顔色を失うでしょう」

「情報の内容は」

「ＩＲＦの潜伏先です」

なんだって――

城木と宮近は思わず立ち上がりそうになった。山口もぎょっとしたように馮を見ている。

警察が躍起になって捜索しているテロリストの居場所。馮はこともなげに口にした。そんなものを一民間企業がどうして知り得たと言うのか。

「伺いましょう」

馮はブリーフケースから一通の封書を取り出した。

「ここに記しました。お納め下さい」

「お預かりします」

受け取った沖津は開封もせずテーブルの上に置き、

「入手経路をお伺いします」

「血縁のゆえです。テロリストに脅《おびや》かされている同胞の一人が伝えてくれました。それ以上はご容赦下さい」

「情報の出所《でどころ》を詮索されたくないから私に直接教えたということですか」

「それだけなら匿名で通報すればいいことです。何分にも重大な内容なので、信頼できる人物か部署に託すべきと考えました。残念ながら私の知る範囲では警察にはそういう人は少ない」

「他に理由は」

「沖津さんへの親愛の証しです」

何かの冗談か。終始一貫して笑顔の馮からは何も読み取れない。

「困りましたね。新手の贈賄《ぞうわい》ですか」

「そう受け取ってもらえたとしたら嬉しいですね。最初に申しました通り、私は沖津さんと友好的関係を築きたいと願っています。今度の件が一つの契機になればと」

「ちょっと待って下さい」

山口が顔色を変えて制止した。常軌を逸した会話の内容に狼狽している。下手に関わったら命取りになりかねない状況であることをようやく悟ったらしい。

「なんの話ですか、私はまったく……立場上そんな……」

「馮《フォン》さんは冗談を言っておられるのですよ」

沖津が無表情に言う。

「冗談？」

「そうでしょう、馮さん」

「はい」

馮が山口に笑いかける。

「驚かせてすみません。沖津さんに経産省の所管するプロジェクトの重要性を理解して頂きたい一心です」

「そうですか」

さすがに釈然としない顔で山口は頷いた。城木はそれが冗談などでは決してないということを痛感している。うわべの笑みに隠された、馮と沖津との鍔迫《つばぜ》り合《あ》いである。

「お伝えしたかったことは以上です」

「せっかくですのでこちらからもう少し」

優雅な手つきでシガリロの灰を落とし、沖津が食い下がる。

「闞《クワン》 剣平《ジェンピン》についてお聞きしたい。彼は何者ですか」

「当社の社員です。採用に当たっては当社基準に基づく審査があり、闞は当然それをパスしています」

「秘書になさったのは」

「有能だからです。また多くの有益な人脈を持っています」

「〈伝統的価値観に基づく人間関係〉ですか」

沖津の皮肉に馮はただちに反応する。

「それを黒社会とおっしゃりたいのでしょうが、アンダーグラウンドの事情は私には分かりかねます。仮にある者がいわゆる黒社会の一員であったとして、果たして彼はそれを認めるでしょうか。公《おおやけ》には決して認めないのが彼らのルールであると聞き及びます」

「これは間抜けな質問をしてしまいました」

シガリロを灰皿に置き、封筒を手にとって立ち上がる。

「貴重なお話をありがとうございました、馮さん。山口さんの適切なご配慮にも感謝します」

そう言って沖津は飄然と客室を後にした。城木は宮迫と一緒に慌てて上司に従った。


城木の運転する帰りの車中で、沖津は封筒を開封し、中から紙片を取り出した。

「潜伏先は埼玉県本庄市児玉町、エルサン化学児玉工場だそうだ」

「そんなものを本気にするって言うんですか」

助手席の宮近が振り返る。

「確度は高いと思うがね。本当かどうかは現地を調べてみれば分かる」

「あれは裏取引です」

「あの程度で裏取引になるのなら、国家間の外交はすべてブラックホールの彼方だよ。心配するな、こっちは裏にするつもりは毛頭ないし、向こうもそれは承知の一手だ」

運転しながら城木は悪夢を見ているような思いで、

「頭痛がします。最初から最後までついていけませんでした」

「馮が経産省を巻き込んだのもすべて計算のうちだ。経産省はフォンと持ちつ持たれつでいるつもりだろうが、実際はいいように使われているだけだ。宮近君の表現は正しいよ。太鼓持ちであり、御用聞きだ。フォンは山口参事官の性格を利用したんだ。大プロジェクトを仕切る自分の力量を誇示したい山口は迂闊にも乗せられた。馮《フォン》は経産省を前面に立ててオフィシャルな装いを施したのだ。実質はとことん黒い仕掛けにな。大した奇術師だよ」

沖津は車中から携帯で夏川に指示を下した——本庄市児玉町エルサン化学工場を至急かつ極秘裏に調査せよ。

8

「エルサン化学児玉工場敷地内に九台のコンテナ・トレーラーが駐車しています。いずれも博多、新潟、名古屋、神戸、大阪の各港湾から荷揚時に消えたコンテナです。各港の防犯カメラに映っていたトレーラーのナンバーから確認されました」

十一月二十二日。夏川主任の張り上げる声が会議室に響き渡った。

「エルサン化学はエルコー薬品の子会社で主に殺虫剤の原料を製造しています。同工場は二年前に有毒ガス漏出事故を起こし、近隣住民との間で訴訟騒ぎとなりました。現在は設備の洗浄と点検のためということで操業停止中。実際はコストが見合わず、改装も解体も行なわれぬまま放置状態にあります。それでも親会社の管理下にあるのは確かで、電源も生きています。周辺での聞き込みを行なったところ、最近複数の白人男女が出入りしているのを見たとの目撃証言があり、写真で四人確認取れました。四人の氏名はイーファ・オドネル、ジェリー・オブライエン、マーク・ヘガティ、そしてキリアン・クイン」

特捜部は周防事務官を通じてリストを入手している。出所はおそらくイギリスのＳＳ。日本に潜入したと思われるＩＲＦプレイヤー二十二人の名前と写真がそこにあった。リーダーと見られる〈詩人〉キリアン・クインをはじめ、〈猟師〉〈墓守〉〈踊子〉の名も含まれている。ただし〈猟師〉マクラグレンと〈墓守〉フィッツギボンズはエルサン化学周辺では確認されていない。

「総数は不明ですが、ここにテロリストと密輸されたキモノが集結していることは間違いないものと思われます」

沖津が決然と言った。

「軍用兵器を準備集合している団体がある。この一点だけで特捜による逮捕は可能である。ただちに通常の刑事手続きを取り東京地裁に令状《フダ》を請求する」

事態は大きく動いた。そのうねりを今、全員が体感している。

「サザートンの来日まであとわずかだ。潜伏中のテロリスト及び隠匿されているキモノの総数は不明。そもそもこの情報をもたらしたフォンの真意も不明。だが確認している余裕はない。我々は彼らが動き出す前に制圧せねばならない。事案の重大性を鑑みて、本庁、外務省にも連絡する。たぶんＳＡＴとの合同作戦になるだろう」

ディスプレイに表示される工場の衛星写真。各方向からの側面写真。詳細な地形図。

マウスを操作していた緑の指が止まる。問題は――

「問題は工場の立地です」

立ち上がった城木理事官が一同に告げる。端整な顔が緊張に蒼ざめていた。

「周辺は一面の畑。工場や民家も点在するが、見通しが極めてよく、気づかれずに接近するのは昼夜を問わず不可能に近い。次に敷地内の配置。施設は大きく分けてＡ、Ｂ、Ｃの三棟。コンテナ車は中央のＢ棟前に全車が並んでおり、東側のＡ棟と西側のＣ棟は出入口の大きさや内部の構造からキモノの格納には適さない。ゆえに密輸されたキモノは全機がこのＢ棟に隠匿されているものと推測される。最大の問題は、Ｂ棟周辺に配置された六つの薬液タンク。空のはずだということだったが、念のため関係者から聞き取りを行なったところ、杜撰《ずさん》にも確認はされていないことが判明した。万が一これらのタンクが破損した場合、ホスゲン等の有毒ガスが流出する可能性がある」

「こいつは難しいぞ」

缶コーヒーを口に運びながら姿がコメントした。

「この手の奇襲作戦に慣れた特殊部隊が必要だ。ＳＡＳでも呼んでくるか。ＩＲＦ相手ならあいつらが一番だ」

「せっかくの姿警部の提案だが、ＳＡＳでも難しいだろう」

沖津がにこりともせずに、

「タンクを傷つけないという条件下での突入、制圧は従来の機甲兵装では不可能だ。鈴石主任」

「はい」

予期していた緑が立ち上がる。

「君の意見を」

「『一号装備』以外にないと考えます」

沖津の素案を姿と緑が修正、監修。姿は軍事的側面から、緑は技術的側面から。主にこの三者による合議で作戦の大筋が練られた。

コンテナで搬送できる機甲兵装は二機が限度である。従って敵機甲兵装は最大で十八機。兵員はリストが正確だとすると二十二名。うち一名は大黒埠頭で自殺しているから二十一名。

密輸された機甲兵装がまだコンテナ内に格納されたままになっているとすれば好都合だが、その可能性は低い。数機もしくは全機が工場内に移され、出撃に備えていると見るべきである。解体点検中なら問題なく制圧できる。機甲兵装が起動に要する時間は一般に七分から十分。電源が入ってシステムが立ち上がっている状態ならば搭乗から発進まで一分から二分。この時間が勝負である。

Ｂ棟は天井の高い一層建造物で、情報によれば内部に仕切りはなく天井部からの見通しがきく。突入後速やかに敵機甲兵装の配置とステイタスを把握。各種装備を用いて兵員の搭乗を妨げ、起動不能の状態にする。

詳細はＳＡＴを交えて詰めることになった。緑はただちにラボに戻り、技術者達を指揮して『一号装備』の準備にかかった。

姿をはじめとする三人の突入要員には準待機命令が下った。十二時間後には待機命令、さらにその十二時間後には出動命令に変更される予定である。

待機室で特殊防護ジャケットに着替えているとき、姿の携帯が鳴った。ＳＮＳ――ソルジャー・ネットワーク・サービスからだった。

〈やあ姿、ＳＮＳのサマーズだ〉

営業担当幹部レジナルド・サマーズの快活な声が耳に飛び込んでくる。

「レジーか、しばらくだな。調子はどうだ」

ファスナーを締めながら英語で応答する。

〈快調だよ。収益も順調に伸びているしね。そっちこそ調子はどうだい〉

親密な口調。サマーズはいつも親密だ。内心が愉快であろうと不愉快であろうと。

「まあまあだ」

〈それはよかった。ところで君に会いたがっているクライアントがいるんだがね〉

「次の契約か」

〈まだ分からないが、ウチにとっても将来大いに有望なクライアントだ。急な話で悪いんだが、今から会ってみてくれないか〉

「今から？　日本にいるのか」

〈そうだ。東京に滞在中だが明日には出国する〉

「残念だが今仕事中なんだ」

ベンチに腰を下ろし、声をひそめる。

〈先方は五分でいいと言っている〉

「無理だ。当分帰れそうもないし、オフになったらこっちから連絡するよ」

〈私も難しいだろうとは言ってみたんだがね。なにしろ相手はそっちまで出向いてもいいとまで言ってるんだ〉

「勤め先は警察だぞ」

〈先方は全部知ってる。新木場の庁舎の場所もだ〉

「面会に来るってのか」

〈ああ。だいぶご執心だ。頼むよ、姿。そうそう無下にもできない相手なんだ〉

考え込みながら周囲を見回す。後から入ってきたユーリがこちらに背中を向けて着替えている。その背中は集音装置よりも感度がいいはずだ。

「四時間後に休憩が入る。新木場四丁目に《デリシオッソ》というカフェがある。東千石橋の近くだ。すぐ分かる」

〈ありがとう。先方に伝えておくよ。これで私の顔も立つ〉

「相手の名前は」

〈この段階では言えないんだ。会えば分かるよ。その店で向こうが君を見つけてくれる。君の容姿は特徴的だからね〉

携帯を切って立ち上がる。ユーリは振り向きもしなかった。

四時間後、姿は特殊防護ジャケットを羽織ったまま外に出た。《デリシオッソ》に入り、いつもの席に腰を下ろす。相手はまだ来ていないらしい。一番安いブレンドを注文する。この店では高いものを注文しても無駄だ。店名はスペイン語で〈甘美〉の意味だが、店主の挽《ひ》き方と淹《い》れ方が未熟で豆の持ち味を殺している。カップとソーサーの趣味もよくない。だが庁舎に近く、待機時間の合間に抜け出して一息つくには最も手頃な場所だった。これでもう少し美味《うま》ければ。そうこぼしながらも結構な頻度で通っている。

運ばれてきたカップに口をつけようとしたとき、店の前にベンツが止まるのが見えた。後部ドアが開き、現われた男が一人で店に入ってくる。

サングラスをかけたスーツの男。闞《クワン》だった。

姿もさすがに啞然《あぜん》とする。

晩秋の陽射しが急に翳《かげ》ったような負の気配。店内の空気が変わる。

闞はまっすぐに姿の席へと歩いてくる。そして何も言わずテーブルの向かいに腰を下ろした。

日本語で話しかける。

「あんただったのか、やたらにせっかちなクライアントは」

「そうだ」

闞の声。初めて聞く。

「サマーズもグルか」

「おまえと接触するために協力してもらった。サマーズはおまえにとっても有益だと判断した。何よりソルジャー・ネットワークにとってメリットがあると踏んだからこそ奴は乗った」

「大胆な作戦は軍事的にも有効だが、よくこんな所に来る気になったな。周りは警官だらけだぞ」

第七方面本部をはじめ、新木場には警察関連の施設が集まっている。闞はそれがどうしたという顔で微かに嗤った。

姿は再びカップを取り上げる。

「相手があんただと分かっていたら、別の店を指定したのに」

首を傾げた闞《クワン》に、

「大して美味くないんだよ、ここは」

言葉の通り、姿はいかにも不味《まず》そうにコーヒーを一口含み、

「どうした、今日は機嫌が悪そうだな」

サングラスの奥の目が反応した。

「なんだ、図星か。言ってみるもんだな」

「………………」

「なにね、あんたの〈怖さ〉の感じが前に会ったときとは微妙に違う気がしてさ」

いまいましげに闞は口を開いた。

「陸《ルー》だ」

「陸？　殺された陸登挙《ルードンジュー》のことか」

「そうだ。陸は俺の恩人の一族だった。奴自身は小者だがな」

「それで」

返事はない。だが怒りの気配は依然としてある。

「それか、こんな手の込んだ真似をしてまで俺に会おうとした理由は」

「一つ、教えてやる」

闞がぼそりと言った。

「キリアン・クインには〈第三の目的〉がある」

「なに？」

「邪魔をしたな」

立ち上がった闞に、

「待てよ。せっかく来たんだ、コーヒーの一杯くらい付き合えよ」

「不味いんだろう、この店は。おまえの舌を信用する」

見事に返されて苦笑する。

關はそっけなく出口に向かう。その背中に向かって咄嗟《とっさ》に一言投げかけた。

「〈树《シュウ》 枝娃娃《チーワーワ》〉」

相手が立ち止まって振り返る。クリティカル。続けて訊く。

「ついでにその意味を教えてもらえると助かるんだが」

關は片頬を歪め、何も言わずに立ち去った。

席に着いたまま、姿はコーヒーの残りを三分かけて飲み干した。テーブルに紙幣を置いて店を出る。

足早に庁舎へと向かっていると、背後から声をかけられた。

「姿警部」

夏川班の船井《ふない》だった。關の監視に当たる捜査員の一人である。

「警部がどうして關と……しかもこんな所で」

「こっちが訊きたいよ」

「どういうことですか。關と一体何を話したんですか」

船井は憤然と訊いてくる。まるで裏切り者を尋問するかのように。關を尾行していたら自分達の本部の方へと向かった。さらに密会の相手が同僚の警部となれば誰であっても不審に思う。船井もさぞかし驚いたことだろう。どう見ても内通――裏切り者だ。

「『キリアン・クインには〈第三の目的〉がある』」

「なんですか、それは」

「知らんよ。奴の言った言葉そのままだ。意味は部長が考えてくれるだろう」

呆気にとられている船井を残し、庁舎に戻る。

關の目的。キリアン・クインの目的。そして〈树枝娃娃〉。頭を振って雑念を払う。やめよう。兵士が待機中に考えすぎると体力を消耗する。自分の仕事はコンディションの維持だ――

9

十一月二十四日、午前一時。埼玉県本庄市児玉町共栄。リサイクルセンター脇に駐められたトレーラー――特捜部指揮車輛の中で、沖津は各員の配置が完了するのを待っている。

姿の『フィアボルグ』は児玉町蛭川のプラスチック工場。ユーリの『バーゲスト』は児玉町高関の物流センター。SATの突入一班は関越自動車道に近い児玉工業団地東入口。突入二班は今井の福祉施設。いずれもエルサン化学を円の中心として広がる休耕地の周縁で待機することになっている。それ以上接近すると工場から丸見えとなるギリギリの境界である。埼玉県警からは機動隊と銃器対策部隊のRATSが出張って包囲を固める。

平坦に開けた耕作地の中央に建つ工場は、さながら陸の孤島にそびえる要塞であった。防御の壁はないに等しいが、近寄る前に発見される。潜伏するテロリストは二十四時間周囲を警戒しているに違いない。『一号装備』による奇襲と同時に、各小隊が最短距離で突入する作戦。特捜部SIPDと警備部SATの配置はそのための布陣である。

埼玉県警の誘導によって地域住民の避難は完了している。ただし住宅の照明は平常通りに点灯したまま。宅地の明かりが不自然に消えていればすぐに察知されてしまう。時間の経過に従って警察官が適宜民家の消灯を行なっていた。深夜に全戸点灯したままでも怪しまれる可能性があるからだ。警察車輛は全車ヘッドライトを消して徐行。今回の作戦はすべて静謐《せいひつ》のうちに遂行されねばならない。

〈PD1、配置完了〉

〈PD2、配置完了〉

通信機からデジタル通信音声が流れる。ＰＤ１はフィアボルグ、ＰＤ２はバーゲストの作戦時暗号名である。

ＳＡＴの安西勉《あんざいつとむ》隊長も別の車輛でこの通信を聞いているはずだ。安西は先の地下鉄立て籠もり事案の責任を取って辞職した広重琢郎《ひろしげたくろう》の後任である。叩き上げの広重を慕っていたという安西は、官邸の判断とは言え、特捜部の指揮下に置かれた不満を隠そうともしていない。厳密に言うと指揮下ではなく、合同作戦としての体面だけは保っている。さすがに安西も作戦時における指揮系統の混乱は致命的な結果をもたらすことを十分に理解していた。今は口出しを控えているが、沖津の判断力いかんによってはすぐさま介入する肚でいるのは明らかだった。

特捜部指揮車内には沖津の他に技術班の柴田技官。龍機兵とその搭乗要員のバイタルをモニタリングする機器に向かっている。城木は庁舎で、宮近は霞が関で、それぞれ調整に追われている。周防は作戦の成否に重大な関心を寄せながらも現場に出向く時間的余裕はない。捜査員達は今も情報収集に奔走している。

〈ＢＮ０１から本部へ、配置完了〉

ＳＡＴ突入一班、福島直巳《ふくしまなおみ》班長の声。ＢＮ＝ブラウニー。ＢＮ０１は福島班長の乗る一号機の暗号名。一班につき四機の構成で、ＳＡＴは計八機のブラウニーを投入している。第一種機甲兵装『ブラウニー』は欧米の軍隊、警察で広く採用されている優秀な機体であるが、基本スペックの格段に向上した第二種に比べると旧式の感は否めない。ＳＡＴはその年の始めに第二種の最新鋭機『ボガート』六機を導入していたが、ＳＡＴ殲滅《せんめつ》を狙った地下鉄立て籠もり事案で全機を失っている。

埼玉県警の配置に遅れ。突然の重大事案で現場の足並みに乱れが生じている。想定の範囲内であり、沖津の冷静な外面に変化はない。

的確に指示を下しつつ、外面に表われぬ内面で沖津はなお考える。

昨日の深夜、夏川主任を通して船井捜査員の報告を受けた沖津は、待機中の姿警部から直接聴取を行なった。姿の話す一部始終は驚くべき内容だった。

このタイミングでの闞《クワン》の無謀とも言える強引な接触。仲介したソルジャー・ネットワークはおそらく馮《フォン》グループという将来の大口顧客にいい顔をしてみせただけだろうが、闞の言うキリアン・クインの〈第三の目的〉とは何を意味するのか。

疑問は他にもある。闞が〈第三の目的〉という言葉をあえて使ったことだ。〈第三〉という言い方は、〈第一〉と〈第二〉の存在を前提としたものである。特捜部では確かにそういう言い方をしている。第一の目的はサザートン暗殺。第二の目的はラードナー警部の処刑。フォンは特捜部のステイタスを把握しているだけでなく、さらに機密度の高い情報まで有していると誇示したかったのか。

奇術師の繰り出す奇手。しかしこれは本当に相手の手か。

——姿警部、君は闞の接触をどう受け取った？

——警告ですね、あれは。そう感じました。

沖津の質問に姿は即答した。攪乱でも恫喝でもなく、警告であると。

闞の接触が警告なのだとしたら、それは捜査方針全体に対するものか、それともこれから行なわれようとしている突入に対するものか。万一エルサン化学が罠であった場合、情報を持ってきた馮は極めてまずい立場になる。馮の腹心であるはずの闞が、主人の狙いを阻害するというのも考えにくい。

熟考したが、作戦中止の根拠とするには弱い。闞もそれを見越して言葉を選んだのだろう。

いずれにしても、馮と闞の思惑は微妙に食い違っているようだ。その齟齬《そご》はどこから生じたものなのか。

今はこちらのターンである。何かの手を指すまで局面は動かない。

罠を承知の作戦である。三人の突入要員には罠の可能性を十分に伝えてある。慎重に、そして狡猾《こうかつ》に——三人は警視庁との契約通り、持てるすべてのスキルを任務に注いでくれるだろう。

同時刻、新木場。特捜部の庁舎も近い東京ヘリポート。警視庁航空隊の格納庫で、ライザは最終チェックの終わったバンシーと向かい合っていた。

警視庁特捜部の中核を成す未分類強化兵装『龍機兵』。その一機、コードネーム『バンシー』。白き死の精霊は前面のハッチを大きく開いて密やかに待っている。自らのはらわたを晒す屍《しかばね》の如くに。

私はお前にふさわしい——

ライザは開放されたバンシーの脚筒《グリーブ》に決然と足を後ろ向きに踏み入れる。ラッチがライザのブーツの底を固定。斜めに傾いでいたバンシーの下半身が垂直に起立する。同時に脚筒内壁のパッドが膨張してライザの腰部及び脚部を固定する。

前面ハッチ閉鎖。左右の腕筒《バンブレイス》に両腕を挿入、先端部のコントロール・グリップを握る。背中をハーネスに押しつけると腕筒《バンブレイス》内壁のパッドが膨張。バンシーの腕が生者のように一瞬揺れる。

頭部シェル閉鎖。内側のVSD（多目的ディスプレイ）に投影される外部映像。そして各種情報のオーバーレイ表示。BMI（ブレイン・マシン・インタフェイス）アジャスト完了。中枢ユニット『龍骨《キール》』の回路が開かれ、ライザの脊髄に埋め込まれたバンシーの『龍髭《ウィスカー》』と連動する。

龍髭は龍骨と量子結合により連絡している。言わば一対一で対応するキーであり、この龍髭なくして龍機兵の操縦はできない。体内に龍骨を持つ龍機兵は、龍髭を授けられた者にのみその巨体を委ねる。

ライザ・ラードナー警部専用機『バンシー』。全長約三メートル強。従来の機甲兵装より一回りは小さい龍機兵の中でも、最も繊細でスリムなフォルム。ゆるやかな曲線で構成された優美な機体は、天使の彫像のようでありながら魔女とも見える。純白の全身に漂う死の気配は、バンシーが本来有するものか、あるいは搭乗するライザ自身の印象ゆえか。

格納庫に佇立《ちょりつ》したバンシーの周囲には特捜部ラボより持ち込まれた各種機器が置かれている。立ち働く技術班職員達を指揮する鈴石緑が、テーブル上のマイクを取り上げた。

「ラードナー警部、『一号装備』着装します」

〈了解〉

スピーカーからラードナー警部の声が響く。

特捜部のトレーラーから油圧式アームによって押し出された換装式特殊オプション『一号装備』の主装置が、バンシー背面の接続装置に向かって伸びる。やはり換装式である接続装置は、機能も重量も異なるオプションごとに用意されたユニットで、機体にかかる負荷やデータリンクを最適化するためのものである。一号装備用のユニットは搬出前のバンシー本体にあらかじめセットされていた。重い音を立てて楕円型の主装置がバンシーの背中に固定される。

〈主装置の接続を確認〉

続けて主装置尾部にステルスカットされた多角柱型の薬液タンクが接続される。

〈ポンプの作動を確認〉

主装置にパリレン系ポリマーを主成分とする薬液が注入される。技術者達は主装置左右に折り畳まれた鋼線内に薬液が充填されるのを固唾を飲んでじっと待つ。

60%……70%……80%……

その数値は緑の側でもバンシーの側でも観測されている。

〈薬液充填一〇〇パーセント。循環サイクルの確立を確認〉

緑も手許のディスプレイに表示された各数値を確認する。薬液温度、濃度、鮮度いずれも適正値の範囲内にある。

「廃液フィルターのチェックに移ります」

〈了解〉

主装置からシュッと霧が吹かれるように水分が排出される。異常なし。

〈全ユニット接続、連携を確認〉

バンシーの搭載ECUが変化した重量バランスのキャリブレーションを開始する。

〈キャリブレーション完了〉

「滑空翅を展開して下さい」

〈了解。滑空翅展開〉

折り畳まれていた鋼線束がパンタグラフのように伸び広がる。

電圧をかけることによって変形する無数の鋼線が翅脈《べーン》となり、それらが構成する隙間部分に循環する薬液がミクロン単位の薄膜を形成していく。その様は昆虫の羽化の早回し映像を見るようであった。蜉蝣《かげろう》を思わせる淡く儚いその翅こそが『一号装備』のVG翼である。電圧、液圧によって翼平面形状やアスペクト比、上反角等が変化し、そのつど液膜《セル》に反射する光の色もシャボン玉の表面の如く夢幻の相を見せて変化する。背中から延びる薬液タンクはさしずめ蜉蝣の腹部か。

翅を元通りに収納。廃液フィルターから再度排水。

「テスト終了です。そのままヘリポートへ移動して下さい」

〈了解〉

「最新の気象情報によると目標地域に雨雲が接近しています。急いで下さい。雨が降ったら一号装備は使えません」

〈分かっている〉

バンシーは腰を屈め、傍らに置かれていたフランキ・スパス15コンバット・ショットガンを右マニピュレーターでつかみ上げる。龍機兵の操縦はマスター・スレイブ方式とBMIを併用している。まるで人の指のような滑らかさ。だがその指は銃を握るには大きすぎる。右掌底部に内装された専用アダプターがスパス15のグリップを固定し、トリガーと接触する。

一般的に機甲兵装が銃器を運用する場合、脱着に手間のかかる外装式アダプターを使用する。それに対し、龍機兵の内装式アダプターはよりスムーズな銃器の把持《はじ》を可能としている。

右マニピュレーターに銃床のないスパス15を提げたバンシーが足を踏み出す。従来の機甲兵装に比して、龍機兵の歩行音は無きに等しい。特にバンシーの滑らかな足取りは天鵞絨《ビロード》の絨毯を歩む淑女のようだ。

外では警視庁の大型ヘリAW-101が待っている。三台のPCをバッグに詰め込んだ緑が一足先に乗り込む。バンシーを懸吊したAW-101はただちに発進。午前一時二十八分。

二時十一分。ヘリが本庄市上空に到着。降下目標——エルサン化学児玉工場。

眼下は一面の闇。まばらに光。北東に延びる光の筋は関越自動車道、それに上越新幹線だ。

バンシーのシェル内でライザは気圧、温度、湿度、風向をチェックする。雨が近い。今にも降り出しそうな天候だった。だがまだ間に合う。

「PD3より本部へ、目標を確認」

ライザの耳許に指揮車輛の沖津より入電。

〈本部よりPD3、作戦開始せよ〉

「PD3、了解。リフト・オフ」

固定翼のグライダーではない一号装備には曳航は不要である。懸吊装具をリリース。

「ダイブ」

降下開始。漆黒の底へ。

滑空翼は閉じたままである。薬液の消費を抑えるためぎりぎりまで開かない。バンシーのシェル内から見える画面はエアボーン・モードになっている。表示された高度、水平、方向、対地速度、対気速度が急激に変化する。ヘリと十分な距離が取れるまで自由落下。四肢の開きで降下速度と姿勢を制御する。スカイダイビングと同じ要領である。ただし頬に受ける風はない。

「エキスパンド」

開翼。蜉蝣の翅が開き、急激なGがかかる。全身が水面に叩きつけられたような衝撃。それも一瞬で過ぎる。三六〇度、周囲にはただ暗黒の空。

画面はグライディング・モードに遷移。速度他に加え、翅や薬液の状態が刻々と表示される。人の心の錯覚を除けば浮遊感はない。ライザはあくまで情緒に流れずコントロールに徹する。何かに集中していられる瞬間だけが自分に許された休息だ。しかし操作の必要はほとんどない。搭乗者の重心の移動を検出し、望む方向、速度に見合うよう、翅のパラメータが自動的に変更される。ライザの脊髄に挿入された龍髭が、脳に達する以前の脊髄反射を検出して量子結合によりバンシーの龍骨へ伝達するためである。膨大な情報の収集と演算の結果を、感覚として搭乗者にフィードバックし、平衡を取ろうとする脊髄反射を瞬時に翅の操作へと変換する。このシステムはまた同時に、一号装備の他の兵器への転用を不可としている。

翅脈の鋼線は内部に薬液循環溝や制御用導線が通った形状記憶材料で、それぞれが独立したピエゾ・アクチュエーターとして機能し、翼形状を変化させる。滑空翅は左右で二対。フォアウィングとハンドウィング。羽ばたくことはできない。あくまで滑空のための翼である。

液膜は光を当てると美しく輝くが、無色透明のため夜目にはほとんど見えない。レーダーに映らず、音も熱も発しない。ステルス性では群を抜いている。隠密作戦に特化した特殊オプション、それが『一号装備』である。しかし大きな弱点もある。雨が降ると液膜が張れない。結氷する低温下でも使用できない。また大量の埃や虫は液膜に付着して制御を不能にしてしまう。

星のない曇天。バンシーは無風に近い理想的な条件下で滑空する。

バンシーの咽《むせ》ぶ夜に人が死ぬ。アイルランドではそう云った。故郷を離れた異国で今夜、バンシーの舞い降りた先で誰かが死ぬ。自分か、それともキリアンか。

黒の中に浮かぶ孤島の影。それは急激に大きくなって眼前に迫る。影はやがて三つの箱となる。A

ＢＣの三棟を確認。Ｂ棟周辺の六つの円筒型タンクも。

タッチダウンのプロセスに入る。ナビゲーション機能が降下予定経路を視界にオーバーレイ表示。やや深めの角度でエントリーする。Ｂ棟屋上に接触する寸前のタイミングで非同期スイッチを入れ、グリップを引いて機体を引き起こす。対地効果で揚力が増し、一時的に再上昇する。そのピークで滑空翅を畳む。

「フォールド」

脚部の屈伸性をフルに生かしたフォームで静かに着地する。Ｂ棟屋上の端。足裏に衝撃吸収素材も使用しているが完全に無音ではない。気づかれる危険性が最も高いと予想される瞬間。

目標に変化なし。観測している指揮車では皆が大きく息を吐いているだろう。きっと鈴石主任も。

あの娘は私の無残な死を願っているはずなのに、いつも一片のミスもない完璧な仕事をしてくれる――


体勢を整えると同時に、ぽつぽつと雨が降り出した。

バンシーのシェル内でライザは嗤う。死地へと赴くバンシーの翅に、雨足は一歩及ばなかった。それは幸運と言えようか、不運と言えようか。

屋上の西端角に移動し、左マニピュレーター先端部――人体でいうと左手小指と薬指の先――にあるディスペンサーから二種類の液体火薬を送り出し、混合しながら手早く塗布する。信管を残し、東端に移動。同じ手順を繰り返す。この二か所は攪乱のためのダミーである。最後に屋上中央部に液体火薬を塗布。信管を置いて後退。左手首からワイヤーのアンカーボルトを射出、コンクリートに打ち込んで固定する。

点火信号を送信。ダミーの二か所を爆破。

二秒後中央部を爆破。口を開けた穴に身を躍らせ、ワイヤーで降下。

眼下に広がる内部の全容――大型の装置や機器群。ポンプ、反応槽、ボイラー、冷却器。その合間を複雑に走るパイプ、ダクト、キャットウォーク。空調設備と熱交換器の配置も情報通り。あらかじめ入力された配置図が3Dマップとしてディスプレイに表示される。爆煙と粉塵の立ち込める内部を素早く把握。バンシーの各種センサーが収集した情報はリアルタイムで指揮車輌に送られている。

「本部へ、デュラハン八機を確認。西側壁面に三機。東側ボイラー脇に三機。正面口周辺に二機。東の三機は完全臨戦態勢。他はいずれも臨戦態勢でハッチ開放」

〈本部了解。各小隊突入〉

ワイヤーで降下しながらスタングレネードを機体から放出。凄まじい閃光と音響。機甲兵装に駆け寄ろうとした男達の足が止まる。

床面に着地。ワイヤーをカット。瞬時に判断し、一番近い西側の三機に向かう。右マニピュレーターに把持したスパス15で、デュラハン背面のハッチに手をかけて乗り込もうとしていた男を撃つ。セミオート。スラグ弾が男の頭部を消滅させる。続けて銃口を隣の二機に向け、露出したコクピットを破砕する。これで三機は起動不能となった。残り五機。

すぐに正面口に回る。複雑に配された設備やパイプを避けて走りながらスパスを連射する。スラグ弾の雨に怯まず搭乗した男が、ハッチの閉鎖にかかる。閉じかけたハッチを狙って撃つ。赤い飛沫に染まった内部をハッチが覆う。装弾が尽きた。弾倉を交換している余裕はない。隣の機体に乗り込んだ男がハッチを閉じようとする。閉まり切る寸前、機体の前に到達したバンシーは、ハッチの隙間にスパス15の先端を捻じ込む。コクピットに向かった男は背中からスパスの銃身で串刺しにされ、絶叫を上げた。

掌《てのひら》のアダプターを解放してデュラハンの背に突き立ったスパスを放棄する。

シェル内でビープ音。左後方に敵機。背面に衝撃を受け、床に投げ出される。東側にいた三機のうちの二機だった。一機が倒れたバンシーの上にのしかかる。もう一機が横に回って執拗に蹴りつけてくる。

ディスプレイに警告灯が点灯。二機による猛攻。体勢を立て直す暇を与えまいと攻め立ててくる。

シェル内のライザに表情はない――時間切れだ。おまえ達は生き延びる機を逸した。もう死は免れない。私はおまえ達を心から羨む――

正面口のシャッターを引き裂いて黒い影が飛び込んでくる。ユーリ・オズノフ警部専用機『バーゲスト』。三機の龍機兵の中でも飛び抜けて俊敏な移動速度を誇る。予想通り、バーゲストは先陣を切ってやってきた。獲物を目指す猟犬のように。

風を切って駆ける力強い脚部。精悍でありながらしなやかに伸びた上半身。全身は闇と紛う黒一色。

黒い妖犬の足が、バンシーの上のデュラハンを弾き飛ばす。

破られたシャッターから差し込む投光機の眩い光。

床を転がって距離を取ったバンシーを、もう一機のデュラハンが追う。

やめておけ。おまえには私を追う余裕はない。戯れる相手なら、ほら、そこにいるぞ――

投光機の強烈な光を背にして新たな巨人が現われる。ダーク・カーキを基調とした市街地迷彩に塗装された姿俊之警部専用機『フィアボルグ』。戦車が直立したような無骨な機甲兵装に比べ、龍機兵のフォルムははるかに人体に近い。その中でも最も人に近い形を与えられた機体。バンシーもまた人の形をしているが、それは天使であり魔女であって人ではない。フィアボルグはまさに〈人〉である。戦いを好み、争いに生きる人。猛々しい闘士《グラディエイター》の本質の形。

フィアボルグは腰部に下げたサックから特殊合金の黒いアーミーナイフを抜き、一気にデュラハンとの間合いを詰める。ＣＱＢ（近接戦闘）における格闘能力でフィアボルグの右に出る機体はない。

ライザは二機のデュラハンの相手を僚機に任せる。残るは一機。だが、どこだ。敵は二機を先行させて自らは別行動を取った。老獪だ。索敵装置に反応。猛烈に速い。入り乱れるダクトの合間を移動している。

〈デュラハン〉とはケルトの民間伝承に云う首のない妖精である。騎士の亡霊であるとも云う。死を告げる不吉の使者である点は、バンシーの同類とも言えた。その名の由来の通り、首がなくコンパクトに設計されたデュラハンは狭所での運用に特化した機体である。亡霊の如くに暗がりをすり抜ける。敵は今、その特性を最大限に生かしていた。

後を追って走る。細身のバンシーがかろうじて通れるような隙間を、敵は縦横に駆け巡る。大型ポンプと攪拌《かくはん》機の間を移動しているとき、通路をふさぐダクトを貫通して突然何かが突き出された。紙一重でかわしたが、肩部装甲を抉《えぐ》られる。デュラハン左腕部に溶接された短い鉄棒だ。左マニピュレーターの先から突き出た先端を槍のように鋭く尖らせてある。機甲兵装同士のCQBでは極めて有効な武装だ。龍機兵の反応速度がなければ今の一撃で機体を貫かれていた。相手はすでに攻撃地点から移動している。

地の利を生かして敵を翻弄するしたたかさ。

この戦い方は、もしや――

移動しながらデュラハンが工場の制御盤を倒す。錆の浮いた鉄板がバンシーの肩部を直撃する。同時に背後から組みつかれた。振りほどけない。バンシーの装甲が軋《きし》みを上げる。相手は執拗に締めつけて離れない。全身でもがく。周囲の設備を押し倒しながら壁際に移動。ボディを振って背中のデュラハンを壁にぶつける。二度、三度。効果はない。内側から窓を遮蔽していたボードが砕け散った。敵はさらに圧力を増して締め上げてくる。デュラハンのマニピュレーターもへし折れるだろうが、その前にバンシーのシェルが押し潰される。

一号装備の薬液タンクが音を立てて圧損。残っていた薬液がタンクの亀裂からこぼれ落ち、足許に血溜まりのような染みが黒々と広がっていく。

警告灯が激しく明滅するディスプレイの視界映像――バンシーを捕らえたデュラハンのマニピュレーターがライザの眼前で湾曲していく。凄まじい執念。自機の損壊をまるで顧みない。このモチベーションは怨念だ。中世から堆積したアイルランドの。

グリップを操作。左マニピュレーターの先が動いた。指先がデュラハンの腕に触れる。自傷を覚悟で液体火薬を絞り出す。ゼロ距離で爆破すればバンシーもただでは済まないが、その判断になんのためらいもない。

ライザの意図を察したデュラハンは咄嗟にバンシーを突き放し、窓を破って外へと飛び出した。恐ろしいまでの勘のよさだ。ライザはすかさずバンシーの体勢を立て直し、後を追って外に出る。

投光機の光。おびただしい数のパトカー。赤い警光灯。そしてけたたましいサイレン。本降りになっていた雨が、バンシーに付着した粉塵を洗い流す。純白の機体が露わとなり、回転する警光灯の赤を映す。

工場を包囲していたブラウニーの一機が、飛び出してきたデュラハンに驚いてM82A1アンチマテリアル・ライフルを発砲した。雨の中で重い音が響く。デュラハンの傍にあった杉の木の太い枝が砕け散った。

〈撃つな!〉

SATの通信が聴こえる。福島班長が叫んでいた。

デュラハンと杉の後ろには、大きなタンクが夜より黒い影を見せている。

〈BN01から小隊各機へ、絶対に発砲するな〉

デュラハンは猛然と別のSAT機に向かった。その進路上にいたブラウニーは反射的に迎撃の銃口を向ける。だが撃てない。デュラハンはタンクを背にするような位置から襲ってくる。一瞬の躊躇。その隙を見逃さず、ブラウニーの懐に飛び込んだデュラハンが左手の槍を相手の腹に突き立てる。実戦で踏んできた場数の差だ。

活動停止したブラウニーから血に濡れた手槍を引き抜いたデュラハンはすぐさま移動。支援に駆けつけてきたSATの各機は、タンクを背にして移動する相手に発砲もならず立ち止まる。

一機のブラウニーが把持したM82A1を警棒代わりに振りかざし、デュラハンの前に躍り出た。しかし絶妙な動きでその一撃を回避したデュラハンは左の手槍で相手の肩部を抉る。ブラウニーの巨体が水溜まりに倒れ、盛大な飛沫を上げた。

デュラハンの槍は十分にタンクを破損し得る。一刻も早く制圧する必要がある。

ライザは内装火器の照準を敵機に合わせる。使用不可。デュラハンは絶えず六基のタンクのいずれかを背にしている。強力すぎるバンシーの火器は使えない。

間違いない、この老獪さは——

「『DRAG-ON』」

躊躇なく音声コードを叫んだ。シフトチェンジ——ドラグ・オン。

両手のグリップのカバーを跳ね上げ、中のボタンを左右同時に強く押し込む。エンベロープ・リミット解除。フィードバック・サプレッサー、フル・リリース。

ライザの脊髄で龍髭が熱を発する。全身の細胞が燃えて沸き立つ。地獄の業火に炙られているかのように。この瞬間、ライザはいつも罪を思う。この痛みは己に与えられた罰なのだと。

バンシーの龍骨を己のものと感じる。バンシーもまたそう感じているだろう。思考はプログラムと連動して並列化。精神と情報、肉体と機体の境が消える。

機体を打つ雨を肌に感じる。雨が瞳を打っているのに、瞬きもせず見開いていられる。アグリメント・モード。一〇〇パーセントBMIに切り換え、機械的操縦では実現できない反応速度を可能とする。これこそが龍機兵の真価である。

明滅していたディスプレイがアグリメント・モード表示に変わって安定する。シフト完了。

足許の水を蹴立てて走り出す。

タンクを回り込むように移動しているデュラハンは、行手をふさぐパトカーにも構わずぶつかっていく。ドアがちぎれ、車体が曲がる。雨の中に細かく砕けて散乱するフロントガラス。次々とパトカーが粉砕される。

バンシーは横転したパトカーの合間をジグザグに走り抜ける。驚異的な運動性能。障害物をかわす陸上選手の如き流麗なフォーム。たなびくはずのない装甲がたなびいてさえ見える。

パトカーを捨てて逃げ惑っていた制服警官の横を触れもせず風のようにすり抜ける。警官は何が起こったのか分からず、白いドレスの裾に撫でられたような顔で立ち止まる。

一気に距離を詰めて接近したバンシーは、無人のパトカーを踏み台にして跳躍した。

白い機体が驟雨《しゅうう》の夜を大きく軽やかに跳ぶ。

移動中のデュラハンが上空の敵を感知。その足を止め、頭上に向かって左の手槍を大きく突き出す。第二種機甲兵装のシステムではアグリメント・モードにある龍機兵の動きは正確に予測し切れるものではない。半ばは勘。だが勘であるだけに、デュラハンはバンシーの着地点をほぼ正確に捉えていた。

宙空にある一瞬。ライザは一号装備の滑空翅を一気に開いた。

雨の夜に広がる眩惑の翼。降下のタイミングがわずかにずれる。コンマ一秒にも満たない時間で生と死とが隔てられる。

下方から突き上げられた凶器を上空から蹴り落とすように着地。デュラハンの左マニピュレーターが吹っ飛び、胴体部が縦に大きく引き裂かれる。

デュラハンは活動を停止、うつ伏せになって倒れる。

機甲兵装ではあり得ない動きをまのあたりにした警官達が、驚愕の目でバンシーを見つめている。

アグリメント・モード解除。急激に押し寄せる疲労と嘔吐感。アグリメント・モードは人体に限界を超える消耗を強いる。だが今感じている吐き気は、それとは違う、妙に馴染みのものだった。

パトカーのサイレンが雨音に消える。赤い光だけが闇に滲んで回り続ける。

デュラハン背面のハッチが開いた。

遠巻きにしている機動隊員の間にどよめきが広がる。乗員が生きているのか？　制圧された機甲兵装の搭乗者が生存していることはほとんどないと言われているのに。

頭部から血を流した白人の小男が半身を起こす。老人だ。

やはり——

ディスプレイに広がる血だらけの凄惨な顔。マシュー・フィッツギボンズ。〈墓守〉と呼ばれた老練の闘士。

ライザはバンシーの脱着プロセスに入る。前面ハッチを開放し、続けて頭部シェルを開放。雨の中に己の顔を晒してみせる。

老テロリストはまっすぐにかつての同志——ライザを見つめる。一徹に生きた愛国者。故郷の悲惨を見つめ続けた老人の視線。

降りしきる雨。そして風。ああ、雨が痛い。

フィッツギボンズの顔が侮蔑に歪む。

「裏切り者のマクブレイドが」

そう叫んで老人は崩れ落ちた。機動隊が一斉に駆け寄ってコクピットからフィッツギボンズを引きずり出す。腹が裂け、内臓が覗いている。雨がはみ出た腸を白く洗う。

フィッツギボンズは絶命していた。

裏切り者のマクブレイド。その血は未だ呪われたままなのか。

雨が髪を伝い、防護ジャケットをしとどに濡らしていく。バンシーの脚筒から足を抜き、ライザはコンクリートの上に降り立つ。ヒースの匂いがした。

この雨には覚えがある。頭の中の嫌な感触とともに、雨はいつも自分についてくる。過去の悪は地下ではなく、雲の上に溜まるのだろう。

思い出す。『アゲン』の日の雨。窪地の底での雨。そして——

10

エルサン化学工場に潜伏していたＩＲＦのテロリスト八名は全員が死亡。機甲兵装に搭乗できなかった二名もＳＡＴ突入時に抵抗し射殺されている。警察の殉職者はブラウニーに搭乗していたＳＡＴ隊員一名。肩部装甲を破砕されたブラウニーの乗員は重傷だが命に別状はないという。

現場にキリアン・クインはいなかった。〈猟師〉も〈踊子〉も。それが偶然かどうかは定かでない。少なくとも特捜部が監視を開始した二十日以降、工場に出入りした者はなかった。

雨は二十四日の未明にやんだ。午前九時。沖津特捜部長は外務省の特別会議室でごく少数の関係者に突入作戦の結果と現状のあらましを報告した。聞いているのは周防尋臣西欧課首席事務官と萱野昭《かやのあきら》欧州担当審議官。それに警察庁の宇佐美京三国際テロリズム対策課長、長島吉剛外事課長。警視庁の酒田《さかた》盛一《もりかず》警備部長、清水宣夫《しみずのぶお》公安部長も顔を揃えている。

「日本に潜入したと思われるＩＲＦのテロリストは二十二名。一名は大黒埠頭で自殺。今回のオペレーションで八名が死亡。キリアン・クイン以下十三名が残っていることになります。またエルサン化学に集結していた九台のコンテナの中身はすべて空でした。それぞれが一機のキモノを積載していたとしても工場で見つかったのは八機で、一機足りません。九台目のコンテナが最初から何も積載していなかったと考えるのは不自然で、つまり最少で一機、最大で十機のキモノがＩＲＦによって今も日本のどこかに隠匿されているものと考えられます」

沖津の報告に、酒田警備部長が声を上げた。

「あれだけ大口を叩きながら肝心のキリアン・クインを逃がしたのか」

外務省内で異例の叱責が浴びせられた。本来ならば他省庁での会議の前に、警察側で内容の調整を行なっておくべきところである。しかし事態の進行があまりに急激すぎたため、事前の調整はなされなかった。特捜部の警察内での孤立もこれに与《あずか》っている。

酒田の感情には相応の理由がある。ＳＡＴを管轄する警視庁警備部は地下鉄立て籠もり事案で大打撃を受けており、今回の作戦でも事実上指揮を特捜部に委ねざるを得なかった。その結果、ＳＡＴは新たに一名の殉職者を出したのである。警備部では特捜部への怨嗟の念が頂点に達している。

「エルサン化学での潜伏自体が陽動であった可能性があります」

沖津は平然と答える。異例を承知の顔である。さすがにこの場ではシガリロは取り出してもいない。

「陽動に引っ掛かったと自分で認めるのか」

「あくまで可能性です。しかし陽動にしては戦力を割きすぎている。本気の構えでしたよ、あれは」

憤激の色を浮かべて口を開きかけた酒田を周防が制する。

「個々の責任は事後必ず追及されますから、今は国内に潜伏するテロリストの確保を第一に考えて下さい」

沖津をかばっているのではない。サザートン来日まであと八日。外務省も焦燥の極にある。警察の内輪揉めになど斟酌《しんしゃく》している余裕はもはやない。

「国の外交に大きく関わる緊急の際です。私から提案を致しますが、ここらで落とし所を探って頂きたい」

「落とし所？」

聞き返した酒田に、猿のように小柄な長島外事課長が皮肉めかして言った。

「協力しろってことですよ。みんな仲よくやれってね」

「ありていに言うとその通りです。是非ともご理解を願います」

悪びれもせず周防が肯定する。

警察側の出席者が一斉に沖津を見た。彼は元外務官僚である。沖津と外務省、そして官邸との間で、なんらかの駆け引きが行なわれたのではないか――

だが沖津もまた意外そうに周防を見ている。

長島課長はわざとらしく笑った。笑顔もまた猿のようだった。

「いいじゃないですか。今後は前に出てやってもらいましょうよ。妙な搦《から》め手じゃなくね」

ＩＲＦメンバー検挙のため、公安部外事課は特例の一時的措置として特捜部に捜査の部分的協力を求める。特捜部はその要請に応じる。また関係各所もこの態勢を支援する――

それが公安部と特捜部との間で結ばれた〈一時協定〉であり〈落とし所〉であった。

帰庁した沖津は部長室で城木と宮近を前に語った。

「長島さんは政治家に向いているね。勇退後は本当に出馬するんじゃないか」

官僚にとっては切実な話である。長島は体制への恭順を示すとともに、落とし所ならぬ責任の押しつけ先を探しにかかっている。残された時間はわずかしかない。サザートン来日までにテロリストを発見できない可能性が大きいと見たのだろう。

「もっとも、備局《びきょく》の意向に外事の現場が素直に従うとも思えんがね。秘匿と隠密を以て身上とするのが彼らの文化だ。手のうちを明かしてくれることも期待できない。それどころか一層の秘匿に走る可能性の方が大きい。だが、少なくともこれでウチの捜査は晴れて公認のものとなった。みんな少しはやりやすくなるだろう」

「はい」

城木は感嘆の面持ちで頷いた。タイムリミットが迫った時点でのやむを得ない選択であるとは言え、禁じられていたはずの特捜部の捜査が認められた。その結果を引き出したのが部長の手腕だ。

一方宮近は上司の力技に舌を巻きつつも、そのリスクに戦慄している。捜査に失敗した場合、長島課長の思惑通りすべての責任が特捜部に押しつけられる可能性がある。

宮近の内心を察してか、沖津は続けた。

「長島課長より、周防事務官だよ。事後処理の絵を彼がどう描くつもりなのか。大いに気になるね」

そして思い出したように机上のケースから愛飲するシガリロを取り出した。間違いなくその日初めての一本。

「いずれにしても、我々は全力を尽くして最悪の結果を防ぐ。それだけだ」


同日午後九時五十二分。十時開始予定の捜査会議のため夏川は部下達とともに会議室に集まっていた。由起谷班の捜査員や突入班の部付警部もいる。龍機兵整備のため鈴石主任は欠席。室内には重い疲労の空気が漂っていた。全員が突入後の処理と対応に追われ、ろくに休息も取れぬまま引き揚げてきたばかりである。工場の遺留品にめぼしいものはなく、たぐれそうな線は皆無であるということがその時点で判明している。

懐疑としか言いようのない空気もまた室内にはあった。首謀者と見られるキリアン・クインは現場にはいなかった。〈猟師〉も〈踊子〉も。突入は失敗だったのか。一同の視線は自ずとラードナー警部に注がれる。バンシーの驚異的運動性能によるデュラハン制圧の一部始終は、それを目撃した埼玉県警から賛嘆の声となってすでに警察内に広まっている。しかしそれは、SAT隊員を犠牲にしたという厳しい批判と一体であった。

「作戦は成功だよ」

前方の列に座る姿警部が言った。誰に対してのものかは分からない。ライザと、全員に言ったのだろう。そして自分自身に。

「俺達は任務を完璧にこなした。それ以上は司令部が考えればいいことだ」

「軍事と捜査は違います」

夏川は思わず反論していた。そんなつもりはなかったが、彼自身成果を疑っている。

「そうかもしれない」

姿はゆっくりと半身で振り返った。

「バンシーの記録を見たが、あの爺さん、〈墓守〉か、噂以上の相手だった。死んだ警官はツイてなかったが、よく制圧できたもんだと思うよ」

その恐るべき相手を制圧したラードナー警部はまっすぐに前を向いたまま振り向きもしない。フィッツギボンズが彼女の元同志であったことは全員が知っている。

「この分じゃ〈猟師〉と〈踊子〉も相当に手ごわいだろう。覚悟してかからなきゃな」

夏川は改めて実感する。凶悪極まりないテロリストが日本のどこかに潜んでいる。自分達はなんとしてもこの脅威を排除しなければならない。

皮肉にも自分達が普段は部外者とみなす姿の言葉に警察官としての使命感を再認識しつつ、夏川はこの白髪頭の傭兵をどうしても受容できない。それどころか以前よりも距離を感じてさえいる。突入作戦の前日、闞《クワン》と姿が密会している現場を部下が目撃した。姿はその経緯を沖津に報告しているし、夏川自身も聞いているが、無条件で信じられる内容ではなかった。

夏川はグランドプリンス新高輪のロビーで偶然会った大日方《おびなた》を思い出していた。最も尊敬する警察官の一人であった。その大日方が、特捜入りしたかつての部下を捜一OB会から遠ざけた。おまえが顔を出すと台無しだと。自分は大日方を非難できないと思った。大日方やかつての同僚達と同様に、彼は外部の傭兵達に対する嫌悪の念を抑えられなかった。

十時ちょうどに城木と宮近を伴った沖津が入室した。そしてもう一人、警視庁公安部外事第三課の曽我部《そがべ》雄之助《ゆうのすけ》課長。

沖津は会議の冒頭で、あくまで一時的措置であると前置きしてから、外事と協力態勢を取ることになった旨を説明した。事実上の合同態勢であるにもかかわらず、外事の人間は三課長の曽我部以外来ていない。曽我部も単なる顔見せとして参加しているらしかった。また今後、合同で会議が行なわれるようでもない。外事という特異な部署の秘密主義と排他性を知る夏川達には当然とも思える態度である。

それでも夏川は、公然と被疑者を追えることに歓喜し、また同時にその責任の重大さに身震いした。

会議はおよそ一時間で終わり、沖津は細かい打ち合わせのため曽我部課長を伴って部長室に引き上げた。

〈馬面〉と渾名《あだな》されるほど長い顔をした曽我部は、いやあ、これだから、と茫洋とした面持ちで漏らした。

「これだから困りますよね、外務省の人は根回しうまくて」

限りなく本音に見える韜晦《とうかい》に、沖津は苦笑するしかなかった。

辿るべき筋はいくつかある。

キリアン・クインの〈第三の目的〉。闞《クワン》剣平《ジェンピン》。そして〈树《シュウ》枝娃娃《チーワワ》〉。

いずれも迷宮に張り巡らされた麻糸より頼りない。手がかりと言うよりむしろ目眩ましにさえ思える。事実その可能性も高い。それでもあえて辿るよりない。

十一月二十五日。サザートン来日まで残すところあと七日。

午前九時四十七分。新宿区百人町のアパート『中井戸コーポ』を訪れた夏川は、破れた窓を覗いて内部の異変に気づいた。

闞剣平関連の線を追っていた夏川班は、中国人犯罪グループの一人が白人の男と会っていたという有力な情報をつかんだ。容貌の特徴から白人はＩＲＦのリストにあるマーティン・オキーフではないかと推測した夏川は、部下の深見《ふかみ》を連れて当該中国人楊木進《ヤンムージン》の住居に足を運んだのである。

昨今では珍しくなった木造モルタル二階建ての老朽物件で、他に住人はほとんどいないらしい。一階の奥が目当ての男の部屋である。深見がドアを叩いて声をかけているとき、夏川は横の窓ガラスが割れていることに気づいた。中を覗いてみると、台所に倒れている男の足が見えた。夏川はすぐにドアに飛びついた。鍵が開いている。緊急措置として室内に踏み込む。

倒れていた男は白人で、死んでいるのは明らかだった。夏川は男の鼻梁が曲がっているのを確かめ、深見に言った。

「マーティン・オキーフだな」

「ええ」

十代の頃、警官に殴打されて曲がったという鼻がオキーフの大きな特徴だった。厚手のジャケットの胸部に弾痕がある。射殺されたらしい。

深見が六畳間に続く襖を開ける。すえた匂いが鼻を衝く。安物のカラーボックスと台所の冷蔵庫以外、家具らしいものは何も置いていない空家同然の部屋だった。隣の民家の壁にふさがれて陽のまったく入らない窓。その下に二つ折りにされた布団。コンビニのポリ袋がやたらと散らばっている。

「主任！」

深見が大きな声を上げる。

六畳間でもう一人死んでいた。頭部を押し入れに突っ込むようにして倒れている。スーツ姿の中年の男。アジア人だ。やはり胸部に弾痕があった。

「こいつが楊《ヤン》でしょうか」

「分からん」

夏川は手袋を嵌《は》め、男の遺体を動かさないように注意しながら手早く所持品を探った。

「何も持ってないな」

身分証か何かがあれば特定の手がかりになる。左右のポケット、次に内ポケットを当たる。

薄いカードのような感触。慎重に摘み出す。名刺だった。

薄暗い窓の光でそれをかざし見た夏川と深見は、驚愕に目を瞠《みは》った。

「主任、これは……」

うわずった声を漏らしながら深見は上司を見る。

夏川は食い入るような目で名刺を睨んでいる。

そこにはこう記されていた。

［ミウネ貿易株式会社　営業部　平原善明］

同日午後五時に行なわれた捜査会議の席上で、夏川が声を震わせながらその名を報告したとき、室内に衝撃と緊張が走った。その反応は人名にではなく、社名に対してのものである。

ミウネ貿易。

地下鉄立て籠もり事案の実行犯である王富国《ワンフーグォ》、ナタウット・ワチャラクンらが潜伏していた千葉県袖ヶ浦市の倉庫を借りていた会社。ただし実体のないペーパーカンパニーで、書類上の名義はすべて虚偽であり、口座に入金していた資金ルートも未解明。特捜が今も追い続ける事案の黒幕につながる最大のキーワードがこの『ミウネ貿易』であった。

その名が今再びここで浮上しようとは――

「ヒラハラ・ヨシアキ、もしくはヒラハラ・ゼンメイなる人物に該当者なし。ミウネ貿易と同じく、架空の名であると推測されます。名刺に記されている住所はミウネ貿易が口座の開設等に使用していたものと同じ。この名刺がマル害のものか、あるいは誰かに渡されたものかどうかは不明。中井戸コーポ三号室の借主である楊木進《ヤンムージン》は新大久保の知人宅にいるところを発見、任同をかけました。大変驚いた様子で、取り調べには素直に応じています。楊にスーツの男の写真を見せたところ、まるで知らない男であると供述しました。スーツの男の指紋にも容貌にもヒットはなく、組対の資料にも該当者なし。中国人なのか日本人なのか、あるいはそれ以外の国の人間なのか、国籍すら判明しておりません。現在のところ遺体の身許《みもと》は不明のままです。マル害の所持品はこの名刺一枚きり。不自然なことにマル害のものを含めて名刺には一切の指紋が残されていません」

例によってモンテクリストを燻らせながら、沖津は無言で聞いている。他の者はもちろん言葉を失っていた。三人の部付警部さえも。

夏川が続ける。

「発見された白人の遺体は指紋その他の照合の結果、国際手配中のIRFメンバー、マーティン・オキーフであると断定されました。例のリストにも載っているテロリストです。オキーフ、名刺の男、ともに死亡推定時刻は今朝の三時から四時。いずれも至近距離より射殺されています。死体の発見された中井戸コーポ周辺で殺害時刻に銃声、もしくは不審な物音を聞いたという証言はなく、また争った形跡もないことから、どこか別の場所で殺害してから運び込んだものと思われます。楊木進《ヤンムージン》はオキーフとの密輸での共謀は認めていますが、殺害への関与は否定しています。また殺害時刻には府中のバーで飲んでいたと供述しており、それについては裏も取れています」

仁王のように真っ赤になって夏川が着席する。

「〈敵〉だ」

沖津が断定した。

その一言に捜査員達は総毛立つ。

〈敵〉。王富国《ワンフーグオ》ら複数の傭兵を雇い、SAT殲滅を企てた者達。そして職業犯罪者クリストファー・ネヴィルを雇い姿俊之の拉致を企てた者達。

「間違いない、奴らが再び現われたのだ」

沖津は愉しそうにシガリロの煙を吐いた。薄くたなびく紫煙の向こうに微かな笑みがまぎれていた。

第四章　ロンドン／過去

1

敵だ——

誰かの声に薄眼を開ける。鳶《とび》色の瞳がこっちを見ている。ブライアンだ。

起きろ、敵が来るぞ——

ブライアンがまた言った。違う。ブライアンではない。ブライアンは撃たれて死んだ。ハーパーの店の太った店主のように誰からも忘れ去られた。

急速に覚醒する。ライザは慌てて砂の上にじかに敷いた毛布から身を起こす。

「早くしないと全滅だ」

アメディオはそう言ってAK‐47を構え、西側の斜面の方へ移動していく。真黒な髪。鳶色の瞳。ブライアンの髪は黒の入った茶色だった。ただ瞳の光がブライアンを思わせた。

ライザも傍らのAK‐47を手に取ってアメディオに続く。他の五人もそれぞれの寝床から起き出して合流してくる。全員が震えていた。未明の砂漠の寒さだけではない。体温をすべて吸い取られそうなカラシニコフの冷たさだ。

地は夜明け前の蒼。鳥の声も聞こえない。岩と砂と、後は絨毯のように広がるアジャマ（灌木）の海。

野営地に選んだ谷間から群落の端に沿って回り込んでいく。平原を渡る微風がアジャマの彼方の不自然な葉擦れの音を運んできた。敵は確かに接近しつつある。

「ハミードはどうした？　歩哨に立ってたんじゃないのか」

　ワスィームが小声で訊いてくる。

「居眠りでもしてたんだろう。きっともうやられてる」

　チェチェン人のルスランがいまいましげに言った。

「やっぱりあの馬鹿が足を引っ張りやがった」

　緩い斜面は南へうねり、アジャマに囲まれた谷を見下ろす尾根のような形に延びている。

「ここで分散しよう」

　なだらかに広がるアジャマの斜面を振り返って、アメディオが提案する。

「敵は谷間の野営地に向かっているはずだ。斜面の上から包囲して不意を衝こう」

「なんでお前が決めるんだ。指揮官にでもなったつもりか」

　食ってかかるワスィームをルスランがからかう。

「だったらどうしてここまでついてきたんだ？　砂の上でゆっくり寝てりゃよかったのに」

「異教徒め」

　ワスィームは不穏な目でルスランを睨んだが、それ以上は何も言わなかった。

　全員が散開し、距離を取って点在する岩の合間を注意深く進む。シリア砂漠は砂ではなく石や岩が多い。気を抜くと浮石を踏んで簡単に足を挫いてしまう。

　アジャマの合間から突然銃火が閃いた。先頭を歩いていたワスィームが悲鳴を上げてのけ反《ぞ》る。

「待ち伏せだ！」

　ルスランが叫んだ。アジャマへＡＫ‐47を乱射しながら走り出す。隊列はあっという間にばらばらになった。誰も彼もが絶叫しながら撃っている。

　裏をかかれた。風上で気配を示せばここに集まってくると読まれていたのだ。

薄闇の斜面に轟《とどろ》く銃火。前方を走っていたルスランが倒れる。

立ち止まったアメディオがアジャマに向かってＡＫ‐47を掃射する。

ライザは走りながら撃ちまくった。ガキッと音がして突然弾が出なくなった。同時に岩陰に飛び込んで身を隠す。その寸前、アメディオが倒れるのが見えた。

岩陰で自分の動揺に気づく。動揺？　そうだ、確かに動揺している。どうして？　待ち伏せにではない。見たはずのないブライアンの死の瞬間。それを見たように思ったからだ。

カラシニコフを調べる。空薬莢が排出されず排出口に引っ掛かっていた。

息を整えつつ岩陰で耳を澄ます。銃声がやんでいる。他の三人もやられたらしい。

アジャマの端までおよそ六ヤード。夜の残滓はまだ黒々と大地に残っている。

今ならまだいける――ＡＫ‐47を捨て、匍匐《ほふく》前進で岩から這い出す。気づかれないように全身で集中する。

アジャマに到達。蛇になったつもりで静かに潜り込む。遠くで鳥の声。視界のない灌木の下を這い進んでは動きを止め、耳を澄ます。気配を探る。再び前進。それを繰り返す。少しでも気を緩めれば密生した枝が絡んで盛大に音を立てるだろう。

右前方から気配が接近している。息を殺し、ナイフを抜く。アジャマの向こうで気配が止まる。そしてまた動き出す。まだだ。まだ早い。ぎりぎりまで堪《こら》える。最も接近したタイミングで躍りかかる。ナイフで相手の喉《のど》に斬りつける。同時に脇腹を撃たれた。激痛に悲鳴を上げる。

「小隊全滅！」

ＡＫ‐47を手にアジャマを掻き分けてきたラヒムがアラビア語で言った。案山子《かかし》のように骨ばった長身。見上げるほど高い。六フィート五インチ近くはありそうだ。痛そうに喉を押さえたイナードも立ち上がる。二人とも頭に暗褐色のシュマーグ（アラブスカーフ）を巻いている。

イナードがしゃがれた声で呻《うめ》いた。

「畜生……喉をやられた」

「なんてざまだ」

ラヒムが呆れたように、

「新入りにやられるとは、恥を知れ。罠を仕掛けた者がやられてどうする」

「油断していたわけじゃないが……この小娘、豹《ナミル》みたいに速かった」

「それを油断と言うのだ」

「いや、しかし……」

言葉を続けようとしてイナードは苦しそうに咳き込んだ。

ライザは痛みに突っ伏したままである。ゴム弾の衝撃は想像をはるかに超える。打ち所によっては簡単に死に至る。腹には痣ができているはずだ。他の傷と同じく当分は消えないだろう。遠くで泣き叫ぶルスランやワスィームの声が聞こえた。自国語で痛い痛いと言っているのだろう。アメディオの声は聞こえない。じっと痛みを堪えているのか。あるいは気絶でもしているのか。打ち所が悪くて死んでいるのか。

仲間の名を呼ぶアメディオの声がした。ほっとする。なぜだかは分からない。力が抜けて腹を押さえていた手足を大地に投げ出す。

ラヒムは横たわるライザをじっと見つめる。その真の資質を見極めようとするかのように。イナードの言う通り、豹の速さを持っているのかと。

ライザの目の前にはイナードに斬りつけたナイフが転がっている。刀身はやはり硬質ゴム。イナードとラヒムは〈教官〉であり、ライザは〈生徒〉であった。


ＩＲＦに入隊したライザを、キリアン・クインは極秘のうちにシリアに送った。

──〈国費留学〉だ。せいぜい学んでくるといい。

シリア、デリゾール県。イラクとの国境近く。ステップと砂漠の入り混じる高原地帯がユーフラテス川に向かってなだらかに下る一方で、溶岩流が洞窟や崖の多い複雑な地形を作っている。岩と砂礫のせめぎ合う不毛の狭間に『ムハーディラ』は設置されていた。

ムハーディラとはアラビア語で本来は〈講義〉を意味している。そこはまさに講義の場であった。生徒の多くはイスラム圏出身のムスリムだ。他にも世界中から留学生が集う。人種も言語も思想も宗教も単一ではない。唯一共通しているのは彼らがいずれもテロリストであるという点である。

俗に言うテロリスト養成キャンプとはいささか異なる。国体、政体としてはすでに崩壊しているシリアとは関係なく、世界中のテロ組織と複合的に連携している。主体はあくまでイスラム原理主義組織で、アッラーへの冒瀆はもちろん許されないが、主義と主張とを問わず、さまざまなテロ組織からの訓練兵を受け入れていた。

ＩＳをはじめとして、ハマス、ヌスラ戦線、ＰＦＬＰなどシリア国内に拠点を置く過激派組織は数多いが、イギリスの占領に対する抵抗組織であるＩＲＦは非イスラム系組織の中では親和性が高い部類に入る。むしろその時点でシリアは北アイルランドと同じく、テロリスト及びテロ技術の輸出国と化していた。ライザはさながら特待生としてムハーディラの門を潜った。

もちろん門戸など存在しない。あるのは崩れかけた遺跡の塀である。シリア国内にも周辺諸国にも無数にある石造りの遺跡。その内外に建てられた遊牧民の交易所が校舎であり寄宿舎であった。そこはまたイラクへ密入国するテロリストの宿泊所でもあり、密輸の中継地点でもあった。国境地帯にはゲリラ戦の訓練に励む民兵組織も数多い。ムハーディラはそれらの中に巧妙にまぎれてもいる。

ライザが〈入学〉した時点での生徒数は四十人から五十人あまり。一週間後には二十人近く減っていた。理由は訓練中の死亡。ゴム弾を使う野戦訓練はごく初期の課程のみで、以降は実弾を使う。ゴム弾による野戦も、訓練というよりは砂漠に放り出した生徒に恐怖と苦痛を実感させるという意味が大きい。また生徒の資質が観察される第一段階でもある。

生きてシリアの砂漠を出るには戦士として一人前の技能を身につけたと認められるしかない。一時的に減った訓練生はすぐに補充される。〈ムハーディラ上がり〉の精鋭は財産であり、各国のテロ組織は常にそうした〈資産〉を欲していた。

訓練兵の年齢は十代後半から三十前後と幅広い。誰であろうと待遇に一切の区別はない。寄宿舎と称する石造りの狭い小屋の中でひしめき合って寝る。だから脱落者、すなわち死亡者が出ると、口には出さないが皆ほっとする。スペースが少しでも広くなればそれだけ楽に眠れる。よく眠れるとそれだけ生き残る可能性が増す。意志の強さが余命を大きく左右する。

ライザはすぐにここのルールを悟った。カモギーのハーリーで相手をぶつのとはわけが違う。生徒同士が命懸けで争う。覚悟を決めて生き残りを目指すしかない。着いたときには銃の扱いさえろくに知らなかったライザが、すぐに大人の兵士と肩を並べて射撃訓練に明け暮れるようになった。


「エンジン始動」

電装系に灯が入り、外周モニターや警告灯、計測器類が点灯する。

第一種機甲兵装『シャイタン』のコクピット。異様な臭気が籠もっている。ライザは頭に叩き込んだはずのマニュアルを思い出しながら、余裕のない目で各種機器を点検する。

〈最初に無線チェックを忘れるな〉

ヘッドセットからラヒムの声。外部と通信できない機甲兵装はただの棺桶である。大きすぎて埋葬できない分だけ始末が悪い。

外周映像を確認。白い巨石の谷間が一面に広がっている。ハッチの裏が全面モニターになっており、頭上から足許まで視界は広い。八基の外部カメラからの映像をシステムが合成、補正したものがそこに表示される。頭上に設置されたメインコンソールには自機のステイタスやミッションの情報などが表示される。左右の壁面にはサブコンソールパネル。

操縦装置はペダル二対、レバー二対。各レバーにスイッチやトリガー、パドル、サムスティックが備わっている。

暑い。汗が噴き出る。シートから足許へと滴り落ちる。臭気の元はこれか。何人もの訓練兵が流した汗と、おそらくはそれを上回る量の血。喉が渇く。際限なく。

〈乾期の砂漠で機甲兵装に乗るということは、熱砂を抱いて鋼鉄の棺桶に入るも同じことだ〉

ラヒムの声は鋼鉄よりも冷たく、熱砂よりも熱い。

生きたまま埋葬される男の話をセカンダリー・スクールの図書室で読んだ。正確に言うと課題で半強制的に読まされた。ポーだったか。本の扉にあった作者の肖像画は覚えている。生き埋めの話を書いたあの髭の作家は、生きたまま蒸し焼きにされる者を想像したことがあっただろうか。

シートの背に伝わる振動と回転音。エンジンの始動を確認し、左右のメインレバーを捻ると油圧計が作動。排気の噴出とともにコクピットがガクンと持ちあがる。各関節のロックが外れ、ダンパーが伸展。自機が二足で直立しているという実感。

〈その感覚を全身に刻み込め。一秒でも早く体をそこに持っていくのだ〉

稼働中の機甲兵装は、特に操作しなくてもその状態を維持しようとする。相当の衝撃を受けても動的平衡状態に復帰するようにできている。

続けてシステムによるセルフチェックが始まる。機体のバランスや可動部のトルクなどを調整するため、機体が数秒間痙攣するように小刻みに動く。自分自身が痙攣しているのかと錯覚する。

〈調整が終わったらすぐに動かせ。状況によってはセルフチェックはスキップしろ。その判断は一瞬でやれ。一秒以上迷ったらおまえは終わりだ〉

一番左のペダルを踏み込む。動く。シャイタンが前進する。思わぬ躍動感。不意に高揚する。魂がモニターを突き破って谷間を往く。

ムハーディラではあらゆることを徹底的に叩き込まれた。

徒手によるCQB訓練。ナイフをはじめとする近接武器による暗殺術。小型から大型に至るまでの各種火器の扱い方。爆発物の知識と設置方法。そして第一種及び第二種機甲兵装の操縦方法。

市街戦を想定して発達した究極の個人兵器である機甲兵装は、テロリストにとって最も重視すべき兵器である。その操縦に熟練することがムハーディラでは必須であった。

ラヒム、イナードらをはじめとする教官達はほとんどがイスラムの聖戦《ジハード》を戦うムジャヒディンであり、その指導に容赦はなかった。また特に専門的な項目に関しては、非イスラム教徒のテロリストが指導することも多かった。驚くべきことに、ロシア特殊部隊出身の教官までいた。祖国に対する彼らの絶望には、他者の想像すら許さぬ根深い怨念があった。

食事中であろうと就寝中であろうと、〈講義〉は突然に始まる。そしていつ終わるか分からない。訓練兵を常に緊張した状態に置き、臨戦という概念を頭ではなく体に覚えさせるためである。脱落者が大量に出る。そんな者は大義ある戦いの最前線には必要ない。

各機種の性能、特色や、状況ごとの対応手段。

機甲兵装の分解、組み立てと各種整備技術。

講義の中で、ライザは『シャイタン』がロシア製の第一種機甲兵装『ブーカ』をベースに製作された機体であることを知った。機甲兵装に限らず、ロシア製の武器は広くイスラム圏に出回っている。

機甲兵装にケルトの古い妖精の名がつけられることが慣例的に多いのは、ケルト人の戦い方に由来するという説もムハーディラで初めて聞いた。古代の歴史家の記述によると、ケルト人は戦闘の際に二輪戦車を用いていたらしい。それをヨーロッパに伝えたのだという。アイルランドに生まれながらそんなことはまるで知らなかった。彼らは小アジアで戦車の扱い方を学び、実際に機甲兵装に搭乗しての訓練では、身につけた生身でのＣＱＢ技術を即座に操縦動作に変換できる運動能力が試される。どの機種のどの部位をどの角度で打撃すれば無力化できるか。日夜自分の体で覚え込む。この課程での死亡者が最も多かった。

ライザがムハーディラに来て間もない頃だった。香辛料の効きすぎた空豆の煮込みの昼食をなんとか喉に流し込んだ後、崩れかけた石壁の陰に座って『鉄路』を読んでいた。ムハーディラに持参した数少ない私物の一つである。ダブリンの寮にあった荷物はほとんど放棄したが、ブライアンの形見でもある赤茶けた装幀の本だけは捨てずに持ってきた。特に読みたかったわけではない。他に読むものがなかったからだ。ただ放心するにも頭は使う。何かを読んでいる方が気がまぎれる。

若く老いぼれた君は果てなく延びた鉄路を往くか。
愚直に引かれた二本の線の合間を往けば
執念深い悔悟を振り切れるとでも夢見たか。

すでに何度も読んでいる。表題作の「鉄路」。やはり惹かれるのはこの詩であった。時折思い出したようにその理由を考える。分からない。最初にこの本を開いたときに目に止まった詩だからだろうか。

「『鉄路』じゃないか。キリアン・クインを読んでいるのか」

驚いたように話しかけてきた男がいた。鳶色の瞳、そして何よりその佇《たたず》まいに、ライザは一瞬ブライアンの影を見た。

「うん、まあ」

ライザは曖昧に頷《うなず》いた。男は黒っぽいウールのシャツにグレイのカーゴパンツ。頭にベージュのシュマーグを巻いていた。

『日の素描』は読んだか。キリアン・クインの第一詩集だ」

「読んでない」

面倒くさそうなふうを装って答える。

「読んでないって、キリアンの作品に興味があるんじゃないのか」

「これ、私の本じゃないから」

言ってから俯《うつむ》く。

「私の……友達の本。私は借りてるだけなんだ」

男はじっとライザを見つめ、うまくはない英語で言った。

「その英語、アイルランド訛りだな。おまえはＩＲＡか」

「ＩＲＦよ」

「そうか、凄いな」

男は素直に興奮を表わした。背格好は確かにブライアンに近いが、よく見ると顔立ちはあまり似ていない。砂漠の乾いた陽射しのせいだろう。一瞬でもブライアンを思い浮かべた自分が恥ずかしかった。

ムハーディラでは自己紹介の義務はないが、訓練兵同士が勝手に話し合う分には自由である。男はアメディオ・バレンシアガと名乗った。ライザの着く五日前にここに来たという。歳は七つ上だが、七日前に来たルスラン、二日遅れのワスィームらと同じく、言わば同期である。シュマーグを巻いているがムスリムではない。砂漠の陽射しを遮るにはこれが一番いいのだと本人が言った。

アメディオはバスク民族主義組織ＥＴＡ（バスク祖国と自由）のメンバーだった。

一九九〇年代以降、孤立、弱体化したＥＴＡは何度か停戦や武装放棄の宣言と撤回を繰り返していたが、『アゲン』以後のＩＲＦの台頭に刺激され、わずかに残った急進派の残党が再び活動を活発化させようとしていた。ＥＴＡとその政治部門バタスナとの関係は、ＩＲＡとシン・フェインとの関係に近く、またその衰退のパターンも同様だった。歴史の表舞台――あるいは奈落――で華々しく復活した北アイルランドの組織を、ＥＴＡは当然の如く範とし、羨望している。

ライザがＩＲＦだと知って、アメディオはさらに積極的に話しかけてきた。

「俺は『日の素描』の方が好きなんだ。第一作に比べると『鉄路』は比喩があざとすぎる。その分確かに力強いし、大衆に受けるのはそっちなんだろうけどね」

呆気に取られて相手を見つめたライザは、次の瞬間思わず噴き出していた。

「どうした？　何か変なことを言ったか？」

アメディオはきょとんとして訊いてきた。

「ごめん、私も前にまったくおんなじ感想を言ったことがあるから……おんなじすぎて、つい……」

つい笑ってしまった。同じだった。あの日の自分の感想に。ブライアンからの電話に答えた。学校の階段を下りながら。

「そうか、おんなじ感想か」

特に気を悪くした様子もなくアメディオは続けた。

「つまり、俺達は感性が似てるってことじゃないか」

「そうかもしれない」

ライザも不承不承に同意した。

以来、ムハーディラではアメディオが唯一の話し相手となった。

故郷のセカンダリー・スクールでそうであったように、ライザは生徒の中で孤立していた。いつもと同じだ。だがアメディオは分け隔てのない態度で接してくれた。かつてメイヴ・マクハティが――

そしてブライアン・マクハティが――そうしてくれたように。

2

〈豹《ナミル》だ、おまえは豹のように走るんだ〉

ラヒムの声の命じるままに、ライザの乗るシャイタンはワジ（枯れ川）の底を疾走している。

足許の四枚のペダルは移動とモード切り替えの操作に用いる。左端のペダルが一番、右端が四番。移動操作は一番ペダルのみで可能。フットインペダルで甲側にもレバーがあり、前進、停止、後進、速度調整のすべてが左足のみで行なえる。右端の四番ペダルは姿勢の上下や旋回などに関する操作を割り当てられている。一番ペダルと異なり、ジョイスティックのように前後左右に動かせ、捻りも加えられる構造である。

もう暑さは気にならない。砂と風の熱さが心地好い。

〈その岩を乗り越えろ。怯《ひる》むな、一度怯むともうできない〉

進路をふさぐ巨岩を次々に跳び越え、斜面を駆ける。右の三番ペダルがジャンプと着地。バランスはフルオート。転びそうになれば機体が勝手に手足を動かして踏ん張ってくれる。転倒した場合は安定を確保する方向に働き、搭乗者の指示なく立ち上がったりはしない。用途の性格上、匍匐姿勢で運用するケースも多いからである。左の二番ペダルが基本姿勢への復帰と現状維持を指示するキックペダルになっている。

アイルランドではジャンプレース（障害競馬）が盛んだった。伝統的な狐狩りを起源として生まれたスティープル・チェイス。教会の尖塔から尖塔を目指し、藪や茂みを乗り越えて、荒地に馬を走らせる。もちろんライザは馬など乗ったこともない。だが人々の興奮と熱狂は覚えている。中世の騎士達がイングランドを闊歩するはるか以前に、ケルトの神々は馬を駆って国を築いた。馬に跨《また》がるのは誇りであり、命懸けのレースに挑む騎手はケルトの戦士の再来だ。ライザは砂漠のワジで機甲兵装に跨り、荒地を駆ける騎手達の、ケルトの神々の幻影となる。

〈二番のペダルを外すタイミングを身につけろ。それができなければすぐに死ぬ。ライオンより速い豹であってもだ〉

ラヒムの指導は的確だった。システム任せの動作は熟練した相手には容易に読まれてしまう。この機能をあえて外してわざとバランスを崩したり、フェイントをかけたりといった技術を覚えることが実戦への第一歩である。

全面モニターに敵影を捕捉。同型のシャイタン二機。同じ訓練兵が乗っている。

〈敵を己のように感じ取れ。敵の心を読むのだ。そして敵に心を悟らせるな。獲物を狩る最高のときを待て〉

ラヒムに言われるまでもなく、ライザはすでに無心である。

腕の操作はメインレバー。第二、第三のレバーは射撃用と格闘用。照準や発砲、武器の換装、打撃、把握など、目的に応じた操作を行なうことができる。

第一種機甲兵装の大半の動作はマクロとして登録されており、レバーによる操作はそのマクロを呼び出して適切なパラメータを与える作業に他ならない。

二番ペダルを複雑に操って敵を攪乱しながら岩陰に回り込み、左手のＰＫＭマシンガンを向ける。シャイタンは外装式アダプターを使用して左マニピュレーターにＰＫＭを把持《はじ》している。弾薬は空包。さすがに訓練のつど機甲兵装を破壊するわけにはいかない。

敵機もＰＫＭの銃口を向けてくるが、こちらの動きを捉えられず無様にうろたえている。

〈ためらうな。撃て。嚙みつけ。おまえの爪で敵を裂け〉

その瞬間、トリガーにかかったライザの白い指は獰猛な豹の爪となる。

実技訓練以外の講義は、武器や戦闘に関することだけではなかった。まず語学。非アラビア語圏の訓練兵はアラビア語を短期間で集中的に叩き込まれる。ここではアラビア語が分からなければすべての訓練についていけない。

次に英語、ロシア語、フランス語、北京語。それぞれの言語をネイティブとするテロリストが寝る暇も与えず徹底的に教え込む。ライザの母国語は英語だが、アイルランド独特の訛りがある。元は貴族階級だったと自称する老イギリス人によって、完璧なクイーンズ・イングリッシュに矯正された。また同時にアメリカ東海岸風の崩し方も教えられた。状況に応じてイギリス英語とアメリカ英語を使い分けられる能力が求められた。

生まれてからこれほど必死に勉強したことはなかった。教師が古典的な鞭ではなくトカレフを手にしているから否が応でも取り組まざるを得ない。机も椅子もない、遊牧民の小屋を流用した教室で。〈国費留学〉だとキリアン・クインが言ったのを思い出すまでもなく、義務感と使命感がある。IRFの資金源には市民や支援者からのカンパも含まれる。言わば〈血税〉だ。IRFがムハーディラに払った金は決して少額ではあるまい。

言語の習得と並行して、各国の情報も叩き込まれた。政治情勢、軍事情勢、警察、裏社会、地理、交通、民族、宗教。そして歴史。何よりも文化だ。アッラーへの冒瀆は絶対に許されないが、ムスリムのバイアスは極力排されている。イスラム圏における公的機関の授業よりはずっと客観的であろうと思われた。思想の前に正確な情報だ。ここでは目的ははっきりしている。敵を知らねば敵に勝てない。中国語の講師である中国人は繰り返しそう言っていた。彼の両親はジャーナリストで、ある日突然公安部に連行され、拷問されて死んだという。彼自身は右目が醜く潰れていた。地元共産党の意を受けたチンピラに鉛筆で小突かれたのだ。そのチンピラは彼が入院した病院にまでやってきて、ベッドに横たわっていた彼の眼帯とガーゼをむしり取り、傷痕に黄色い痰を吐きつけた。病院の守衛はそれを黙って眺めていたばかりか、愛想笑いを浮かべてチンピラを丁重に見送った。白く濁った右目に知性を、涼やかな左目に憎悪を湛《たた》え、中国人の講師は年齢も国籍も異なる生徒達に言った——君達に託すと。

「俺の親父はエルティアノ湖で漁師をやっている。家も湖のすぐ近くだ。バスクに行ったことはあるか。屋根の上から見る朝と夕暮れのエルティアノ湖は最高だ」

アメディオはそう語った。目の前には岩だらけの白い荒野。繁茂したアジャマが所々の地を覆う。スナネズミが岩の合間を走るのが見えた。

「お袋は隣の村の出身で、お袋の親父もやっぱり漁師だった。兄貴が二人、妹が一人いて、妹は村の郵便局員と結婚した。兄貴は二人とも俺を可愛がってくれた。俺も二人が大好きだった。上の兄貴はデモに参加して警官に殴られた。五日後に死んだよ。その五日の間に、殴ったのは警官じゃないってことになってた。下の兄貴は今も刑務所にいるはずだ。上の兄貴を殴ったのは警官だと抗議しただけでぶち込まれた」

ライザは黙って聞いていた。エルティアノ湖。目に浮かぶ。最高の朝と夕暮れ。最高の家族。突然の不幸。

言おうかと思った。私の父は裏切り者で、実はそうではなくて英雄で……私の祖父も裏切り者で、実はそうではなくて……

説明できる自信がなくて言わなかった。また軽々しく口にしてはいけない気もした。それに、家族について一度触れてしまうと、ミリーについても触れざるを得なくなる。

私の妹は『アゲン』で声を失った——そう言えばアメディオはきっと最大の関心を示してくるだろう。それだけは避けたかった。少なくとも今はまだ。

自分の家族について語ろうとしないライザの態度に、アメディオは話題を変えた。過去について触れたがらない者は多い。むしろ語る者の方が珍しい。あえて追及しないのが最低限のルールだ。

アメディオはIRFについていろいろと知りたがった。無理からぬことに思えた。なにしろ彼はETAだ。スペインからの分離独立を求めるバスク人だが、スペイン人より情熱的で、そして誰より勉強熱心だった。

「IRFならキリアン・クインに会ったことがあるだろう？　教えてくれ、彼はどんな人物だった？」

「どんなって……」

ライザはやはり口ごもる。

「そんなに何度も会ったわけじゃないんだ……志願したのもつい最近だし」

「え、そうなのか」

「うん」

「入ったばかりでムハーディラに送られるなんて、よっぽど見込まれたんだな」

かえって感心したようだった。

アメディオはそれ以上訊いてこなかった。ライザは彼の心遣いだと思った。


ナイフを使った格闘術の訓練は、ラヒムとイナードが交代で担当した。ナイフに限らず、銃でも機甲兵装でも、この二人が半ば専属のようにライザを担当するようになった。それは取りも直さずライザの資質が認められたことを意味していた。アメディオは素直にライザを讃えた。他の訓練兵は嫉妬し無視した。自分でなくて安堵する訓練兵もいた。ラヒムとイナードに見込まれるということは、それだけ過酷な試練に晒《さら》されるということでもあるからだ。

訓練兵の間で囁かれていた噂を耳にしたアメディオが、感嘆しながらライザに伝えた。それはこんな噂だった――他の教官からもっと大勢の兵を均等に訓練すべきだと忠告されたラヒムは、「百頭の山羊より一頭の豹」とだけ答えたという。

「ナイフの使い方を見れば相手の出自が分かる。いいか、出自を知られたら終わりだと思え」

古代の広間の跡を示す砂に埋もれた敷石の上で、ライザと対峙したラヒムは言った。

二人は使い込まれたサラワーを手にしている。サラワーとは鋭い切先と刃先を持つ片刃のアフガン・ナイフのことで、ハイバル・ナイフとも呼ばれる。どこからでも好きに突いてくるがいい――そう言ったラヒムはまるで無手無造作に立っている。

ラヒムは指導に際して軍隊式のいかなる方法論も採らなかった。特にナイフ。ベルファストの少年の中には、軍隊や刑務所に行った兄貴から習ったと称して、自分がいかにナイフの扱いに長けているか、そしてそれがいかにプロフェッショナルな正統派であるかを誇示したがる者が少なからずいた。

ラヒムの教えはライザが見聞きしたことのあるものとは大きく異なっていた。

「分かるか、出自を知られるということは筋を読まれるということだ。筋を読まれた瞬間に勝負は終わっている」

軍隊組織にはそれぞれに固有の訓練プログラムがある。どうやらその型に陥るなと教えてくれているらしい。頭に刻み込みながら、ライザは懸命にラヒムの隙を探している。

「流派の数だけナイフの使い方はある。すべてが正しく、すべてが間違いだ。相手の喉を掻き切った者が正しいだけだ」

ではラヒムは？　この案山子のような体格のムジャヒディンはサラワーをどう使う？

注意して相手の一挙手一投足に目を凝らす。視線の動き。足のさばき。息遣い。ラヒムは武器を普通に右手に構えているようで、その手許は左手や体側に隠れ常にライザの視界の外にある。

「そうだ、いい目をしているな」

ラヒムが相好を崩す。

「自力で気づいたのはおまえが初めてだ。戦いの前には相手にできるだけ手を見せるな。敵に判断の材料を与えるのは愚か者の行為だ。見るのは自分だけでいい」

ナイフを学んだ経験のない今の自分には手許を隠す理由はない。ただ勢いで突っ込んでも無駄だ。何かを探せ。自分にあってラヒムにはない何かを。

姿勢を低くして猛然と左前方——ラヒムの右横へと突っ込む。ラヒムの長いリーチの間合いに入る寸前でヘッドスライディングのように身を投げ出し、バックハンドでサラワーを振り切る。

自ら倒れ込む前に、背中にラヒムの大きな足が乗っていた。古代の敷石の上に全体重で押しつけられる。砂と血が口の中で弾けて苦い。首筋にサラワーの切先の感触。ラヒムがその気なら倒れる前に死んでいる。

カモギーのラフプレイ。古い手だ。チームに入る前から何度も使っていた。偶然転んだふりをして相手を叩くには格好の反則である。ラヒムはカモギーなど見たこともないだろうが、やはり通じなかった。魔術のような鮮やかさだった。一瞬の体さばきでライザの攻撃をかわし背面を取っている。のしかかるラヒムの声は、しかし慄然としていた。

「本物の豹だ……」

背中がすっと軽くなった。ラヒムが足をどけたのだ。呻きながら半身を起こして振り返る。

ラヒムの野戦服のズボンが裂けていた。右腿に一条の細い傷。

ライザの刃はわずかにラヒムをかすめていた。

「おまえは死を連れている」

案山子に似た男の面上には何か恐れのようなものが浮かんでいた。

連日の訓練。連夜の講義。

訓練兵の顔触れはライザとアメディオを残してほとんど入れ替わっている。

ルスランは逃亡を図って射殺された。ワスィームは機甲兵装のＣＱＢ訓練に出かけたきり戻らなかった。

死を感じない日はなかった。空を舞うハヤブサがすべて死体を待つハゲタカに見えてくる。

おまえは死を連れている――

最も死に慣れているはずのラヒムが言った。自分に向かって。その意味は分からなかった。聞き返す気にもなれなかった。

イナードが他の訓練兵に語っているのをライザは聞いたことがある。コンパスで描いたように丸い顔をしたイナードは、顔と相似の丸い目を見開いて、ラヒムの信仰心の篤さを讃えていた。彼こそ真のムジャヒディンであると。

イスラエル軍――ロシア軍だったかもしれない――による空爆でラヒムは両親と妻、それにまだ赤ん坊だった娘を失った。彼が聖戦に身を投じたのはその後である。そして誰よりも勇猛な戦士となった。数え切れぬ異教徒の敵を屠《ほふ》った彼が、十代の白人の小娘に〈死を連れている〉とは。

その話をアメディオにすると、彼はじっとライザを見つめてこう答えた。

「分かるような気がする」

今度はさすがに聞き返す。

「どういうこと？」

「なんて言うか……特別な気がする。おまえは、どこか」

――きっと姉さんは特別な人なんだわ。

違う。ミリーはそんな意味で言ったんじゃない。

「……どうかしたか？」

「別に。どうもしない」

「言い方が悪かったかな。気にしないでくれ。別におまえが変な奴だと言ってるわけじゃない」

「いいよ、気にしてないよ」

そのあとアメディオと『鉄路』の話をした。彼は詩篇のいくつかを暗誦してみせた。キリアン・クインに心底傾倒しているらしかった。

「この中で一番好きな詩はどれだ？」

ライザの詩集を羨ましげに繰りながらアメディオが訊いてきた。表題作だ、と答えると、

「だと思った」

そう言って彼はにやりと笑った。

何もかも見透かされたようでどきりとした。

赤茶けた装幀の詩集を熱心に覗き込む鳶色の瞳。

なぜだろう——頭の中で嫌な感触。


ハンドガンからスナイパー・ライフルまで、射撃訓練では各種の銃を使用した。やはりロシア製が多かった。

岩山の麓で、十人が横一列になって標的の人型を狙う。手にする銃はそれぞれ違う。ライザはMP443を使っていた。ラヒムとイナードが生徒達の後ろから目を光らせている。未熟な生徒がいれば適宜厳しく指導する。射撃ではライザはもう指導されることはほとんどなかった。

恐れもなく、昂ぶりもなく、淡々と撃つ。姿勢。勘。誰よりも高い命中率。風を読み、大気を嗅ぐ。

闘志。怨念。そして誇り。

十挺分の銃声が岩肌に谺《こだま》する。ライザのMP443は銃声すらも他を圧して鋭く轟く。

弾を撃ち尽くし、弾倉を交換する。その動作も息をするより自然で速い。再び快調に撃ち始める。

突然金属音がしてトリガーが止まった。

またか――

いつもの嫌な手応え。空薬莢が排莢口に引っ掛かっている。排莢不良――ジャムだ。

ライザがオートマチックを使うとき、なぜか異様に高い頻度でジャムが起こった。実戦なら死んでいるぞとそのつど教官に怒鳴られた。持ち方が悪いのかとあれこれやってみたが、それでもジャムは減らなかった。機甲兵装のマニピュレーターで装備の銃を使うときでさえ。

もちろんジャムが起こった場合の対応は十分に訓練している。即座に弾倉を確認、スライドを引いて空薬莢を排出し、次弾を装填する。スムーズに体が動くようになるまで繰り返した。オートマチックにジャムはつきものだ。しかしライザの場合は、確率的に偶然の範囲を超えている。

「銃に問題はない。おまえの撃ち方にもだ」

ジャムを起こしたMP443を調べて、ラヒムが厳粛な面持ちで言った。

「おまえは死を連れている。同時に、おまえには悪運がついて回っているのだ」

突然分かった。物心ついてより頭の中で時折感じる嫌な感触。それは薬莢が排莢口に引っ掛かるジャムの手応えと同じであった。

初めて〈裏切り者の血筋〉と罵られたとき。

『アゲン』の日にグローブナー・ロードを走っていたとき。

メイヴの友情を失ったとき。

そして窪地の底で父を捜して駆け出したとき。

いつもそうだった。頭の中でジャムの感触。悪運が人生の流れを堰《せ》き止める。無残な形で爪痕を残す。

自分の人生は際限のないジャムの連続なのだ――

3

――ライザには自由が必要だ。

あのとき、父は確かにそう言った。キーディに向かう途中の田舎道で。車窓からヒースの群落が見えていた。

父は何を言いたかったのか。テロリストがひしめき合って寝る石造りの小屋で、ライザは何度も考えた。眠れない夜、あるいは昼に、あの夜の道中を繰り返し思い出す。おんぼろのルノー。運転する父と自分。そして段ボールの中のキリアン・クイン。

自分は自由だ。だから今ここにいる。マクブレイドの誇りについて悟ったからだ。

父の死顔。目を見開いて死んでいた。デリク・マクブレイドは誰が見ても負け犬だった。だが違う。そうじゃない。父も祖父も、本当は負け犬ではないし、裏切り者でもない。誰もそのことを知らない。人が知るのはマクブレイドの悪名だけだ。

自分はどうだろうか。砂漠の小屋で汚れた下着を詰めた麻袋を枕に横たわる自分は。

少なくともキリアン・クインは自分を認めた。だからダブリンまで迎えに来て、ムハーディラへと送り出してくれた。

自分は違う。強く自らに言い聞かせる。自由なのだと。

そして頭の中でミリーのピアノを聴く。

ベース音は深々と。主旋律はくっきりと。内声部は慎ましく。澄んだ音色は耳朶《じだ》のうちより広がって、砂漠に流れ出していく。旋律は風に乗って砂を転がし、アジャマをざわめかせ、ワジを下る。どこまでも密やかに。沁み入るように。はにかむように繊細で、どこまでも温かさを失わぬタッチ。ミリーの笑顔そのものだ。

ミリーは今もピアノを続けているはずだ。もうどれくらい上達したろうか。いつになるかは分からないが、次に聴くのが楽しみだ。

現実を思い出す。ミリーの受けられるレッスンには限りがある。ミリーのピアノはベルファストの狭い地区に閉ざされて外に出ることは決してない。

自分にもっと力があれば。現実を変えられる力があれば。


第一種機甲兵装の習得を終え、第二種の教程へと進む。

ムハーディラが訓練に使用する機種は『イフリート』と『イフリータ』。

『イフリート』はムジャヒディンがよく使用することで知られている。『イフリータ』は『イフリート』の装甲を簡略化してその分機動性を向上させた機種で、やはりムジャヒディンが好んで用いる。

〈おまえは豹だ。黄金の毛皮と緑の瞳を持つ豹だ〉

イフリータのコクピットで、ライザはラヒムの声を聞いている。

第一種機甲兵装に比べるとメインモニターは小さいが、後方までの外周映像を圧縮補正して投影できる。むしろ視界は広く、死角もない。

〈死も悪運も、常におまえとともに在る。恐れることはない。おまえは死と悪運を、二人の従者と思えばよいのだ〉

操縦装置は基本的に各一対のスティックとペダルのみ。ともに左右で形状が異なり、多くのボタンやスイッチ類があるが、その機能を示す刻印やラベルは一切ない。モードによって機能が変わるからである。現在のモードは［走行］。

その日のフィールドはシャムスィッサと呼ばれる岩山の上だった。その頂上部、垂直に切れ落ちた断崖の縁をライザは走る。

〈ニスル・サギールだ〉

ラヒムの指示に従い、ライザのイフリータは右マニピュレーターで山頂部の岩に固定されていた太いワイヤーをつかみ、躊躇なく虚空へと機体を躍らせる。モードは［降下］。グレイ中心の砂漠迷彩の機体がファストロープ降下で崖を滑らかに滑り降りる。

目も眩むような高度。メインモニター内で視界が急転する。直接は肌に当たらぬはずの風圧を全身に感じる。恐怖の総量さえもがデータ表示されているようだ。

ニスル・サギールとはアラビア語でハヤブサの意味であり、ムハーディラにおける第二種機甲兵装用訓練メニューの一つである。ハヤブサ以外に通う者のない壮大な絶壁を際限なく降下する。自らの技術と機体への絶対的な信頼なしには到底できない。

［走行］や［降下］の他に、モードは［巡航］［跳躍］［射撃］［格闘］など多岐にわたる。さらにそれぞれがサブモードへと分岐し、複雑なツリー構造を成す。その習得は容易ではない。通常はシステムが状況を判断し自動的に切り替える。動作の多くがマクロ化されていて、ファストロープ降下もプログラムで対応できる。当然ラペリング降下も。そのコンセプトは第一種機甲兵装の延長線上にあるが、プログラムのカバー範囲は格段に広く複雑になっている。ライザはすべてを完璧に使いこなす。それは瞬時に判断できるということだ。機体に棲む無数の精霊を自在に呼び出し、使役する。

断崖の中ほどに洞窟が口を開けていた。最適のタイミングでワイヤーを放し、中に飛び込む。何度も来たことのあるフィールド。洞窟は岩山の中腹へと抜けている。そこまで完走して初めてニスル・サギールのコースは終了となる。

着地した途端、左の岩陰から敵機が躍りかかってきた。教官の乗るイフリート。訓練機のイフリータと同じ砂漠迷彩だが、教官機の塗装はグレイよりサンドが勝っている。右マニピュレーターにサラワーを大型化したような形状のナイフを把持していた。最初の一撃を最少の動きでかわし、すれ違いざま相手の肩を打撃。バランスを崩して前のめりに倒れた敵の背中を踏みつける。背面の薄い装甲が歪み、教官の断末魔が漏れ聞こえる。

一般に重心の高い機甲兵装の格闘戦では、まず肩に衝撃を与えて上半身をスイングさせるのがセオリーとされる。敵の体勢を崩し、装甲の薄い部分を狙う。

〈今まで俺は何人もの戦士を育ててきた。中にはムスリムではない者もいた。信仰がなくても銃は撃てる。だが神を信じない者は概ね戦いでは脆《もろ》かった〉

実戦と同じく命の懸かった訓練の最中に、指導とはかけ離れたラヒムの述懐。もう教えることなどあるはずがないとでも言わんばかりに。

〈おまえは違っていた。ＩＲＦはカトリックの神を信じる者達だというが、おまえには信仰はない〉

活動停止したイフリートのマニピュレーターが開いている。ライザはその手からサラワーを奪い、イフリータ腰部の汎用ホルダーに収納して先に進む。広い洞窟は緩い下りとなって続いていた。

洞窟内の乾き切った岩肌の所々には古代の壁画や彫刻らしきものがわずかに残っている。それも機甲兵装の装甲や弾痕に抉《えぐ》られて荒涼と無情の観を増していた。

〈おまえは豹だ。豹に信仰がないのは当然だ〉

同僚の教官が死んだというのにラヒムはなんの感慨も示さない。ムハーディラでは訓練生だけではなく教官も日常的に死ぬ。

緩い下りはやがて急な登りに転じた。登攀に近い動作を必要とするような個所もある。ニスル・サギールでは機甲兵装の総合的な操縦技術が極限まで試される。

急峻な岩場を登り切る直前、上方に敵機を確認。教官機のイフリートがライザ機の頭部を蹴りつけてくる。その蹴りをかわし、一動作で飛び上がるように岩場を登り切る。しかしすぐには立ち上がらず、重心を低くした姿勢で蹴りの第二撃をかわす。

〈俺にはかつて娘がいた。生まれてすぐに殺された。異教徒が殺したのだ〉

足場を確保してから姿勢を立て直し、腰部ホルダーからサラワーを抜く。敵もまたマニピュレーターにサラワーを装備している。互いにじりじりと間合いを詰める。足許には今登ってきたばかりの峻険な岩場が口を開けている。コクピットにビープ音。背後にもう一機のイフリート。教官による挟撃だ。前方のイフリートに向かうと見せかけ、バックステップで振り向かずに後進。バックハンドでサラワーを後ろの敵の体側部に突き立てる。

〈おまえは俺の娘ではない。見知らぬ土地の異教徒の娘だ。豹の娘だ〉

活動停止した後方のイフリートからサラワーをすぐに引き抜く。搭乗する教官の血で濡れた刃先を向けて前方の敵を牽制する。この間ライザのイフリータは一度も後ろを振り返っていない。

相手が踏み込んでくる。速い。横に飛んでかわしつつサラワーを振る。大きな手応え。ライザのサラワーは敵の頭部に深く食い入っていた。

機甲兵装の頭部は通常、センサーや複合照準装置を詰め込んだユニットとなっている。人体と異なり、破壊しても即活動停止には至らない。むしろ敵にとっては好機である。ライザ機のサラワーは敵の頭部に捕えられており、かつライザ機は敵のサラワーの攻撃圏内にある。

〈妙な気分だ。俺は豹の娘を育てたのだ〉

ライザはためらわずに突進し、敵に体当たりを食らわせる。

頭部にサラワーを食い込ませたイフリートは、岩場の上から真っ逆さまに転落した。移動司令部にはデジタル通信で教官の悲鳴が響き渡っているだろう。

〈おまえは男ではない。またムスリムでもない〉

背後、はるか下方より激突音。振り向きもせず先へと進む。平坦になった道を伝って洞窟を抜けた。ゴール。ニスル・サギールの終了地点だ。岩山の中腹。眩しい陽射し。教官機を運んできた埃だらけのトラックが洞窟の前の山道に駐められている。その横で立ち話をしていた男達が驚いたようにライザのイフリータを振り返った。教官機ではなく訓練機が生還したのがよほど珍しいのだろう。

〈おまえが男であり、ムスリムであったなら〉

「おまえが男であり、ムスリムであり、そしてムジャヒディンであったなら」

ライザを見つめてラヒムが言った。心底から惜しそうに。

「いや、それは言うまい。おまえにはおまえの戦いがあるのだから」

〈イムスティーン〉と称される最終テスト。ムハーディラに来てから九か月が過ぎている。その日試されるのはライザとアメディオの二人であった。夜明け前に叩き起こされた二人は、岩の転がるワジの底部へと連れ出された。どうやらそこがイムスティーンの場であるらしかった。

ラヒム、イナードの他に教官三人が立ち会っている。サファリジャケットを着た白人の男もいた。皺の多い肌。目も髪も黒。初めて見る顔だった。密輸や密入国の中継地点でもあるムハーディラでは珍しいことではない。常に知らない顔がある。

ラヒムの心よりの賞賛を誇らしく噛み締める余裕はライザにはない。それまでの訓練の過酷さからしてもイムスティーンは想像を絶する厳しいものであると思われた。その内容は誰も知らない。壮絶な訓練に耐え抜いてイムスティーンまで辿り着いた兵《つわもの》の、二人に一人がここであえなく死ぬという。

ムハーディラを出る者は真の強者でなければならない。敵に勝つ力。己に克つ力。そして運。そのすべてが試されるのだ。いくら技量に自信があっても、ライザは恐れざるを得ない。自分には常に悪運がついている。

ラヒムはライザに一挺のオートマチック拳銃を差し出した。ロシア製のSR－1ギュルザ。

「イムスティーンの形は受ける者によって違う。おまえに与えられた試しは裏切り者の処刑だ」

裏切り者。胸に馴染みの言葉であった。緊張を覚えつつギュルザを無言で受け取る。

同時に二人の教官が背後からアメディオを押さえつけた。

アメディオは抵抗する間もなく両手を取られ、ひざまずかされている。

愕然と振り返ったライザに、ラヒムは頷いた。

「裏切り者はこの男だ」

言葉を失う。ギュルザを手にしたまま。

アメディオがもがいた。

「違う！　俺は違う！」

その頭を教官達が地面に押しつける。

本当にアメディオは裏切り者なのか。過酷なはずのイムスティーンが、人一人殺す「だけ」のたやすいものであるはずがない。命令であれば同期の仲間を殺すことも厭《いと》わぬ強靭な精神を持っているかどうか、それが試されているのかもしれない。だとすれば、言われた通りにアメディオを殺さねばイムスティーンは失格だ。そしてここでの失格が意味するものは――

それまで無言であったサファリジャケットの白人が歩み出て、ライザに言った。

「彼はスパイだったんだよ。ここの実態を調べるために送り込まれたんだ」

静かな口調。男はじっとライザを見た。黒い瞳はなんの色も湛えていない。

「正直に言うと我々のミスだ。弱体化とはこういうことを言うんだね」

「あんたはＥＴＡか」

男は否定も肯定もしなかった。

思い出す。アメディオにいろいろ訊かれた。ＩＲＦについて。キリアン・クインについて。入隊したばかりで何も知らないと答えたら、それ以上は訊いてこなかった。

「アメディオはスパイじゃない」

思わず叫んだ。

「ちゃんと調べたのか」

「調べたさ。遅まきながら念入りにね」

「アメディオはスパイじゃない。私は知ってる」

「君が？　彼の何を？」

「アメディオはＥＴＡの闘士だ。親父さんはエルティァアノ湖で漁師をやってて、兄さんが二人、妹が一人いて、お袋さんの実家も漁師をやってて……」

白人の男はゆっくりと首を左右に振った。

「エルティァアノ湖には魚はいない」

まじまじと目の前の男を見つめる。急速に力が抜けていく。

魚は……いない……

「早く撃て」

イナードが促した。ラヒムは黙ってこっちを見ている。

「撃てなければイムスティーンは失格だ。不合格者に与えられるのは栄誉ではなく死だ」

エルティァアノ湖に……魚はいない……

「おまえが撃たれることになるのだぞ。早く撃て」

イナードが繰り返す。頭に響く。混乱する。

「死にたいのか。ラヒムの指導を無駄にする気か。撃て！」

——鉄路の先に故郷は在らずと鴉が咽ぶ。

アメディオは暗誦した。キリアン・クインの詩片。アメディオはキリアンを崇拝している。

鴉が咽ぶ。魚はいない。

「撃て！　こいつは裏切り者だ！」

裏切り者。

イナードが腰のホルスターからマカロフを抜く。同時にライザはギュルザをアメディオの後頭部に押し当てる。

「もう一度調べてくれ！　俺はスパイなんかじゃない！」

アメディオが喚く。押さえつけられた頭から汗や涙がぼたぼたと地面に垂れている。

「だまされるな！　みんな嘘を言っている！　エルティアノ湖に魚はいないだって？　そんなことあるか！　でたらめだ！」

こちらに向けられたイナードの銃口。射るようなラヒムの視線。

トリガーにかけた指が動かない。

「ライザ！　頼む、俺を信じてくれ！　調べればすぐに分かる、エルティアノ湖には魚はいるんだ！」

白髪の交じる太った店主と繊細そうな顎の細い子供が笑っている。メイヴからの電話。閉ざされたドア。失われたすべて。ベージュのシュマーグを巻いたブライアンが『鉄路』を読んでいる。鳶色の瞳。ブライアンはカトリックだ。なぜシュマーグを巻いている？

「ライザ！」

トリガーを引く。銃声。ガキッという手応え。薬莢は飛ばない。アメディオの首がくたりと垂れる。教官が彼の死体を放す。血は広がらず大地の砂に吸い込まれる。

白人の男はもう見向きもせずに引き揚げていく。

立ち尽くすライザの手から、ラヒムはジャムを起こしたギュルザSR‐1を引き剝がし、しげしげと見た。排莢口が空薬莢を固く強く嚙んでいる。殺し切れぬ感情を無理やり嚙み殺した跡のように。

案山子のようなムジャヒディンは痛ましげにゆっくりと言った。

「おまえはおまえの従者たる死と悪運を飼い馴らすすべを覚えねばならない。容易なことではないだろう。だがそれができねば、いつかおまえが滅ぼされる。用心するがいい、我が娘よ」

それがラヒムから受けた最後の教えとなった。

イムスティーンは合格だった。

ムハーディラを離れる日の朝、ライザは『鉄路』を砂漠に投げ捨てた。赤茶けた装幀の詩集は砂礫の上に落ちて見えなくなった。振り返らずに砂漠を去った。

4

何人かの〈仲介者〉と〈中継者〉、それに何通かの偽造パスポートを使って、ライザはシリアからダブリンに帰った。どこにも寄らず、指示されたダブリン近郊の街フィングラスにある〈セーフハウス〉に向かう。二戸が軒を同じくするハーフ・デタッチト・ハウスを改築して一軒にした家で、どこから見ても普通の住宅だった。

出迎えたのはローズと名乗る初老の女で、身の回りの世話を命じられていると言葉少なに語った。別命があるまでここで静養するようにとのことだった。

一階奥の寝室がライザの居室に充てられた。その部屋の内装もごくありふれた民家のものである。造り付けのクローゼット。ライティング・デスク。アームチェア。額装された平凡な風景画。ベッドも質素な造りだったが、九か月も砂漠で暮らした身にはもとより不満は何もない。体を投げ出すようにしてひたすら眠った。

ライザも無口な方だが、ローズはもっと無口だった。口をきくなと命じられているのかもしれない。彼女はライザの名前さえ知らされていなかった。客人の過去、身許、任務について一切の詮索をせず世話に徹する。家の中は自ずと静寂が支配した。内面を決して表わさないローズの風情には微かに諦念らしきものが混じっていて、ライザは母のユーニスを思い出した。

大きめのクローゼットの中には各種の服と靴が取り揃えられていた。いずれも古着だったが新品同様で不足はなかった。好きなものを着るようにとローズに言われた。色もデザインもさまざまだが、奇抜で目立つようなものはない。ライザの好みが分からないため間に合わせに揃えたようだった。

外出は許されていなかった。テレビはリビングに置かれていて、好きなときに好きなだけ観ていいと言われた。ニュース番組を選んで観た。他の番組には興味を抱けなかった。新聞は毎朝ローズが寝室まで運んでくれる。PCと固定電話はなかった。外部との連絡、通信は禁じられていた。必要なものがあればローズがすぐに手配するということだった。試みに何か注文しようと思ったが、何も思いつかなかった。

食事はすべてローズの手料理だった。メニューは平凡だが美味《うま》かった。食べたいものがあればオーダーしろと言われたが、それもまた思いつかなかった。ローズの作る食事で十分だった。

ある日、リビングでテレビの報道番組を観ていると『アゲン』の特集が始まった。世界中で何度も繰り返し放映された定番のフッテージ——市民の撮影によるデジカメ映像——ばかり使われた新鮮味のかけらもない番組だった。切り口も従来のパターンに則《のっと》ったおざなりのものでしかない。凡庸さに怒りさえ感じる。すべてが無難であるということは、すべてをないがしろにし、侮辱しているということである。番組制作者は真摯に、またジャーナリスティックに取り組んでいるつもりなのかもしれないが、所詮他人事であり、過去の事件であるという心の距離がありありと透けて見える。

不快になってテレビを消そうとリモコンを取り上げたとき、背後のドアの近くにローズが立っているのに気づいた。初めて見る表情。憎悪だった。

ライザの視線に、ローズはすぐにいつもの顔を取り戻した。

「誰が憎いの」

思い立って訊いてみた。

「PSNI？　イギリス軍？　ロイヤリスト？　マスコミ？　それとも市民？」

何も答えず彼女はキッチンへと去った。ライザはその顔に一瞬別の表情を見て取った。

ローズは嘲笑を浮かべていた。

彼女はすべてを憎悪している。その中にはIRFも含まれているに違いない。IRFのために働きながら、カトリックもリパブリカンも、ローズは等しく憎んでいるのだ。無口で目立たないこの女の心底にあるものこそが、テロリズムの核であり原型なのだとライザは思った。

滞在八日目の深夜に突然の客が来た。キリアン・クインだった。それに連れが二人。

ローズは素早く三人を居間に通し、ドアを厳重に施錠した。

キリアンは手に花束を持っていた。

「おかえり。無事卒業おめでとう。寄宿舎の生活は快適だったかい」

抜け抜けと言う。九か月前と少しも変わっていない。人懐こいあの笑顔。キリアンの軽口に調子を合わせられるようなウイットはライザにはない。何か言おうとして何も言えずにぎこちなく花束を受け取る。薄いピンクのその花の名をライザは知らなかった。セカンダリー・スクールのジュニア・サイクル修了証書をもらったときよりは嬉しいような気がしたが、自分でもよく分からなかった。砂漠の熱がまだ体内で燻《くす》ぶっているせいか。

キリアンはライザを見つめて大仰な嘆声を発した。

「大したものだ。見違えるようじゃないか。まさに筋金入りの闘士の眼だ。僕の見込みは間違っていなかった。そうは思わないか」

同意を求めるようにキリアンは連れの二人を振り返った。縮れた赤毛の大男と小柄な初老の男。護衛でもあるのだろう。今のライザには二人の力量は一目瞭然だった。はっきりと感じられる。最精鋭のムジャヒディンに匹敵する殺気だ。

大男の方がキリアンに答えた。

「それは一緒に仕事をしてみないとなんとも言えんが、生きてムハーディラから帰ってきたってだけでも相当なもんだ」

そして彼はライザに向かって声をかけてきた。

「よう〈死神〉、会いたかったぜ」

「〈死神〉？」

「あっちじゃそう呼ばれてたんだろ？　聞いてるぜ、滅多にない掘り出しものだってイスラム系組織の連中が騒いでたそうだ」

ある程度の情報は伝わっているようだが、ニュアンスはだいぶ怪しい。

大男が手を差し出す。

「よろしくな、ショーン・マクラグレンだ」

「ライザ・マクブレイド」

手を握って名乗った途端、大男が妙な顔をした。初老の男に至っては顔色を変えている。

うんざりした。見飽きたリアクション。マクブレイドと名乗ったときの。

二人ともムハーディラ帰りの新人《ルーキー》の噂は耳にしていても、名前までは聞かされていなかったらしい。それもキリアンの思惑だろうか。キリアンはライザに関する情報を極力自分のもとにとどめる方針を取っている。

「もしかしてマクブレイドの一族か」

ハンチングを被った初老の男が身構えるように言った。キリアンは男をライザに紹介する。

「マシュー・フィッツギボンズ。〈墓守〉と呼ばれている。君も聞いたことがあるだろう。せいぜい敬老精神を発揮してくれたまえ。ショーンの方もなかなかの名士でね。渾名《あだな》は〈猟師〉だ」

知っている。〈猟師〉も〈墓守〉も。どちらも有名なテロリストだ。〈猟師〉はリアルＩＲＡの頃に散々悪名を売っていた。オマーの爆弾テロでも名前が挙がったらしいが、証拠不十分だかアリバイだかで起訴すらされなかった。〈墓守〉の方は確か引退したとか死んだとか聞いていた。この二人ならマクブレイドの名に忌避感を示しても不思議はない。

「信じられん、おまえはマクブレイドの人間を仲間にする気か」

フィッツギボンズがキリアンに噛みついた。

「こんな奴を信頼できるものか。マクブレイドは裏切りの血筋なんだぞ」

「だからこそ信頼できると思うがね。彼女は誰よりも必死に世間と戦ってきたんだよ。僕ならとっくに挫けていた」

「詩的表現とかいうおまえさんの能書きも時と場合によるぞ。わしはジョシュア・マクブレイドを知っている。直接会ったんだ。自分独りで戦っているような顔をして、鼻持ちならない男だった。案の定、奴はトマス・コーディをブリット（イギリス人）に売った。最低の裏切り者だ」

　フィッツギボンズの言葉はマクブレイドを誹《そし》るナショナリストの典型的な偏見に満ちていた。彼の中で偏見は事実の記憶として固まっている。真実を証拠とともに示しても、彼は決して認めはしないだろう。

「わしは『血の日曜日』の前から活動している。『アゲン』ではないぞ。七二年の方だ。裏切り者は臭いで分かる」

　入隊当時のフィッツギボンズは、せいぜいが十をいくつか過ぎた程度の年齢だったはずだ。十代前半で志願する者はＩＲＡでは珍しくはないが、子供の目に物事の多面性が捉えられたかどうか。子供はたやすく大人の偏見を受け入れる。現にベルファストでは子供がなんの疑問も抱かず暴力に染まる。

「そう言うなよ爺さん。一緒に仕事をしてみれば本性が分かる。それから対処したって遅くはない」

　マクラグレンがにやにやしながらフィッツギボンズをいさめる。彼の言う〈対処〉が何を意味しているかは明らかだ。それをいつでもやってのけられるという自信、そして実績が彼にはある。

「そのときはわしが殺《や》る。おまえになぞ殺らせるもんか」

　一切の妥協を認めぬ武闘路線を歩んできた〈墓守〉にとって、徹底抗戦を主張するトマス・コーディは崇拝するに足る理想の指導者であったはずだ。人一倍ジョシュアを憎んでいても不思議ではない。

「それにマクブレイドを処刑したとなると、パブでわしに一杯奢《おご》りたいという奴が列を作るだろうからな」

マクラグレンはあっという顔をして、

「そうか、その特典は捨て難いな。爺さんにはもったいない。だったら早い者勝ちと行こうぜ」

「お二方のご同意が得られたところで作戦会議に入ろうじゃないか。我らが新たなる同志の初陣にふさわしい大仕事だ」

「おい、待てよキリアン、あんたはあの仕事にこの娘を連れていくと言うのか」

今度はマクラグレンが驚いたように異議を唱える。

「たった今同意を得たと思ったのだがね」

「いくらなんでもあの仕事は別だ」

「今度の仕事は彼女の資格審査でもある。君が言った通りだ。少しでも疑わしいと思ったなら、その場で対処してくれていい」

「相手はシェイマス・ローナンなんだぞ」

シェイマス・ローナン。聞いたことのある名だ。政治家だったか。いや違う、確か——

「マクブレイドの娘がシェイマス・ローナンを殺す。だから意味があるとは思えないかな」

飄々《ひょうひょう》と言うキリアンに、フィッツギボンズが悪意に満ちた笑みを浮かべた。

「そういう趣向か。なるほど、気に入った。わしは乗るよ」

フィッツギボンズは納得しているが、マクラグレンはなおも考えている。

「何人でやるんだ」

「全部で四人だ。ここにいる者だけでやる。そのつもりで君達を選んだんだ」

「あんたも行くのか」

キリアンは頷いた。

「なにしろシェイマス・ローナンだからね。それが礼儀というものだろう」

それから三時間にわたって綿密な打ち合わせを行ない、四人はその夜のうちにセーフハウスを出た。

ローズは自室に引っ込んで打ち合わせには顔を出さず、四人を見送りもしなかった。

それが彼女の任務であった。セーフハウスに独りで暮らし、時折秘かに訪れる者を匿《かくま》い、世話をする。来訪者の名は知らされず、訊きもしない。そして後はすべてを忘れる。再びセーフハウスで独りで暮らす。

寝室で手早く着替えながらライザは思った。日々の家事こそ、ローズが世界に対して行なうテロなのだと。

5

シェイマス・ローナンはIRA暫定派の長老だった。何年も前に引退しており、シン・フェインの現執行部とも距離を保っているが、リパブリカンの間では依然として広く支持されていた。

彼はIRFによる一連のテロを厳しく非難する声明を出している。各種の報道や論文で引用されることの多いその声明は、非主流派リパブリカンに対する批判として最も説得力を有するものと位置付けられていた。

現在ローナンはバリーキャッスルに近いトアウェストの海辺に隠棲しているという。

フィングラスのセーフハウスを出たあと一旦別れ、それぞれ違うルートで北アイルランドに入国した四人は、三日後アントリムのバリミーナで合流した。

同志の用意したミニで国道A43を北東に向かう。〈猟師〉が運転した。〈墓守〉は助手席。〈詩人〉とライザは後部。

「象徴だからさ」

車中キリアンがそう言った。

「なんのこと」

聞き返したライザに、

「ローナンを処刑する理由さ。あのご老体はまさに我々が否定すべき〈害悪たる妥協〉そのものだ」

もちろんライザは訊いていない。兵士は任務の意味を質問しない。すでに引退している老人をなぜ殺すのか――自分はよほど訊きたそうな顔をしていたのだろうとライザは恥じた。

「もっと早くやるべきだった」

フィッツギボンズが持ち前の頑迷な口調でコメントする。

「参謀本部はとっくの昔に死刑判決を下してる。とっとと執行すればよかったんだ」

「そう簡単にやれる相手じゃない。タイミングってのがあるんだよ。まったく爺さんは気が短いからな」

運転しながら茶化すマクラグレンに、フィッツギボンズはさらに顔をしかめる。

「だったらどうして今頃やるんだ」

マクラグレンに代わってキリアンが答えた。

「時機を見ていた。メリットとデメリットを秤にかけてね」

「その秤が今はメリットの方に傾いているというわけか。わしには最初からそう見えていたがな」

「新しい錘《おもり》がいくつかメリットの側に載ったのさ。一つは今の時期、ローナンの処刑は一見不必要と思えること。思っているのは世間だよ。この時期にあえて刑を執行することによってＩＲＦの断固たる意志を改めて世に示す」

「何がこの時期だ」

フィッツギボンズが鼻を鳴らした。

「要は求心力が弱まっただけじゃないか。議長も他の連中も政治的解決に色気を見せ始めてるんだろう」

ただ頑固なだけのように見えて、フィッツギボンズは状況をよく観察している。

キリアン・クインはIRF創設メンバーであり実力者だが、組織内で専横的にふるまえるわけではない。彼の指導力を疑う勢力は常に存在している。参謀本部の要職に就くことを避けた慎重さが裏目に出たとも言える。自らの存在感を示すためにも、彼は常に先鋭的な戦略を提示する必要があった。

「その通りだよ。この状況を打開しないとリアルIRAと同じ轍を踏むことになる」

「お決まりのパターンだ。プロヴォ（IRA暫定派）もそれで骨抜きになった。政治は危険だ。人に甘い夢を見せてしまう。どこまで行っても夢は夢だ。実現しないから夢なんだ」

「驚いたな、僕よりずっと詩人じゃないか」

「おまえさんの戯言と一緒にしないでくれ。わしはこの目で見てきたことをありのままに言ってるだけだ。奴らは死んでいった連中のことを簡単に忘れてしまう。だから簡単に夢を見る。死者を忘れず、夢を見ない。それがアルスターの掟だ」

「〈墓守〉と言われるだけのことはあるな。それが長生きの秘訣か」

〈猟師〉の軽口に、〈墓守〉は大真面目に続ける。

「シェイマス・ローナンの甘い能書きは人工甘味料の塊みたいな駄菓子よりも体に悪い。特に子供によくないんだ。そんなことさえ分からないでプロヴォもシン・フェインも和平プロセスがどうとか抜かしおる。死んだ祖先や家族、それに友人のことを忘れてな。わしは絶対に忘れはせん」

フィッツギボンズの述懐が熱を帯びる。みじめに裏切られ続けた北アイルランドの歴史を思えば、彼の信念も正当なものに聞こえた。

「シェイマス・ローナンは腰抜けの詐欺師だ。わしは奴を直接知ってる。奴はトマス・コーディすら批判していた。あのコーディをだぞ。彼が生きていれば祖国を守る戦いはここまで堕落しなかった」

「コーディは麻薬《ヤク》の売人だったたって言うぜ」

人民のための抵抗組織が犯罪によって活動資金を調達している。そんなことは百も承知でマクラグレンがフィッツギボンズをからかう。

「コーディは立派な男だ。真の愛国者だった。わしは会ったことがあるんだ」

面識があることにいちいち言及するのが彼の常らしかった。しかも同じことを何度も言う。

「爺さんの有名人好きも困ったもんだ。そのうちマイケル・コリンズと会ったことがあるとか言い出すんじゃないか」

「デ・ヴァレラには会ったがな。虫のように臆病な小者だった」

マクラグレンの揶揄《やゆ》にフィッツギボンズはうそぶいて、

「それで、もう一つの新しい錘がこの娘というわけか」

「なんだ、分かってるじゃないか」

キリアンがしてやられたという顔を作ってみせる。

自分が新しい錘？　ライザは口には出さず車中を見回す。

フィッツギボンズは愉快そうに、

「ローナンはマクブレイドを決して批判しない変わり者だった。そのローナンをマクブレイドの娘に殺させる。マクブレイドの忠誠を参謀本部に納得させるのにこれ以上の相手はない」

キリアンは黙って肩をすくめる。

「さすがは〈詩人〉の作だ。このわしも納得するしかない。キリアン、だからわしはおまえさんを買っている。トマス・コーディ以来の逸材だ」

「光栄だね」

コーディの正体を知るキリアンはさすがに憮然とする。

助手席のフィッツギボンズが後部座席のライザを振り返った。顔中の皺で愉悦の笑みを作っている。

「わしはジョシュア・マクブレイドと会ったことがある。裏切り者のおまえの祖父だ」

前にも聞いた。わざと何度も言っているのだ。

「おまえにも祖父と同じ血が流れていることを祈っているよ。そうでなければわしはおまえを処刑できない」

「それは早い者勝ちだぜ、爺さん」

マクラグレンがぼそりと言った。

ミニはファランマッカラン・ロードからトア・ロードに入る。昼下がりの二時。周囲の草地では羊がゆるゆると群れている。眼前に広がるのはアイリッシュ海だ。半年以上をシリアで過ごしたばかりのライザには、目に沁み入るような故郷の緑と青だった。だが情緒的な感慨はない。豊かな自然を謳われるアルスターに生を受け、数え切れないほど山や海、森や湖を目にしていながら、それらに親しんだ記憶は彼女にはなかった。知っているのは灰色の街と黒く澱んだ運河だけだ。シリア砂漠の荒涼の方がまだ心の風景に近かった。

トア・ロードの先でミニを停め、後は徒歩で接近する。田舎道の脇でも牧草地でも、古代の石垣が緑に埋もれてその片鱗を覗かせている。アイルランドの至る所で見られる遺跡の石だ。牧歌的な眺めではあっても、緑野に点在する建造物は廃屋が多かった。古代の遺跡とは異なり、現代の廃墟は生々しく痛ましい。失敗した暮らしの跡はライザには懐かしく、目を背けたいほど厭わしかった。

放牧地の先の切れ落ちた崖の上に、古い一軒家が見えた。それがシェイマス・ローナンのコテージだった。元は地元名士の別荘だったらしいが、ノース海峡から吹きつける風に晒されて往時の面影はない。

先年妻を亡くして以来、ローナンはここで引き籠もるように暮らしている。身の回りの世話を兼ねた護衛は六人。コテージの前には二台の車が止まっている。

一見無防備にぽつんと建っているコテージは、周辺の見通しがよい分だけ、接近は容易ではない。手筈通り二手に分かれる。〈詩人〉と〈猟師〉は開けた草地を迂回し、コテージに近い林に身を潜める。その林より一歩でも出れば窓の多いコテージ内からすぐに発見されるだろう。二人はそこで待機する。

ライザと〈墓守〉は崩れかけた低い石垣の陰を伝ってコテージに接近する。石垣はサンザシのヘッジロウ（牧草地を仕切る低灌木の生垣）と交わって一体化していた。サンザシは蓬々《ほうほう》と茂り放題に茂り、石垣をすっかり覆い尽くしてコテージのすぐ横まで続いている。頭上を飛び交うウミガラスの声がけたたましい。崖に群の巣穴があるのだろう。進むにつれてヘッジロウは曖昧に広がり、密生した藪へと変わった。

フィッツギボンズは匍匐して下生えの中を進む。ライザもその後に続いた。所々で石垣の跡にぶつかる。外からはそれが見えないくらいにサンザシがすべてを包んで繁茂している。この藪の中を無音で進むには相当の技術と集中力が必要となる。以前は到底できなかった。

ムハーディラに入った頃の野戦訓練を思い出す。あのときもどこかで鳥が鳴いていた。イナードにゴム弾で腹を撃たれた。丸い顔をしたムジャヒディンの教官。シリア砂漠のアジャマに比べればサンザシの枝など絹のカーテンよりもまだ優しい。だがケルトではサンザシは妖精が好む特別な木だ。サンザシの根元に座ると妖精の国に連れて行かれるとお伽噺に聞いたことがある。サンザシの枝を折れば記憶を失うとも。今サンザシの茂みを抜けて進む自分はどこに行くのだとふと思った。

茂みの先に白い光。コテージの側《そば》に到達した。息を殺して様子を窺う。

コテージの周囲には特に垣根のような仕切りはないが、手入れもされず放置されたサンザシが自然と丸く取り巻いて、中庭のような空間を生んでいた。海側の右奥に倉庫兼物置。庭に置かれたガーデンテーブルに二人の男。六人の護衛のうちの二人だった。

ローナンと六人の護衛の写真。コテージ周辺の地形と内部の間取り。それらはすべて事前情報として頭に叩き込んである。フィッツギボンズが調べ上げたものだった。テーブルの上にはビールの缶とフィッシュ・アンド・チップスの載った皿。遅めのランチといったところか。勝手口は二人の背後にある。

振り返ったフィッツギボンズにライザは無言で頷いた。ともにワルサーP99を手にしている。装弾はミニの車中で確認した。

二人は音もなく茂みを抜け出て男達に歩み寄る。雑談をしながらポテトをつまんでいた男達が振り返り、あんぐりと口を開ける。彼らには少女と男が忽然と降って湧いたように見えただろう。あの藪を微塵も揺らすことなく抜けてくる者があろうとは想像を絶している。

男達がビールの缶を手放すより早く、ライザのワルサーは彼らの眉間《みけん》を撃ち抜いていた。

足を止めずに勝手口に向かう。突然右側より銃撃。倉庫から男が飛び出してくる。偶然そこにいたらしい。サブマシンガンを手にしている。H&K UMP。フィッツギボンズがワルサーを向けて応戦する。ライザは躊躇なく勝手口へ。コテージ内に飛び込み、キッチンに銃口を巡らせる。誰もいない。コテージの出入り口は二か所のみ。正面は〈詩人〉と〈猟師〉が押さえているはずだ。銃を両手で構えたまま移動する。

廊下の窓から庭が見えた。〈墓守〉が発砲しながら茂みの中に飛び込む。UMPを持った男が駆け寄りながら笑みを漏らしている。サブマシンガンを持った相手に対し、サンザシの藪はなんの遮蔽にもならない。掃射されればそれで終わりだ。男にはフィッツギボンズが浅はかな素人に見えただろう。ライザも一瞬そう思った。が、〈墓守〉の真意をすぐに悟った。その周到な老獪さも。

案の定、男は立ち止まって茂みに向けて45ACP弾を撒き散らす。弾薬が切れたとき、弾倉を交換する間もなく男はその場に倒れている。茂みの中からの一発で。

フィッツギボンズは決して思慮なく藪に飛び込んだのではない。彼はあらかじめサンザシに隠れた石垣の位置まで把握していた。藪に飛び込んだように見せ、石垣の裏に隠れたのだ。そして相手の弾切れの瞬間を狙って悠々と撃つ。

敵地でありながら、地の利を生かして狡猾《こうかつ》に戦う。〈墓守〉の名は伊達ではなかった。その老獪さゆえに彼は今日まで一人死を免れ続けている。

妖精の棲むサンザシの茂みを騒がせた男が妖精の怒りを買った——石垣の存在を知らなければライザにもそう見えたかもしれない。いや、知っていてさえそう見えた。ケルトの石垣は、そのまま男の墓石となったのだ。

玄関の方で断続的に銃声。〈詩人〉と〈猟師〉だ。ライザと〈墓守〉の銃声を合図に動く手筈《てはず》になっていた。ライザは廊下を抜け寝室へ向かう。背後に敵。すかさず振り返って撃つ。男がのけ反りながら放った銃弾が壁の漆喰を抉り、細かな破片を散らす。髪にかかった破片を払いもせず先へ進む。

護衛はあと二人。キリアン達が一人を相手にしているとして残りは一人。寝室には誰もいない。そのまま奥の書斎へ。ドアが開いている。書架を背にしてローナンとUMPを手にした護衛が追いつめられたように立っていた。こちらに気づいた護衛がUMPを撃ってくる。フルオート。ドアと周辺の壁に弾痕が穿《うが》たれる。それより早く飛び込んだライザが男の胸に二発の銃弾を叩き込む。その二発目を撃ったとき、あの手応えがした。

まさか——まさかこんなときに。

空薬莢を嚙んだ銃を手にした少女と、書架の前に立ち尽くす老人。互いが互いを呆然と見つめ合う。ウミガラスがひっきりなしに鳴いている。

時間にして二秒か三秒。

ローナンが足許に倒れている護衛のUMPを手に取った。ライザのワルサーはもう撃てない。早くスライドを引いて空薬莢を排出しなければ。あれほど訓練をしたはずなのに、体がどうしても動かない。

——おまえはおまえの従者たる死と悪運を飼い馴らすすべを覚えねばならない。それができねば、いつかおまえが滅ぼされる。

銃声がした。UMPを取り落としてローナンが倒れる。反対側のドアが開いていた。マクラグレンが硝煙の残るワルサーP99を手にして立っている。その背後からキリアンが現われる。フィッツギボンズも寝室の方から顔を出した。

倒れている老人にキリアンがゆっくりと歩み寄る。

ローナンが薄眼を開けて彼を見た。

「まるで変わってない……」

老人は苦しそうに咳き込みながら呟いた。

「IRAでは十代の人殺しなど珍しくなかった……私が物心ついてからずっと……何十年も前なのに……この先もきっと同じだ、なあキリアン」

「そうかもしれない。だがそれはあなた方の安易な妥協論が招いたことだ。判決の主文も同じだ。我々は祖国を混迷に陥れた利敵行為の罪によりこの者シェイマス・ローナンに死刑を宣告する。刑はただちに執行される」

ローナンはもう何も言わなかった。目の前の男と、彼を含む一切とを憐れむように笑っていた。

ライザはワルサーを捨て、ローナンの手許からUMPを拾い上げた。そして倒れている老人にとどめを撃ち込む。

ウミガラスの鳴き声。

「この新人は使えたか」

マクラグレンが思い出したようにフィッツギボンズに尋ねる。

「多少使えたところで、こんな悪運を背負ってたんじゃ話にならん」

〈墓守〉は縁起が悪そうにジャムを起こしたワルサーを蹴飛ばした。

「ジャムか。いくらなんでもそいつは偶然だろう」

「偶然なもんか。よりによって肝心の標的を仕留めようってときに」

「頼むから迷信を参謀本部に持ち出すのだけはやめてくれよ」

〈詩人〉が冗談めかして言った。

「とにかく彼女は最初の処刑をやってのけたわけだ」

「初めてじゃない」

自ら手にかけた長老の死体をじっと見つめて、ライザは呟いた。

「二度目の処刑よ」

最初に処刑した男の名は言わなかった。また訊かれもしなかった。


ＩＲＦによるシェイマス・ローナン処刑の声明文が公表されてから二日後。キリアンはライザを伴ってリスバーンへと赴いた。〈猟師〉マクラグレンも同行している。

アントリム州とダウン州を隔てるラガン川に近い一角にその店はあった。どう見てもありふれた食肉卸市場だった。裏から入る。無数の大きな肉塊が広い内部に整然と吊り下げられていた。

――便利な店でね。大概の物を揃えてくれる。けれど会員制の上に完全予約制だからいきなりじゃあ入れないんだ。

その日の朝、キリアンは言った。予約はマクラグレンが手配したという。

食肉の列の横を進むと、ガラス張りになった奥の事務所で頭髪の薄い中年男がビールを飲んでいるのが見えた。三人に気づいた男は、立ち上がって事務所から出てきた。

「待ってたよ。時間通りだな」

上下ともジャージを着た中年男に、マクラグレンが親しげに呼びかける。

「ようトーキー、久しぶりだな」

「嬉しいな、〈猟師〉と〈詩人〉が顔を揃えてご来店か」

ジャージの男とマクラグレンが互いにハグする。どうやら旧知の間柄であるらしい。

「店はどうだい。繁盛してるかい」

「昔ほどじゃねえが、まあまあだ」

「なら結構じゃねえか」

「それより〈猟師〉がまた狐狩りの準備でもするのかい」

「うん、俺も新しい道具が見たいと思って来たんだが、今日はこっちのお嬢さんに似合うアクセサリーを見つくろってほしいんだ」

「支払いは参謀本部か」

トーキーと呼ばれた男がキリアンとライザを交互に見ながら用心深そうに尋ねる。

「心配するな。一括払いだ。流行《はや》りの品でいいのがあったら頂きたいね」

キリアンの答えに満足したのか、

「じゃあ、とりあえずショールームを見てもらおうか」

トーキーは三人を冷凍庫の前に案内した。四つ並んだ冷凍庫のドアのうち、右端のドアを重そうに引き開ける。その中が〈ショールーム〉になっていた。

三百平方フィートほどの内部に蛍光灯が次々に点る。冷気はない。快適な温度と湿度。細長いテーブルがいくつも並べられている。

ハンドガン、ライフル、ショットガン、サブマシンガン。テーブルの上と壁の陳列棚には各種の銃器が飾られていた。グレネードランチャーもある。

「探し物は」

「そうだな、とりあえずハンドガンだ」

マクラグレンが答える。

「ご婦人用ならエレガントなデザインの小口径をお薦めしたいところだが、あんたらの連れとなると……こんなのはどうだい」

トーキーは手近のハンドガンを取り上げて、

「ステアーM9‐A1だ。M9のバリエーションで、アンダーレールがピカティニー規格に換装されてる」

店主のお薦めに関心の薄そうなライザに、キリアンが助言する。

「道具との相性は大事なものだ。直感を信じるがいいよ。注文があれば取り寄せもできる。そうだろう、ご主人？」

「モノにもよるがね。まあ、ウチで扱えないものはよそでも手に入らんだろう」

ライザは陳列された銃に目を走らせる。

SIG、H&K、CZ——オートマチックは駄目だ、今の自分にはまだ到底悪運は飼い馴らせない

視線が一挺のリボルバーの上で留まった。輝くようなステンレス・バレルに特徴的なノンフルート・シリンダーとコンペンセイター。吸い寄せられるように手に取った。M629のカスタムガンのようだった。

「そいつが気に入ったのかい」

トーキーが意外そうにライザを見る。

「そいつはS&Wのカスタム部門が作ったVコンプだ。注文した奴が受け取りの前だか後だかに死んだらしくてな、回り回ってウチが引き取った。だからその銃だけは一挺しかない。現品限りって奴だ。そんなのを置いてるのはウチだけだぜ」

「気に入ったんならしょうがないが……そいつは俺達の仕事には向かないぞ」

〈猟師〉が首を傾げる。だがすぐに思い直したように、

「いや、かえっていいかもしれん。リボルバーなら〈墓守〉の爺さんが言う悪運のジャムも起こりっこないしな」

己の手にある銀の銃。それが悪運を祓う魔除けであるかのように、ライザは強く握り締めた。

6

親愛なる姉さん

ジェーンが夕べ息を引き取りました。今お葬式から帰ったところです。こんなふうに書くのはいけないのかもしれませんが、私はジェーンが主の御許に召されてよかったと思っています。だって、お母さんのときもそうだったけれど、ジェーンの苦しみようはとても見ていられるものではなかったから。前にも書きましたが、癌というのは本当に辛いものなのです。

ジェーンが若い頃ダブリンでどんな暮らしをしていたのか、そしてなぜベルファストに戻ってきたのか、私は知りません。訊いたこともありません。そういう詮索はとても卑しい行ないだとお父さんに教わりました。でもこれだけは分かります。ジェーンがとても傷ついていたこと。彼女はみんなに優しかったけれど、とても大きな孤独を自分の中に抱えていました。そして生まれ故郷の悲しいありさまに、誰よりも心を痛めていたのです。

姉さん、病気の原因はいろいろありますが、私はやっぱり心の苦しみが一番大きいと思うのです。孤独や悲しみが、人の命を削り、弱らせ、病気を招き寄せるのです。そんな気がします。ジェーンもお母さんも、ベルファストじゃない、もっと違う環境で暮らしていたなら、病気になんてならなかったかもしれない。

ああ姉さん、私がどれだけジェーンに世話になったか。感謝の気持ちはとても書き尽くせるものではありません。お母さんが亡くなったとき、ジェーンは一人で途方に暮れていた私を慰め、なんとか暮らしていけるように力を尽くしてくれました。セカンダリー・スクールを出たあと、仕事を見つけてくれたのもジェーン。すべてあの人のおかげです。

自分が癌だと知ってからも、それを隠してジェーンは私のピアノのレッスンを続けてくれていたのです。もうずっと体調はよくなかったでしょうに。あの人が私に注いでくれた愛情や思いやりに、私はどうやって応えればいいのでしょう？

亡くなった日の二日ほど前、ジェーンは私に姉さんのことを尋ねました。何年もずっと顔を見ないけれど、ライザはどこで何をしているのかって。私はいつものようにノートに字を書いて答えました。姉さんはロンドンで小さな会社に勤めてて、出張が多くて、こっちにはなかなか戻ってこられないけど、とても元気で頑張っていますと。今までに何度も書いた答えです。ジェーンはもう記憶がかなり混濁していたのです。ノートの答えを見たジェーンは、黙って目を閉じました。その表情は亡くなる前のお母さんにそっくりでした。お母さんと同じに、ジェーンも姉さんがちゃんとした会社で働いているのを信じていなかったのでしょうか。

病気になる前、ジェーンはいつも姉さんのことをかばっていました。姉さんがダブリンの最初の勤め先を飛び出したときも、ライザには自由が必要なのよと言って、決してみんなのように非難めいたことは言わなかった。でも心の底では、お母さんのように姉さんを疑っていたのでしょうか。いえ、お母さんだって口に出して言っていたわけではありません。ただ黙ってため息をついていただけです。そのときの表情がそっくりだったのです。

姉さんが本当にIRFに志願したのだとしたら、地区のリパブリカンの間できっと噂になるでしょう。でもそんなことは全然ないし、家に警察が来ることもありません。こうして手紙のやり取りだって普通にできるというのに。みんなどうして疑うのでしょう？

ごめんなさい、なんだか話が逸れてしまいました。頭の中をいろんなことがぐるぐる回っているようで、いつまでたっても考えがまとまりません。ごめんなさい。落ち着いた頃に改めて手紙を書きます。

妹からの手紙を何度も読む。複雑なルートで転送されてきた手紙である。

ジェーンが死んだ。ミス・ジェーン・プラマーが。

どこか寂しげな横顔。今にも折れそうなくらいに力なく痩せた肢体。幸薄そうな人だったが、それにしても早すぎる。

いつも思い出す。礼拝堂でミリーにピアノを教えてくれていた。故郷で唯一の心休まるときだった。母はライザがシリアで訓練を受けている間に死んでいた。白血病だった。母が悩んでいた歯茎からの出血は、白血病の初期症状だったのだ。ミリーが書いている通り、心に隠した悲嘆が母の病を呼んだのだろうか。だとしても頷ける。マクブレイドの真実を知りつつそれを秘さねばならなかった母。娘の殺人を見抜きつつもそれに触れなかった母。誇りのゆえであったかもしれないし、愛のゆえであったかもしれない。はっきりしているのは、ユーニス・マクブレイドは耐え難い苦痛に耐えて日々を生きていたということである。

シリアにいたライザは母の死を知る由《よし》もなかった。それどころか、アイルランドに帰ってからも長らく知らずにいた。シェイマス・ローナンの暗殺以来、キリアン・クインはライザを直属の処刑人とした。参謀本部の承認は受けているが、組織全体に対してはライザの存在は伏せられた。ベルファストでライザの名が口の端《は》に上らないのはそのためである。

キリアンがライザを自分の手の中に秘したのはもちろん当局への漏洩を恐れてであるが、彼による使い勝手の良さからでもある。実際にキリアンは、隠密を要する重大な作戦にライザを投入することが多かった。また参謀本部に報告できない仕事にも。ライザ自身もそれを不服とはしなかった。

母の死を知ったのは、キリアンの指示で活動拠点をロンドンに移したときである。思い切って妹に手紙を出したら転送ルート経由で返事が届いた。そこに淡々と記されていた。亡くなってからすでに二年以上が経っていた。すぐにベルファスト行きの便に乗った。ダブリンの運送会社に就職して家を出て以来、実家に帰るのは初めてだった。ＩＲＦに志願してからはベルファストでの任務も何度かあったが、実家の近辺には極力近寄らないようにしていた。

　自分の部屋も、父のガレージも、実家は何もかも昔のままで、今は独りで住むミリーが迎えてくれた。その微笑みは昔のように温かかったけれど、過ぎた年月の分以上にミリーは大人になっていた。何年もの間音信不通で家を顧みなかったライザを、ミリーは少しも責めなかった。そしてライザは、ジェーンがミリーと一緒に母を看取ってくれたことを知った。一人残されたミリーのためにあれこれ奔走してくれたことも。翌日教会に礼を言いに行った。ジェーンはライザの記憶より十は老けこんで見えた。地味なジャケットにスカートという一応はまっとうな服装をしていたにもかかわらず、ライザを一目見たジェーンが、出かかった言葉を皺の増えた喉に呑み込むのが分かった。そして儀礼的に挨拶を返してくれた。

　セカンダリー・スクールのジュニア・サイクルを終えたミリーは、ジェーンの口利きで地元の郵便局に就職していた。以前に増して慎ましい暮らしであった。何よりも眩しかったミリーの笑顔の輝きは、ライザが家を出た頃に比べてもはっきりと衰えていた。

　以来、ライザはロンドンから妹に月々の送金を続けている。ライザが受ける支給は原則として任務に必要な工作資金のみだが、参謀本部でも完全な機密費扱いであるため多少の融通はきいた。大した額ではない。また額面が大きすぎればついた嘘がばれてしまう。ライザは妹とジェーンに、自分は今ロンドンの会社に勤めていると言った。『タッカー＆ヒルズ』という商事会社で、小さいながら手広く取引をしており、そのため出張で外国に行くことも多いと。

『タッカー＆ヒルズ』はキリアンの使う偽装企業《カバー》の一つで、もっともらしい事業内容と企業理念を掲げた広報のウェブサイトも存在している。記載されている番号に電話すればにこやかな口調の女性がマニュアル通りに遺漏なく対応してくれる。［タッカー＆ヒルズ営業本部第一課サブ・マネージャー］というのがライザの表向きの肩書である。

結局、帰郷したのは後にも先にもその一度きりだった。任務に追われていたせいもある。妹を気にかけつつも、父や母の匂いのする実家には足が向かなかったせいもある。つまるところはさまざまな負い目だ。故郷のために戦いながら、故郷に対して負い目を抱く。その屈折は自分にさえも説明できない。

あの帰郷の日から数えてもすでに六年が過ぎている。

ジェーンが死んだ――

エニシダの垣根の先にある古い教会。漏れ聞こえる旋律。ピアノの前で軽やかに揺れるミリーの肩。それを見守るジェーンの横顔。

遠い光がまた一つ消えたような気がした。

やりきれない思いを抱えたままフラットを出た。コロンビア・ロードに向かって歩き出す。

ロンドンに来てからライザは頻繁に住所を変えていた。今はショーディッチのスワンフィールド・ストリートに住んでいる。再開発でさま変わりした街の一つだが、全体がモダンになり切れず、アンバランスで猥雑な匂いも残っている。ライザの借りているフラットは改装と建て増しを重ねた細長い建物の三階だった。設備も整っているとは言い難いが、特に不便は感じていない。それどころか今まで住んだ中では気に入っている方で、気がつけば半年近くも住んでいる。これまでで最も長い期間である。近くにはバングラデシュ系の住民が多かった。隣人とは誰とも付き合わない。不用意に親しくなっては後が面倒だ。孤独も特に苦痛ではなかった。

ミリーからの手紙の宛先はケンジントン・ハイ・ストリートになっている。帰郷したときに教えた偽りの住所だ。ハイド・パークにもホランド・パークにも近くて暮らしやすいよい所だと言った。そのこと自体は嘘ではない。住所も実在する。ミリーは知る由もないが、ライザがどこに住んでいようともライザ宛ての郵便物は指定の私書箱に届けられるシステムになっている。何日かのタイムラグはあるがやむを得ない。

ミリーからの手紙には開封された痕跡はまったくないが、内容は当局にもIRFにもチェックされているはずだ。現代の技術なら痕跡を残さず開封し、また元に戻すことも可能である。イギリスの情報機関が未だライザの存在に気づいていないという状況はまずあり得ない。気づいていながらなんのアクションも見せないのは、大方インテリジェンス上の思惑だろう。こちらでどんなセキュリティ・ルートを通しても、何も知らないミリーは普通に投函し、また返事を受け取っているのだから、その過程で二人の手紙の文面はチェックされてしまう。

聴唖者で発話に障害のあるミリーとは電話では会話できない。ウェブカメラを利用しPCや携帯端末で互いに相手を見ながら手話で話すのも不可能ではなかったが、ミリーは頑なにこれを拒んだ。歳より老けてしまった自分をカメラに晒すのが嫌であるらしかった。昔のミリーからは考えられない屈託だった。

だからライザは〈検閲〉を気にしないことに決めた。そうしなければ妹とコミュニケートする手段はなくなってしまう。内容は姉妹のありふれたやり取りで、しかも自分が綴るのは嘘ばかりだ。イギリス側にもIRFにも読まれて困る部分はない。

メールに切り換えようかとミリーに提案したこともあったが、妹はこれにも消極的だった。声を出せなくなってからひたすらに文字を書いて他人とコミュニケートしてきたミリーにとって、自分の手で書くという行為にひとかたならぬこだわりがあるようだった。もっとも本人は手紙の中でこう書いてきただけだったが——「私は郵便局で働いているから、もっとみんなに手紙を書いてほしいと思っています。それに私はやっぱり昔ふうの紙の手紙が好きみたい」

コロンビア・ロード・フラワー・マーケットを漫然と覗く。小さい店舗が軒を連ね、露店も数多く出ている。

ガラス瓶、オリーブ石鹸、ブリキ玩具、アンティーク食器、オーガニック・チョコレート。色とりどりの雑貨や菓子を眺めているようで、実は何も見ていない。

「ライザには自由が必要なのよ」

妹からの手紙にはジェーンの言葉としてそんな文言があった。頭について離れない。おんぼろのルノーを運転しながら父が言った言葉と同じだった。偶然か。それとも父とジェーンには、ライザに対する見方で何か共通する思いがあったのか。分からない。返事を出すときにミリーに詳しく訊いてみようか。いや、駄目だ。ミリーには説明できない。またどう書いたら自分のもどかしさが伝わるのか見当もつかない。

　黄色が突然目に入った。黄色いレターパッド。いくつもある雑貨屋の店頭だった。我知らず手に取っていた。レジにいた太った女がこっちに視線を走らせる。冷やかしに商品をいじられるのは気分が悪いといった顔。構わずにそのままレジに直行し、硬貨と一緒に無言で差し出す。太った女は一転して愛想笑いを浮かべながら金を受け取り、レターパッドを紙袋に入れてよこした。

　レターパッドの黄色は、幼い頃ミリーが着ていたワンピースの色と同じであった。


　ロンドンでひっそりと暮らしながら、時折ライザは〈旅〉に出た。かつて帰省の折に、ミリーとジェーンに出張が多いと言ったのは嘘ではない。ただし指令を受けての暗殺行である。

　ライザの任務は参謀本部軍事法廷の判決を執行すること。すなわち故国に対する一切の敵の処刑であった。

　もう何人殺したろうか。

　ストーモントの自治議会を含む政府要人。軍人。警察官。敵対勢力の指導者。公平な神の愛を説きながらカトリックへの暴力を容認するプロテスタントの牧師。S&W M629Vコンプは強力だった。銀に輝く44マグナムに対しては、古い連れの悪運はおとなしかった。ライザの示す先にだけ確実な死をもたらした。

犯行声明の出せない仕事をした後、トーキーの店で買ったVコンプを処分せざるを得なくなったことがある。ライザは別人の名義を使ってS&Wのカスタム部門パフォーマンス・センターに同じ型のVコンプを注文した。その後も同じ銃をそれぞれ別の名義で計二回あつらえた。

組織内の内通者や脱走者を処刑するときは、なんとも言いようのない気分だった。彼らは正《ただ》しく裏切り者なのだから。そうした任務に伴う諸々の感情を、ライザは努めて頭から排除した。ムハーディラで叩き込まれた基本の一つである。

処刑が実行されるたび、人々は戦慄し、IRFの決然たる意志を恐怖とともに思い知った。

やがてライザは、〈死神〉と呼ばれるようになった。最初はムハーディラでラヒムの使った喩えが違うニュアンスで伝わったものだったが、今やライザは名実ともにIRFの〈死神〉であった。

またその名の定着と歩調を合わせるかのように、かつてミリーに〈おひさまみたい〉と評されたゴールデンブロンドは、いつしか砂漠のようにくすんだ色になっていた。

仲間から当たり前のように〈死神〉と呼ばれ始めてから、どれくらい経った頃だったか。

ライザは処刑のたびに、手の中のM629が重さを増すように感じていた。殺した分だけ確実に重くなる。気のせいであるのは間違いない。そんなときは弾薬を一発ずつ丁寧に装塡し、改めて握り直してみる。やはり気のせいだ。重量に違いがあるはずがない。

だが――何かが重くなっていた。別の何かが。耐え難く。軋《きし》みを上げて。


冷え冷えとしたフラットの居室で、ライザは妹のピアノを聴く。

iPodで。一脚きりの椅子に座って。片膝を抱きかかえ。目を閉じて。

妹に頼んで送ってもらったものである。録音状態は決してよくない。ジェーンがまだ病を得る前で、録音設備を持つ知人に頼んでくれた。宅録という奴か。それでもライザにとっては、どんな名演奏を収録した名盤よりも価値ある音源だった。

ヨハン・セバスティアン・バッハ。管弦楽組曲第三番ニ長調『G線上のアリア』。

たゆたうような情感。慈愛に満ちた深く優しい息遣い。それでいて弾むような躍動感に満ちている。かつてジェーンが指摘した短所はすっかり消えていた。昔に比べると格段の進歩だ。しかし技術が上達して安定感の増した分、昔の演奏にあったミリーそのもののような生き生きとした波動が色彩を失って感じられる。自分の主観のせいだろうか。それともミリーは本当に生きる喜びを失ってしまったのだろうか。

いいや、考えるのはよそう——

ミリーが自分勝手な姉のために弾いてくれたのだ。それ以上に何を求めるものがある？

〈旅〉から帰ると、フラットに戻る前に最寄りの郵便局に寄って私書箱に届いていたミリーの手紙を受け取る。帰宅して何度も読み、そしてひたすらにミリーのピアノを聴く。無垢な旋律で己の罪を清めるように。それがライザの常ならぬ日常だった。

ライザは独り耳を澄ます。同じ曲を繰り返し聴く。そのときだけは、故郷の夢は安らかだった。

7

親愛なる姉さん
姉さんが最後に家に帰ってから、もう何年が経ったのでしょう？　あれから一度も顔を見せてはくれませんね。子供の頃、私は姉さんに家を出るべきだと言いました。覚えていますか。私の考えは今も変わってはいません。姉さんはきっと会社で精一杯頑張っているのでしょう。姉さんが活躍していると思うと私も嬉しい。

　私も姉さんのことを考えながら郵便局で毎日働いています。姉さんの仕事とは違って、私の仕事は誰にでもできるような簡単なものですが、口のきけない私には仕事があるというだけで十分です。でも最近は肩凝りがひどいので、簡単な仕事もあまりはかどりません。せっかく局長のオコナーさんが新しい仕事を任せてくれたというのに。うまくやれれば昇進させるとオコナーさんは約束してくれましたが、この分ではとてもこなせそうにありません。

　オコナー夫人のマージはお菓子作りがとても上手で、時々クッキーをおすそ分けしてくれます。ふっくらと焼けたとてもおいしいクッキーです。でもオコナー家の三人の子供達はあまり食べたがらないそうです。三人とも食べ盛りなのに、不思議でなりません。マージはとても私によくしてくれて、夕食にも誘ってくれます。オコナー家の人達は皆いい人なのですが、会話のできない私がお邪魔するのはなんとなく気が引けて、まだ一度もお招きには応じていません。

　前の手紙に、姉さんは仕事関係の人と一緒に夕食をとる日が多いと書いてありましたが、きっと楽しいことでしょうね。毎日家と郵便局を往復するだけの私には想像もできません。

　姉さんは昔から特別な人だった。私の自慢の姉さん。ずっとずっと私の誇りであり、憧れでした。正直に言うと、私は姉さんがうらやましくてなりません。姉さんは本当にきれいで、いつも注目の的だったけれど、選ばれた姉さんと違って、私にはなんにも取り柄がなかったから。ジェーンがあれだけ一生懸命に教えてくれたのに、ピアノも結局大してうまくはならなかったし。

　親愛なる自慢の姉さん。私は最近、昔のことばかり思い出します。ジェーンが教会でピアノを教えてくれたことや、いつも姉さんが迎えに来てくれたこと。それにもっと昔のことも。同い年だったアンジー・ダフナー。彼女の小さい弟ボビー。愛らしいベッツィ。みんな仲良しで大好きでした。みんなもうどこにもいません。私にはもう姉さんしかいないのです。姉さんに会いたくてたまりません。

それは違う――

読みながら何度も思った。ミリーこそが自分の誇りだったのだ。暖かな陽射しはいつもミリーに当たっていた。アンジー、ボビー、それにベッツィも、みんなミリーの陽だまりに集まった。それが自分には眩しかった。選ばれていたのは本当はミリーだ。だがあの日――『アゲン』の日、自分が手を放したばかりに陽は翳《かげ》った。何かが大きく狂ってしまった。ジャムを起こした。空の薬莢を運命が無情に嚙んだ。

違う、違う――

「仕事関係の人と一緒に夕食をとる」。もちろん嘘だ。『タッカー&ヒルズ』の関係者とはテロリストか犯罪者に他ならないし、彼らと親密に食事することもない。ライザは独り黙って食事をとる。任務のときは〈旅先〉で。そうでないときはフラットのキッチンで。自分で調理さえしない。大概は買ってきたサンドイッチか缶詰。それにオレンジ。何を食べても味はしない。ミリーよりはるかに寂しい夕食だ。だがミリーにはそうは言えない。キリアン・クインの用意した『タッカー&ヒルズ』という嘘をひたすら塗り重ねていくしかない。

ある意味では確かに特別だ。キリアンもラヒムも認めてくれた。それは決してミリーの言う特別ではない。むしろ最も遠くかけ離れたものだ。

オコナー家の夕食に招かれながら応じていないというのが気がかりだった。昔のミリーはそんな引っ込み思案ではなかったはずだ。苦渋に満ちた年月がやはりミリーを変えてしまったのか。それともオコナー家の家族構成に、『アゲン』で死んだダフナー家の人達を思い出したのだろうか。だとすればそれは一層痛ましい。

アンジー、ボビー、ベッツィ、それにパトリックとマギーのダフナー夫妻。あの日フォールズ・ロードで出くわした。偶然だった。ダフナー家の五人の笑顔は鮮明に覚えている。彼らは死に、ミリーは残った。そして今も世界の片隅で生きている。

愚痴めいたことが書かれているのも気になった。天真爛漫なかつてのミリーからは考えられないことだった。ミリーのブルネットの髪は母譲りだが、年が経つにつれ愚痴まで似てきたように感じた。なにげない日常を記しただけの文面に、陰鬱な吐息がうっすらと滲んでいる。

何もかもが色褪せて、静かに消えていくような喪失感。やりきれない。そして狂おしい。

ベッドに横たわってミリーの演奏を聴く。心を鎮めるすべを他に知らない。

気を取り直して起き上がり、陽の当らない路地に面した窓際のテーブルに向かう。コロンビア・ロードで買った黄色のレターパッドに妹への返事を書く。

親愛なるミリー、お手紙ありがとう、私もミリーに会いたいけれど、今は新しいプロジェクトの立ち上げで、夕べもクライアントとの会食で……

書きかけの一枚を引きちぎり、両手で握り潰す。嘘。嘘。嘘だ。

かろうじて耐える。耐え難い己の嘘に。激情が収まるのをじっと待つ。そして再びペンを執り、偽りの文をまた綴る。

親愛なるミリー――


午前九時。フラットを出る。ショーディッチ・ハイ・ストリート駅から地下鉄に乗る。乗り換えを繰り返して尾行の有無を慎重に確認し、コヴェント・ガーデンで降りる。駅の昇降口を出てロング・エーカーをまっすぐ歩き、ドルリー・レーンの電話ボックスに入る。

前回の連絡で告げられた番号を押す。相手はすぐに出た。

〈『ベリジャス』〉

「『シーダ』だ」

〈あんたか。本部からの指示はない〉

「それだけか」

〈ああ。どうした、仕事がないのが不安か。死神でも人並みに失業が怖いか〉

『ベリジャス』の軽口にむっとするが、あえて抑える。相手はただの連絡係だ。

「次回の番号は」

〈聞いてない。今回と同じだろう〉

黙って切る。ボックスを出てホルボーン駅まで歩き、また乗り換えを繰り返してスワンフィールド・ストリートのフラットに帰る。

面倒だが定時連絡は欠かすわけにはいかない。盗聴を避けるため互いに携帯端末は極力使わないことになっている。固定電話でも盗聴のリスクはあるが、携帯よりは安全だ。

〈死神〉の通称とは別に与えられた『シーダ』というコードネームは、アイルランド語でシルクを意味しているという。教えられるまで知らなかった。統一アイルランド実現のために戦いながらアイルランド語を知らない。故郷でもムハーディラでも教えてくれなかった。この滑稽さは笑っていいのか。言いようのない倦怠を感じる。危険な兆候だった。


アメディオについて考える。

考えるべきではないと知りつつ考えてしまう。フラットで、カフェで、地下鉄で、その考えは唐突にライザの肩を揺さぶる。

彼は本当に裏切り者だったのか。

サファリジャケットの白人は本当にETAだったのか。

エルティアノ湖に魚は本当にいないのか。

すべてが欺瞞《ぎまん》であった可能性は大いにある。アメディオが一時的な時間稼ぎのために嘘をついた可能性も。謀略の世界に生きてみて、嘘は真実以上に価値を持つと痛感した。

イムスティーンを受けた訓練兵の二人に一人は死ぬという。それはあのことを意味していたのだろうか。二人のうち、選ばれた一人が相手を殺す。より有望な戦士のために、そうでない戦士を犠牲にしたのか。養成の効率からするとあり得ない。同時にムハーディラの方針からすると充分あり得る。

アメディオの処刑ほど、自分を試すにふさわしいイムスティーンはなかっただろう。この問題は、処刑する相手の罪が曖昧であればあるほど好ましい。適切にすぎる出題は、ライザの資質を最大限に評価するラヒムの〈親心〉であったのかもしれない。

イムスティーンを乗り越えた者ならば、もう一切の拘泥《こうでい》はないはずだ。なのに自分は。自分のこのありさまは。

――調べればすぐに分かる、エルティアノ湖に魚はいるんだ！

調べようと思えばすぐにもできる。だがライザは調べなかった。拘泥を脱したからではない。知るのが恐ろしかったから。

もしエルティアノ湖に魚がいたら？

考えてはいけない。その考えは砂漠の彼方から干涸びた詩集を掘り起こす。ライザは己の心に封をする。ムハーディラの教えに忠実たれ。


グレート・ポートランド・ストリート駅を出てオルバニー・ストリートから電話する。

〈『ベリジャス』〉

「『シーダ』」

〈明日午後十時、ダウンパトリックのジュリーズ・インに入れ。そこで同志が一人待っている〉

「二人でやるのか」

〈ああ。重要な仕事だ。しくじるな〉

電話は切れた。ダウンパトリック。久々に祖国での仕事だった。内容は分からない。

また〈旅〉だ。今度は何日になるだろうか。ミリーからの手紙が溜まるほどでなければいいのだが。


六日後の午前九時。ダウンパトリック、オードリーズ・エイカー近くの穀物倉庫。通用口の前に見張りの男が立っている。

白いトレンチコートを着たライザは、構わず路地から出てゆっくりと歩み寄る。

こちらに気づいて、男が不審そうに身を乗り出す。しかしライザは相手を見つめたまま接近をやめない。

男は警戒して懐に右手を入れる。その背後に、赤毛の大男が現われた。

「おい」

すぐ真後ろからの野太い声に、見張りは愕然として振り返る。彼が銃を抜くより先に大男の右腕が閃いた。

その一動作で見張りの男は即死している。大男は相手が音を立てて倒れないよう両肩を支え、そっと路上に横たえてから、細身のナイフを引き抜いた。相変わらずの手口。大男のナイフは相手の胸骨下部から縦に心臓を貫いている。

〈猟師〉ショーン・マクラグレン。彼が今回の相棒だった。

マクラグレンはライザに向かって頷き、ジャケットの内側からワルサーP99を取り出した。他の見張りも彼がすべて片づけている。

二人は通用口から中に入り、積み上げられた穀物袋の合間を進んだ。薄暗い倉庫の奥に事務室がある。その前に立っていた見張りが驚いてウージーSMGの銃口を向けるより早く、ライザのM629が彼の頭部を撃ち抜いている。

ライザはそのまま事務室に飛び込み、棒立ちになっていた男達を射殺する。全部で四人。処刑は一瞬で終わった。

〈猟師〉が全員の顔を確認する。

「間違いない、ニーランドだ」

ティム・ニーランド。他の三人は彼の側近である。

何事もなかったような顔で倉庫を後にし、近くに駐めてあったレンジローバーに乗り込んで逃走した。

国道A22をひたすらに北上する。

「ニーランドも馬鹿な野郎だ」

運転しながら〈猟師〉が言った。

「〈詩人〉には俺達がついてるってのになあ」

かねてよりキリアン・クインとの対立を深めていたIRF有力幹部の一人ティム・ニーランドは、相手の失脚を狙って謀議を巡らせていた。〈詩人〉は先手を打って彼の一派の粛清に動いた。DUPが選挙に向けて支持層を拡大している折から、参謀本部に有無を言わせぬタイミングを計ってのことである。ダウンパトリックでのニーランド粛清と同時刻に、ベルファストでは〈墓守〉が残るニーランド派メンバーを一掃する手筈になっていた。

「大した評判だぜ。〈死神〉に狙われたらおしまいだってな」

助手席のライザを横目に見て〈猟師〉が陽気に笑う。

「〈詩人〉の目は正しかったってわけだ。〈墓守〉の爺さんはいつも悔しがってるぜ」

ライザは茫洋と広がる前方の緑野を見据えて黙っている。

今回の任務だけでなく、日々の営為はその多くがキリアン・クインの地位の保全に寄与するものだった。フリーハンドで使役できる〈死神〉を得て、彼の思想が先鋭化した側面は否定できない。だがそれは、ライザの求める誇りにつながるものでは決してなかった。

ＩＲＦは前年にチャリング・クロスで大規模な爆破テロを実行している。『チャリング・クロスの惨劇』と称されるそのテロに、処刑人であるライザは関わっていない。すべてを事後に知ったのみである。暗澹たる思いがした。口にはしないが、もとよりライザは無差別テロには懐疑的であった。武力による徹底闘争を標榜するＩＲＦに所属しながら、爆破テロを否定する愚は承知している。

首謀者はキリアン・クイン。

彼は参謀本部による公式の犯行声明と同時に、ウェブ上で自身の見解を発表した。

――僕達は世界から捨てられている。世界中の紛争地帯は皆そうだ。だから僕達は声を上げる。地上の悲惨をすべて無視して済ませている連中の頰を引っぱたく。君達が今すぐに考えるべきことは、夕食のメニューだけではないはずだと。

いつもの明快で分かりやすいロジックだった。本人の韜晦《とうかい》ぶりとはまるで違う。彼は意図して使い分けているのか。それとも両方が本気なのか。本人はきっと後者だと答えるだろうし、だとしてもそれが嘘だとは思わない。

中世から現代まで――クロムウェルの入植から『アゲン』まで、ひたすらに踏みつけられてきた祖国を愛してはいる。なんの罪も犯していないのに予防拘禁という非人道的な措置で投獄され、苦しみ抜いて死んでいった同胞の怨念もこの身に染みついている。だが自分が戦ってきたのは大義のためでも信仰のためでもない。自分は自分の誇りのために戦ってきたのだ。キーディへの道中、マクブレイドの真実を聞いたあの日から。

マクブレイドの血を誇りに思いつつ、同じその血が恐ろしい。宿命的にいつか祖先と同じ泥沼に嵌《は》まるのではないかと。そう考えてしまった時点で誇りはすでに揺らいでいる。

前を見たまま、ライザは言った。

「シェイマス・ローナンを殺ったときのこと、覚えてる？」

「どうした、いきなり」

マクラグレンが面白そうに応じる。

「一緒にやった最初の仕事だ。覚えてるさ」

「トアウェストに向かう車の中で〈墓守〉が言っていた。要は求心力が弱まっただけだって」

血の粛清を繰り返し、『アゲン』以後ＩＲＦは急成長を遂げた。それだけに過酷な主導権争いの繰り広げられる参謀本部内で求心力を保つのは容易ではない。

「〈詩人〉の指導方針は自分の権力維持が目的だって言いたいのか」

ライザは否定しなかった。それが現在の情勢に対するライザの見立てであり、周辺から得られた情報にも合致していた。

〈墓守〉は正しく本質を見抜いていたのだ。そしてそれに便乗した。一テロリストのこの態度は、テロを生んだ世界の人の態度を期せずして象徴していたとは言えまいか。

しかし〈猟師〉はうそぶくように、

「ＩＲＦはもともと徹底抗戦を標榜してできた組織だ。〈詩人〉はその象徴さ。聖パトリックのパレードの山車《だし》みたいなもんだ。俺達が牽《ひ》いてやってる」

象徴か。確か〈詩人〉もあのときシェイマス・ローナンを妥協主義の象徴と斬って捨てた。

「忠告しとくぜ、〈死神〉さんよ」

〈猟師〉の口調から陽気さが消えていた。

「確かに〈詩人〉は聖パトリックでもマイケル・コリンズでもない。だがな、戦争に必要なのは奴の抜け目なさだぜ。どのみち殺《や》るか殺られるかしかないんだ。俺ならためらいなく殺れと命令できる方につく。そして俺は命令されればためらわずに殺る」

〈猟師〉の右手がさりげなくハンドルを離れ、ジャケットの内側へとゆっくりと移動している。ライザは車道の前を見つめながら、視界の隅でその緩慢な動きを確実に捉えていた。

ライザの袖に隠されたナイフはいつでも抜ける状態にある。〈猟師〉もそれを知っている。

じっとりとした殺意が冷たい熱気のように車内に籠もる。

〈猟師〉。処刑人。自分と同じ。数え切れぬ人を殺した。慈悲もなく〈猟師〉は狩る。裏切り者を。裏切り者の隙を衝《つ》いて喉を掻き切る。マクブレイドは裏切り者じゃない。神経を指先に集中する。ナイフの感触。しかし動きは敵に見せない。ラヒムの教え。砂漠に捨てた詩集のページ。アメディオの血。ウミガラスの泣き声。ミリーの手紙はもう届いている頃だろうか。

無言の時間が車内に流れた。

殺意はやがて霧のように拡散する。

結局それ以上の会話はないまま、レンジローバーはベルファストに入った。〈猟師〉の右手もいつの間にかハンドルの上に戻っている。

空港の近くで降りたライザに、マクラグレンは運転席から声をかけた。

「頼むぜ、〈墓守〉の爺さんがベルファスト中のパブで奢られ放題なんて、そんないまいましい光景だけは見たくねえ」

それだけ言ってレンジローバーは走り去った。祖国の路傍にライザを残して。

わけもなくその場に立ち尽くし、ライザは遠い街並をぼんやりと眺めた。

ミリーのいる実家が不意に頭をかすめる。

寄っていこうか――

だがなんと言って帰ればいいのだ。「仕事で近くまで来たものだから」？

首を振ってその考えを打ち払い、空港へ向かって歩き出した。

ロンドンに戻ったライザは、郵便局でミリーからの手紙を受け取り、フラットに帰る。手紙を読み、シャワーを使い、もう一度読む。何度も読む。そしてベッドへ潜り込む。

出かける前とまるで変わらぬ空漠の日々。それが再び始まるだけだった。

買い物をするためその日は朝から出歩いた。物に執着しない質《たち》ではあるが、いくらなんでも最低限の生活用品はいる。仕事に必要な物資や道具も。〈旅〉に出る前は行先に応じた服を何着か。その日の格好はベージュのトレンチコートにデニム。気を遣わない普段着だ。

ショーディッチ・ハイ・ストリートから北東に分かれて続くハックニー・ロードを歩いていたとき、一軒のパブが目に入った。何度か前を通ったことがある。あまり繁盛しているようには見えなかった。ちょうどランチタイムだった。ここで済ませていこうと思い立ち、ライザは木製のドアを押し開けた。ランチならパブにも一人で入りやすい。夜は問題外だ。酒を頼まねばならないし、一人だと話しかけてくる男がうるさい。

店内は外からの見かけよりは広かったが、全体に垢抜けず、古臭い内装だった。やはり客は少なかった。非常口と厨房の出入口を習慣で確認する。最適のポジションにある席が空いていたのでそこに座る。メニューを見て、アイリッシュ・オイスターとサーモンサラダ、それにハーブティーを注文する。

頼んだ料理はすぐに来た。悪くない味だった。値段を考えると十分以上だ。久々に食べ物と呼べるものを食べた気がする。店内の隅にピアノが置かれていた。古いがよく手入れされているようだ。夜には誰かが弾くのだろう。酔客の注文に応じてか。あるいは自らの興の向くままに。

なんとなく寛《くつろ》いだ気分になって、オイスターとサラダをパンとともにすっかり平らげる。ティーカップを口に運びながらピアノを眺めていると、ボウタイをしたウェイターが声をかけてきた。

「弾いてもいいですよ」

驚いて相手の顔を見る。白くなった口髭を蓄えた老人だった。グラスを磨きながら微笑んでいる。

「弾いてみたいんでしょう？　構いませんよ。ご自由にどうぞ」

考えてもいなかったが、言われてみると確かにそうだった——弾いてみたい、このピアノを。

我にもなく聞き返していた。

「いいの、本当に」

「ええ、どうぞ」

苦労人らしいウェイターはにっこりと頷いた。

立ち上がっておずおずとピアノに近づく。そっと鍵盤に触れてみる。ひんやりとして硬い。長い間忘れていた感触。

ピアノの前に腰を下ろして、両手を伸ばす。思いがけない柔らかな気持ち。

弾いてみよう、あの曲を、あのアリアを。

最後に弾いたのはいつだったか。今なら弾けるかもしれない。そんな気分になっていた。

勢いのままキーを叩く。澄んだ音が流れ出る。

指はしかし、初めの四小節で止まってしまった。凍りついたように。死んだように。

あのときと同じだった。ブライアンが死んだとき。ミリーとジェーンの前で弾こうとして弾けなかったとき。

自分はこれっぽっちも変わっていなかった——

ウェイターが怪訝そうに顔を上げる。

真っ青になって立ち上がったライザは、ピアノの上に勘定の紙幣を置くと、何も言わずにドアに向かった。店を出る寸前に振り返ると、老ウェイターはただ悲しげに首を振っていた。よけいなことを勧めてしまった自分自身を責めているようだった。

足早にハックニー・ロードを引き返す。俯いたまま振り向かずに。何人かの通行人にぶつかったがどうでもいい。

油断した。温かい食事とウェイターの好意に油断した。これが現実だ。世界には自分に許されていないものが多すぎる。何が許されていて、何が許されていないのか。混然となって分からない。水曜になれば。ブライアンに直接訊けば。

自分はすでに知っている。水曜日はもう来ない。

8

親愛なる姉さん

相変わらずお仕事に頑張っておられることと思います。私も相変わらず郵便局勤めです。結局オコナーさんに任された仕事はうまくできませんでした。昇進もお預けです。肩凝りのせいです。もうずっと続いていて、最近は頭痛もします。何をするのも億劫《おっくう》です。

昨日マージに姉さんのことを訊かれました。とても遠回しな言い方で、姉さんは本当にロンドンで働いてるのかって。もちろんよ、と答えました。マージは私に気を遣ってくれていて、それ以上の詮索はしませんでした。だからかえって私が気になりました。あれこれと思い返せば、お母さんもジェーンもやはり疑っていたのだと思います。姉さんがテロリストになったんじゃないかって。

そんなこと、あるはずがありません。姉さんは誰よりも地元の暴力を嫌う優しい人でした。私は姉さんを信じています。

〈『ベリジャス』〉

「『シーダ』。〈野兎〉の件は完了した」

〈了解した。『シーダ』への新しい指示はない。次回もこの番号で〉

受話器を置いて公衆電話のボックスを出る。ウォータールー・ロードをテムズ川に向かって歩く。三週間ぶりのロンドンだった。〈野兎〉を追ってずっとニューヨークにいた。今朝アメリカから戻ったばかりだ。フラットに帰る前に例の手順を踏んで定時連絡を入れた。六月一日。〈旅〉に出る前は新緑がかぐわしかったロンドンも、今日は薄暗い雲の下に沈んでいる。

〈野兎〉は逃亡した組織の内通者であった。鉄の規律を誇るＩＲＦの情報を意図的に敵に流す動機は金ではない。強い信念である。〈野兎〉はＩＲＦの理念に共鳴して志願しながら、違う理念に囚《とら》われた。そして死を覚悟して裏切ったのだ。参謀本部は〈野兎〉の処刑を〈死神〉に命じた。機密漏洩の発覚後グラスゴーで行方をくらませた〈野兎〉はアメリカに逃亡。ニューヨークに入ったというところまでは参謀本部でも確認していたが、そこからの足取りを追うのが一苦労だった。

ブルックリンのロウハウスに潜伏していた〈野兎〉は、訪れた〈死神〉を見て言った。

――あんた、マクブレイドの娘だというのは本当か。

何も答えず彼の頭をＭ６２９で撃ち抜いた。返答の義務はない。そんなものに応じるのはアマチュアだけだ。彼も〈死神〉が答えるとは思っていなかっただろうが、それを聞いて一体どうするつもりだったのか。同じ裏切り者だと言いたかったのか。裏切り者同士の慈悲を乞おうとでもしたのか。それとも裏切り者に裏切り者を裁く権利などないと罵りたかったのか。どれも違うとライザは思った。〈野兎〉の目はもっと別なものを湛えていた。その目には覚えがある。鏡に映る自分の目。それに似ているような気がした。

一刻も早くフラットに帰りたかった。ホクストンの郵便局にも行かねばならない。ミリーからの手紙が溜まっているはずだ。〈旅〉に出る前にも私書箱を確認したが、まだ手紙は届いていなかった。

ルートのどこかで手違いがあったらしく、その時点ですでに何日分か転送が滞《とどこお》っていた。早く返事を書かなければ。ミリーはきっと心配しているだろう。

スワンフィールド・ストリートのフラットに帰ると室内には湿った空気が籠もっていた。窓を開けて空気を入れ換える。荷物を下ろし、着替えもせずにベッドに横たわってミリーの演奏を聴く。

久々のミリーのピアノ。〈旅〉にはiPodを持っていかない。人殺しの場にミリーを連れていくようなものだから。

今度の〈旅〉は酷く疲れた。透明な旋律にようやく体がほぐれていく。

アリアを聴きながらぼんやりと考えた。バッハの一族はプロテスタントだったという。IRFの自分がプロテスタントの男の作った曲に陶酔する。自分の敵はプロテスタントではない。またプロテスタントの敵はカトリックでもないはずだ。ならば自分達の戦いは。IRFの大義は。マクブレイドの誇りは。

いつの間にか眠っていた。気づいたときには郵便局の営業時間を過ぎていた。ミリーの手紙を取りに行くのは明日にするよりなかった。もう一度寝ようと思ったが、汗に濡れたシャツは気味悪く肌に張りついて眠りを阻んだ。

翌六月二日。午前九時前に起きてシャワーを浴びる。オレンジ二個の朝食を済ませ、カットソーにカーディガンというラフなスタイルでフラットを出た。郵便局に行くためスワンフィールド・ストリートを歩き出したとき、デニムのポケットの中で携帯が鳴った。その番号を知っているのは三人しかいない。参謀本部議長と副議長、それにキリアン・クイン。

キリアンだった。

〈ロンドンに帰ったばかりなのは承知している。悪いが急用だ〉

〈緊急で仕事を頼みたい。今日の正午だ〉

仕事の内容を聞く。暗い陽射しがさらに翳った。足許の敷石が虚ろな音を立てている。自分の任務は処刑のはずだ。正午まではあと二時間と少ししかない。

「本部からの指示はなかった」

動揺をかろうじて押し隠し、歩きながら答える。

〈僕の判断だ。参謀本部は混乱している。実行役のメンバーが一人、二十分前に身柄を拘束された。スコットランド・ヤードだ。容疑は分からない。君に彼の代役をやってもらう。信頼できる人間で、今ロンドンで動けるのは君しかいない〉

「中止すべきでは」

〈作戦はすでに動き出している。もう止められない〉

「実行役が吐く可能性は」

〈ないとは言えない。が、彼も馬鹿ではない。少なくとも正午までは堪《こら》えるはずだ〉

自分の任務は――

そう言いかけて言葉を呑み込む。兵士に命令の拒否権はない。自分はＩＲＦの兵士である。そしてマクブレイドである。

踵《きびす》を返してショーディッチ・ハイ・ストリート駅に向かう。郵便局は後回しにするしかなかった。

乗り換えを繰り返して尾行の有無を確認し、セントラル線のマーブル・アーチ駅で降りる。大理石のマーブル・アーチを潜ってハイド・パークに入り、指定されたベンチに座って待つ。サーペンタイン湖のほとり。曇天の下、湖面は寒々とした灰だった。

中継者はすぐに来た。色の薄いサングラスをかけたワンピースの中年の女。ライザの隣に腰を下ろし、大きなトートバッグを足許に置く。色は目立たないブラウン。二分後、女はごく自然に立ち上がって歩み去った。それより一分の経過を待って、ライザは残されたバッグをつかんで反対側に歩き出す。

ライブドロップ――最も原始的で最も確実な受け渡しの手口。バッグはかなり重いがそれを顔に出さず、軽やかに見せた足取りでマルボロ・ゲートから公園の外に出る。

そこからパディントン駅までは徒歩圏内だが、ランカスター・ゲート駅からあえて地下鉄に乗る。監視がないか確認しつつ、オックスフォード・サーカスでベイカールー線に乗り換え、ベイカー・ストリートで下車。構内をかなり歩いてハマースミス&シティ線の乗り場に行き、パディントンへ。尾行はない。

パディントン駅には十四の頭端式ホームがあるが、ハマースミス&シティ線のプラットホームだけは北側の地上部に位置している。一旦改札を出てからコンコースに入る。アーチ状のヴォールト構造をした天井部は巨大なガラス張りになっていて、広々とした見通しのいいコンコース全体に自然光をもたらしていた。

中央のエスカレーター付近に制服警官が二人。プレイド・ストリートへの出入口にも二人。他にも私服がいるだろう。トートバッグを提げたライザは自然体で雑踏にまぎれる。十一時四十五分。改札に向かって左から一番ホーム。壁際のコーヒーショップに近いトイレに直行する。入口付近でばらばらに出ていく三人の女とすれ違う。予定通り個室がいくつか空いている。ライザが到着する直前まで三人の女性メンバーが入っていたのだから。空いている個室の一つに入り、蓋を下ろした便器に座って息をつく。そして手にしたトートバッグを膝の上に置いた。監視の目もここにだけは及ばない。

『チャリング・クロスの惨劇』以来、ロンドンの鉄道各駅では警戒を強めている。こういう場合は下手な細工より単純な手口が逆に有効だ。ただし何よりもタイミングが重要になる。今回の作戦は類例のない一極同時多発作戦であった。相互の連絡を絶った複数のグループがパディントン駅の各所で同時に動く。まさに秒単位の進行である。中でもコンコースの仕掛けは最も重要だ。その係を直前に逮捕されては、参謀本部も慌てるわけだ。

左手に嵌めたデジタル時計を見る。安物だが時間は毎日正確に合わせている。十一時五十三分。立ち上がってトートバッグの中身を取り出す。アルミの大きな箱。それと畳まれた厚紙。アルミの箱を便器の上に置き、厚紙を組み立てる。完成した紙箱はちょうどアルミの箱と同じ大きさになった。それをトートバッグに戻す。バッグはトイレに入ったときとぴったり同じだけ膨らんだ。

バッグの中にはもう一つ。［故障中］と書かれたプレート。実際にパディントン駅で使われているのと同じものである。五十四分。ドアをわずかに開けて外の様子を窺う。人がいる。二十秒ほど待つ——今だ。箱を残してドアを閉め、素早く［故障中］の札を掛ける。ゆっくりと手を洗い、トイレを出る。五十五分。

あと五分間だけ箱が見つからなければいい。清掃員の巡回時間もメンバーが事前に調べている。仮に見つかったとしても、素人が蓋を開けるには優に五分以上はかかる。実に単純な手口だ。それだけにすべてをぎりぎりのタイミングで行なわなければならない。

五十七分。ブレイド・ストリートを北東に歩み去る。正午。背後で爆発音がした。

そのまま振り向かずに歩き、エッジウェア・ロードでタクシーを拾う。

「サウス・ケンジントン」

行先を告げてからシートに身を委ねて目を閉じる。

駅構内での自分の姿は当然各所の監視カメラに捉えられているが、別グループが全監視室に爆弾を仕掛ける手筈になっている。電波による起爆はすべて同時に行なわれる。構内の録画映像は一切残らないよう周到に準備されていた。

今回の作戦もキリアンの主導によるものだろう。キリアンが今この時期、『チャリング・クロス』に匹敵する大規模テロを実行する意味は。

——要は求心力が弱まっただけじゃないか。

〈墓守〉の嘲笑が聞こえる。参謀本部がキリアンの方針と対立しているという噂は数か月前からあった。間違いなくキリアンは焦っている。頭の中で嫌な感触がした。

車を二回乗り換え、ホクストンの近くで降りる。バッグは乗り換えの途中でバージェス・パークのゴミ箱に捨てた。

私書箱の手紙を回収して帰る。ミリーからの手紙は三通だった。

言い知れぬ疲労感を抱え、重い足を引きずるようにしてフラットに辿り着いた。一脚きりの椅子に座ってすぐに最初の手紙を読む。

親愛なる姉さん

お元気ですか。マージはやはり姉さんをテロリストだと疑っているようです。今日オコナーさんにも訊かれました。同僚のエレンにも。私はもちろん否定しました。でも、私だってやっぱり気になります。私ももう長いこと姉さんに会っていないから。一度姉さんに会いに行こうと思います。姉さんの暮らしをこの目で見たら、私も胸を張ってマージやエレンに言い返せるでしょう。仕事も休まなければならないし、私はあんまり旅行したこともないから不安はあります。なのに、一人でロンドンに行くだなんて！　でも一度姉さんに会おうと思ったら、それがどんどん素敵なことに思えてきて、今はもうそのことばかり考えています。姉さんはどう思いますか。姉さんの意見を聞かせて下さい。

頭の中で嫌な感触。今度はよりはっきりと感じられた。震えながら次の手紙を飛ばし読みする。

お返事を待っていましたが、とうとう待ち切れなくなりました。姉さんはいつもの出張かもしれないし。オコナーさんが休みをくれました。姉さんに会いに行きたいとお願いしたら、それはいいことだと言ってくれました。日程が決まったら連絡します。

勝手に決めてしまってごめんなさい。姉さんに迷惑はかけません。飛行機のチケットが取れました。六月二日の便です。ホテルも予約しました。小さくてとても安いところです。お昼にはロンドンに着きます。あと少しで姉さんに会えるかと思うと楽しみでなりません。

息が止まりそうだった。最後の手紙。

フラットを飛び出し、通りを走って大声でタクシーを捕まえる。ロンドンの地下鉄はすべて停まっているはずだ。車しかない。

「パディントン」

飛び乗ってからそう告げると、運転手は困ったように振り返った。

「お客さん、まだ知らないんですか。今あの辺は大変みたいですよ」

「行ける所まででいいから行って」

ユーロ紙幣をつかみ出して運転手の鼻先に突きつける。相手は迷惑そうに受け取って車を出した。

六月二日。今日だ。今日だなんて。昼に着く。正確には何時だ。航空会社名も便名も書いていなかった。ヒースロー空港か、ガトウィック空港か。もしヒースローだったら。ヒースロー・エクスプレスはパディントン駅に直行する。ヒースロー・エクスプレスを使うとは限らない。ピカデリー線、あるいはバスかタクシーを使ってくれていれば。

タクシーはノーザン・ラインを西に進む。案の定グレート・ポートランド・ストリートのあたりから渋滞になっていた。タクシーを捨て、マリルボン・ロードを走り出す。

ヒースロー・エクスプレスの専用ホームは六番と七番だ。仕掛けた爆弾は一番ホームの側だった。

あの爆弾はどれくらいの威力があるのだろう。他のグループは駅のどこに何発仕掛けたのだろう。

嫌な感触で頭が擦り切れそうだ。排莢口が執拗に薬莢を嚙む。運命のジャムが金切り声を上げて希望を嚙む。自分はもうオートマチックは使っていない。だから、だからどうか——

厚く空を覆っていた雲からとうとう雨が降り出した。すぐに本降りとなった。

「お昼にはロンドンに着きます。あと少しで姉さんに会えるかと思うと楽しみでなりません」

心臓が張り裂ける。大声で叫びそうになる。ひたすらに走る。この道は前も走った。いつも雨だ。雨の中で時間が重なる。自分はロンドンのマリルボン・ロードではなく、ベルファストのグローブナー・ロードを走っていた。ヒースが茂る窪地の底かもしれない。ミリー。父さん。どうか、どうか。すべての景色と時間が雨と涙に溶け崩れる。ああ、雨が痛い。

ピアノが聞こえる。G線上のアリア。エニシダの花が揺れている。黄色いワンピースを着たミリーの肩。慎ましく座ったジェーンの横顔。ミリーがこっちを振り返る。その笑顔は生きる喜びに満ちていて——

マリルボン・ストリートはベイカー・ストリートとの交差点で完全に封鎖されていた。おびただしい数の警官と警察車輛。それに機甲兵装。救急車のサイレン。ヘリの爆音。怒号と喧騒。

車止めの合間を走り抜けたライザの前に、両手を広げた二人の警官が立ちふさがった。

「ここは通行禁止です。下がって下さい」

カーディガンの内側に隠したナイフを反射的に抜きかけた。寸前で我に返り立ち止まる。

ぼんやりと相手の顔を見る。雨に滲んでよく見えない。黄色いレインコートを着た警官達。前にも見た。ベルファストで。窪地の底で。みんな同じ顔になっていた。見るものすべてが既視感だらけだ。同じ所を何度もさまよう。迷路に嵌まって未来永劫抜け出せない。

「妹が……いるかもしれない……駅に、ヒースローから……」

それだけ言った。まるで自分のものではない、虚ろで遠い声だった。

「お気の毒ですが、ミス、通すわけにはいきません」

「ミリーがいたかもしれないんだ」

「早く下がって」

警官は繰り返す。さらに二人の警官が近寄ってきた。

黙って彼らに背を向ける。雨に打たれながら、走ってきたばかりのマリルボン・ストリートを引き返す。

『アゲン』のときもミリーは無事だった。これが永遠に続く迷路なら、きっと今度も無事に違いない
……そうだ、きっとそうに違いない……

だが前回ミリーは声を失った。今度の代償は一体なんだ？

――おまえはおまえの従者たる死と悪運を飼い馴らすすべを覚えねばならない。容易なことではないだろう。だがそれができねば、いつかおまえが滅ぼされる。用心するがいい、我が娘よ。

ラヒムの痛ましげな声。せっかくの教えであったのに。自分にはついに叶わなかった。


その日の夜、臨時の遺体安置所がウェスタン・アイ病院に設けられた。身許が判明している遺体もあれば、そうでない遺体もある。家族の安否を気遣って病院に足を運んだ人々は、受付で住所氏名を記入してから入室を許された。誰もが祈るような気持ちで遺体と向き合っている。

ライザは偽名を使って中に入った。並べられた遺体を順番に確認する。その数は約四十。もちろんそこに置かれているのは外見に大きな損壊のない判別可能な遺体だけである。

男。女。若者。老人。そして子供。みんな死んでいる。みんな自分が殺した。

あちこちで啜り泣きが聞こえる。号泣も。天への嘆きも。病院に駆けつけてそこに愛する者の変わり果てた姿を見出した親族だ。

死体の合間をただ黙然と歩む。自分が殺した者の死体を、一つ一つ見て回る。太った男。痩せた老

人。学生らしい少年。その先で足が止まった。

ミリーがいた。

両目を見開いて死んでいた。横転したルノーの中の父と同じに。

すっかり艶の失せた黒髪は、白い粉塵を被って老婆のようになっていた。

粗末なコットンのグレイのパーカー。見覚えがある。昔自分が着ていたものだ。家を出るとき残していった。せっかくの旅行に、ミリーはなぜこんなみすぼらしい服で出かけたのだろう。姉がすぐに見つけられるようにか。姉が自分を見忘れているとでも思ったか。

「お身内の方ですか」

凝然と立ち尽くすライザに、係員が声をかけてきた。無言で首を左右に振り、ライザは遺体安置所を後にした。

同日、ライザ・マクブレイドは誰に何を告げることもなく戦線を離脱。以後消息を絶った。

ＩＲＦ参謀本部はライザの逃亡を裏切りと断定した。

第五章　東京／現在Ⅲ

1

新宿区百人町のアパートで発見された二つの死体。一つはＩＲＦのテロリスト、マーティン・オキーフ。もう一つは『ミウネ貿易』の名刺を持った身許不明のアジア人。

つながりは皆目分からない。二人はなぜそんなところで殺されていたのか。不可解としか言いようのない状況である。銃弾がどこからも発見されなかったこと、死亡推定時刻に周辺で物音が聞かれなかったことなどから、殺害現場は他の場所であると推測された。

身許不明の男の着衣はＹシャツに安物のスーツの上下。綿の肌着。ナイロンの靴下。いずれも量販品であるのは一目瞭然だった。タグの類はすべて切り取られている。名刺以外の所持品は一切なし。名刺に記された［平原善明］とは殺された男の名前なのか、殺した男の名前なのか。それとも第三者の名前なのか。名刺自体はごくそっけないもので、普通マット紙に新楷書体でモノクロ縦書き。英字表記等もない、ありふれたというより古めかしいデザイン。一枚きりの剝き出しの名刺に誰の指紋も付いていないという点が明らかにフェイクを匂わせる。だとするならば、［平原善明］とはやはり存在しない架空の名である公算が大きい。

沖津は〈敵〉の関与を指摘した。あの〈敵〉がミスで名刺を抜き忘れるとは考えにくい。名刺はわざと残されたものだろう。

確かなのは、日本に潜入したＩＲＦプレイヤーの数がこれで残り十二人となったということくらいである。差し当たっての急務は死体の身許の特定だが、それには相当な困難が予想された。

由起谷班、夏川班の全捜査員はその日から死体の顔写真を手に徹底した聞き込みに回った。猶予はない。タイムリミットが迫っている。

由起谷班の安達《あだち》は割り当てられた中国人コミュニティから聞き込みを開始した。すぐに収穫があるとは期待していない。一人目、二人目は空振りに終わった。三人目、四人目も同じ。五人目と六人目も。七人目に上海系商工会元職員の陳《チェン》老人に当たった。先年隠居した老人は下落合の路地の突き当たりで猫と一緒に日向ぼっこをしていた。いかにも徒労に終わりそうな風情であったが、引き返すわけにもいかない。

案の定、老人も写真の男に見覚えはないと言った。

「よく見て下さいよ。何か気がつくかもしれませんし」

安達は型通りに食い下がる。老人は膝の上の猫を下ろし、老眼鏡をずり上げて見た。

「うーん、やっぱり知らんなあ」

訛りのないきれいな日本語で老人は答えた。

「そうですか、平原善明って名前かもしれないんですけど。ヒラハラ・ヨシアキ、もしかしたらヒラハラ・ゼンメイ」

「ヒラハラ・ゼンメイ?」

微かに反応があった。すかさず畳みかける。

「字はこう書くんですけど」

名刺の拡大コピーを見せる。

「平原……善明……」

何か思い当たることのあるらしい老人に、

「ご存じの方ですか」

「いや、そんな人は知らないけど……ちょっと待って」

しもた屋の奥に引っ込んだ老人は、すぐに古いノートを手に戻ってきた。

「これは私が個人でつけとったメモだが、ほらここ……六年前だ、平原公司《ピンユアンゴンス》と善明《シャンミン》オフィス。会社の名だ」

「ちょっと見せて下さい」

勢い込んでノートを覗く。老人の示すページに確かにその名は二つとも記されていた。

「同じ頃に入会したんだが、どっちも本土の偉いさんの紹介だったんで覚えてた。商売やってるふうでもなかったし、なんだろうなとずっと気になってて」

他のページにも目を通すが、手がかりになりそうな記述はなかった。

「悪いねえ、それ、ほとんど私の日記みたいなもんなんで」

済まなそうに言う老人に、

「このノート、お借りできませんか」

「ああ、いいよ、この齢になっちゃ読まれて恥ずかしいことも何もないし」

老人は快く承諾してくれた。

すぐに庁舎に戻った安達は、折よく在庁していた由起谷主任にノートを渡し、老人の話を報告した。

「偶然かもしれませんが、自分はどうも気になって……どうでしょう、主任」

黙って聞いていた由起谷は、安達を連れてすぐに仮眠室に向かい、大いびきで寝ていた夏川主任を叩き起こした。

五分後。両班の捜査員に新たな指示が下された。

調査対象――株式会社平原公司《ピンユァンゴンス》、同じく株式会社善明《シャンミン》オフィス。

十一月二十八日、由起谷と夏川は部長室で上司に捜査の結果を報告した。二人とも蒼白になっている。

「平原公司と善明オフィスはともに実体のないコンサルタント会社で、商工会ルートを通じて外務省、厚労省、経産省、その他各種外郭団体職員に接触を繰り返していた形跡あり。その後両社は理由もなく休眠状態となり、現在に至っています。社員のほとんどは偽名で所在及び連絡先等は不明ですが、周辺から中国大使館関係者の名前が複数浮かびました。死体の男も関係者の一人であることを確認。本職らは両社がなんらかの諜報活動のために設けられたカバーであったと見ています。つまり……」

震える声で由起谷は続けた。

「名刺を持っていた死体は、中国の工作員です」

自分達の突きとめたその事実が、一体何を意味するのか。今後の捜査はどうなるのか。由起谷も夏川も、名状し難い不安を隠せずにいる。

同席していた城木と宮近も絶句する。

宮近がうわずるような声で呻いた。

「一体どうなってるんだ、この事案は」

沖津は卓上の警電《けいでん》(警察電話)を取り上げた。

「特捜の沖津です。外事三課の曽我部さんにつないで下さい」

同日、城木理事官は上司の命令に従い急ぎ本庁に向かった。

公安部外事課の机はほとんど空席のままで閑散としていた。内勤の者は数えるほどしかいない。特捜部の捜査員も日中はほとんど出払っているが、外事の場合はまた独特で、分室と称される外部の秘匿された場所を拠点に活動するらしい。城木も詳しくは知らない。同じ警察であるにもかかわらず、外事はまるで〈異国〉であった。

排他的な警察の中でも、外事は特に排他的な部署である。現に今回の事案では、その端緒から外事は特捜の排除を主張していたと聞いている。城木は緊張を覚えながらフロアの奥へと進んだ。

静謐《せいひつ》そのものといった一角で、外事三課の曽我部課長は独り湯呑の茶を啜っていた。下唇が分厚いので、茶を飲む顔がどうしても滑稽に見える。異相と言っていい。外見の目立たない者が適すると言われる外事でその顔は、ことさらに印象的であった。

入ってきた城木に気づいた曽我部は、立ち上がって自分のデスクへと差し招いた。

挨拶もそこそこに、城木は本題に入った。

「私には上司のような駆け引きはできませんので、率直に確認させて頂きます。万一失礼なことを申しましたらお許し下さい」

死体の写真を取り出して曽我部に示す。

「この写真はすでにご覧になっているはずです。公安、組対、刑事部に回しましたが、昨日の時点ではヒットなしとのことでした。その後いろいろと進展がありまして、現時点でウチは外事の把握する〈特殊事案〉であると認識しております」

曽我部はわざとらしく音を立てて茶を啜る。

「外事との間には協力態勢が敷かれているはずです。もちろん現実的にはそちらにとって承服し難い点があることも承知しておりますが、どうでしょう、今一度ご確認を願えませんか」

「名前は莫陽忠《モーヤンジョン》、中国国家安全部の工作員です」

あっさりと認めて曽我部は湯呑を置く。

「実はあたしもさっき聞いたばっかりで。ちょうどこちらからご連絡しようと思ってたところなんですよ。ご存じかどうか知りませんが、ウチは二課と仲が悪いから。あたしもなかなか教えてもらえなくて……はいこれ、資料のまとめ。急拵《きゅうごしら》えの大雑把なもんですが」

抜け抜けと言い、コピーの詰まったファイルを差し出す。

「二課の話じゃこの莫《モー》って男、鈴木とか山田とか、それこそいろんな名前を使ってあちこちに鼻を突っ込んでたそうで。この手の奴は日本にはうじゃうじゃいますよ」

国際テロリストを扱う外事第三課に対し、第二課は東アジア諸国のスパイ事案を担当する。

機先を制するつもりで曽我部はネタの一部を出してきたのかもしれない。城木はその信憑性を見極めようとするかのように、顔を上げて相手を見た。

曽我部は湯呑の横に置かれた饅頭を口に運びながら、

「あたしの言うこと、信じられませんかね?」

「いえ、そういうわけでは……」

口を濁す城木に、

「構いませんよ、それでなくても外事は警察のブラックボックスとか言われてるし。二課から散々文句言われましたよ、特捜なんかにネタくれてやる必要がどこにあるって。そりゃあたしだってね、こんなとびきりのネタ、人にやりたかないですよ。でもねえ、今回はせっかくお互い協力しようって話になってんだし」

甘党らしく饅頭を口一杯に頬張る曽我部の茫洋とした馬面からは、肚の底はまるで見えない。かねて聞き及ぶ彼の手腕からすると、到底額面通りには受け取れなかった。むしろあまりに白々しい。その白々しさが恐ろしかった。国家間のインテリジェンスの闇を生きる人の特殊性は門外漢の城木も理解している。

「沖津さんにお伝え下さい。これは借りでも貸しでもないってね」

その文言がなんらかのサインであることは城木にも察せられた。

「確かに承りました」

「それじゃ、今日はどうもお運びを頂きまして」

曽我部は一方的に話を打ち切って二個目の饅頭に取りかかった。

階級こそ同じ警視だが、長年魑魅魍魎の類を相手にしてきた外事の叩き上げはさすがに役者が上だ。

城木は己の未熟を自覚しつつ、渡されたファイルを手に礼を述べて退去した。


部長室で直接報告を受けた沖津は、苦笑しながらも明快に答えた。

「曽我部さんが伝えようとしたことは二つ。一つは死体の主《ぬし》が中国国家安全部の工作員に間違いないこと、それを担保したんだ。もう一つはその情報を伝えるのは本意ではないということ。これもまた情報の確度を担保している」

城木と並んだ宮近も必死に頭を巡らせる。

本意ではないとあえて伝えるということは、それがお題目通りの協力ではなく、何らかの意図の介入を示唆しているということだ。

「外三《がいさん》に直接的な影響を与え得るとすれば、公安部長の清水さん、警察庁なら外事課長の長島さん、外情部長《がいじょう》の鷺山さん、あるいはもっと上か」

曽我部以上に肚の読めない上司が呟く。対象の範囲が広すぎて沖津にも見当はつきかねるらしい。

宮近は一瞬、警備企画課の小野寺とその上司である堀田課長を思い浮かべた。あの二人はやはり例の〈敵〉に関わっているのだろうか――

「いずれにしてもサインをくれた分だけ、曽我部さんは思ったよりウチに好意的なのかもしれないよ。本来はウチにネタを渡すつもりはなかったわけだから、もちろん味方ではあり得ないがね」

内心の疑念や焦燥を押し隠すように、宮近は上司に言った。

「しかし部長、中国のスパイが北アイルランドのテロリストと一緒に殺されるなんて、この事案はこの先一体……」

「『終盤は機械の如く』だ」

沖津が呟く。チェスの格言の最後のくだり。サザートン来日まで残り五日を切った今、状況はまさに終盤と言っていい。

「機械のように集中し、機械のように思考する。最後は読みの深さの勝負だよ」

「読みの深さ。しかし宮近にも城木にも、読むべき盤面の全貌は未だ見えていない。ましてや対局の行方など。

二十九日。ライザの起居する田町のロフトに、一通の封書が届いた。ここに暮らし始めてから郵便物が届くのは初めてである。廃墟ばかりのこの一角にはチラシの配布さえもない。

宛名はライザ・ラードナー。差出人はイギリス大使館。

中身は一枚の招待状のみ。

[聖ドリュオン国際ろう学校　St.Druon International School for the Deaf

　生徒演奏会のお知らせ]

まるで知らない学校だった。開催日は十一月三十日。

キリアンだ——そう直感した。

聾《ろう》学校。演奏会。すべてが絡みついてくる。忌まわしく。懐かしく。逃れられない。どうしても。

考えた末、ライザはその手紙を上司の沖津に提出した。

同日午後四時の捜査会議において、この手紙の件が一同に告げられた。

「イギリス大使館に問い合わせたところ、発送の記録はないとの回答を得ました。招待状は本物で、封筒もイギリス大使館が公式に使用しているもの。ただし入手は比較的容易である。消印は神田局で、管内の郵便ポストに投函されたものと判明しています」

城木理事官が捜査員に状況を説明する。

「聖ドリュオン国際ろう学校とは御茶ノ水にある実在の学校で、聴力や発話に障害のある外国人子弟のための初等教育機関、つまり小学校であるとのこと。運営母体はイギリスに本拠を置くNPO法人で、同団体に不審な点はなし。生徒の保護者は主に欧米系の富裕層で、保護者にも教職員にも北アイルランド過激派との接点はなし。障害のある生徒に対し、あえて音楽による指導に積極的に取り組むのが同校の方針で、問題の演奏会も年に一度、生徒の保護者や各国の福祉教育関係者を招いて開催している恒例の行事である。今年度も招待状にある通り、十一月三十日に開催予定で、会場の設営、招待状の発送など準備もすでに終わっているということです」

捜査員の間にざわめきが広がる。十一月三十日。明日だ。そしてサザートン来日の二日前だ。『偶然を信じるな』。沖津の言う外務省の鉄則に従えば、このタイミングには意味がある。

「ラードナー警部が感じたと言う通り、差出人は十中八九キリアン・クインだろう。そこまでは読める。だがその先が難しい」

シガリロを燻《くゆ》らしつつ沖津が漏らした。いつもの余裕はもう見られない。思考する機械にでもなったが如く、その脳内で無数の指し手を猛烈な速度で検討しているのだろう。

やがて沖津はライザ・ラードナーに言った。

「ラードナー警部、君自身はどうしたいかね」

全員が彼女に注目する。鈴石主任も。

ラードナー警部と聾《ろう》学校とのつながりは緑には分からない。しかし、彼女が手話で事情聴取を行なったという事実から、身近に聾唖者がいたのではないかと推測はできる。

「行ってみたいと思います」

ラードナー警部は静かに答えた。

「ではいってきたまえ」

「はい」

「待って下さい、部長」

宮近だった。

「どう考えてもこれは罠です。いや、それ以前に演奏会の中止を学校側に勧告すべきです」

「私も同意見です」

城木が即座に同僚を支持する。

「児童に万一のことがあれば取り返しがつきません。宮近理事官の言う通り、一刻も早く中止を要請すべきです」

「それは最初に考えた」

沖津が冷徹に答える。

「現状を客観的に述べるとすると、警察官に招待状が一枚届いただけだ。それだけで演奏会を中止してくれと頼むのかね」

宮近と城木が声を失う。その通りだ——サザートン来日、ラードナー警部とＩＲＦ及びキリアン・クインとの関係など、すべて学校側に説明するわけにはいかないことばかりだ。聖ドリュオンの生徒保護者の中には外交官も含まれる。彼らは必ず各方面に問い合わせと報告を行なうだろう。

「そこまで考えて打ってきた手か……」

宮近が呻《うめ》いた。その場にいる全員が同じ気持ちである。

「そうだ。大使館の封筒に演奏会の招待状が一枚きり。〈詩人〉好みの手じゃないか。そして彼はこちらが必ず乗ってくると踏んでいる」

キリアン・クインという稀代の対局者を相手にして、あえて機械になりきるつもりか、沖津は冷酷とも取れる口調で指示を下す。

「真の狙いは分からないが、少なくとも〈第二の目的〉はラードナー警部の殺害である。〈詩人〉本人、もしくはＩＲＦの処刑人が現われる可能性が大いにあるということだ。当日は会場に全捜査員を配置し万全の態勢で臨む。あくまで児童の安全を最優先とし、キリアン・クインはじめ国際指名手配犯を発見した場合はその場で緊逮《きんたい》」

そこで挙手する者がいた。ユーリ・オズノフであった。

「オズノフ警部」

沖津の許可を得て発言する。

「これは攪乱ではないでしょうか。捜査の目を莫陽忠《モーヤンジョン》とオキーフの死体から逸らすための」

由起谷、夏川をはじめ多くの捜査員が一様に頷《うなず》いていた。オズノフ警部の視点はやはり現場捜査員に近い。

「無論二つの死体の線は放棄するものではない。あくまで追及する。しかし、明日一日だけはあえて演奏会の張り込みに賭ける」

「陽動の可能性は」

姿警部が間髪を容《い》れず指摘。部長が即答する。

「ある」

「それが分かっていて強行する理由は。こっちはライザを囮《おとり》にしたつもりが、相手はこの間に別の場所で何かしでかすつもりかもしれない」

「その可能性は低いと私は見ている」

「根拠は」

「論理的にはない。強いて言うなら、必然性が見えないからだ」

「必然性？」

そのときラードナー警部が発言した。

「私も同じように感じます。部長の読みはキリアン・クインに迫っている。彼の作戦には常に必然性がありました。少なくともこれには陽動ではない、もっと別の何かがある」

姿が肩をすくめて黙る。呆れたようでもあり、納得したようでもある。

「姿警部とオズノフ警部は会場付近で発進待機。鈴石主任はその準備にかかるように」

発進待機とは龍機兵《ドラグーン》に搭乗した状態で待機維持することである。当然技術班もこれに対応した態勢でバックアップせねばならない。

緑はただちに退出し、庁舎地下のラボへと戻った。


技術班の全技官を招集、発進待機に備えてシフトを調整した緑は、フィアボルグとバーゲストの状態を確認する。二時間後、報告と打ち合わせのためファイルとノートPCを手に部長室に向かった。

ノックして入る。中には部長のデスクを囲んで、二人の理事官と三人の部付警部がいた。オペレーションの細部を詰めている最中であるらしい。沖津は緑に、室内でしばらく待つようにと言った。

壁際のパイプ椅子に腰を下ろす。自分の職務に関係する事項もあるかもしれないので注意して耳を澄ます。捜査員の配置について再検討しているようだった。技術班には関係ない。秘かにほっと息をつく。彼らの打ち合わせは五分ほどで終わり、解散となった。気ぜわしげに退出しようとした宮近が、ふと思いついたようにラードナー警部に声をかけた。

「君は明日もその格好で行くつもりか」

「はい」

そっけない彼女の答えに、他の面々も振り返る。

着古した革ジャンにデニム。いつものスタイルをまじまじと見て、城木理事官も首を捻る。

「確かに……少々不適切かもしれないいな」

対して姿警部は気楽そうに言う。

「別にいいんじゃないですか。演奏会といっても学芸会みたいなもんでしょう」

「いいと言えばいいんだが、聖ドリュオンには富裕層の子弟が多い。各国の教育関係者も来賓のリストに入っている」

「そうだ、いくらなんでもその格好はラフすぎる。会場で目立ってしまうぞ」

「相手は最初からライザが目当てなんだから、目立っても問題ないでしょう」

三人のやり取りを、当のラードナー警部は興味もなさそうに黙って聞いている。興味がないというより、心そのものがこの世界にないようだった。

なんとはなしに緑は思った――ラードナー警部は〈灰かぶり姫〉なのだ。あえて灰を被り、みすぼらしいなりをして、他人と違う自分を隠そうとしている。純白のバンシーがその本質を示しているのだ――

「鈴石君」

突然名前を呼ばれて我に返った。宮近理事官だった。

「同性として君はどう思うか教えてくれ。ラードナー警部の服装だ」

「ラードナー警部には……」

動揺を隠して立ち上がる。

「赤が似合うと思います」

思いがけない言葉が出た。だが決してごまかしではなく、言ってから自分でも本当にそう思えた。

なぜだろう――

ラードナー警部が驚いたようにこっちを見ている。あのときと同じ顔。ロビーで父の本を読んでいたときに見た顔と。

「それ見ろ」

宮近は得意げに、

「鈴石君も別の服装がいいと言ってるぞ」

そんなニュアンスで言ったんじゃない――内心で思ったが口には出さない。

「このオペレーションではラードナー警部の服装には特に意味はない。鈴石主任、待たせて悪かった」

沖津の一言でその件は終わった。緑は慌てて上司のデスクに駆け寄った。

その日は特捜部のほとんどの職員が泊まりとなった。ライザは震えの残る手で待機室のロッカーを開ける。扉の内側に嵌《は》め込まれた鏡に映る顔。ＩＲＦを離脱して以後、黄金色だった髪はすっかり明るさを失って砂色に変わっていた。見る影もないもないどころか、今その顔には狂おしいまでの苦悶がはっきりと滲んでいる。

――姉さんはきっと赤が似合う。

ロッカーの扉を叩きつけるように閉める。

――赤を着た姉さん、きっと素敵よ。

2

十一月三十日。文京区、都立青少年文化センター。その小ホールが聖ドリュオン国際ろう学校生徒演奏会の会場であった。開場は午後一時半だが、特捜部の捜査員は朝から配置についている。

会場は昨夜のうちに警視庁警備部第一機動隊の爆発物処理班が捜索を済ませている。事前に爆発物が仕掛けられた痕跡は発見できなかった。会場側と学校側には公共施設におけるテロ警戒強化週間の一環であるとの説明がなされた。同じ名目で会場の内外に捜査員を配置することにも了解を得た。

正午前には教師に引率された生徒達が楽屋に入っている。開演予定時刻は午後二時。

青少年文化センター敷地内の駐車場に特捜部の指揮車輛。その横のトラックの中では、姿警部の搭乗するフィアボルグが待機している。有事の際にすぐに飛び出せる発進待機である。南側の通用門に面した路上に停車したトラックにはオズノフ警部のバーゲスト。同じく発進待機の態勢にある。各車輛の近くでは、バックアップの技術班スタッフも待機している。

センターの各出入口には特設のゲートが置かれ、銃器や爆発物が持ち込まれないよう入場者の荷物がチェックされた。聾学校の演奏会にふさわしからぬ厳重な警戒に驚く来客も少なくなかったが、彼らの多くは公共施設でのテロを身近に経験している欧米人であり、特に抗議といったものはなかった。

正面ロゲートの横では夏川主任が、搬入口付近では由起谷主任が目を光らせている。彼らの耳には受令機である小型イヤホン。襟の裏には指向性のマイクが隠されている。日本に侵入したＩＲＦは残り十二人。キリアン・クインと他のプレイヤーの写真は全捜査員が携帯している。

開場時間になった。ロビーにちらほらと集まっていた生徒の家族や関係者が小ホールに入っていく。開演まではまだ時間がある。ロビーに残って互いに挨拶している客も多い。

ライザはいつもと同じ革ジャンとデニムで会場に臨んだ。児童の演奏会にはおよそ不似合いな革ジャンの内側には、さらに不似合いなＭ６２９を忍ばせている。

念のため最新の状況を確認しておこうと、駐車場に回って指揮車輛の後部ドアを開けた。

生き生きと揺れる肩が見えた。

黄色いワンピースではない。濃紺の警視庁のスタッフジャンパー。

四組並べられた端末のキーボードを、自由自在に往還し、天衣無縫に叩いている。四面以上のディスプレイを楽譜のように眺めながら。その動きには明確なリズムがある。命を刻む呼吸がある。前にも思った。流麗で躍動感にあふれる指のさばきは、まるで――

「ミリー」

緑、と名前を呼ばれた気がして、キーボードを叩いていた指を止め振り返った。

ラードナー警部だった。

何か言おうとしたとき、近寄ってきた警部にいきなり右手の指をつかまれた。

あまりのことにどう対処していいか分からない。相手の顔には憑かれたような鬼気があった。

「ピアノを弾いていたことはあるか」

唐突に訊かれた。

「えっ？」

「おまえは以前にピアノを弾いていたか」

「ありません、放して下さい」

力を入れてその手を振り払う。

彼女は急に我に返ったように後ずさった。羞恥とも放心ともつかぬ表情でこちらを見つめている。

「すまない」

それだけ言って、指揮車から足早に出て行った。

入れ違いに、会場の様子を見に出ていた沖津部長が帰ってきた。

「どうした」

自分の顔色に、何かあったと感じたようだ。

「ラードナー警部が……」

「警部がどうした」

狼狽しながら緑は答える。

「警部が私に……ピアノを弾いたことはあるかと……」

「そうか」

沖津はため息をついて考え込んだ。何か思い当たる節があるようだった。

「ラードナー警部の妹はずっとピアノを習っていたらしい。それと関係があるのかもしれないな」

「そうですか」

分かったような、分からないような話だった。ラードナー警部の妹。それとさっきの行為がどう関係するというのだろう。部長はまだ他にも知っていることがあって、自分に隠しているのかもしれない。

釈然としないながらも、緑はコンソールに向き直った。

右手に残る穢《けが》らわしい感触。それを振り払うように再びキーを叩き始める。複雑な調整を終え、モニターに表示されたグラフを見て声に出す。

「PD1、PD2、ともに同期パルス、エコー正常。干渉は認められません。他もすべて正常。発進待機、続行します」

指をつかまれた。人を殺した手で指を。数え切れぬ人をあの手が。

動揺が収まらない。駄目だ。今は任務に集中せねば。


ライザは駐車場から小走りにセンターの入口に向かう。どうかしていた。自己嫌悪で吐き気がする。

あの娘はさぞ面食らっただろう。家族を殺したテロリストに手を取られ、わけの分からないことを訊かれたのだから。

あの娘の指。ミリーのように小さく細かった。自分が殺した妹の指。

忘れてしまえ。過去の罪に比べれば今の恥など問題にもならない。どうでもいい。忘れてしまえ。

演奏会がすぐに始まる。キリアン・クインの招待だ。自分が何を考えようと、何を思い出そうと、あと三十分足らずですべてが終わる。終わってほしい。ただそれだけを願う。

一時三十五分に会場に入った。ロビーに配置された捜査員が一瞥をくれる。受付で招待状を提示し、プログラムを受け取る。服装はラフだが白人であるライザを不審がる者はいなかった。

座席数二五七の多目的ホールはまだ閑散としていた。中ほどの席に座り、首も目も動かさずに周辺を探る。異状はない。舞台下手にピアノ。抑えつけた情動が微かにざわめく。

小ホールの各所には赤外線対応のカメラが設置されている。舞台と客席、それに出入口の様子は指揮車輛からも監視できる。

〈詩人〉はこのホールで何を仕掛けてくるのだろうか。彼が直接来るとは限らない。現われるのは〈猟師〉か、それとも〈踊子〉か。

かつて〈踊子〉イーファ・オドネルは舞台の上から客席の標的を射殺したという。今度もその手で来るのだろうか。おそらく違う。〈詩人〉は旧作の模倣を好まない。自信満々の新作を用意しているに違いない。

開演が近づくに従い客席が埋まっていく。それでも満席にはほど遠い。生徒の保護者や家族、来賓の関係者を合わせても観客の数は知れている。ほとんどは白人の家族連れ。城木理事官の言っていた通り、皆裕福そうでフォーマルな服装をしている。場内のアナウンスも英語だった。

『聖ドリュオン』とは聾唖者の守護聖人でもあるらしい。その名を戴くこの学校には、発声のみ不自由な発話障害者を含む聴覚障害児童が通学している。近年は補聴器等の進歩により、聴覚障害児童の教育手法にも格段の変化が見られるという。

鳴り響くブザー。場内の照明が消える。開演だ。プログラムの内容は事前に把握している。最初は演奏ではなく合唱で、曲は『エーデルワイス』。舞台上手にスポットライトが当たり、十人の生徒が一列になって現われる。全員が六歳から十歳前後の外国人児童。最後尾にフルートを手にした教師の若い白人女性。客席から拍手が沸き起こる。生徒達は意外にリラックスしていた。この催しを楽しんでいるようだ。よき指導の賜物だろう。

下手から出てきた四十前後の女性教師がピアノに向かう。針金のように痩せた肢体。淡褐色の髪に白髪が目立つ。否応なくジェーンを思い出す。哀れなミス・ジェーン・プラマー。だがあなたには神の救いがあり、私にはそれがない。

児童が観客に向かって一礼し、教師のピアノに合わせて歌い出す。変ロ長調。中には音を外している子供もいる。だが気にする者はない。外した本人も朗《ほが》らかに歌っている。それだけで観客は大いに満足しているようだった。聴覚障害の子を持つ親にとって、楽しげに歌う我が子の姿以上に嬉しいものがあるだろうか。若い教師のフルートの調べが曲に調和し全体を際立たせる。子供達の澄んだ声がさらに生きて伸びやかになる。ミリーも教会で歌っていた。誰よりも生き生きと。『アゲン』の前に。声を失ってしまう前に。

歌が終わり、拍手が沸き起こる。十人の児童は紅潮した顔で一礼し、下手へと退場する。

薄闇の中でライザは周囲の気配を探る。会場内に変化なし。敵はいつ現われるのか。緊張が高まる。胸の鼓動が革ジャンの下に隠したM629を押し上げる。

駐車場の指揮車内では、沖津がマイクに向かって状況を確認していた。

「本部より各員へ。状況を報告せよ」

〈正面ロゲート、異状なし〉

〈搬入口、特に異状は認められず〉

〈楽屋口、変化なし〉

〈研修室前通路より本部、こちら異状なし〉

〈レストラン前、異状ありません〉

報告はいずれも〈異状なし〉。現在のところテロの兆候は見られない。

壁面に設置された複数のディスプレイには、会場内各所のリアルタイム映像が表示されている。小ホールの観客席を捉えたカメラには舞台に見入る客達の顔。楽しげな人々の顔の中で、唯一微笑さえも浮かべていない冷たい顔はラードナー警部だ。新木場の庁舎では城木と宮近の両理事官もこれらの映像を食い入るように見ているはずである。

沖津と背中合わせの格好でコンソールに向かう緑は、モニター機器を睨んで龍機兵搭乗要員のバイタルをチェックする。脳波、心拍、血圧、体温、すべて異状なし。

トラックの荷台に隠されたフィアボルグとバーゲストは、それぞれ手足を極端に折り曲げた格好で発進待機。龍機兵シェル内の姿警部とオズノフ警部は、機体のアイドリング状態を維持しながらじっと命令を待っている。

各機体の前には、それぞれ三面のモニターがせり出すような形で設置されていた。一面には車載広角カメラの映像。前方、後方、左右がマルチ表示されている。各映像にカメラ番号とタイムコード。二面はピックアップした不審点のズームアップやデータ表示。建造物名、標識、不審車の車種、ナンバー、距離、相対速度。三面は平面GPSマップと現在位置を常時表示。トラックの荷室内――龍機兵のシェル内で、姿とユーリは一瞬たりとも気を抜くことなく周辺映像に目を配る。

拍手の中、舞台に上がった三年生の女の子がピアノに向かう。

ベートーベン『エリーゼのために』イ短調。中間部の和音は編曲で音を減らしてある。そばかすだらけの赤毛の女の子の指は、少しも障害を感じさせず流れるように躍っている。相当練習したのだろう。短音階の旋律が物哀しくも美しい。

次は一年生の男の子だった。ヒスパニックか。半ズボンに蝶ネクタイ。フルートを吹いていた若い女教師がピアノの椅子の高さを調節する。モーツァルトの『きらきら星による十二の変奏曲』ハ長調冒頭の主題提示部。単純なメロディだが、左手の伴奏は原曲のままである。小さな頭に大きな補聴器。障害の度合いが重いらしい。それでも一所懸命に弾いている。幼い指の奏でるその音は聴く者の胸を等しく打つ。

プログラムの四番目は五年生の男の子。インド系の顔立ち。同じくモーツァルトだ。ピアノソナタ第十一番イ長調第三楽章『トルコ行進曲』。

リズムに躍動感がある。自らが行進しているかのように、観客も高揚を覚えている。だがライザは演奏に没入してはいられない。全身の神経を研ぎ澄まして待ち構える。

演奏を終えた少年が客席に向かって深々と一礼する。盛大な拍手。前半のプログラムが終了した。客席の照明が点く。休憩時間は二十分。観客がロビーに出ていく。ライザもその後に続いた。

ロビーのあちこちで来場した家族が嬉しそうに話し合っている。駆け回る幼児もいる。目頭をそっと押さえている婦人も。

幸せな笑顔はどうでもいい。そうでないもの――この場にそぐわないものを探すのだ。ライザはさりげなく周囲に視線を走らせる。不審なものはない。この場にそぐわないのは自分だけだ。前半部では何も起こらなかった。仕掛けてくるのは後半か。いずれにしろ油断はできない。

指揮車内。沖津は再度状況を確認する。

「本部より各員へ。変化はないか」

報告はやはり〈変化なし〉〈異状なし〉。

ディスプレイに表示された休憩中の観客席の映像は閑散として、代わってロビーの映像に人があふれている。感想を述べ合う家族。互いに挨拶をしている保護者。自販機のドリンクを親にねだる子供。そして談笑する観客の輪から一人取り残されたようなラードナー警部の長身も。

塑像のような彼女の映像を一瞥してから、緑は龍機兵各部の電圧、温度、活動可能時間をチェックする。いずれも適正値を示している。

姿とユーリは龍機兵のカメラを通し、トラック荷室内のモニターを入念に眺める。一面の映像で気になる個所は、龍機兵の指先でタッチして二面に拡大表示。各種データを確認。やはり不審は認められず。

第二部の開演を知らせるブザーが鳴った。ライザは他の客に交じって席に戻る。場内が暗くなった。後半の最初は五年生女子によるチェロの演奏であった。中年の痩せた女性教師が再びピアノに向かう。曲はフォーレ『シシリエンヌ』ト短調。打ち寄せる波のような舞曲のリズムが難しい。チェロはことに音を体で感じる楽器だ。しかし舞台に立つ褐色の肌をした少女は、これと情熱的にぶつかっている。自身のハンディキャップに果敢に立ち向かうかのように。

照明が明るくなる。八人の少年少女が舞台に上がった。『星に願いを』の合奏である。数人のリコーダーに、鉄琴の音が加わる。揺れながら、ばらばらになりそうでありながら、なんとかまとまる。皆懸命に演奏している。懸命で、楽しそうだ。

予定のプログラムは終わりに近づきつつあった。ライザは全身がじっとりと汗ばむのを感じている。来るのなら早く来い。死の淵で焦らされるのはもう飽きた。

指揮車輌に捜査員より報告。

〈搬入口右側交差点に不審車輛、グリーンのミニバン、ナンバーは品川×××の××××、車内に白人の男女二名、運転手は若い女、助手席に男〉

白人——ついにＩＲＦが現われたのか。緑は身を硬くする。運転している若い女性とは〈踊子〉イーファ・オドネルか。手配写真を思い出す。額の真ん中で分けた黒髪。可憐な童顔に不敵な笑み。凶悪さでは日本に潜入したプレイヤーの中でも一、二を争う。

照会の結果、車は杉並区在住のイタリア人男性のものと判明。

捜査員がさまざまな角度からミニバンにカメラを向ける。人相と骨格の簡易照合の結果はＩＲＦの国際手配犯のものとは合致しない。ディスプレイに映し出された女の顔は、イーファ・オドネルの手配写真とは似ても似つかぬものだった。

捜査員数名が職務質問を行なう。男女は任意でIDの提示に応じる。身許はすぐに確認された。車の所有者であるイタリア人とその娘。運転していた娘が友人に携帯電話をかけるため一時停車したとのこと。娘も免許証を所持している。

どうやら無関係であるらしかった。イタリア人は神経過敏な日本警察に多少の憤慨を示しつつも車を出して去った。

緊張が解ける。緑は秘かにため息を漏らした。視線を再び計器へ。龍機兵搭乗要員のバイタルに変化なし。


合奏は終わり、上気した子供達は一礼して下手へ去った。拍手の間を挟み、ついに最後の演目となった。舞台の照明が再び暗くなる。六年生の女子がピアノに向かう。バッハ『平均律クラヴィーア曲集』第一巻第一番ハ長調前奏曲。この曲は個々の音のみならず、コードの味わいを聴き分けねばならない。障害のある生徒には相当難易度が高いと言える。栗色の巻き毛を肩まで伸ばした白人の少女は、しかしそれぞれの音の背後にある響きを聴ける段階に達していた。

規則正しい音形でコードだけが変遷していく。その連なりに豊かなニュアンスが生み出される。誰しもが耳を澄ます。陶然となる。情感が息づく。音が色彩を帯びて広がっていく。どこまでも遠い世界へ。遠い時間へ。

──ライザ！

ピアノを弾く手を止めてミリーが振り返る。舞台の上で。教会で。記憶の果てで。

あの日、ミリーの手を放さなければ。

『アゲン』の日だけではない。自分は二度もミリーの手を放してしまった。分かっていた。分かっていながら目を逸らし続けた。いつもそうだ。立ち向かっているつもりで何も見てはいなかった。分かっていた。あのとき――キリアンが家に助けを求めてきたとき、愚かにも同行しようとした自分をミリーは止めてくれた。あのグレイのパーカーをつかみ、激しく首を振って止めてくれたのだ。今にも泣きそうな顔をして。それを自分は振りほどいた。

すべてミリーに言うべきだった。ブライアンの本を拾ったことも。ブライアンが死んだことも。自分が警官を殺したことも。ミリーだけはいつも自分を理解し、味方でいてくれたのに。心からの忠告をしてくれたのに。なのに自分は最愛の妹を欺《あざむ》き続けた。

最愛の？　自分は本当に妹を愛していたと言えるだろうか。愛しているつもりでいて、何も分かっていなかった。すべて自分のエゴだ。そのエゴが妹の声を奪い、命を奪った。

ミリーがダフナー家の子供達と行ってしまう。

ジェーンが寂しげに微笑んだ。

父と母と妹と、一家四人のつましい食卓。あれはみじめでもないし侘《わび》しくもない。あれこそが幸せだったのだ。マクブレイドの真の誇りは、あの食卓にあったのだ。

柔らかに流れるバッハの旋律。胸のうちよりあふれ出す記憶の奔流を抑えられない。絶望と後悔だけに縁取られた記憶。声もなく魂で慟哭《どうこく》する。

――いつも思ってる。姉さんは私の誇り。

小さい頃からミリーは勘がよかった。どんな隠し事もすぐに見抜かれた。そのミリーが、本当に気づかずにいただろうか。自分が人を殺したことに。テロリストになったことに。母やジェーンと同じく――いや、そのずっと以前から、気づいていたのではなかったか。

――きっと姉さんは特別な人なんだわ。

いつも雨が降っていた。雨の中を走っていた。ベルファストのグローブナー・ロードを。ロンドンのマリルボン・ロードを。窪地の底を。今も自分は走っている。身を引き裂く悔恨の絶叫を上げながら。『G線上のアリア』を聴きながら無明の淵を。雨でもう何も見えない。ああ、雨が痛い。

小ホールのドアが開き、観客が外に出てくる。演奏会は終わった。夏川は正面ロゲートの横から、帰途に就く観客の列を部下の深見とともに見送った。

キリアン・クインは現われなかった。青少年文化センター周辺の要所に配置された部下からも異状があったという報告はない。ＩＲＦは会場に近寄りさえしなかったのだ。

児童による演奏会が無事に終了したのは幸いだ。しかし夏川の心中は複雑だった。自分達の広げた網は徒労に終わったことになる。ラードナー警部への招待状はやはり陽動だったのか。少なくともタイムリミットの迫るこの局面で、特捜部が丸一日以上を空費したのは確かである。

『終盤は機械の如く』と部長は言った。機械の如くに考えすぎて、部長は読み誤ったのではないだろうか。自らの焦りと上司への疑問を、夏川は頭を振って打ち消そうとした。

沖津は指揮車輛の中でじっと眼を閉じている。その手の指に挟まれたシガリロには火も点けられていない。

「本部からＰＤ１、ＰＤ２へ。発進待機解除して下さい」

ヘッドセットのマイクで緑が姿とユーリに指示を伝える。

〈ＰＤ１了解〉

〈ＰＤ２了解〉

スピーカーから応答。六時間以上も同じ姿勢のまま待機していたというのに、姿とユーリの口調は搭乗前とまったく同じで、いささかの変化も見られない。緑は秘かに感嘆する。二人とも本物のプロなのだ。

ヘッドセットを外して背後を振り返った。沖津に声をかけようとして躊躇《ちゅうちょ》する。意気消沈しているであろう上司に、なんと言えばいいのかすぐに思いつかない。

コンソールに向き直ったとき、会場内の様子を映したディスプレイの一つにふと目を惹かれた。観客席に向けられたカメラ。終演後の観客席に誰かがいる。ラードナー警部だった。席に座って前を見つめたまま身動きもしない。演奏はとっくに終わったというのに、立ち上がって撤収する気配もない。がらんとした観客席にいつまでも独りぽつんと残っている。緑は首を傾げ、映像の焦点をライザに合わせてズームアップする。

息が止まる。思いがけないものを見た。狼狽し、混乱する。なんだろう——これは一体なんだろう?

画面の中で、ラードナー警部は泣いていた。

3

ついに十二月を迎えた。

一日の午後、夏川と由起谷は庁舎に居合わせた数名の捜査員に声をかけ、自発的に小会議室に集まった。

「俺達、というより日本警察が今日中にテロリスト全員を確保するのは難しいだろう」

夏川が中心になって話した。集まったのは両班合わせて九人である。他の者は今も捜査に飛び回っている。

「サザートンは明日やってくる。悔しいがタイムリミットだ。俺達の力が足りなかった」

皆寝不足の顔で夏川を見つめている。

「これからは警備部が主役になる。だが俺達の仕事は終わったわけじゃない。夕べ部長に確認した。捜査は続行だ。馮 志文《フォンジーウェン》、關 剣平《クワンジェンピン》、臭い奴らはいくらでもいる。俺達は少しでも多くのネタをかき集めるんだ。ＩＲＦの〈第三の目的〉も不明のままだしな。無駄になんかなるもんか。今後の戦いに必ず役立つと部長も言ってた。あの〈敵〉との戦いだ。どうだみんな、死んだ気になってやってやろうじゃないか」

室内の刑事達が強く頷く。〈敵〉との戦い。部長は今回の事案のさらに先をも見据えているのだ。

「夏川センパイがありがたい気合を入れてくれたところで、俺からも一つ言っておこう」

由起谷が微笑みながら立ち上がった。

「とりあえず今日は早めに帰ってゆっくり休め。みんな酷い顔だぞ。特に夏川、おまえが一番酷い。風呂に入って髭を剃れ」

「おまえに比べりゃ誰だって酷いよ」

夏川のぼやきに、全員が笑った。

サザートン来日を翌日に控え、警備態勢についての会議が午後四時より警視庁で行なわれた。実務レベルでのオペレーションの確認である。実務担当の責任者となる柏《かしわ》警備一課長が仕切り、佐久間《さくま》警護課長、酒田警備部長、清水公安部長といった顔触れ。警察庁警備局からは長島外事課長、粂井《くめい》警備課長、それに堀田警備企画課長。他に外務省からオブザーバーとして周防首席事務官が出席している。そして警視庁の沖津特捜部長。臨席した警察幹部の誰もが押し黙って彼から目を逸らしていた。

局面は次のフェーズへと否応なく移行している。明日二日の来日から離日の瞬間まで、サザートンをいかに守り抜くか。ＩＲＦは多数の機甲兵装を日本に持ち込んでいる。警備する側も機甲兵装を配置せざるを得ない。しかしサザートンの来日はあくまで極秘である。急襲部隊であるＳＡＴを、滞在期間を通じて公然と警備に当たらせるのは難しい。

「外務省とも検討を重ねました結果、現場での警護は警備部警備課と特捜部の合同で行なうという方針で一致を見ました」

柏宏《ひろし》課長が淡々と述べた。くたびれた地方の教師か公務員といった印象の、取り立てて特徴のない風貌をした人物である。警備部や公安部に多いタイプだ。

「ただし主体は警備部。従前通りの態勢です。特捜はオペレーションへのイレギュラーな参加ということもあり、警備部のフォローという形でお願いを致します」

列席した面々からの異論はない。警備態勢の大まかな案は以前から練られていたし、特捜の参加もこの状況ではやむを得ない。酒田警備部長らにとっては不本意の極みであろうが、彼も今は口を閉ざしている。

特捜部が特使警備のオペレーションに食い込んだのはひとえに沖津の執念と剛腕である。またその決定には周防の決断も大きく影響したであろうことは想像に難くない。切れ者と評される外務省の若手幹部は、沖津と組むことに方針を転換したらしい。彼の肚は窺《うかが》い知る由《よし》もないが、それだけでなく、内閣官房にも——あろうことか警察上層部にも——特捜を警備に投入すべきという意見があったという。真偽のほどは不明であるが。

「それではお手許のファイルをご開封願います」

柏課長の指示に従い、周防事務官以外の全員が配布されたファイルの帯封を切る。周防だけは最初から開封されたファイルを所持していた。

「マル対《タイ》(警護対象者)の乗るチャーター機は明日午後一時十五分羽田着。首都高を使ってニューオータニへ直行。会議、面談、打ち合わせ等はすべてホテル内で行ない、外出は一切ありません。三日、四日のスケジュールをこなしたのち、五日午後十一時二十分にホテルを出て、往路と同じルートで羽田。道路封鎖については、高速の出入口と青山通りに通常の交通検問に近い形で検問を設け、マル対通過のコアタイム三十分のみ徹底して厳しく行ないます。警護レベルは秘匿下における最高のE」

会合の目的はあくまで確認であり、その場にいる関係者のほとんどが事前手配の必要から警備プランを熟知している。唯一の例外は特捜部の沖津部長で、彼のみはサザートンの日程さえも初めて知る。ファイルには最後まで秘匿された最終決定事項の詳細が記されていた。

「ニューオータニではこれまでも各国要人の警護作業を行なって参りました。今回も各個基礎確認完了しております」

柏の言っているのは、サザートンと接触するホテル従業員他関係者の身辺に問題はないという意味である。

「なお、空港からの移動につきましては、通常の態勢に加え、ウチのジュバンを張り付けます。もちろんホテルにも」

〈襦袢《ジュバン》〉とは、警視庁警備部警護課に配備された要人警護用機甲兵装のことである。トラック等に偽装されたパッケージの中で発進待機し、基本的に外に出ることのないキモノであるため警察内の隠語でそう呼ばれる。

目立たぬことを信条とする警護任務に機甲兵装とは一見奇異にも思われるが、二年前、資源開発援助計画に関する交渉のため来日中だったナイジェリア特使が機甲兵装で襲撃されるという事案が突発した。警備部では当時最高レベルのSPによる警護態勢を取っていたものの、小火器を携帯した程度の人間では暗殺という明確な意志を持つ機甲兵装を阻止できなかった。幸い特使は一命を取りとめたが、この前例から、SATをはじめとする特殊部隊以外で唯一、警護課に機甲兵装が配備される運びとなったのである。

配備されたのは第二種機甲兵装『ニーグル』二機。要人警護に特化した機体で、特に選抜され訓練を受けたSPが搭乗する。この隠されたジュバンこそ、警備部警護課の秘かな誇りであった。

会議の最後に、周防が立ち上がって出席者の全員に深々と頭を下げた。

「皆さん、どうかよろしくお願いします」

その態度には国を憂える者の真摯さとでもいうべきものがあった。外務省の頂点を目指す彼に野心がないはずはない。その彼がここまでプライドを捨てている。少なくとも高級官僚特有の尊大さは微塵も窺えない。それだけ事態が切迫しているとも言えるし、また彼の度量を示しているとも言える。あるいはそれこそが彼の慎重さであり、野心の証しであるのかもしれなかった。

同日午後四時三十分。ライザは独り庁舎内の待機室にいた。龍機兵搭乗要員に割り当てられたロッカー室兼用の待機室は二部屋。姿とユーリは同じ部屋を共用しているが、ライザは一人で一部屋を使っている。標準的なビジネスホテルくらいの広さと殺風景な内装。スチール製の事務机と椅子。それに仮眠用のベッド。待機中はずっとそこで過ごさねばならない。今も準待機命令の発令中である。特殊防護ジャケットを着たまま仮眠用ベッドに腰掛け、足許の紙袋に入れてあった本を取り出した。十日ほど前に新宿で買った本だ。

鈴石輝正著『車窓』。買ったきりまだ読んでいなかった。エルサン化学工場への突入作戦で読み始めるきっかけを失ったせいだが、読むのが怖かったせいでもある。買った日の夜に『チャリング・クロスの惨劇』に関する報道を改めて検索した。被害者の中に日本人旅行客の名前があった。鈴石輝正、裕子、仁、緑。著者は間違いなく鈴石主任の父親だった。

最初から読み始める。貿易業者の著者が諸外国での旅の思い出を綴った旅行記であった。旅の記録に、著者特有のセンスによる随想が混じる。時にペシミスティックであったりもするが、決して諦観に陥らない。チャーミングなウィットもある。豊かな人間性の偲ばれる文章だった。

極力予断を排して読むつもりがそうもいかない。あの娘の父親はこういう人物であったのか。意外なようでもあり、そうでないような気もする。

第三章を読み進めるうちに防護ジャケットの下でじわりと汗が滲んできた。そこで主に取り上げられていたのが、スペインでの旅だったからだ。フランス側から商用でスペインに入った若き日の著者は、無事取引を終えたあと俄然スペインの風土に心惹かれ、気ままな旅を思いつく。鈴石輝正氏の心は次第にバスク地方へと向かう。

頭の中で嫌な感触。まさか、そんな——じりじりと蟻地獄に嵌まっていくような焦燥感。ずっと目を背け続けてきたものが、思わぬ所から徐々に顔を出すような。

鈴石氏はマドリードから寝台特急でビルバオに入る。そこでバスク鉄道の乗客となり、一路サン・セバスティアンを目指す。

手が震える。本を放り出して読むのをやめようかと思った。だがどうしてもやめられない。追われるように視線が文章の先へ先へと走っていく。［エルティアノ湖］。その日本語の活字が目に飛び込んだ。思わず叫びそうになった。今まであえて知らずにおいたこと。その答えがもしここに書かれていたら。

エルティアノ湖に魚はいるのか？

鈴石氏はエルティアノ湖周辺の景観と人情について触れつつも、それ以上は何も記していなかった。予感は外れた。答えは書かれていなかった。空になった薬莢が頭蓋のうちからスムーズに排出されるのを感じる。肩で大きく息をつく。馬鹿馬鹿しい。絶望の生を長らえる身でありながら。今さら答えを知っても罪の総和は変わらないのに。

続きを読む。鈴石氏の人柄と文章に引き込まれる。悠揚とした筆致に、次第にある思いを強くする。

——国境を越えるとき、私はいつも人と人とを隔てる真の境を思う。この境は、国の境とは必ずしも一致しない。それは幸福であるとも言えるし、不幸であるとも言える。人は何かによってお互い常に隔てられている。

——列車の中では誰もが互いに異邦人である。それはこれから知り合える可能性を意味している。未知の友人は常にいる。

――こうして列車に揺られていると、友人になれるはずだった人が不意に車輛のドアを開けて顔を覗かせ、声をかけてくるような、そんな気がすることがある。

否が応でもキリアン・クインの『鉄路』を思い出す。キリアンも鈴石氏も、同じく列車や線路をモチーフとしてさまざまなものを旅に喩えていながら、その捉え方はまるで違う。

『鉄路』の一節にはこうあった。

若く老いぼれた君は果てなく延びた鉄路を往くか。
愚直に引かれた二本の線の合間を往けば
執念深い悔悟を振り切れるとでも夢見たか。

またこうもあった。

赤錆びた運命の先にも後ろにも
鉄路を這う蛆に微笑みかける馬鹿者はいないのだ。

どこまでも冷笑的であるキリアンに対し、鈴石氏はあくまで楽観的だ。国家観や歴史観は単純で多分に感傷的ではあるが、それだけに優しい。キリアンは世界を信じない。人を信じない。キリアンにとっての他者とは常に迫害者であり、傍観者である。祖国の辿った歴史を思えば当然だ。それが真実であったからだ。一方、鈴石氏にとっては違う。氏は互いに断絶した異国の他者を〈未知の友人〉と呼ぶ。それは無知に由来する無責任でも、優越感に基づく傲慢でも決してない。悲惨な現実の構造と歴史の本質を氏が理解していることはその文章からも明らかだ。そして氏は異国の人々に対して穏やかに語りかける。

――幻の友人達に感じるこの懐かしさはなんだろう。まだ出会ってもいないのに。きっとそれは人間が本来持っている寂しさであり、他者への慕わしさだ。

――一番悲しむべきことは、本来なら友人になれるはずの人とそうなれないことだ。

素直に心に入ってくる。鈴石氏の言葉には他者への思いやりがあふれている。純粋に、そして真摯に人間を信じている。少なくとも人に対する希望を捨てるという発想はかけらもない。カトリックとプロテスタントが本来は敵対するものではないように、真実と希望もまた決して相反しない。だが真実を知る人はたやすく希望を嘲笑する。陳腐と称すべきはその心理の方であったのだ。

無名の人である鈴石氏の感傷が、国際的に知られたキリアン・クインの思想を凌駕している。そう思った。

赤茶けた装幀が奇《く》しくも似た二冊の本。一冊は英語で、もう一冊は日本語で綴られている。一冊は人を扇動し、もう一冊は人を和ませる。価値の軽重は明らかだ。書かれた文化の違いではない、著《あら》わした人の大きさだ。魂の自由さだ。

客席で列車の揺れに身を任せ、静かに車窓を眺める旅行者。そのまなざしは穏やかで、好奇心にあふれ、世界中の何もかもをまっすぐに捉える。裏切られ、傷つけられることを恐れない。国境を越えるとき、氏は常に人の境を思うと記す。カトリックとプロテスタントを隔てるピースライン。双方の痛みを感じながら、あえて踏み越え、その先に友を求める。鈴石輝正氏は真の自由人だ。

――ライザには自由が必要だ。

父デリク・マクブレイドの残した言葉。長い間自分には謎だった。その意味がようやく分かったような気がした。

鈴石主任の父親がそれを自分に教えてくれたのだ。

本を手にした両手がわななく。何かが際限もなく込み上げてくる。どうしても堰《せ》き止められない。

父は自分を愛してくれていた。なのに自分は、父が死んだ後も、ずっとそれを理解できずにいた。娘に魂の自由をと願った父の愛を、自分は踏みにじったのだ。母を不幸にし、妹を殺した。何もかも帰ってこない。ガレージで父が旋盤を使う音も。母の作るシチューの香りも。ミリーの笑顔も。一体ここはどこだったろうか。自分が今いるここは。雨が降っているのだろうか。雨は嫌だ。雨に滲んで本が読めない——


十二月二日、午後一時二十分。厳戒態勢の羽田国際空港。チャーター機は予定時刻から五分遅れて到着した。随行員とともに機外へ出た外務英連邦省審議官ウィリアム・サザートンは、折からの寒風にコートの襟を立てる暇もなく迎えのメルセデス・ベンツSクラスに押し込まれるように乗り込んだ。関係者は後続のレクサス二台に分乗。先頭と後尾に警護車のレガシィB4が一台ずつ。ここまでは通常の態勢だが、午後一時二十五分、車列が空港中央から首都高速湾岸線に入るタイミングで前後にトラックが一台ずつ加わった。SPの搭乗する要人警護用機甲兵装『ニーグル』を積載した偽装トラックである。二台とも異なる車種、外装で、さりげなく警護車列の前後につける。

車列は一路都心を目指す。極秘の来日で報道もなされていないため、パトカー、白バイによる先導はない。空港出発と同時に警視庁はルート上の各検問を強化、事実上の道路封鎖を行なう。対象の要人は元首級ではないこと、秘匿を要する事案であることを配慮して、ものものしい態勢は極力避けるという方針が採られたのだ。

警備部の偽装トラックとも車間を取って警護車列の前後を走るトラックがある。前方に二台、後方に一台。いずれも特捜部の車輛である。警護課のトラックに比べるとだいぶ小さい。前の二台にはオズノフ警部のバーゲストとラードナー警部のバンシーがそれぞれ発進待機の状態で積載されている。後ろの一台には姿警部のフィアボルグ。指揮車輛は警護車列のかなり後方につけている。技術班スタッフの乗る車輛はさらに後方。特捜部の指揮車輛が出ているのは龍機兵観測の必要からであり、現場指揮権はあくまで警護課にある。

〈NG01、対向車、白のプリウス、ナンバー照会〉

〈照会完了、不審点なし〉

状況を伝える警護車輛の無線がひっきりなしに飛び交う。

エルサン化学突入以来、いや、そもそも今回の事案発生以来、捜査員、突入要員、技官の区別なく、特捜部関係者は不眠不休の非常態勢にある。特に聖ドリュオンへの出動に際して、技術班は総動員に近い超過勤務を余儀なくされた。全員が疲弊の極を越えている。だがそれもあと四日。疲れ切った全身の神経を研ぎ澄まして最後の四日間を乗り切らねばならない。

特捜部指揮車内では、沖津と背中合わせに座った鈴石主任が龍機兵搭乗要員のバイタルをチェックしている。原理的に龍骨《キール》と龍髭《ウィスカー》の同期が取れなくなるということはあり得ないが、モニタリングできる状態を維持していなければ技術者としては不安になるらしい。ゆえに同期パルスのような信号を発信して、龍骨と龍髭から返ってくるエコーの時間差を計測しているのだ。

「龍骨・龍髭同期パルス、全機エコー正常」

その声を背中で聴きながら、沖津は複数のディスプレイに表示された外部映像を睨み、沈思する——

——機械の如く。キリアン・クインの〈第二の目的〉はライザ・マクブレイド、すなわちラードナー警部の処刑。バンシー最大の特色は背中に装着する換装オプションにある。しかしトラックの荷室内はごく狭いもので、発進待機の状態では装着できない。それでも通常の機甲兵装以上の戦力だが、敵の標的となっているだけに不安を抱かざるを得ない。

一時三十一分。大井ジャンクションから大井連絡路を経由し、東品川インターチェンジから首都高速一号羽田線。各車は順調に流れている。異状はない。

空港からホテルまでの移動にかかる所要時間は短いと言えば短い。しかもほとんど高速の上だ。警備部でも高速道路上で襲撃を受けた場合のシミュレーションは徹底的に行なっている。要人警護用機甲兵装と偽装トラックが盾となって敵機を止め、あるいは壁となって経路を作り、要人搭乗車を現場から離脱させる。警備部の発想は襲撃犯の逮捕にはなく、一にマル対の安全の確保である。

一時三十七分。浜崎橋ジャンクションから首都高速都心環状線に入る。高速の出口は近い。誰も言葉にはしないが、警護者全員の緊張が高まる。

先頭トラック、バーゲストのシェル内で、ユーリは車載カメラによる周辺映像を瞬きもせず見つめている。機甲兵装による首都高速内での襲撃作戦にはトラックの使用が不可欠である。車列が高速を抜けるまでほぼすべてのトラックは検問で足止めを食らうことになる。だが反対車線までは検問の対象になっていない。高速上で来るとすれば対向車か。

前方から接近するトラック。不自然に速度を上げている。身を乗り出すようにしてモニターを注視する。

「こちらPD2、前方一番カメラ、トラック接近、制限時速オーバー」

全車に注意喚起。しかしトラックは前を走る乗用車を追い越して車線に戻った。ユーリはそっと息を吐く。気を抜かず周辺車輛を再チェック。相対速度は正常の範囲。不審車輛なし。

高速に入ってから約十八分後、予定通り警護車列は霞が関インターチェンジを出た。六本木通りを北上し、合同庁舎と警視庁を右手に見て左折。青山通りを進み、赤坂見附で右折して千代田区紀尾井町のニューオータニ「ザ・メイン」に入った。

無事に着いた……

緑は口中がからからになっていることに気がついた。キーボード上の指はじっとりと汗ばんでいる。予想した以上の強烈なストレスだった。

眼鏡を外して背後の上司を振り返る。

沖津は無言でシガリロに火を点けていた。その背中は、出発前より厳しいものに見えた。

庁舎内の連絡室で、城木と宮近はほっとして顔を見合わせた。

移動中の襲撃はなかった。しかしサザートンが離日する十二月五日まで、もはや一瞬たりとも気を抜くことは許されない。二人は互いの面上にその覚悟を見て取った。

端整な顔にうっすらと汗を浮かべて城木が言う。

「今日から四日間か。俺達も庁舎に泊まり込みだな」

「ああ」

宮近はフェイシャルシートで額の脂を拭いながら、思い出したように呟いた。

「〈特捜じゃ理事官も現場〉か」

「なんだって?」

聞き返した城木に、宮近はただ曖昧に首を振った。

特捜部指揮車輛とフィアボルグ積載車輛、それに技術班スタッフの乗るワゴンは予定通りホテルの地下駐車場で停車する。バーゲスト積載車輛は「ザ・メイン」裏手の搬入口へ、バンシー積載車輛は紀尾井坂側の駐車場へ。

発進待機は八時間が限度である。龍機兵から脱着した姿とユーリは車外に出て沖津と合流した。発進待機のシフトはあらかじめ決められている。ホテル到着から四時間はライザが務めることになっていた。技術班のスタッフもそれに合わせてシフトを組んでいる。

これが最後の正念場であると誰もが痛切に感じていた。


ホテル到着の二時間後、ユーリと姿は沖津とともにサザートンの宿泊するプレジデンシャルスイートに向かった。警護対象者と警護要員との顔合わせのためである。

その部屋は通常のスイートと違い、ホテルの公式ウェブサイトには記載されていない。一般人には宿泊はおろか、存在を知ることさえも許されない、国賓、準国賓待遇のＶＩＰ専用特別室であった。

室内には柏宏警備一課長、それに佐久間康則《やすのり》警護課長とその部下達が先にいた。警護第三係のＳＰが五人。警備部警護課に所属するＳＰの中でも特に優秀な人材なのだろう。規定通りスーツの前ボタンをすべて開けている。銃器をはじめとする装備をすぐに取り出せるようにしておくためである。彼らはいずれも沖津らに敵意の視線を向けているが、一般の警察官ほど露骨ではない。知らない者にはむしろ無関心とさえ見えるよそよそしい表情だった。

そして、彼らよりも無関心に徹した顔の持ち主がウィリアム・サザートンであった。人生のすべてに興味を持たぬかのような顔。その顔に反して、経歴は貪欲。日本よりはるかに古く強固な官僚制度を持つ国の申し子。貴族階級の出で思想は保守でありながら、その時々で自分自身をも平気で欺《あざむ》く。かつて彼がＳＩＳの北アイルランド特殊工作に部局を越えて影響力を行使したのも、思想、偏見、愛国心といった甘いものではなく、将来の地位を築くのに大いに役立つと見たからだろう。リパブリカンのイギリス官界への憎しみを一身に負っているというのも頷ける。

今サザートンは、いかにも貴族的な線の細い顔になんの表情もなく、ソファに身を沈めて室内の客を眺めている。必要のない表情を浮かべることさえ大儀であると言わんばかりに。

その周辺には随行員が四人ばかり居流れている。また三人のボディガードも。

ボディガードの一人がじろりと姿警部を一瞥した。見たのは一瞬だったが、ＳＰ達のものよりもはるかに強烈で、かつ獰猛な敵意を秘めた眼光だった。短く刈ったダークブラウンの髪に精悍な面差し。俊敏そうな引き締まった体軀。姿も驚いたように男を見つめている。何か言いかけたようだが、さすがに場を考えたのか口を閉ざした。

「こちらは我々と同じく、警護を担当させて頂きます警視庁ＳＩＰＤの沖津旬一郎部長です」

柏課長が英語で紹介する。

サザートンは初めて興味を惹かれたように、

「ああ、あなた方が。噂は私達も耳にしています。警察の龍騎兵とは実に面白い」

それだけだった。

同じく英語で当たり障りのない挨拶を述べた沖津は、柏に目で促されてすぐに退席した。

「サザートンのような人物は外交の世界では珍しくない。むしろああいうタイプの人間が国家間の外交には最も向いている」

エレベーターに向かって歩きながら沖津が言った。

気楽そうに姿が応じる。

「昔アフリカの独裁者の護衛任務に就いたことがありますが、そいつに比べるとサザートンの閣下は紳士どころか聖人だ。心配しなくてもいいですよ、部長。仮に警護の対象、マル対ですか、そいつがどんなゲス野郎だとしても俺達の仕事に変わりはありませんから」

「そう願いたいな」

エレベーターに乗り込んだ上司を見送り、ユーリは姿と階段へ向かった。

「知っている男か」

姿にそう切り出した。ボディガードの男のことである。

「バーナード・ナッシュ。ＳＡＳの最精鋭だ。あとの二人もＳＡＳと見て間違いないな」

ＳＡＳ隊員が身分を隠して警護についているということは、イギリス側もサザートンの警護に相当の力を入れているという事実を示している。

「戦友か」

「逆だ。奴は俺を憎んでる。どういうわけか、俺は奴の部隊の敵側に雇われることが多かった。南米でもアフリカでも、奴は俺に散々煮え湯を飲まされたと思ってる。実際奴にとっちゃ地獄みたいな撤退戦だったからな。SASがあのとき出した犠牲者は何人だっけ」

気楽そうに語る同僚を横目で見て、ユーリは何も言わずに足を運んだ。

この男はまた厄介なネタを。任務に悪い影響がなければいいのだが——我ながら心配性だとは思ったが、すぐに思い直す。

この任務では、心配しすぎるということはあり得ない。

4

十二月三日。サザートン滞在二日目。会議等は予定通りすべてホテル内——四谷側の「ザ・メイン」から赤坂側の「ガーデンコート」まで——で行なわれ、宿泊している部屋から会議室までの移動はSPとイギリス側ボディガードによる完全警護態勢。食事も基本的にルームサービスか、レストランを借り切って行なわれる徹底ぶりであった。

SPによる直接警護とは別に、警護課の要人警護用機甲兵装『ニーグル』を載積した偽装トラックは、ホテル近辺の路上や駐車場で一般の空気に溶け込むように静かに息を潜めている。

用途上、どうしても発進待機が多い要人警護用機甲兵装は、同じ第二種の中でも待機状態の搭乗員に負担をかけないように設計されている。具体的には機内の空調システム、水分補給の容易さ、リクライニング性の高さなどである。ニーグルは最新の技術による機体だが、それでも長時間の発進待機が搭乗員にとって苦痛であることには違いない。訓練を受けていない一般人ならばシート上でただ動かずにいるだけでも三十分と保たないだろう。

一方特捜部の龍機兵もまた、シフトに応じて場所を移動したりしながら発進待機を続けている。

その間も夏川班、由起谷班の捜査員は、各地で従前通りの捜査を続行中である。中国国家安全部員だったという莫陽忠《モーヤンジョン》の死体。林小雅《リンシャオヤー》が耳にしたという言葉〈树枝娃娃《シュウチーワワ》〉。それらの細い線を彼らはギリギリまで追っている。

特に留意すべき変化、異状もなく、二日目は過ぎた。

そして滞在三日目の十二月四日。昨日と同様にひっきりなしの会合、面談。すべてスケジュール通り。イレギュラーなものは何一つない。予定通りの進行とは言え、警護に当たる者達には気を緩められる時間は一秒たりともない。相手は名にし負うＩＲＦである。なんらかの手段で爆発物が持ち込まれる可能性も当然考えられる。パディントン駅爆破テロでの大胆な手口は今日ではよく知られたものである。ＩＲＦが過去に用いたテロの手法は徹底的に研究され、その対策が講じられていた。

また現役ＳＡＳ隊員とおぼしき三人のボディガードによる警戒も相当なものであった。ＳＡＳはこれまでのＩＲＡ、ＩＲＦとの戦いで多くの戦友を失っている。機会が与えられたなら躊躇なくＩＲＦを叩くだろう。だが今バーナード・ナッシュらに与えられた任務はサザートンの護衛である。どんな非常事態が突発しようとも、ＳＡＳの精鋭である彼らが最優先事項を見失うことはない。

特捜部の三人の部付警部に与えられた命令は発進待機である。交代するとただちに休息。食事、仮眠を取ったのち、また発進待機に戻る。少しの余裕もない態勢。姿警部が因縁のあるというＳＡＳ隊員ナッシュと顔を合わせる機会がほとんどないのがオズノフ警部にとっては唯一の安心――と言ってよければ――材料であった。

同日午後十時三十五分。その日のスケジュールをすべて消化したサザートンは「ザ・メイン」の特別室に引き上げた。明朝九時までは彼のプライベート・タイムである。しかし警護担当者には昼と夜の区別もない。

日本側窓口の一人としてサザートンとの打ち合わせに最後まで同席していた周防首席事務官は、公務終了後、地下駐車場の特捜部指揮車輛を訪れた。車内にいた沖津は、鈴石主任に代わって龍機兵のバイタルをチェックしている柴田技官を残して外に出た。

車輛の横で簡単な情報交換と状況の確認を行なっていると、「お、これはお揃いで」と妙に間延びした声をかけられた。

外事三課の曽我部課長であった。彼は不審そうな二人の顔色を見て取って、

「いやあ、陣中見舞いと思いましてね」

と手にした折詰を掲げて見せた。

「さっき佐久間さんの詰めてるとこにも寄ってきました。警護作業は大変でしょう。これ、皆さんでどうぞ」

外事の課長が警護の陣中見舞いとは異例である。サザートンとIRFの関連事案は外事三課の対テロ作業とも関わっているので一概に不自然とも言い切れないが、それでも自然とまでは到底言えない。

「お気遣いありがとうございます」

抜け抜けと差し出された焼売《シューマイ》の折詰を、沖津は笑顔で受け取った。

「沖津さん、これから休憩だとおっしゃってましたね。よろしかったら軽くお付き合い願えませんか。どうです、曽我部さんも」

何かを察したのか、あるいはこれを一つの機と見たのか、周防が思いがけず誘ってきた。

「え、いいんですか、あたしまでご一緒して。お邪魔じゃないですかね」

阿吽《あうん》の呼吸といったタイミングで曽我部が応じる。その大仰な白々しさに苦笑して、沖津は焼売の箱を車内の柴田に渡して同行した。

「ザ・メイン」のロビーフロアにあるバーに入った三人は、それぞれ好みのカクテルを注文した。

沖津は少し考えてからアイリッシュ・ブラックソーンを頼んだ。アイリッシュ・ウイスキーとドライベルモットを半分ずつ、それにペルノー三ダッシュ、アロマチックビター三ダッシュを加えた通好みのカクテルである。IRFの襲撃を警戒するさなかにアイリッシュ・ウイスキーベースのカクテルを注文する。沖津らしい大胆な諧謔に、周防は微かに眉をひそめ、曽我部はにやりと笑みを漏らした。

沖津と周防は軽食メニューのクラブサンドを併せて注文する。その店はシガーも注文できるのが売りの一つであった。沖津は嬉しそうにメニューの中からコイーバ・シグロⅣを選んだ。普段はモンテクリストのミニシガリロを愛飲する沖津だが、指揮車輛に籠もる日々に、さすがに気分を変えてみたくなったらしい。

店内にはピアノの生演奏が流れている。ジャズのスタンダード・ナンバー『ラウンド・ミッドナイト』。

沖津は寛《くつろ》いだ様子で葉巻を燻らせた。

「甘みがあって、芳醇で……さすがに最高級のコロナゴルダと言われるだけはありますね」

満ち足りた表情を見せる沖津に、曽我部は頷いてグラスを干す。

「評判通りの趣味人ですな、沖津さんは。あたしはそこまでヤニに詳しくないんで、もっぱらこっちの方ですが」

片手を上げてウェイターを呼び、カクテルの二杯目を注文する。沖津と周防は申し合わせたようにアルコールは一杯以上口にしない。

すぐに届けられた二杯目のグラスを傾けながら、曽我部がなにげない口調で切り出した。

「そうそう、北アイルランド関連のちょっとした情報が入ってましてて」

本題が来た。

「もっとも、情報といっても確度の低い噂レベルにすぎませんがね。そんなネタ、本来ならどこにも出しゃあしませんが、この先いつまで経っても噂以上のレベルにはなりそうもありませんので、いっそのことお二人のお耳に入れとこうかと思いまして。せっかくの機会だし」

沖津は曽我部の手にしたカクテルを見る。リキュールベースのコアントロー・トニック。曽我部課長は甘党と聞いている。〈もっぱらこっち〉ではおそらくない。

「一年くらい前、スコットランドのダムの底から身許不明の白骨死体が上がったそうです。若い女と五、六歳くらいの男児。死後少なくとも十年以上。全裸で沈められていて身許を調べる手がかりは何もなし。DNA鑑定以外手はありません。二人が母子だってことはすぐ分かったらしいが、その先はいろんなデータベースと突き合わせるよりない。現地の警察も地道にやってたんでしょうけど、よくあるパターンで行き詰まってたところが、最近になって、子供の父親はどうやらエドガー・キャンベルらしいって話が出て」

沖津と同様、じっと耳を傾けていた周防が記憶を探るように、

「エドガー・キャンベル？　聞いたことのある名だ……確か……」

「北アイルランドの警察官ですよ」

暗鬱な表情で沖津が言う。

「間違いなく世界で最も有名なPSNI職員です」

周防ははっとしたように、

「そうか、『アゲン』か」

曽我部の馬面が頷いた。

「機甲兵装で市民を銃撃した巡査です。事件直後に自殺したこの男がどうしてそんな馬鹿げたことをしでかしたのか。言わば歴史の謎という奴です。ここから先はネタですらないあたしの空想なんですがね、スコットランドのダムに沈んでた男児がこの男の息子だとすると、歴史の謎に一つの仮説が生

まれやしませんか」

「キャンベルには妻子はなかったはずですよ。あればとっくに表に出ている」

「本人も知らなかったとしたら？」

周防の疑問に曽我部が答える。

「実際、キャンベルには警察に入るずっと前に別れた女がいたらしい。治安部隊の選考でもさすがにそこまではチェックできません」

コイーバの煙越しに沖津が曽我部を見た。

「イギリスの情報機関がその女を調べたんですね」

「案の定、行方不明になってました。『アゲン』の一か月前からです。誰も身寄りのないウェールズの田舎で、独りで男の子を育ててたそうです。その母子がある日忽然と消えて、そのひと月後に父親らしい男が『アゲン』を引き起こした」

「脅迫ですね」

周防もさすがに慄然《りつぜん》としている。

「そう、誰かが母と子を拉致し、今は警察官になっている父親に対面させる。それが誰の子であるか、父親には分かったんでしょう。拉致犯は父親に市民への銃撃と、その後の自殺まで命じる。逆に考えると、こんな無茶な要求に応じる者がいるとしたら、それは子供の命を人質に取られた親くらいだ。父親はどえらい罪を背負った死を選び、拉致犯はすぐに女と子供を殺した。当然と言やあ当然ですが、人質を生かしておく気はハナからなかったわけです。問題はこの人でなしがどこのどいつかだ」

エドガー・キャンベルに無差別銃撃を命じた者。問題はと言いながら、曽我部の顔には答えが出ている。沖津と周防の顔にも。

ＩＲＦ——キリアン・クイン。

一気につながる。キャンベルの発砲のきっかけとなった最初の銃声。事件翌日の未明に流れたＵＤ

A東アントリム旅団名義のニセ声明。すべてがタイミングを狙い澄まして放たれたのだ。『アゲン』当日、一味の者があらかじめ絶対に撮影されないと分かっている場所で発砲する。この発砲はキャンベルへの合図であると同時に、彼の無差別銃撃が〈暴徒から攻撃されたため〉であるという仮説と口実をPSNI側に与える。ニセ声明の狙いはUDAに濡れ衣を着せることではない。もとより曖昧であった状況を決定的に曖昧にすること。メディアとツールの発達が生んだ混沌を利用すること。おそらくはあまりにも信憑性の高い地点から発せられたニセ声明は、世界中を狙い通りに攪乱し、あらゆる疑惑を等価値へと変換した。『アゲン』の突発によって最も利する者は誰かという設問、つまり非主流派リパブリカンへの疑惑が無効と言えるほど相対化された。その結果、歴史的に進行していた和平プロセスは崩壊し、破壊プロセスへと逆行した。非主流派リパブリカンにとって最も好ましい情勢。そしてIRFが台頭した。

周防が声を上げる。

「そんな、証拠どころか根拠すらない。すべてあなたの――」

「空想ですよ、だからあたしの」

薄暗い照明の下に曽我部の間延びした顔が突き出される。

「では、仮にですよ、そういう疑惑があったとすれば、イギリスが放置しておくはずがない。ストーモントの自治政府もです。キリアン・クインの真の顔を明らかにしてIRFのテロリストを叩く絶好の材料じゃないですか」

暗い顔で曽我部がため息をついた。嗤ったようにも見えた。

「最初に申し上げた通り、このネタはいつまで経っても噂以上にはならねえなとあたしは思ったわけでして」

その意味を周防と沖津は即座に理解した。

イギリス側にもこの件に関与している者がいる――

調べていくうちにそう判明したに違いない。おそらくは政治家。それも時の政府に関係した相当の有力者だ。迂闊《うかつ》に遡《さかのぼ》ればイギリス自身が思わぬ返り血を浴びるはめになると予想されるほどに。だとすると曾我部の言う通り、これ以上の進展はあり得ない。ダムの底から上がった死体は永遠に身許不明のままである。

「あたしは詩なんてもんは小学校の教科書で読んだくらいですが、〈詩人〉がカリスマと言われるのも分かるような気がします。だって『アゲン』の無差別射撃で死んだ市民は十三人。一九七二年の『血の日曜日』当日に死んだ数とおんなじです。いくら計画的に『血の日曜日』の再現を目指したとしても無差別射撃で出る死人の数までは合わせられっこない。それが偶然合ってしまった。ここが凄い。神がかってます。まあ、当の本人もびっくりしたでしょうがね」

曾我部にはよほどの情報源があるのだろう。彼は自ら空想とうそぶく説を確信しているようだった。

「『アゲン』の狙いは腑に落ちますが、曾我部さん、あなたの狙いはなんですか」

沖津が正面から問いかけた。

「今のお話は社交の席のサービスにしては少々デリケートにすぎると思われます。外三の課長であるあなたが、これほどの情報を打ち明ける意図をお聞かせ下さい」

「『狛江事件』ですよ」

思いがけない答えが返ってきた。

「当時難航していた特捜部設立の話、それが一気に進んだのは、『狛江事件』が後押しになったせいだ。これ、似てませんかね、ＩＲＦにおける『アゲン』と状況が」

店内の照明が一段と落とされた。十二時を過ぎたのだ。

「なるほど、言われてみればそうですね」

沖津はコイーバの煙を燻らせながら微笑んだ。ピアノの演奏もいつの間にか終わっている。

「『アゲン』がＩＲＦの自作自演で作者名キリアン・クインなら、『狛江事件』は私の作というわけですか」

「まさか。滅相もない」

曽我部もまた笑みを浮かべる。こちらは暗くなった照明のせいか老獪の度を増して見える。

「それこそ証拠はありゃしません」

苦々しげに周防が呻いた。

「曽我部さん、私を巻き込みましたね」

「周防さんには申しわけないとは思いましたが、咄嗟《とっさ》の判断で」

悪びれる様子は曽我部にはない。

「私が沖津さんの片棒を担いでたらどうするつもりだったんですか。ちょうど、そう、『アゲン』に加担したイギリス側の誰かのように」

「その構図が分かれば大収穫じゃないですかね」

抜け抜けとした曽我部の言いように、周防も沖津も苦笑するよりない。脱力し、同時に戦慄する——

——これが外三の〈馬面〉か。

「かのキリアン・クインと並べられるとは光栄ですが、私はそこまで自分のツキを信じてはおりませんよ。ロマンティック、あるいはルナティックと言えるほどにそれを信じていなければ、あれだけの作戦は到底実行できるものではありません。それに……」

じっと考え込むように、沖津は言葉を続ける。

「私はこうも考えています。キリアン・クインがいかにカリスマであったとしても、歴史の流れを変えたのは彼じゃない。自分が変えたと思っているとしたらそれはとんでもない傲慢だ」

沈黙の間がしばしあって、

「そろそろ戻りませんと」

コイーバを灰皿に置いて沖津が立ち上がった。他の二人も彼にならう。

曽我部の顔には満足げな笑み。その理由は周防の顔にははっきりと示されている。周防の面上には沖津への疑心があった。

5

一夜明けて十二月五日。サザートン訪日最終日である。日本での最後の夜も無事に終わった。しかし気を緩める警護関係者は日本側にもイギリス側にもいない。むしろ緊張は頂点に達している。来るとしたら、今日。チャーター機が離陸する瞬間まであと数時間。そのどこかで仕掛けてくる――

十一時二十七分。警護車列はニューオータニを出発した。先頭にバーゲストを載せたトラック。次にバンシーのトラック。以下、警備部のトラック、護衛のレガシィ、サザートンの乗るベンツと続く。来日時と同じ並びで、しんがりは同じくフィアボルグのトラックである。パトカー、白バイの先導はなし。特捜部の指揮車輛と技術班スタッフ車輛は警護車列からかなり距離を取った後方。これも来日時と同じである。

ライザは出発の三時間前にユーリと交代して発進待機任務に当たっていたが、そのまま車列警護に合流。ユーリはほとんど休息を取れぬまま再びバーゲストに乗り込んだ。

天候は曇。風はなく大気は死んだように動かない。前日から続く湿度の高さは冬の雨の近いことを予想させた。

敵がこちらの不意を衝くとすれば、それはホテルを出てすぐの地点か、空港を目前にした地点のいずれかだろう。指揮車内で身構えるように、沖津はモニターディスプレイの周辺映像に目を配る。その背後には龍機兵のバイタルを観測する鈴石主任。城木、宮近の両理事官は有事の調整に備え庁舎で待機している。

ルート上の各検問ではこの時間に合わせて一斉に警戒を強化。来日時と同様に、事実上の道路封鎖である。特にトラックは徹底してチェックされる。

重く湿った雲の下、車列は紀尾井町通りを南下、弁慶橋を渡って赤坂見附交差点を左折。どのコースを取るにしてもこの地点を経由することはまず予想できる。それだけに重点的に警備がなされていた。原則的に往路と同じく、首都高速を使って最短のコースで空港へと向かう予定である。無論公表されていない。

青山通りから内堀通りへ。桜田濠に沿って進み、国会前交差点を右折。

十一時三十五分。車列は霞が関から首都高速都心環状線に入る。襲撃はなかった。事故、渋滞等も未発生。

沖津は固いシートに揺られながら考える。『終盤は機械の如く』。

馮志文《フォンジーウェン》の不可解な接触と情報提供——闞《クワン》が姿警部に告げたキリアン・クイン〈第三の目的〉——〈树 枝娃娃《シュウチーワワ》〉——中国国家安全部員の死体と『ミウネ貿易』の名刺——

進行方向のモニター映像に目を凝らし、デジタル無線通信に耳を澄ませながら、沖津の思考は研ぎ澄まされる。

十一時三十八分。車列の先頭は一ノ橋ジャンクションを通過。

羽田空港までの首都高速上の経路は複数想定される。首都高での待ち伏せは考えにくい。

沖津の脳裏で何かが瞬く。逆に首都高で待ち構えているとすれば、それはコースをあらかじめ知っている場合に限られる。

瞬きが強い光に変わる。ＩＲＦは知っていたのだ。コースも、ホテルも、出発時間も。なぜならば先頭を走るトラック内。バーゲストのカメラを通して荷室内のモニターを見つめていたユーリは、前方の異変に気づいた。交差する桜田通りの上を横切り、芝公園ランプ出口が近づいたあたり。見通しのよい四車線。古川《ふるかわ》に沿って東南に延びる首都高の南側には、道路のすぐ間近にまでビルの列が迫っている。首都高に面したビルの窓の一つが前方で砕け散った。階数不明。路面よりかなり高い。

映像を拡大して確認する暇もなかった。

「一号車PD2より本部、前方二番カメラ！」

窓から飛び出した緑色の塊がビル壁面に沿って落下してくる。ファストロープ降下だ。壁面を蹴って首都高速の車道上に降り立つ緑の影。首のない異形のシルエット——第二種機甲兵装『デュラハン』。

振動と衝撃に荷室が揺れる。トラックの運転手が急ブレーキを踏んだのだ。命令を待っていられない。バーゲストの腕を伸ばして電動ウィングの開閉ボタンを押す。開き始めたウィングの隙間から外の白い光が入射する。前方から銃声。重機関銃だ。同時にトラックが横転した。光は瞬時に消え、天地が衝撃とともに激しく入れ替わる。

最後尾のトラック内に潜んだ姿俊之は、車列が前方で急停止するのを察知した。反射的に周辺映像をチェック。後部車載カメラにグリーンのデュラハン。反対車線側のフェンスを乗り越え、さらに一機が道路上に躍り込む。咄嗟にウィング開閉ボタンを押す。

「三号車PD1接敵《コンタクト》、後方にデュラハン二機」

デュラハンは右マニピュレーターに固定したNSV重機関銃をこちらに向けた。12・7㎜×108弾の雨がトラックを襲う。ウィングは開き始めたばかりである。発進待機の姿勢でうずくまったフィアボルグの腕を伸ばし、ラックに納められているブローニングM2重機関銃をつかむ。その間も荷室に次々と弾痕が穿《うが》たれる。マニピュレーターの内装式アダプターがM2のトリガーにかかる。ウィングの隙間から銃身を突き出し応射。そして開き切っていないウィングを強引にこじ開け、走行中のトラックから飛び降りる。

首都高上に立ち上がったフィアボルグは、後方の二機に向けてM2のトリガーを引く。

その背後で停止した後尾警護課トラックから〈襦袢《ジュバン》〉ニーグルが緊急発進する。

「PD1よりNG02、ここは俺が押さえる」

姿が叫ぶより早く、SPの搭乗するNG02＝ニーグル二号機は警護対象車へ向かっている。


ファストロープ降下で次々に道路に飛び込んでくるグリーン単色の機体。その色彩がアイルランドの軍であることを高らかに宣言している。高速上に突如現われた巨体を回避しようとした一般車がたちまち何重もの玉突き衝突を起こす。道路封鎖のなされていない反対車線では、浜崎橋ジャンクションから入ってきた一般車が通常通り流れていた。中央分離帯は機甲兵装が一跨《また》ぎできるほどの高さしかない。反対車線を横切って左右に展開したデュラハンは、装備したNSV重機関銃を乱射しながら駆け寄ってくる。

横転した先頭のトラックを避けて急停止した二号車のウィングが開き、バンシーが降り立つ。続けて警護課のトラックが停止、ニーグル一号機が緊急発進。

敵はさらに降下してくる。ニーグルがレミントンM1100の銃口を上げる直前、最後の一機が着地した。前方の敵は全部で六機。

バンシーが左右のマニピュレーターに把持《はじ》したフランキ・スパス15をセミオートで同時に撃つ。両方とも精確な射撃。たった一機でありながら二機分の火力だった。いや、優に機甲兵装四機分に匹敵する。車列に襲いかかろうとした六機の足が止まった。

急停止した後続の車列が一旦はバックしようとするが、後方で始まった戦闘に退路を絶たれた。少し先には芝公園ランプ出口がある。警護のレガシィが再びギアをチェンジ、サザートンの乗るベンツを高速出口へと誘導しようとする。が、それより早く一機のデュラハンが車線を横切って先回りする。出口に入るあたりは車線の高低差も少ない。レガシィの前に飛び出したデュラハンの銃撃に、警護のレガシィは大破した。デュラハンは続けて銃口をベンツに向ける。掃射がベンツに及ぶ寸前、その前に飛び出したSPのニーグルが機体を盾にして銃弾を防いだ。NSVの銃撃を受けながら、倒れる前にニーグルはM1100を三発撃った。至近距離でスラグ弾を受け、デュラハンが仰向けに倒れる。

相討ちとなって活動停止した二機とレガシィの残骸で芝公園ランプ出口への道はふさがれた。サザートンのベンツと随行員の乗ったレクサス二台は再びバックを余儀なくされる。

発進待機していたバンシーの背中に換装オプションはない。代わりに同型のスパス15を七挺セットしたマウンターを接続している。全弾を撃ち尽くしたバンシーは両手のスパスを同時に捨てる。予備の弾倉も用意しているが交換の余裕はない。両手を背中に回し、マウンターのスパスを左右から一挺ずつつかみ取る。敵に接近する余裕を与えず、全方位に向けて切れ目なく連射を続ける。一機のデュラハンが全身にスラグ弾を食らい沈黙する。後方の二機を加えると敵は残り六機。背中のスパスは残り五挺。

車の流れは一ノ橋ジャンクションで完全に止まっていた。はるか前方で重い銃声と爆発音。指揮車の左右を、車を捨てて逃げ出した人々が必死の形相で走り去っていく。

沖津は表情を変えず状況の把握に努める――サザートンのベンツは無事、ただし車列は前にも後ろにも進めず立ち往生――前方の六機は芝フロントビル七階より首都高上へファストロープ降下。同フロアは二か月前より外国企業が借り受け、現在内装工事中――後方の二機はそれぞれ反対方向から桜田通りを走行してきたトラック二台から出現。二機は川を跨いで横に張り出した橋脚の上に攀《よ》じ登り、それを伝って首都高のフェンスを乗り越えた――

完全に〈読み〉で負けている。大黒埠頭で発見された二機のデュラハンは組み立ての終わった完成状態だった。機甲兵装の密輸は部品単位が主流であるというのに。大黒埠頭のデュラハンが先入観の形成を促した。密輸された機体はすべて完成形態であるという先入観。内装工事とでも称して、分解されたデュラハンの部品を七階まで運び上げ、組み立てる。ターゲットの通る首都高を眼下に臨みつつ。

機甲兵装の襲撃を想定した場合、警戒の重点はどうしてもルートとなる道路に置かれる。高速周辺のビルもチェックはされているが、せいぜい屋上か、空いているフロアまで。正規の借り手のいるフロアまではチェックされない。さらに高架下で交差するだけの一般道となると最初から対象外だ。市街戦を想定して発達した機甲兵装の特質を考えれば、当然こうしたゲリラ的な運用もあり得ると気づくべきだった。だが、今日までそれを実行したテロリストはいなかった。キリアン・クインがやったのだ。

それだけではない。橋脚を伝って高速に上がり込むという単純な手口を、自分達はどうして想像できなかったのか。赤羽橋交差点では首都高はかなり地上に近い。アルファベットのLの文字を右に九十度倒した形をしている橋脚はもっと近い。小型のデュラハンといえど、三メートルは優に超える。トラックを踏み台にすれば文字通り手が届く高さだ。赤羽橋のあたりは、日本橋と同じく河川に蓋をするような形で高速が延びている。直下が川であるから両岸、あるいは左右どちらかの岸に橋脚を延ばさざるを得ない。歴史ある河川を覆い隠し、高層ビルの壁面をこするように延びる高速道路。日本ならではの光景に、日本人は鈍感だった。〈詩人〉はそこに目を付けたのだ。

フィアボルグの反撃に、二機のデュラハンはそれぞれ道路上で停止していた一般車のミニバンの陰に回り込む。姿はM2のトリガーを操作するグリップから指を放して毒づいた。

最低の野郎どもだ——

どちらの車内にも泣き叫ぶ人々が取り残されている。家族連れ。子供もいる。姿とて戦闘時には民間人の巻き添えなど考慮していられない。だが積極的に民間人を盾とする行為はまた別だ。

なるほど、それが警官相手に戦う場合のセオリーか――

本業は兵士である姿にとっては新しい発見だった。連中は確かに警官相手の戦いに慣れている。今までにも対テロ作戦の経験はあった。だがそれはあくまで兵士としての戦いであり、警官として戦ったことはなかった。

何が独立の大義だよ――

大義などありはしない。テロリストに大義など。ライザの空虚な目は常にそう語っていたではないか。テロだけではない。すべての戦争に大義のないことを、姿は誰よりもよく知っている。

効果ありと見た二機のデュラハンは、ミニバンの屋根からNSVの銃口を突き出し、フィアボルグに容赦ない銃撃を浴びせてくる。だが高速上に遮蔽物はない。隠れるとすれば敵と同じく一般車の陰しかない。咄嗟に装甲の厚い部分を前に出して防御する。被弾の衝撃がシェル内にじかに伝わってくる。

そのとき、黒い壁がフィアボルグの前を遮った。ニーグル二号機を積載していた警護課のトラックだ。

「ありがたい！」

トラックは車体を盾にしてフィアボルグを銃弾から救う。運転しているのは警護課の警官である。

しかし次の瞬間、トラックの運転席はNSVの銃撃によって破砕された。路上にフロントガラスの破片と運転者の肉片が散らばる。

〈本部よりPD各機へ〉

フィアボルグのシェル内にデジタル通信音声。沖津部長だ。

〈すぐにSATが到着する。それまでなんとしても持ちこたえろ〉

「PD1了解」

そう答えながら姿は決意している——SATが着く前にこいつらだけは自分が片づける。

龍機兵のカメラを通して沖津は状況を確認する。現場指揮権は特捜部にはないが、警備部には龍機兵は運用できない。

車内のディスプレイにはリアルタイムの現場映像の他、高速道路全体の状況も表示されている。首都高都心環状線は全面的に封鎖。現場に通じる目黒線、羽田線、台場線等も封鎖。そこから波及して首都高全体に大渋滞が発生している。SATの到着には時間がかかりそうだ。

狭い高速上で挟撃され、車列は前にも後ろにも進めぬ状況に陥っている。沖津の目は芝公園ランプ出口の映像で留まった。脱出口はやはりここしかない。バンシーに内装されたミサイルで出口をふさいでいる機甲兵装二機とレガシィの残骸を排除すれば——

駄目だ。できない。レガシィとニーグルの乗員がまだ生きている可能性がある。


ニーグル一号機を発進させたトラックがアクセルを踏み込んだ。強行突破を図ろうというのだ。敵機めがけて突っ込んでいくが、その前に集中砲火に晒《さら》された。コントロールを失ってフェンスに激突。車体の半分を宙に突き出した形で停止した。

バンシーはスラグ弾を撃ち尽くした両手のスパス15を同時に捨て、背中のマウンターから新たに二挺を抜く。純白の装甲は無数の銃弾に晒されて今や醜く汚れ変形していた。だがバンシーは微塵も怯《ひる》まずスパスを撃ち続ける。ついに肩部装甲の一枚が外れ、音を立てて路上に落ちる。それでもなお動じる様子はない。二挺のショットガンの同時連射。いくら龍機兵の性能が優れたものであったとしても並の人間に制御できるものでは到底ない。限界を超える動体視力と集中力。そして常軌を逸した精神力。

敵の四機は阿修羅のようなバンシーに阻まれ容易に近づけない。しかし轟然と唸る四挺のNSVは、路上やフェンスに無数の弾痕を穿ちながら火線を伸ばす。

ベンツを守るように前に出た警護課のレガシィが被弾、炎上する。その炎を躍り越えて後尾に配置されていたニーグル二号機が現われた。ベンツをかばいつつ、レミントンM１１００で応戦する。

四機のデュラハンはじりじりと包囲を狭めてくる。一機が横転している特捜部のトラックまで走り寄り、身を隠すようにしてNSVの銃口を突き出す。その足首を、何かがつかんだ。

足をすくわれ、仰向けに倒れるデュラハン。その眼前で、ギシギシと軋《きし》みながらトラックのウィングが持ち上がる。バーゲストがウィングを押し上げながらゆっくりと漆黒の機体を現わした。驚愕したデュラハンがNSVの銃口を向ける前に、バーゲストの逞《たくま》しい脚部から繰り出された蹴りが相手の胴体部に食い入っている。歪んだ機体の隙間から噴出した鮮血が、高速の路上に飛び散った。

残り五機――

路面を踏みしめるように立ち上がったバーゲストのシェル内で、ユーリは苦痛の呻きを漏らした。横転時の衝撃で頭痛がする。

痛みを堪《こら》えて背後のトラックを振り返る。荷室の映像をズームアップ。ラックから外れて転がるブローニングM２の銃身はわずかに曲がっていた。諦めてバーゲストの肩に吊ったホルスターからKBP OSV‐96を抜く。近接戦闘用にバイポッドを外し、フロント・サイト、リア・サイト及びショルダーストックを切り落とした上に、銃身を極端に切り詰めたアンチマテリアル・ライフル。拳銃のように構えたその銃口を近くの敵機に向けて続けざまに発砲する。思わぬ位置に出現したバーゲストに、前方の三機は散開して態勢を立て直す。

敵の銃弾がついにサザートンのベンツを捉えた。ボンネットと運転席を含む車体の前部が破砕された。生き残りのSPと護衛のナッシュらがベンツを捨てて車外に飛び出る。ニーグル二号機が素早く移動して彼らを背後にかばいつつ、M1100を撃つ。

バンシーが両手のスパスを捨て、背中から覗くグリップを新たにつかむ。それを見て、一機のデュラハンがNSVを振りかざして突進してくる。銃弾を撃ち尽くしたのだ。

バンシーの内装式アダプターがスパスのグリップを完全に固定しトリガーと接触するまで約十五秒。その前に到達したデュラハンのNSVがバンシーに振り下ろされる。バックステップで身を引き、致命打は避けたが、胸部装甲が無残に歪む。デュラハンが第二撃を繰り出そうとする。だがバンシーの方が早かった。至近距離で二挺のスパスを突きつけ、発砲する。衝撃でデュラハンが後方に倒れる。

残り四機——

バンシーはすかさず銃口を巡らせ、左前方のデュラハンを撃つ。


同時にバーゲストは右の敵機を撃っていた。だがこの左右の二機は路上に放置された車輌の陰を俊敏に移動してスパスとOSV‐96の猛撃をかわす。龍機兵に匹敵するかと思えるほどの運動性。いずれも並の乗り手ではない。機体のポテンシャルを最大限まで引き出している。

OSV‐96の弾を撃ち尽くしたバーゲストは、横転したトラックの陰に身を隠し、左右のマニピュレーターを器用に操作して弾倉を交換する。十三秒で交換終了。再び身を乗り出して発砲する。

前方左右のデュラハン二機はタイミングを合わせ、機体から同時に黒い塊を放出した。塊は猛烈な勢いで白い煙を噴きながら路面を転がる。


「発煙弾です！」

指揮車輌で緑が叫ぶ。

すべてのモニターがホワイトアウト。状況の視認は不可能となった。

沖津の額に汗が滲む。

煙幕にまぎれて暗殺を完遂しようとしているのか。それとも撤退を図ろうとしているのか。あるいは、何か別の狙いがあるのか――

後方の二機も同時に発煙弾を放った。赤羽橋周辺の高速道路上はたちまち白煙に閉ざされる。

熱画像処理システムに異常。赤外線センサーが妨害されている。RP（赤リン）発煙弾だ。

フィアボルグのシェル内で姿は笑みを浮かべる。

煙幕か、こっちにとっても好都合だ――

前方の銃声もやんでいる。迂闊に撃てばブルー・オン・ブルー（友軍誤射）のおそれがある。IFF（敵味方識別装置）は作動しているが、間違えてサザートンを撃ったら洒落にもならない。

発煙弾投擲前に記録されていた周辺情報がシェル内壁のVSDにオーバーレイ表示されて視界を補う。

トラックの陰から出て即座に移動を開始。決断の速度が生死を分けることを姿は熟知している。フィアボルグのマニピュレーターをダガー・モードに切り換え、左のマニピュレーターで腰部サックから黒いアーミーナイフを抜く。龍機兵のサイズに合わせた特別仕様。近接戦闘ではこれが一番頼りになる。

周囲のあちこちで一斉に騒音。車体がぶつけられる音だ。敵は道路上に残された車輛を動かして状況を変化させ、周辺記録情報を無効化しようとしているのだ。

厄介な小細工を――

舌打ちしつつも、フィアボルグは濃密な煙の中を泳ぐが如くに移動する。

ミニバンを盾にした敵の一機を発見。

甘く見たな――

姿ほどの熟練者であれば、通常の機甲兵装を使っても相手に気づかれずに忍び寄ることは可能である。ましてや龍機兵なら。

敵機の背後に回り込み、装甲の隙間に巨大なアーミーナイフを突き立てる。デュラハンは瞬時に停止した。ミニバンの中にいた六歳くらいの男の子が目を真ん丸にしてこちらを見上げている。

ナイフを敵機から引き抜き、迅速に車列前方へと移動。

もう一機はどこに行った――


白い煙。何も見えない。

バンシーのシェル内でライザは瞬きもせずにいた。センサーを確認する。風速ゼロ。見通しのよい高速上だが煙幕が晴れるまでには時間がかかる。時刻は十一時四十二分。襲撃から三分も経っていない。

視界のない闇の中での戦い方はムハーディラでラヒムから叩き込まれている。心の水面を乱さず集中する。気配を感知。九時の方向。機甲兵装が移動する足音。だが妙だ。ただの歩行ではない。これは――アイリッシュ・ダンスのステップだ。敵機甲兵装が煙幕の向こうで踊っている。

間違いない、〈踊子〉イーファ・オドネル。

ステップはすぐにやんだ。こちらの感知を察したのだ。濃密な白煙を隔てて伝わってくる挑発的な殺気。まさしく挑発であった。スモークに包まれた高架の上。今は見えないが背後には妙定院の屋根。日本という異国の舞台で〈踊子〉は挑発の踊りを見せた。ターゲットは観客席の〈死神〉だ。

殺気に向けてスパスを撃つ。手応えはない。三秒後、はるか下方で重く鈍い音。機甲兵装の着地音だ。〈踊子〉は妙定院の裏に飛び降りたらしい。

道路の端に駆け寄って下を見下ろす。白い気塊が上昇してくる。着地した〈踊子〉が新たに放った発煙弾だ。噴出する煙の合間に、こちらを見上げるデュラハンが一瞬見えた。首のない機体が、はっきりと嗤っていた。

全弾撃ち尽くしたスパスを捨て、ライザは虚空へと機体を躍らせた。

OSV-96を構えたまま、ユーリはバーゲストをゆっくりと後退させる。視界を遮る一面の白い闇。ひっきりなしの頭痛。頭の奥が痺れるようだ。

焦るな、落ち着いて索敵装置をチェックしろ——

センサーが状況のわずかな変化を察知。視認はできなかったが、明らかに二機が立て続けに高速上から降下した。一機はバンシーだ。何が起こったのか分からない。前方にいた敵は二機だった。残りは一機。自分はこの一機がサザートンに接近するのをなんとしても防がねばならない。後方の状況は不明だが、今は姿を信頼するしかない。

敵はどこに潜んでいるのか。どこから攻めてくるのか。

バンシーと前後して落下したデュラハンも相当に手強かったが、残る一機は侮《あなど》り難い強敵だ。〈猟師〉、それとも〈踊子〉か。

バーゲストのシェル内で、ユーリは己の鼓動を聞いている。息が苦しい。過呼吸の症状だ。

警告灯が突然点灯した。反射的に跳びすさる。眼前に敵機。首のない機体が手にした細長いナイフがバーゲストの胸部装甲を引き裂いた。

敵は再び白煙に消えて気配を消す。

いつの間に——

ユーリはシェル内で戦慄する。

敵のナイフは人体でいう胸骨の下部を狙って下から突き上げられた。〈猟師〉の手口。煙の向こうにいるのは〈猟師〉ショーン・マクラグレンだ。北アイルランドの処刑人が、白い闇に潜んでモスクワの痩せ犬を狙っている。

すぐにシフトチェンジすべきか——

判断に迷う。姿やライザのような戦場での体験に乏《とぼ》しい自分がこの強敵を制圧するには、アグリメント・モードでなければ難しいだろう。だがアグリメント・モードは極めて短時間しか使用できない。しかもこのシフトチェンジは不可逆である。一度アグリメント・モードに転換するとバーゲストをそれ以上稼働させることは難しくなる。少なくとも継続した作戦行動は不可能だ。シフトチェンジは原則として敵を確実に捕捉してから行なわねばならない。それに、もし敵がこのまま攻撃を仕掛けてこず、何か別の作戦に移行したとしたら、バーゲストはいたずらに戦線からの離脱を余儀なくされる。それが煙幕の狙いなのかもしれない。いずれにしても、状況が把握できない現状では性急なシフトチェンジは避けるべきだ。

センサーに耳を澄ませ——

ユーリは全身の神経で気配を探りつつ、OSV-96の銃口を周囲に巡らせる。

どこだ、どこから来る——

霧に潜む首のない騎士の亡霊。まさにアイルランドの怨念だ。静寂の中に彼は佇《たたず》む。獲物の心臓を貫くナイフを手にして、じっと様子を窺っている。

警告音。背後に敵。振り返って発砲する。外した。白煙を割って現われるデュラハン。組みつかれる。もつれ合って路上に倒れ込む。

OSV-96を把持した右マニピュレーターを押さえられた。近接戦闘ではナイフの方が圧倒的に有利だ。振り下ろされたナイフを左マニピュレーターでかろうじて払う。左上腕部の装甲で滑った刃先が高速の路面に突き立つ。

下に組み敷かれた体勢でしゃにむにもがくが、どうしても相手を突き放すことができない。デュラハンは執拗にナイフを振り下ろしてくる。左マニピュレーターでコクピットへの直撃をひたすら防ぐ。それだけで精一杯だ。シフトチェンジする余裕はすでにない。そんな隙を与えてくれるほど甘い敵ではなかった。コンマ一秒でも集中力が途切れればその瞬間に胸部装甲ごと串刺しにされるだろう。無数の傷で変形した左腕部装甲が今にも外れそうだ。自分は判断を誤ったのか。この局面でシフトチェンジする唯一の好機を逸したのか。

バーゲストの両足を全力で動かすが敵への有効打にはほど遠い。踵《かかと》が虚しく路面を削るばかりだ。〈猟師〉のデュラハンに押さえ込まれたバーゲストの頭部と背面に摩擦の火花が散る。じりじりと位置がずり上がるが、体勢は逆転できない。

装甲を通して敵の圧倒的な余裕を感じる。獲物を仕留めたと確信する〈猟師〉の余裕だ。痩せ犬に逃れるすべはもはやなかった。しかしバーゲストは両の踵で路面を蹴り続ける。


シェル内で姿は頬に感じるはずのない風を感じた。

風が出てきた。煙幕が急速に拡散する。

フィアボルグの集音装置が数人の足音を拾った。こちらへ近づいてくる。それに一機の機甲兵装。この独特の軽い歩行音はニーグルだ。ベンツを捨てたサザートンとSPが、敵の多い前方を避けて後方へと向かっているのだ。

この状況では最善の判断だ。掩護に向かおうとしたとき、別の機体が動き出す音を捉えた。デュラハン。一般車を盾にした奴だ。気配を殺して煙の中に潜んでいたのが、こちらと同じくサザートン一行の足音をキャッチして襲撃に転じたのだ。

時を移さず路面を蹴って跳躍する。

間に合うか――

一行とともに移動していた警護のニーグルが振り返り、側面から躍り出たデュラハンに立ち向かう。敵の把持したNSVに胴体部を強打されたニーグルはその場で活動を停止。

装甲の亀裂から鮮血を滴らせるニーグルを蹴り倒したデュラハンは、呆然と立ち尽くすサザートンらに足を踏み出す。

高速の端に追い詰められた一行の一人が隠し持っていたサブマシンガンでデュラハンを銃撃する。SPではない。SASのバーナード・ナッシュだ。襲撃機の装甲に弾痕が穿たれる。デュラハンの足が止まる。有効。しかしデュラハンはよろめきながらも銃身の曲がったNSVを振り上げた。その一閃で間違いなく全員が即死するだろう。

重機関銃の銃身が棍棒のように振り下ろされる寸前、フィアボルグのアーミーナイフがデュラハンの背後からコクピットを貫いていた。デュラハンはそのままの姿勢で凍りついたように停止する。

ナッシュが手にしていたのはサブマシンガンではなくPDW（パーソナル・ディフェンス・ウェポン）だった。H&K MP7。隠匿携行に適し、特製の4・6㎜×30弾は高い貫通力を誇る。ハンドガンよりはるかに賢明な選択と言えたが、機甲兵装に対するストッピング・パワーは足りなかった。

一ノ橋ジャンクションの方から、放置された一般車の合間を縫って白バイ部隊が駆けつけてくるのが見えた。ずっと後ろにSATのブラウニーも確認できる。

テロリストの血に濡れたナイフを引き抜き、その先端で一行に後方を指し示す。

早く行け、後ろにはもう敵はいない――

SPがサザートンを促し、駆け出していく。ナッシュが走りながらフィアボルグを振り返った。精悍な顔にいまいましげな表情。それもほんの一瞬で、一行は薄れゆく煙の彼方に駆け去り見えなくなった。

ナッシュの苦い顔は、明らかにこう語っていた――「貴様に助けられようとは」。

姿はフンと笑って自機の手にしたナイフに視線を落とす。長年愛用のナイフだが、そろそろ別のタイプに変えた方がいいのかもしれない。使う男の素性が丸分かりだ。

首のない〈猟師〉のナイフがバーゲストの胸に刺さった。コクピットのユーリには達していない。往生際の悪い犬を憐れむように、〈猟師〉は押さえつけた左マニピュレーターに力を込める。

耐えるんだ、あと少しだけ──

路面に深い引っかき傷を描きながら、バーゲストとデュラハンの機体は最初に倒れた場所から移動している。横転したトラックの前へと。

やっと到達した──

デュラハンはとどめのナイフを振り上げる。そのタイミングでバーゲストはウィングの隙間からトラックの荷室に左腕を突っ込む。中に転がっていたブローニングM2重機関銃をつかみ、振り下ろされたナイフもろともデュラハンのマニピュレーターに叩きつける。首のない機体がよろめいた。すかさず右脚部で蹴り上げる。うつ伏せに転倒したデュラハンは即座に体勢を立て直そうとする。

一瞬早く──両膝立ちとなったデュラハンの、本来ならば首があるべきその位置に、バーゲストがOSV-96の銃口を突きつけた。

処刑人ショーン・マクラグレン。貴様が今まで何人処刑したかは知らない。だが今日は貴様が処刑される日だ──

トリガーを引く。デュラハンが糸の切れた操り人形のように崩れ落ちる。〈猟師〉はもう狩りには出ない。

たなびく煙の向こうからフィアボルグが近づいてくる。手にしたアーミーナイフを頭上で回転させながら。黒い刃が真っ赤に染まっている。後方の二機を片づけたらしい。残る襲撃機は一機。だがその一機は、バンシーとともに高速から飛び降りた。

デジタル通信で報告する。

〈PD2より本部、高速上のデュラハン七機を制圧。一機は──〉

突然高速が激しく揺れた。轟音と震動。かろうじて姿勢を制御する。

爆発だ。高速上ではない。地上部だ。

一体何が起こった──

指揮車でも爆発の衝撃を直接観測している。搭載した機器には幸い影響はない。混乱した報告が次々に入ってくる。情報が錯綜し、沖津は事態の把握に追われていた。何が起こったのかまるで分からないが、最優先で確認すべきはサザートンの安否である。

その背後で、緑は龍機兵各機のステイタスをチェック、各搭乗員とのデジタル通信確認を急ぐ。

ＰＤ１、確認完了――ＰＤ２、確認完了――

「本部よりＰＤ３、状況を報告して下さい」

ヘッドセットのマイクに向かって繰り返す。

「こちら本部、ＰＤ３応答を願います、ＰＤ３」

断片的な音声が途切れ途切れに変換され、やがて完全に途絶えた。あとは受信不可を示す電子音が続く。

緑は沖津を振り返って叫んだ。

「ＰＤ３、通信途絶！」

6

凄まじい轟音と立ち籠める粉塵。

集音装置のセーフティ機能がなければ鼓膜が破裂していたところだ。

地面に黒々と開いた地下への入口が見える。

〈踊子〉はこの下か――

ライザ機は露出した狭い階段を下る。数メートルで螺旋階段の敷設された立坑《たてこう》に出た。相当に深い。

バンシーの左手首からアンカーボルトを壁面に向けて射出。固定を確認し、ファストロープ降下で一気に立坑を降下した。

最深部に到達、ワイヤーをカットして着地する。左右には長大なトンネルが延びていた。直径六メートル前後か。金属製のパーティションで仕切られたスペースに、さまざまなケーブルや鋼管が通っている。バンシーが降り立った場所は保守点検用に空けられたスペースのようだった。

デュラハンを使ったのはこのためか――

通常の機甲兵装には狭すぎるが、首のない特異なフォルムを持つデュラハンなら移動可能な広さである。

トンネル内には濃密なチャフの細片が充満していた。

「PD3より本部へ」

通信不能。前方に直方体の箱が転がっている。あらかじめ仕掛けられていたチャフ・ディスペンサーだ。通常ではチャフはレーダー波の攪乱に用いられる。通信妨害の目的で使用されることはないと言っていい。だが密閉された空間である地下トンネル内では十分に通信妨害の効果がある。

そういうことか――

トンネルの奥からデュラハンの走行音が伝わってくる。

いいだろう、せっかくの招待だ――

ライザは躊躇なく〈踊子〉の後を追って走り出した。

午後十二時十三分。赤羽橋交差点を中心とした一帯はすでに封鎖されている。サザートンと随行員は駆けつけた第一機動隊に無事保護された。深刻な負傷者もなかった一行は機動隊に護衛され空港に移動、時をおかずにチャーター機で離陸した。

警視庁警備部警護課のSPをはじめ、警察官の死傷者多数。高速上で機甲兵装と遭遇し玉突き衝突を起こした一般車の乗員もようやく救助され、全員が病院に搬送された。重傷者もいるが現在のところ死亡者は確認されていない。機甲兵装同士の銃撃戦による流れ弾で被弾した一般人がいなかったのは不幸中の幸いだった。ためらわずに車を捨てて逃げ出した者が多かったのも一因と思われる。

高速を出た沖津は、指揮車輌を麻布永坂町にある永坂館に入れた。技術班の車輌二台も後に続く。豪邸の建ち並ぶ邸宅街の奥まった一角。周囲に巡らされた木々が近隣からの視線を完全に遮っている。しかも敷地は相当に広い。永坂館は第一首都銀行のゲストハウスで、元は旧財閥系の別邸である。それを急遽使用できたのは、外務省欧州局長枡原太一の人脈であった。沖津からの突然の要請に、枡原は黙って第一首都銀会長に話を通してくれた。

永坂館敷地内で停車した指揮車輌の中で、沖津と緑はようやく送信されてきた爆発現場の映像を見た。愛宕通りと桜田通りの分離帯。芝生の中央に黒い穴が開いている。そこには麻布共同溝の点検口が設けられていたという。

妙定院から点検口までの間で何が起こったのか。現場には数名の通行人がいたが、すべてが煙幕の中で進行したため、一部始終を目視した者はいなかった。指揮車輌側でモニタリングしていたバンシーの視界映像も判別不能の状態だった。

それでも断片的な目撃者は何人かいた。彼らの証言を総合すると――妙定院の墓地からデュラハンが走り出ると同時に点検口付近で爆発が起こった。デュラハンは爆破された部分から地下へと飛び込み、追ってきたバンシーも後に続いた――

映像でも点検口の外枠体と蓋体の爆破された形跡がはっきりと確認できる。桜田通りの下には電気、ガス、上下水道、通信など都市機能のライフラインを束ねる麻布共同溝が走っている。敵は襲撃現場に近い点検口の一つにあらかじめ爆薬を仕掛けていた。点検口直下の数メートルさえ拡張すれば、小型の機甲兵装なら十分に侵入できるし、地下トンネルの保守点検用通路も移動可能である。そして麻布共同溝は虎ノ門でさらに大きい日比谷共同溝と接続している。

「警備部に連絡、全機動隊を配置して麻布、日比谷共同溝のすべての点検口を大至急封鎖」

マイクに向かって指示を下した沖津は、傍らの緑と自分自身に呟いた。

「ＩＲＦがこの作戦にデュラハンを選択したのは理由があったのだ……」


チャフの漂う共同溝をライザはひたすらに走る。〈踊子〉を──哀れな過去の自分を追って。

イーファ・オドネル。田町のロフトで見たとき感じた。自分と同じだ。己しか見えていない無邪気なまでの傲慢。無邪気は無知に由来する。世界のことを知り尽くしたつもりでいて、実は何も知りはしない。無知は罪に他ならない。自分はあまりに無知だった。

合わせ鏡の中の醜悪な自画像。これを必ず打ち砕く。贖罪《しょくざい》の余地はない。鏡の中の自分にも。鏡の外の自分にも。

不意に広大な空間に出た。頭上には地上部まで円形の縦穴が続いている。虎ノ門立坑だ。正面には日比谷共同溝が丸い口を開けている。麻布共同溝のトンネルよりも大きい。壁面を形成するセグメントのパターンも違う。

躊躇なく日比谷共同溝に進入する。

バンシーの頭頂部や肩部装甲が時折セグメントの天井や壁面をこすって火花を発する。

外部装甲には無数の弾痕が穿たれ、優美なフォルムは今や見る影もなかった。肩部装甲と腰部装甲が一枚ずつ剝落しているが、変化した機体バランスは龍骨が随時勝手に調整してくれる。

白い塗装も煤と硝煙にまみれ、薄汚れた灰色になっていた。まるで埋葬を待つ死人の屍衣だ。

思わず嗤っていた。今のさまこそがバンシーにふさわしい。そして思い出す。ウェスタン・アイ病院の遺体安置所でミリーが着ていたグレイのパーカー。洗い晒しの古びたコットン。


特捜部指揮車輛に次々と入る通信に応対し、情報を分析して状況を把握。沖津は各所に的確な命令と要請を伝える。

「自《じ》ら隊（自動車警ら隊）と近隣の所轄にも応援を要請、配備状況の連絡願います」

共同溝は都内全域に広がっているが、点検口、出入口は限定される。数は多いが、今ならまだ先回りは可能である。

バンシーとの通信は依然不可。機体から常時送られてくるＩＮＳ（慣性航法装置）データも当然途絶している。地上からバンシーの位置を把握するすべはない。

傍目《はため》には一切の余裕がないように見えながら、沖津の思考は今こそ精密機械のようにこれまでの局面を正確に解析していた。

そうだったのか――

すべてがつながる。すべてが、一つに。キリアン・クインの〈第三の目的〉に。

著名な〈詩人〉の新作は、数多《あまた》のモチーフ、数多のテーマが緻密に嵌めこまれ、壮大なタペストリーを織り成している。人を欺き陥れるテロと犯罪の一大交響楽だ。事案の端緒から、すでに〈詩人〉の作の導入部であったのだ。

発端となった大黒埠頭での密輸事案。その端緒は横浜税関調査部が偶然入手した情報だが、これは偶然ではなかった。コンテナ内で発見された機甲兵装には、こちらに〈今回密輸された機甲兵装はすべて完成形態である〉という先入観を抱かせるだけでなく、テロ計画の存在そのものを暴露する意味があったのだ。前後して外務省がサザートン暗殺計画を察知したのも同じだ。さらにイギリスがつかんだＩＲＦの動きも。すべてキリアン・クインがリークしたのだ。周到にタイミングを計った上で。横浜税関、神奈川県警、外務省、そして警視庁特捜部。皆〈詩人〉の台本と演出の通りに動かされた。

三人の処刑人を伴ったキリアン・クインがラードナー警部のロフトを訪れたのも、処刑宣告だけではない、隠された意味と必要があったのだ。彼らが国際指名手配の身を晒してまで現役警察官の住居に侵入したのは洒落でも酔狂でもない。ましてや祖国とかつての同志へのロマンティシズムなどではあり得ない。ライザに第一、第二の目的を告げ、ある心理へと誘導する。それこそがキリアン来訪の最大の狙いであった。〈踊子〉の芝居がかった挑発もこれに一役買っている。

　そして、あの〈敵〉の意図。

〈敵〉は中国の工作員とIRFのテロリストを別個に殺害し、百人町のアパートに放置した。そして中国人の死体に『ミウネ貿易』の名刺を残した。二つの死体によって〈敵〉が特捜部に告げようとしたメッセージ。それは、この事案に中国が関与しているという事実だったのだ。

　フォン・コーポレーションの馮志文《フォンジーウェン》は中国の意を受けて動いている。一方、關《クワン》が黒社会の上部構成員であることは間違いない。一心同体であるかのように見えながら、馮と關との齟齬は、そのまま中国共産党と黒社会との齟齬なのだ。

　殺された陸登挙《ルードンジュー》と胡振波《フージェンボー》は、キリアン・クインの真の目的を知ってしまった。だからなんとしてでもIRFは二人を始末せざるを得なくなった。

　關は馮の方針に従いながらも、黒社会の価値観から反発を覚えた。陸登挙は小者とは言え彼の恩人の一族である。それだけではない。IRFは協力した中国人同胞を何人も殺している。青幇の流れを汲む和義幇《フーイーバン》の大看板に唾を吐きかけられたに等しい。彼の立場としては本来なら看過できることではない。それが黒道《ヘイタオ》に生きる者の面子《メンツ》だからだ。しかし同時に中国国家安全部と正面切って事を構えるわけにもいかなかった。だから姿に接触し、警告を伝えた。それが彼にできるぎりぎりの抵抗だったのだ。

　沖津の脳裏に差した光は、記憶の底に沈殿した断片を隈なく照らす。光はやがて泥に埋もれた微かな記憶を掘り起こした。

　コンソールの端末で検索し、確認する。確かケルトの神話だったか。もしくは民間伝承。

　これだ――『ウィッカーマン』。

いにしえのケルト人社会でキリスト教以前に信奉されていたドルイドの宗教儀礼。細い枝で編んだ巨人の像に、生贄となる人間を載せて火をかけた。それが『ウィッカーマン』である。ドルイドの教義は文字で残されておらず、『ガリア戦記』など他文明の文献によって知られるのみであるという。

間違いない。木の枝の人形〈树枝娃娃《シュウチーワーワ》〉とは『ウィッカーマン』のことだ。陸《ルー》と胡《フー》にケルト文明やドルイドについての知識、語彙《ごい》があったとは考えにくい。二人はその言葉の意味する内容をＩＲＦから得たに違いない。

ディスプレイに映し出された中世の絵画や木版画。人型の檻の中に押し込められた人間達が泣き叫んでいる。図版はいずれもその凄惨な由来にふさわしく奇怪で禍々《まがまが》しいものだった。

ウィッカーマンは龍機兵。そしてウィッカーマンの中の生贄はライザ・ラードナー。

キリアン・クインの〈第三の目的〉とは、次世代の主力兵器たる龍機兵の奪取であったのだ。

襲撃地点が赤羽橋交差点の先に設定された理由。高速の間近に隣接したビル、地上から這い上がれる高さの橋脚。これらの条件を満たす地点は他にもある。しかし共同溝の点検口が近くにある場所は多くはない。だから赤羽橋でなければならなかった。

「まだ間に合う」

沖津は声に出して言っていた。まだ間に合う。万が一ＩＲＦがバンシーを捕獲し得たとしても、搬出可能な共同溝の出入口は限られる。そこさえ先に押さえられれば。

〈踊子〉の足は速かった。首のない機体がネズミのように地下のトンネルを駆け去っていく。イーファの含み笑いがチャフと一緒になってトンネル中に充満しているような気がした。

またも広い空間に出た。桜田門立坑。頭上はやはり地上部まで縦穴が抜けている。

正面に続く日比谷共同溝の奥にデュラハンを視認。ようやく追いついた。

〈踊子〉の乗るデュラハンがこちらを振り返る。ないはずの首が嘲笑する。

分かっていた。本当に恐ろしいのは、魚はいてもいなくても同じだということだ。答えを知る必要などありはしない。

エルティアノ湖に魚はいるのか？　いたらどうだというのだ。いなかったらどうだというのだ。どちらにしてもアメディオを処刑したという自分の罪に変わりはない。選択したのは自分自身だ。最初から分かっていた。そして分からないふりをしていた。答えを知らぬことを自らへの言いわけとして。恐怖のあまり直視を避けた。罪の重さに狂いそうな自分の心に、逃げ道を作っていただけなのだ。

それが人を殺すということだ。

ライザは右マニピュレーターを操作して背面のスパス15を抜いた。マウンターの中央部に残った最後の一挺。狭いトンネル内では抜けなかった。

デュラハンに照準を合わせる。直線上。トンネル内のイーファに逃れる場所はない。トリガーを引く寸前、爆発が起こった。

日比谷共同溝内で爆発――

〈現場は桜田門立坑の東。共同溝内上部に縦穴を確認。奥で別のトンネルとつながっている模様。周辺に機甲兵装は発見できず〉

機動隊員からの報告に、指揮車内の沖津が声を上げる。

「やられた」

沖津はすぐさま東京都建設局に連絡し、現在工事中のすべての地下トンネルの資料を請求すると同時に、地下作業員への避難勧告を要請する。そして不安そうに自分を見ている鈴石主任に向かい、

「建設中の内堀通りの地下化部分だ。皇居前広場への自動車の進入をなくすために工事中だった。ラードナー警部はそこへ〈踊子〉を追っていったに違いない」

桜田門立坑は警視庁のすぐ目の前に位置している。足許の爆発で、警視庁には文字通り激震が走ったことだろう。

正面のディスプレイに東京都の地図を呼び出し、地下のトンネル配置図を可能な限り重ねていく。東京には新旧を問わずトンネル同士がわずか数メートルの距離で接近している個所が数多くある。とは言え、大深度にある構造物をかくも恣意的に爆破できるものなのか。

建設局への問い合わせを重ねるうち、事情が判明した。敷地や空間が限られていることや経費節減などの理由から、地下の作業ヤードを別の工事にも利用しているため、それぞれの工事予定図、ルート図だけではただちに判明しない連絡通路や資材置場がある。さらには、工事が終了しても埋められることなく放置された部分が存在する可能性もあるという。

連絡通路があるなら爆破は容易だ。建設局でも把握と確認には時間がかかるらしい。その分警察官の配置は確実に後手に回る。

声に出さず心中で再び呻く。

やられた――

右マニピュレーターにスパスを把持したまま縦穴の鉄梯子を登る。

すぐに平坦な空間に出た。何も敷設されていないトンネル。共同溝とは比較にならぬほど広い。開通前の自動車道だ。暗黒に押し潰されて先は見えない。どこに続いているのだろうか。もし絶望に続いているのなら、恐れる必要は何もない。絶望とは希望を失うことだ。自分は最初から持ってはいない。

装甲を通してなお感じる地下の湿気と冷気。そして殺気。

ライザは闇へと足を踏み出す。通信は途絶したままだが、デュラハンの足音を捉えた集音装置が進むべき方向を教えてくれる。

〈踊子〉は絶妙の距離を保っている。後続の〈死神〉に見失うなと言わんばかりに。素晴らしいテクニックだ。これも〈詩人〉の指導の賜物か。

トンネルの隅にチャフ・ディスペンサーが置かれていた。一体いくつ仕掛けたのだろう。何から何まで準備の上か――

ライザは微笑む。この地下道が絶望を抜けて地獄へ続いているというのなら、〈踊子〉よ、終幕まで存分に踊るがいい。

7

フィアボルグとバーゲストを回収した特捜部のトラック二台が永坂館に到着した。待機していた技術班スタッフが再起動に備えて破損個所のチェックにかかる。両機とも外部装甲は散々に被弾している。根本的な修理や換装はできない。あくまで応急処置である。

敷地内は植樹により外部からの視線を免《まぬが》れているが、念のため青い防水シートが大きくテント状に張り巡らされている。作業はすべてその中で行なわれる。マスコミのヘリなどに映像を撮られたりしないようにだ。応援のスタッフと機材を載せた技術班の車輛が新木場から次々と到着する。それらの車輛は永坂館の門前でチェックを受け、防水シートを潜って敷地内に入る。

その間、姿警部とオズノフ警部は特殊防護ジャケットを着たまま水分補給と休息に努める。このときばかりは姿も缶コーヒーではなくアイソトニック飲料を摂っている。

指揮車内では沖津が関係各所との連絡に追われていた。新木場の庁舎では宮近と城木も。

警察全体の指揮系統も混乱している。現場で動く人数より無線で口を出す人数の方が多いくらいだ。

そのさなか、再び地下での爆発が報告された。

内堀通りの地下部分が終わる手前、行幸通りとの交差点付近。

デュラハンはそこから建設中のつくばエクスプレス東京駅施設に移動したらしい。

沖津はすぐさま現在の起点駅である秋葉原駅へ先回りの人員を手配する。

しかし——と沖津は考える——自動車専用道が、歩行者のための駅とつながっているのは不自然ではないか？

内堀通り地下化とつくばエクスプレスのルート図を睨みながら、各方面と連絡を取っていた沖津は、携帯に向かって我にもなく声を荒らげた。

「どういうことですか、それは」

怒声に驚いたのか、龍機兵の観測機器をチェックしていた鈴石主任が振り返る。

「……分かりました。では情報を取りまとめてこちらに回して下さい。一刻も早くお願いします」

語気荒く電話を切ると同時に、心配そうに訊いてきた。

「何かあったんですか」

「利権だよ」

沖津は吐き捨てるように、

「避難経路の確保という名目で、大深度の近接する地下空間に非常用通路を敷設中らしい。そんな計画がいつの間にか実行されていた。どこからともなく湧き出た、まさに地下水のような話だ。複数の企業が提唱して乗ったのは官公庁。利権絡みの典型だ。完全に後付けの構想だから広報の出してくる設計図を見ても分からない。全容の把握はすぐには無理だ」

その意味を悟って鈴石主任も蒼白になる。

「そんな……」

「テロリストにとっては格好の抜け道、警察にとっては文字通りの迷宮だ」

東京都の地下が今や〈踊子〉の一人舞台と化している。その踊りはラードナー警部だけでなく、警視庁全体を翻弄《ほんろう》していた。振付は名だたる〈詩人〉だ。

固い椅子に身を沈め、沖津はディスプレイに表示された地図を睨んで考える。

椿山荘《ちんざんそう》での馮《フォン》の接触と通報の狙いは、龍機兵を出動させることにあった。IRFの目の前へと。エルサン化学に潜伏していた八人ではなく、他のプレイヤーが工場を包囲する特捜部の動きを監視していた。それによりIRFは龍機兵各機と対応する搭乗要員を特定、確認した。〈墓守〉フィッツギボンズはそうと知りつつ自ら捨て石になったか、あるいは知らずしてただマクブレイドの処刑に挑んだか。腸がはみ出るほどの重傷を負いながらも機甲兵装のハッチを開いて立ち上がったフィッツギボンズの行動は、前者だと考えると必然性に満ちたものとなるが、同時にあくまで執念に基づいた後者である可能性も否定できない。

中国はIRFによる龍機兵の奪取を支援している。後で自国のものとする算段があるのだろう。キリアンは中国の目論見など百も承知で受け入れている。このあたりはいずれ狐と狸のばかし合いだ。IRFの情報源は中国の情報機関。国家安全部だけでなく、人民解放軍総参謀部第二部も関与しているに違いない。サザートン来日の日程、コース、宿泊地、そのいずれもが早い段階で中国に漏れていた——日本政府のどこかから。だからこそIRFはこの襲撃作戦を立案し得た。

そして〈敵〉は龍機兵が中国に渡るのを望んでいない。

敵の敵は味方ということか。いや違う、表立って中国を刺激できない〈敵〉は、裏ではなく、れっきとした司法機関である特捜部自体を利用したのだ。

だとすれば、キリアンがライザを聾学校の演奏会に招待したのは——

沖津の頭の中で最後のピースが嵌まる。盤上の全貌がようやく見えた。〈詩人〉の描いた緻密な構図の全体像。

思わず立ち上がっていた。警察無線で急ぎ庁舎の城木理事官を呼び出す。

「夏川班、由起谷班に緊急連絡、聖ドリュオン国際ろう学校生徒の所在確認急げ。演奏会に出演した生徒を優先」

〈踊子〉による第二の爆破の粉塵を抜けると、眼下に広大な吹き抜けの立坑が見えた。五層はあるだろうか。各層の断面から鉄骨や鉄板を覗かせながら、一気に大深度へと切れ落ちている。相当な大規模施設だ。立坑の端まで歩み寄って下を見下ろす。最下層に敷設中の線路が見える。するとここは駅なのか。ＩＮＳを確認。東京駅だ。拡張中の駅舎か、もしくはその近くに新設中の新駅。通り抜けてきた通路も地図には存在していない。

線路上にデュラハンが走り出た。コンクリートが剝き出しになっている階段を駆け下りたらしい。すぐに後を追う。

走行するバンシーの足に蹴飛ばされたチャフ・ディスペンサーが音を立てて転がる。これで何個目だろうか。相手は予定のコースに沿ってチャフを配置しているようだ。小細工の意味は、しかしもう気にならない。

暗黒の底へ、底へと向かう落下の感覚。

この暗黒は古代からずっと変わらず続いている。そう思った。

妖精や悪鬼の跋扈《ばっこ》する古代。飢饉と虐殺の中世。『血の日曜日』の七〇年代。そして『アゲン』の現代まで。暴力は変わりなく存在する。きっと未来も。途切れたことは一度もない。

――まるで変わってない。

死の間際、シェイマス・ローナンはそう言った。ＩＲＡ暫定派の長老。自分が殺した。二度目の処刑で。

――この先もきっと同じだ、なあキリアン。

あなたは正しかった。表面がどんなに変化しようとも、本質は何も変わっていない。古代の妖精の衣や悪鬼の皮は、中世では騎士の鎧に、現代では機甲兵装になった。七〇年代はジュラルミンの盾だ。

過去と現在と未来とが、どこまでもまっすぐにつながる。この地底のトンネルのように。世界は常に変わらぬ暗黒を孕《はら》み続けてきたのだ。

無数の暴力が重なり合って時間を動かす。歴史ではない。ただの時間だ。そこには永劫に積み重なる死体がある。ウェスタン・アイ病院の遺体安置所はその一部だ。ミリーの死体も、ブライアンの死体も。ひたすら無為に積み重なる。自分もやがてそこへ行く。歴史とは時間経過の別の呼称であり、同時に死体の山の高さを示す単位だ。

かつてラヒムに指摘された通り、自分は宗教を持たない。ＩＲＦであり、カトリックでありながら、神を信じたことはない。グローブナー・ロードを走りながら、マリルボン・ロードを走りながら、自分は神に祈らなかった。祈ればよかったのか。祈れば水曜にブライアンと会えるのか。アメディオを殺さずに済んだのか。

神が存在するとすれば、それは信じる対象としてではない。恨み言を言う相手としてだ。


指揮車輛に城木理事官から入電。

〈聖ドリュオンの生徒一名の所在不明！〉

城木の声はかつてないほどに緊迫している。

〈アネット・ノースリング十一歳。国籍はアメリカ。現住所、渋谷区神南二丁目。拉致の可能性大。今朝の九時半に代々木署に捜索願が出されています！〉

午前九時に担当教師が当該児童の欠席を確認。欠席届が出されていなかったことから、学校側は規定通り保護者に連絡。知らせを受けた保護者が驚いて児童の携帯に電話したところ、電源が切られていた。障害のある当該児童は、普段からバイブレーション・モードに設定した携帯を所持し、電源を決して切らない習慣であったという。保護者はすぐに最寄りの代々木署に捜索願を出していた。

「夏川、由起谷の両名を麻布永坂町永坂館の指揮本部へ。他の捜査員は警備部の指示に従いトンネル内の捜索に合流」

城木に指示を出して携帯を切った沖津は、待機中の姿とユーリ、それに鈴石主任を指揮車に呼んだ。

フィアボルグとバーゲストの応急処置の指揮を執っていた緑は、柴田技官から部長が呼んでいると伝えられ、彼に後を任せてすぐに指揮車輛へ向かった。

指揮車の前で同じく早足でやってくる姿警部とオズノフ警部に遇《あ》った。この二人と一緒に呼ばれたということは、龍機兵の運用に関する問題だろうか。

三人が車内に入ると、沖津はすぐにドアをロックした。その様子に、緑は事態のただならぬことを感じた。

「キリアンはライザのバンシーを狙っている。彼女の過去を利用してな」

沖津は自分の推理を手短に話した。ミリー・マクブレイドの死についても。

——私には自死は許されない。

緑は言葉を失う。そしてすべてを理解する。ラードナー警部の虚無。死を望んでいるかのように見えながら、死の淵で冷徹に任務を遂行する、彼女の矛盾の理由をすべて。

庁舎の部長室で以前、ラードナー警部は緑と特捜部の面々に何かを言いかけた。

——『チャリング・クロスの惨劇』。その生き残りだとは知っている。私には……

そこで彼女は言葉を呑んだ。誰も続きは分からなかった。部長以外には誰も。

「私には関係ない」「私にはその気持ちは分からない」。そんなところだろうと誰もが思った。だが答えは正反対だった。

「私には誰よりもその気持ちが分かる」

彼女はそう言おうとしたのだ。そこで言い淀んだのは、他者の寛容を求めるような甘えを恥じたからだ。徹底して厳粛な自己罰だ。いや、本当にそうだろうか。やはり「私には分からない」かもしれない。自ら妹を殺した心中は複雑すぎてたやすく口にできるものではないはずだ。混乱する。分からない。そもそも分かるはずがない。あの女の心など。

「つまりＩＲＦは地下のどこかにライザをおびき出し、バンシーをかっさらおうとしてるってことですか」

　姿警部だった。沖津が頷く。

「そうだ」

「無理だ。俺達の契約には自爆条項がある」

　緑は反射的に聞き返していた。

「待って下さい。なんですか、それは」

　姿警部とオズノフ警部が振り返る。二人の顔からは一切の表情が消えていた。

「自爆条項なんて、私は一度も……」

　技術班主任として、自爆装置の存在は当然知っている。機密の核心である龍骨を包むように充塡されたＣ‐４爆薬。最初から龍機兵全機に装備されていた。Ｃ‐４なら衝撃だけでは絶対に爆発しない。薄気味悪く思いつつも、今日まで緑は龍機兵の整備とスタディに取り組んできた。積極的に肯定するつもりは毛頭ないし、実際に使用される状況など緑には想像もできなかった。またインテリジェンスの世界のシビアさを知れば知るほど、自爆装置の必要性も理解できるような気がしていた。しかし
『自爆条項』とは――

「それを説明する状況であると判断したから君を呼んだんだ」

　沖津がゆっくりと言う。

「『自爆条項』とは龍機兵搭乗要員の契約書に記された特別項目で、そこにはこう記されている。

［龍機兵が行動不能等の状況に陥り、第三者に略取される可能性が生じた場合、搭乗者である甲は速やかにこれを爆破すること］」

機密保持のために死を強いる条文。〔速やかに爆破〕とはあるが、〔速やかに自己とともに爆破〕とは書いていない。実質は一〇〇パーセント同じ意味でも、でき得る限り責任を曖昧にしようとする公官庁らしいレトリックにあふれたものだった。緑も守秘義務等に関して厳重な契約を警視庁と交わしている。その文面も同様のレトリックだ。だが緑の契約には自死を強要する自爆条項などない。

そんな契約に自ら進んで署名する者などいるのだろうか。

いたのだ。顔を見れば分かる。理由は知らないが姿警部もオズノフ警部も、内容を完全に理解した上で契約したのだ。少なくともラードナー警部にとって、この項目は拘泥《こうでい》すべきものではまったくない。無頓着に、いや、むしろ嬉々としてサインしたことだろう。

「警察官の中から龍機兵の搭乗要員を選抜できなかった理由……それはこの契約条項だったのですね……」

沖津がスーツの内ポケットからシガリロの箱を取り出す。

「そうだ。もっとも理由は他にもあるがね。『自爆条項』が最大の理由であることは確かだ」

警察官どころか、真っ当な人間の中から選抜するのは不可能だ。できるとすれば、真っ当でない人間の中からしかない。例えばテロリストのような。

龍機兵の騎手たらんとする者は、代償に己の命を担保とせねばならない——庁舎地下のラボで初めて自爆装置の存在を知ったとき、そんなふうに緑は思った。柄にもないその感傷は、幻想的な比喩でもなんでもない、即物的な事実であったのだ。魔物との契約という事実。

たった五年のために。五年後には当たり前のように一般化している技術なのに。五年の優位のために、命を使い捨てにすることが正当化されるのか——

緑には到底理解し得ない国際軍事のロジックであった。

「バンシーがそう簡単に奪われるとも思えないが、そんな状況になったとしたら、ライザは喜んで自爆スイッチを押すでしょう」

〈真っ当な傭兵〉であるはずの姿が言う。

沖津はシガリロを手にしたまま火を点けようともしない。

「キリアンはライザの過去を誰よりも熟知している。最初から彼女の弱点を衝《つ》いてきたのだ。妹殺しという唯一最大の弱点をな。ライザの妹は十歳のとき『アゲン』に巻き込まれ、発声に障害を負った。だからライザを聾学校の演奏会に招待し、生徒の顔をあらかじめ見せたんだ。聾啞の生徒を人質に取られればライザは間違いなく投降する」

オズノフ警部がはっとして上司を振り仰ぐ。

沖津はその先回りをするように、

「十一歳の少女がすでに拉致されている。聖ドリュオンの生徒でアメリカ人。演奏会の出演者の一人だ」

ロシア人の元刑事は喉《のど》の奥で低く呻いたようだった。

コンソールの端にもたれかかった姿警部が、

「随分と手の込んだ作戦ですが、どうでしょうかね。偶然の要素が多すぎる」

「逆だよ。〈詩人〉はいくつかの偶然を見つけてから、それらを結びつける詩を書いたのだ。〈第一の目的〉と称しているが、サザートンの暗殺などむしろ後付けのカムフラージュだと思うね」

相手を称賛しているようで、沖津の口調には嫌悪が明確に滲んでいる。

「この作戦における最大の偶然は、サザートン来日の直前に聖ドリュオンの演奏会があったことだ。十歳前後の女生徒がいることまではキリアンも期待していなかっただろうが、彼女がいなかったとしても作戦の遂行に不都合はない。聾学校の生徒であれば誰でもよかったからだ」

「演奏会そのものがなかったとしたら」

姿の質問に沖津は肩をすくめる。

「問題はない。生徒の顔をあらかじめ見せる手段はいくらでも考えられる。仮にそれが不可能だったとしたら、そのときは別の趣向の詩を書いただろう。キリアンならいくらでも書ける。彼ほど女神《ミューズ》に愛された男はいない。テロリズムの女神にね」

上司の声を、緑はもはや遠い所に感じている。

自爆に向かって一直線に突き進んでいるかのようだったラードナー警部。その同じ理由が皮肉にも彼女の自爆を妨げる。

――ピアノを弾いていたことはあるか。

聖ドリュオンの演奏会の日、ラードナー警部に指を取られた。まざまざと感触が甦る。ラードナー警部の妹はピアノを習っていたと、あのとき確かに部長は言った。

チャリング・クロス。パディントン駅。そして『アゲン』。果てしなくつながっていく。すべてが暴力で連鎖する。自分もラードナー警部も、その鎖でがんじがらめになっているのだ――

姿警部一人を車内に残し、沖津は鈴石主任とオズノフ警部に持ち場への復帰を命じた。

なぜ姿だけを残すのか――オズノフ警部は不審そうな表情を浮かべつつも命令通り退出した。

指揮車のドアを再びロックし、沖津は姿に向き直った。

「最悪の場合は……分かっているな」

「ああ」

予期していたように姿が答える。

「契約書の附則部分は暗記してるよ。［龍機兵搭乗者による自爆条項の不履行が認められる場合、甲・姿俊之は当該機の破壊を代行せねばならない］」

契約金は各人で異なる。それはライザとユーリも承知している。契約書の内容も違う。『自爆条項』は三人とも共通。ただし姿の契約書のみ『自爆条項』に附則事項の記述がある。

同僚の部付警部――ユーリ、ライザ――が自爆しなかった場合、姿は僚機を狙撃する義務を負っている。それは取りも直さず同僚の殺害を意味する。

「大丈夫か」

念を押す沖津に、

「そのために俺は一番高いギャラをもらってるんだ。それより、見ましたか、ユーリの顔……あいつはきっと気づきますよ、部長が俺だけを残した理由に。なにしろ元刑事ですからね。カンはいい」

「構わん。君の任務遂行に彼の同意は必要ない」

「お願いしますよ。あとあと揉めるのは嫌なんで」

「彼が異議を抱いたとしても、それは彼との今後の問題でしかない。君は君自身の契約に基づく義務を果たせばそれでいい」

「その点は任せてもらって大丈夫ですがね」

姿は常にプロフェッショナルであることを自認している。それはそのまま彼のアイデンティティーであると言っていい。

クライアントの望み通りに契約を履行する——それ以外の発想は姿にはない。


三度目の爆発。恐れず粉塵の中に飛び込む。闇の奥にまた闇が続いている。線路は再び自動車道に変わった。

果てのないトンネル。底知れぬ地下迷宮。〈踊子〉を追って走る地底の様相に、ライザは既視感を覚えていた。

どこかで見た。いつも自分は走っていた。グローブナー・ロードだろうか。マリルボン・ロードだろうか。だが地下に雨は降らない。代わりにチャフが降っている。

さらに走って、やっと気づいた。

既視感ではない——既読感。

若く老いぼれた君は果てなく延びた鉄路を往くか。
　愚直に引かれた二本の線の合間を往けば
　執念深い悔悟を振り切れるとでも夢見たか。

　『鉄路』だ――

　かつて何度も読んだキリアンの詩集。その表題作に、今の状況は瓜二つだった。

　執念深い悔悟か。確かにそうだ。パディントン駅を爆破した日から――『アゲン』の日から――そのずっと前から――後悔に震えなかった夜はない。だが過去を振り切れるなどとは夢にも思わなかった。今のこの瞬間も。

　頭の中で嫌な感触。久々に感じる。感じなくなった理由は明らかだ。自分にはもう幸も不幸もない。何が起こっても虚無でしかない。なのにこの不吉な感触は。死に優る災いがこの先に待ち受けているというのだろうか。

8

　永坂館に到着した夏川主任は、特捜部の特殊車輛の他にトヨタクラウンなどの捜査車輛が乱雑に並んだ広い敷地を足早に突っ切った。まっすぐに現在の本部である指揮車輛へと向かう。

　指揮車内では沖津部長と鈴石主任がディスプレイに表示された何層もの立体地図と複数の光点を見つめていた。一足先に着いたらしい由起谷主任がドアの側に立っている。

「こいつは現在までのデュラハンのコースか」

夏川は小声で由起谷に訊いた。

「そうらしい」

由起谷も声をひそめて答える。

さらに夏川は立体的に表示された地図の下層に延びる複雑な着色部分を指して、

「あの部分はなんだろう。下水管か」

「さあな、下水管にしては大きすぎるが」

沖津が二人を振り返らずに言った。

「東京の地下で工事中のトンネルだよ」

「えっ」

二人は驚いて地図を見直す。無数の巨大な虫が一斉に地下を食い荒らしているかのように、何層もの空洞が入り交じって分岐する。複雑すぎて目眩がした。これでは確かに先回りなど至難の技だ。

集中の極にある顔で沖津はディスプレイを凝視している。終盤戦。最後の局面。最後の読み。

鬼気迫る――夏川も由起谷も、初めて見る上司の顔だった。


最後に確認されたデュラハンとバンシー通過の痕跡はつくばエクスプレス東京駅施設内。イーファ・オドネルの最終目的地点は一体どこだ。

キリアン・クインはそこでライザを待ち受けている。十一歳の少女を人質にして。彼は芝居がかった口調でライザにバンシーからの投降を迫るだろう。例えば「君のその白いドレスをここで脱いでくれないか」。

ライザは従うしかない。キリアンは彼女を殺す。龍髭について知らなければ彼女の死体をその場に放置する。知っていれば殺さずに拉致するか、殺して死体をバンシーと一緒に回収する。おそらく知るまい。〈詩人〉は〈死神〉を処刑する。

バンシーの搬出にはトラックを使うだろう。機体を速やかにトラックに載せるには少なくとも機甲兵装二機が必要だ。一機でも可能だが時間がかかる。その間の哨戒《しょうかい》も考えると三機がベストだ。エルサン化学に集結していたコンテナは九台。密輸された機甲兵装の残りは最大で十機。首都高で襲撃してきた機体は八機。うち七機は制圧。ゴールで待ち構えているのは二機もしくは一機。逃走中のイーファ機を加えると残りは三機か二機となる。

人数も合う。日本に潜入したＩＲＦプレイヤーは二十二人。その残存数は〈敵〉に殺害されたマーティン・オキーフを除いて十一人。制圧されたデュラハンの搭乗者を除くと残り四人。うち二人は〈詩人〉と〈踊子〉だ。残る二人がバンシー搬出用の機甲兵装に搭乗する。

バンシーをトラックに載せ、全員が同乗して離脱する。機甲兵装は全機を放棄する――

地下から連絡していて、トラックでそのまま逃走できる場所。

〈詩人〉の性格、嗜好を考える。彼の作品の傾向を分析する。彼のフォロワーになる。徹底して彼の贋作者になりきる。

これだけの大作の仕上げにふさわしい舞台だ。劇的な空間。そうでない場所は排除していい。

工事中のつくばエクスプレス線路と接続するトンネル、及び隣接するトンネルをすべて再検討する。蓋をするように古い河川をふさぎ、ビルとビルの隙間に巡らされた高速道路。〈詩人〉はそうした日本的道路建設の典型的風景に目をつけた。ならば――

「江戸橋ジャンクションだ」

沖津が声を発した。

日本橋の上を通る首都高都心環状線を地下化する計画。それに合わせ、従前からの車線減少による渋滞解消の目的で工事中の新江戸橋ジャンクション。これまでの日本の道路問題にけじめをつける新たな都市構想の第一歩と目されている。あらかた完成しているため現在はほとんど無人のはずだ。そしてすぐ側《そば》には隅田川が流れている。

〈詩人〉が最後の舞台に選ぶとすればそこしかない——

「フィアボルグとバーゲストは」

「十分前から発進待機中です」

鈴石主任が即答する。

「ただちに両機を搬送。目標は江戸橋ジャンクション工事現場」

鉄路は不潔な街を抜け
冷たい墓地を散々に堂々巡って
挙句に君は徒労を知って滅びるのだ。
奈落の果てでどん詰まってみじめに震えるのだ。

不潔な街か。冷たい墓地か。何もかも頷ける。

自分の人生は際限のないジャムの連続だ。人生の排莢を運命が嚙み潰す。地下を彷徨した末に死ぬというのなら望むところだ。決して徒労ではない。己の連れた悪運に感謝さえする。

トンネルの勾配は次第に登りとなった。そろそろ機甲兵装の活動限界のはずだ。終着点の近いことを予感する。

登りの先に光が見えた。視界が開ける。螺旋状に階層を成す長大なコンクリートの円周。その地底部分の底に自分はいる。頭上には灰色の空。円周は地面を離れて空を目指すように高く渦を巻いている。雲が近い。巨大な螺旋の織り成す円筒にまるで蓋をするかのように暗く重くのしかかっている。

螺旋の合間を吹き抜ける寒風の音が堪らなく耳障りだ。

建設中のハイウェイ。どこだかは分からないが、確かにここはジャンクションだ。工事はほとんど終わっているのだろう。太古の廃墟の如く寂寞《せきばく》とした景観を現出させている。

現在位置に対する興味はとうに失せていた。どこであろうと構わない。ただの墓場であってくれればいい。

前方に停止した〈踊子〉のデュラハン。こちらを向いて立っている。

その後ろには一台のトラックと二機のデュラハン。

トラックの横に、誰かがいる。確認するまでもない。

〈招待に応じてくれて礼を言うよ〉

集音装置から声——キリアン・クイン。

ここが「奈落の果て」なのだ。

身体に沁みついた動作でスパス15の銃口を向ける。視線入力。照準装置が自動的に作動する。エラー。装置がターゲットを特定できない。キリアンのすぐ側に人がいる。

白いウールコートの女児。白人。栗色の巻き毛。

衝撃で息が詰まる。間違いない。聖ドリュオン国際ろう学校の生徒だ。演奏会でバッハの平均律を弾いていた。

〈僕の声は聞こえているね？〉

トレードマークのモッズコートではなく、キャメルのダッフルコートを着たキリアンが、少女にベレッタPx4を突きつけている。

〈君のそのドレスだが、廃工場で見たときは夜目にも鮮やかな白だった。今はすっかり灰色じゃないか。地下で蜘蛛の巣でも引っ被ったか〉

エルサン化学のことだ。キリアンは一部始終を見ていたのだ。どこか安全な場所から。

〈クリーニングはこちらでやる。君は地上に降りてこの子を家まで送ってやってくれ。ここはだいぶ冷える。この子に早くホットチョコレートでも飲ませてあげるのがいいと僕は思うね〉

少女は蒼白になってバンシーを見つめている。自分の身に何が起こったのかさえ分からずにいるに違いない。

〈踊子〉のデュラハンが近づいてくる。嘲《あざ》笑うような余裕の足取り。力ずくでハッチをこじ開けるつもりか。

〈さあ、早く降りたまえ〉

栗色の小さな頭部に押し当てられたベレッタの銃口。少女の顔が苦痛に歪む。

大胆に歩み寄ってくるデュラハン。田町のロフトでライザを挑発した夜のように。

スパスをデュラハンに向け五発撃つ。間髪を容《い》れず銃口は再びキリアンに向けられている。

至近距離でしたたかにスラグ弾を食らったデュラハンは胴体部を孔だらけにして沈黙した。

〈昔のままだね。無造作に死をもたらす。やっぱり君は特別だ〉

〈踊子〉の死をまのあたりにしても、キリアンは微かに笑ったのみだった。

〈だけど僕も本気なんだよ〉

人質の少女にキリアンが一層強く銃口を押しつける。少女が声のない叫びを上げた。

アリアが聴こえる。ミリー。私が殺した妹。

技術班スタッフの運転するトラックで現地まで搬送されたフィアボルグとバーゲストは、到着と同時に発進、工事現場のフェンスを蹴倒して中に飛び込む。

シェル内でユーリは遠い銃声を感知した。ショットガン。五発だ。

ジャンクションは情報通りほとんど完成している。障害走のハードルのように外壁を飛び越え、真新しい車道を横切る。

螺旋状に円を描く道路の内側に到達。地下にまで及ぶ立体構造物の底部を見下ろす。

バーゲストのシェル内ディスプレイに薄暗い最深部の俯瞰《ふかん》映像。バンシーを確認。離れた位置にトラック一台とデュラハン二機。部長の推察通りだ。その正確さに舌を巻く。バンシーの側で被弾しているデュラハンは〈踊子〉だろうか。映像を拡大。キリアン・クインと人質の少女を確認。

まずい――ユーリは舌打ちする。想定される最悪の状況だ。

ライザの性格と心理のおおよそは理解しているつもりだ。自分と同じく、過去を捨て、過去に追われる人間。部長の読みの通り、ライザは『自爆条項』を履行できない。彼女がバンシーを放棄した瞬間、人質も殺される。

「PD2より本部、マル被と人質を確認。ファストロープ降下で突入する」

〈本部了解、PD2突入せよ〉

デジタル変調された沖津の音声。即座に行動を開始しようとしたユーリは、僚機の不審な行動に気づいた。

ホルスター兼用のマガジンベルトから背中のバレットXM109ペイロード・ライフルを抜いたフィアボルグは、狙撃態勢で銃口をジャンクションの底に向けている。

直感がユーリの脳裏を走った。

今突入命令が下されたのは自分だけで、沖津部長は姿には命令していない。さらに先刻、部長は指揮車輛に姿一人を残し、自分と鈴石主任を退出させた。この期に及んで同じ突入要員である自分に何を隠す必要があったのか。あるとすれば、それは――

バーゲストの肩に吊ったホルスターからOSV-96を抜き、フィアボルグに突きつける。

「なんの真似だ、姿」

返答はない。

龍機兵を搬送するトラックと同時に現場に到着した捜査車輛のトヨタクラウンから、夏川と由起谷が飛び降りる。フィアボルグとバーゲストが破ったフェンスから中に入った二人は、プレハブの工事管理施設に直行した。

完成間近で人気の絶えた工事現場には寒々とした空気があった。都市の喧騒の狭間にぽっかりと口を開けたエアポケットだ。吹きつける寒風に、管理棟のドアがぱたぱたと音を立てている。

管理事務所には人がいるはずだが――

不審に思いつつ中を覗いた二人が絶句する。

凄絶な血の海だった。短機関銃によるものだろう。ドアの位置から見える範囲だけで四人が死んでいる。充満する強烈な血の臭気。殺害されてから時間は経っていない。工事現場の各所を映す監視カメラのモニターや通信機器もすべて破壊されていた。

全身が震える。酸鼻極まりない虐殺現場の光景に。歯の根も合わぬほどの恐怖と怒りに。

「何が〈詩人〉だ……人殺しが」

夏川が吐き捨てた。

キリアン・クインが凶悪なテロリストであることはもとより理解している。しかし頭での理解など到底及ばぬテロの現実であった。

由起谷が携帯端末で報告する。

「江戸橋ジャンクション工事管理棟で大量殺傷事案、死傷者数四名もしくはそれ以上、現場付近の封鎖を要請、至急応援願う」

動揺を窺わせぬ冷静な口調。だが白面と称される彼の顔色は、夏川がかつて見たこともないほどに白かった。


シェル内でトリガーに指をかけたまま、ユーリは姿に問う。

「仲間を撃つ気か」

XM109とOSV-96。ともに大口径対物狙撃銃である。下方に向けてXM109を構えたフィアボルグの胸元を狙うＯＳＶ－96。そこには姿の頭部が位置している。

フィアボルグの狙撃態勢は微動だにしない。

「その手でバンシーをライザごと破壊するつもりか」

契約で定められているとは言え、『自爆条項』の履行は最終的には本人の意思に委ねられる。雇用主には極めて不確実なものであるはずだ。現にライザは易々と破棄しようとしている。契約で自爆を強いるような雇用主が、その対策を施していないと考える方が不自然だ。ただし遠隔操作による爆破には鈴石主任は決して同意しないだろう。機体にそんなシステムがあれば彼女は絶対に職にとどまっていない。彼女だけでなく、まともな研究者は最初から確保できない。技術班による〈スタディ〉は根本から覆る。

「やはりそうなんだな」

鈴石主任は『自爆条項』の存在すら知らなかった。龍機兵にあらかじめ設置されていた自爆装置が彼女の許容範囲の限界だろう。技術班を統括する鈴石主任に気づかれることなく龍機兵に遠隔爆破装置を組み込むことは不可能だ。契約破棄に対する安全装置は機体のシステムにはないと見ていい。あるとすればこの男――姿俊之。

柔らかなはずのアリアがおぞましく変調する。奇妙に歪んだ叫びに聞こえる。雨のせいか。いつ降り出してもおかしくない雲の色だがまだ雨は降っていない。砂塵のせいか。ここはシリアの砂漠ではない。ヒースの香る窪地でもサンザシの茂るヘッジロウでもない。

甲高い叫びはバンシーの泣き声だ。故国の伝承通り、逃れようのない死の予兆だ。死人が出る。この巨大な墳墓の底で。

トラックの横の二機が威嚇するように足を踏み出す。

〈ラードナー警部、この子の検死報告書は君が書くんだな〉

ベレッタのトリガーにかけられたキリアンの指がゆっくりと動く。

待ってくれ――

右マニピュレーターのアダプターを開放し、スパスをキリアンの前に放り投げる。

〈それでいい〉

キリアンが微笑んだ。

自分は二度もミリーの手を放した。もう決して放せない。

ライザは震える指をハッチの開放スイッチにかける。


フィアボルグはジャンクションの底に向けて依然狙撃態勢を取っている。バーゲストもOSV‐96をフィアボルグの胸元に突きつけたまま動かない。

「おまえはバンシーの破壊を命じられているんだな」

バーゲストのシェル内で、トリガーにかけられたユーリの指が汗に濡れる。

「答えろ、姿」

平然とした声が返ってきた。

〈俺を信じろ〉

その簡潔さにユーリは啞然《あぜん》とする。


龍機兵の観測機器を睨んでいた緑が声を上げた。

「バンシーとの通信、回復しました」

江戸橋ジャンクション新設部は最新工法による吹き抜け構造だ。チャフは拡散して効力を保てない。

緑はヘッドセットのマイクに向かって呼びかける。

「本部よりＰＤ３、応答願います」

〈ＰＤ３、聞こえますかＰＤ３〉

デジタル音声が突然シェル内に響き渡った。通信が回復したらしい。

〈ラードナー警部、あなたは卑怯です〉

鈴石主任か——

〈私はあなたが憎い。人の命を奪って平然と生きているあなたが。私は死ぬまであなたを許しません。あなたが罪にふさわしい罰を受けることが私の望みです。でもそれはあなたの望みでもある。だから悔しくて堪りません〉

呆然と聞く。鈴石主任の本音。直接耳にするのは初めてだ。

〈私はテロで家族を失いました。あなたもそうだと聞きました。あなたは自ら死を選ぶことを禁じていると言いましたね。私も同意見です。あなたには自死は許されない。もっと厳粛な罰が必要です〉

その通りだ、気が合うな——

〈バンシーを捨ててもテロリストは人質を生かしておかない。あなただって殺される。それが分かっていてバンシーを捨てるのは裏切りです。自殺は自ら禁じたはずでしょう。自分自身への裏切りは真の裏切りです。あなたは本当の裏切り者になると言うのですか〉

鋭い切先が胸に突き立つ。心臓を、魂を、深々と抉《えぐ》られる。かつて覚えのないこの痛さは。

自分自身への裏切り。本当の裏切り者。

〈警部、あなたはきっと特別な人です。あなたならバンシーの性能をもっともっと引き出せる。他の人には決してできない。なのにそれをしないで死を選ぶのは卑怯です〉

アリアの旋律が清澄さと優美さを取り戻す。バンシーの泣き声さえ折り目正しく調和している。ジャンクションの底から天空へと伸びやかに立ち上がる『Ｇ線上のアリア』。

——きっと姉さんは特別な人なんだわ。

「ありがとう」

〈ありがとう〉

緑にはそう聞こえた。そのあとがよく聞こえなかった。チャフが残留していたのか、部分的に通信が途切れた。

ありがとう、緑――そう言ったようにも聞こえたが、はっきりとは分からない。

ありがとう。

その言葉はバーゲストのシェル内でも聞こえた。直後にまた少し音が途切れたが、鈴石主任の呼びかけもはっきりと聞こえていた。

バンシーの通信が回復している。

フィアボルグの中で姿も今の通信を聞いていたはずだ。

ライザは何かをやろうとしている。だが一体何を？

フィアボルグの狙撃態勢に変化はない。

フィアボルグを――姿を――撃つとしたら今しかない。だがそれは姿と同じ仲間殺しだ。

仲間？　ライザはテロリストだ。ＩＲＦの〈死神〉だ。死神を本当に仲間と呼べるのか？

俺達は仲間じゃない――姿ならそう言うだろう。自分もそう思っている。また同時に刑事としての自分はそう思っていない。同じ事件を追ってきた仲間ではないか。

頭を振って否定する。刑事の自分はとっくに死んだ。

どうすればいい、どうすれば――

――未知の友人は常にいる。一番悲しむべきことは、本来なら友人になれるはずの人とそうなれないことだ――

鈴石輝正氏の娘、鈴石緑か。

雨はまだ降ってはいない。ライザは昂然と顔を上げる。ディスプレイの映像を拡大して少女の耳を確認。補聴器はつけていない。グリップを操作して、バンシーの両のマニピュレーターを動かした。龍機兵による手話。五本の指の関節まで操作できる龍機兵にして初めて可能な動作である。

《心配するな。私の言う通りにしろ》

突然奇妙な動きを始めたバンシーを、キリアンも少女も目を丸くして見つめている。

頼む、どうか通じてくれ――

祈るような気持ちでライザはバンシーの両手を動かす。

《目をつぶってじっとしていろ。耳が聞こえるならふさげ。何が起こっても動かずにいろ》

通じた。少女がぎゅっと両目をつぶる。アイルランド手話はアメリカ手話と同じＡＳＬ（アメリカン・サイン・ランゲージ）系である。

〈そうか、手話だな！〉

バンシーの動作の意味に気づいたキリアンが叫ぶより早く、機体腰部からスタングレネードを放出した。

閃光と音響が炸裂する寸前、キリアンが少女を突き放して両耳を押さえる。

同時に銃声。地上部のフィアボルグによる狙撃。連続して発射された三発の徹甲弾が二機のデュラハン、そしてトラックのエンジン部を貫通した。

閃光の中、一瞬で間を詰めたバンシーは、キリアンの頭部にマニピュレーターの手刀を繰り出す。まるで人そのもののような動き。だがわずかに早くキリアンが身を伏せた。バンシーの手刀はキリアンの持つベレッタを弾き飛ばしたが、致命傷を与えられなかった。

構わず反転して左右のマニピュレーターで倒れている少女を抱き上げる。龍骨が可能にしたソフトタッチの精密動作だ。

人質を確保。安堵した瞬間、シェル内に警告音が鳴った。

ディスプレイにキリアン。ショットガンをこちらに向けている。ライザが捨てたスパス15だ。〈踊子〉に向けて五発撃った。弾は一発残っている。

いくらバンシーの腕でかばっていても、この距離では少女の被弾は避けられない。

やるがいい――

ライザはディスプレイの〈詩人〉を凝視する。

キリアンがトリガーを引く。弾は出ない。ジャムだ。〈踊子〉を撃ったとき、最後の薬莢が排莢口に引っ掛かった。

スパスを捨ててキリアンが逃走する。

悪運はあなたが連れていけ――

車道を駆け上がっていくキリアンの背中を見送って、ライザは視線を手の中の少女に向けた。

少女がおそるおそる目を開ける。バンシーのディスプレイいっぱいに弱々しい笑顔が広がった。


フィアボルグが発砲した瞬間も、ユーリはトリガーを引けずにいた。

勘だった。

姿の言葉を単純に信じたわけではない。何かがユーリに発砲をためらわせた。

フィアボルグはバレットを三連射。狙撃対象はバンシーではなく、二機のデュラハンとトラックだった。

〈PD3より本部、人質を確保。救急車を要請〉

通信機からライザの声。終わったらしい。

フィアボルグのカメラがこちらに向けられるのを感じる。姿の視線だ。

にやにやと笑った顔が目に浮かんで気分が悪い。

「ＰＤ2より本部、現在位置にて待機中。指示を乞う」

〈本部よりＰＤ各機へ、現状を維持、その場で警戒を続けよ〉

沖津の声が返ってくる。姿の得意げな含み笑いも聞こえたような気がした。


工事管理棟を出て、工事用の地下昇降口を探していた由起谷と夏川は、高速の外壁を乗り越えて飛び出してきた男を発見した。

銀髪の白人。手配写真やマスコミの報道で何度も見た顔だった。

二人ははっとして足を止める。

キリアン・クインだ――

こちらに気づいた相手は工事現場のフェンスに沿って逃げ出した。

全力疾走で追いかける。

由起谷は透き通るような蒼白い顔色のまま、夏川は鬼のように真っ赤になって、猛然と走る。

大黒埠頭の惨劇。首都高での襲撃。そして現認したばかりの工事管理棟での虐殺。全部の主犯が目の前にいる。絶対に逃がさない。

死に物狂いで追跡する。一切の思考が頭から消し飛ぶ。二人にはもう目の前を逃げる犯人の背中しか見えていない。由起谷の方が夏川よりやや速かった。

百メートル以上も走ったところで、由起谷が背後から飛びついてタックルした。足を取られてキリアンが前に転ぶ。起き上がった由起谷の顔に、一足先に立ったキリアンのフックが入った。由起谷が仰向けに倒れる。そこへ夏川が追いついた。

対峙する夏川とキリアン。どちらも息が荒い。キリアンはボクシングの構えを取っていた。由起谷に放った一撃からすると、相当本格的にやっている。

先に踏み出したのはキリアンだった。強烈な右ストレート。紙一重でかわした夏川がそのまま相手の懐に入った。体が覚えた柔道の一本背負い。相手のストレートが鋭かった分、見事に決まった。

すかさず相手を組み敷いた夏川は、反射的に腕時計を見て叫んだ。

「十二月五日午後三時二十五分、キリアン・クイン現逮《げんたい》！」

9

江戸橋ジャンクションの現場は中央署管内である。夏川と由起谷は通常の手続きに則り、速やかに被疑者を中央署に引致《いんち》した。

キリアン・クイン逮捕の一報はすでに中央署にも届いている。イスラム原理主義組織の精神的指導者に次ぐと言われるほどの大物テロリストが引致されてくるのである。大騒ぎになっていて当然であるが、それよりも工事管理棟での大量殺傷事案の事件処理で署内は混乱のただなかにあった。

手錠をかけた被疑者を左右から挟み込んだ夏川と由起谷が、取調室のある二階に上がっていくと、刑事組対課では署員が大声を上げながら対応に追われていた。

「国際指名手配犯を現逮、引致しました」

夏川が声をかける。それに気づいて四、五人の警察官が顔を上げた。

皆押し黙って三人を見つめている。

とまどいのようなものを感じて由起谷と夏川は足を止める。

何か言おうと夏川が口を開きかけたとき、立ち働く署員の間から制服姿の大日方《おびなた》副署長が現われた。

堂々たる恰幅《かっぷく》の大日方は、射すくめるような眼光で三人を一瞥する。

由起谷も大日方とは面識があるが、夏川ほど縁は深くない。大日方の視線に、二人は身を硬くする。

「現逮のマル被引致しました。調室《ちょうしつ》（取調室）お借りします」

夏川が緊張した声で言った。大日方は手錠を嵌められ憮然としている長身の外人の顔を覗き込み、

「こいつがキリアン・クインか」

「はい」

副署長はふんと鼻を鳴らして元の部下を見上げ、

「江戸橋ジャンクションでウチは創設以来の大騒ぎだ。通常業務が滞《とどこお》って手に負えん」

「はい」

夏川はただ頭を下げるしかない。

「だが、夏《ナツ》よ」

大日方が重々しい口調で、

「おまえ達はキリアン・クインを逮捕した。これは日本警察全体の大金星だ。よくやってくれた」

周囲の警官達が頷きながら小さく拍手する。

「高輪で言ったことはどうか勘弁してくれ。俺の認識不足だった。軍用兵器をここまで駆使する悪党が平然と日本を闊歩する時代だ。今日の事案で思い知った。夏、それに由起谷君、これからも特捜で大いに頑張ってくれ」

差し出された大日方の手を、夏川は空いている右手で握った。熱い大きな手であった。

何人かの署員が寄ってきて夏川と由起谷の肩を叩く。

報われた――

二人は込み上げる熱い感慨を堪《こら》え切れなかった。

被疑者取り調べは逮捕した警察官が一対一で行なうのが基本である。まず由起谷がキリアン・クインの取り調べに当たることになった。

取調室は刑事組対課を抜けた奥に十室並んでいる。廊下を挟んで向かいには留置場入口。その横には指紋スキャンと写真撮影のための部屋が設けられている。

由起谷はまず引致した被疑者の両手指の指紋をスキャナーで照合する。国際手配犯のものと合致した。間違いなくキリアン・クイン本人である。

次に所持品を調べる。一万円札が四十四枚入った封筒が一通。五百ユーロ紙幣と二百ユーロ紙幣が三十枚ずつ入った封筒が一通、二十ドル紙幣が十七枚。硬貨はない。パスポート、ビザ等IDの類もない。紙幣以外の所持品は、ショーメの古い腕時計と量販品らしい安物のハンカチ。それだけだった。全部を押収し、書類に確認の署名をさせる。キリアン・クインは英語で短く警句のようなものを呟き、洒脱な筆跡でサインした。夏川の一本背負いがよほど応えたのか、悄然として見る影のなかった元詩人が、そのときだけはさながら文豪の如き自若とした風情であった。

最後に写真を撮影してから、由起谷は中央署の手配した通訳と一緒に一番手前の取調室に入った。姓名等の確認から始めて一通目の供述調書を作成する。慣れた仕事であるが、相手は名にし負うキリアン・クインである。気を引き締めて取り調べに臨んだ。


その間も刑事組対課のフロアでは、職務に走り回る署員が通りすがりに夏川を目にしては賞賛の声をかけてきた。

「こりゃ二階級特進ものですね」「あんな大物を逮捕するなんて自分には想像もできませんよ」「逮捕の瞬間、相手がキリアン・クインだって意識しましたか」

豪放なように見えて実はそうでもない夏川は、顔中に汗をかき、ただ「はあ」とか「まあ」とか答えるだけで精一杯だった。

大日方副署長は夏川の肩を叩いて大笑した。

「町奉行所同心の暮らした八丁堀も、牢屋敷のあった小伝馬町も、みんな中央署の管轄だ。世界に悪名を轟《とどろ》かせたテロリストがここで逮捕され、ウチに収監されたというのも、思えば日本警察の御先祖様の導きじゃないか」

痛快な発言に周囲が沸いた。

逮捕自体よりも、大日方が認めてくれたということが夏川には嬉しかった。

大規模事案の対応に混乱する二階フロアに、一人の制服警官が入ってきた。五分刈りのような妙な髪形をしたアジア人の男を連行している。夏川の視線が男の背負ったリュックサックを捉えた。旅行者の荷物のように全体がパンパンに膨らんでいる。だが青いスウェットの上下という男の服装は旅行者には見えない。

──そいつがアレか、さっきの通報の。

室内にいた警察官が同僚に声をかけるのが聞こえた。

──そうだよ、コンビニの万引き。

入ってきた警察官が答える。

──こいつ、レジの横に積んであったチョコレートを箱ごと持っていこうとしたらしい。まったく何考えてやがんだか。

──いるよな、こんなときに限ってよけいな手間かけさせる奴。

制服警官は固く押し黙った男を連れて刑事一課奥の取調室の方に向かった。開き直ったような諦念の浮かんだ男の顔をなんとなく見つめていた夏川は、署員の声に我に返った。

「総監賞はカタいでしょう、ねえ夏川さん」

やはり「はあ」とだけ答え、夏川はハンカチで顔を拭った。

「一旦本部に戻らねばなりませんので、とりあえず失礼します。すぐに戻って参りますが、その間マル被を──」

「分かっている。安心して行ってこい」

大日方が力強く頷いた。

全員に一礼し、階段に向かう。

何人かの拍手を背中に聞いて階段を降り切ったとき、何かが起こった。

衝撃で床に叩きつけられ、何も分からなくなった。


十分後、夏川は一時的に意識を回復した。

冬の薄闇に赤いランプ。飛び交う怒号。担架で救急車に乗せられている最中だった。

中央署の二階のあたりに燻《くす》ぶる粉塵が夜の向こうにぼんやりと見えた。

爆弾だ――

咄嗟にそう思った。取調室に連行されたアジア人。背負っていたリュックサック。

「被害は……」

声を上げる。自分の声とは思えない。

「由起谷は無事ですか……キリアン・クインは……」

救急隊員は何も言わず担架を車内に押し込み、ドアを閉めた。

同時に夏川は再び意識を失った。

10

十二月五日午後五時十八分。警視庁中央署二階取調室付近で爆発。のちに身許不詳のアジア人男性による自爆テロと判明。これにより同署で取り調べ中であったテロリスト、キリアン・クインは死亡した。

ＩＲＦはただちに公式声明を発表し、愛国者キリアン・クインの死は日本政府による謀殺であるとして厳しく非難した。またイギリス国家機関の関与をも示唆し、今後も真相の解明を求めることを強調した。

死亡者は他に中央署の警察官が六名。警察職員が二名。取り調べ中、及び留置中の被疑者が九名。死亡した警察官の中には、同署副署長の大日方勘治警視も含まれていた。

特捜部の夏川大悟警部補は脳震盪。由起谷志郎警部補は肋骨、鎖骨、及び前腕骨を骨折し全治五週間の重傷を負った。

キリアン・クインの取り調べに当たっていた由起谷警部補は、被疑者が喉の渇きを訴えたため、爆破の直前に席を立って自ら給湯室に向かった。給湯室は留置所入口の奥に位置し、建物の構造上、鉄筋の入った壁に遮蔽される形になっていたため、九死に一生を得た。

負傷者は数知れず。自爆した男性の動機を含め、背後関係は一切不明。犯行声明もなし。またキリアン・クインの主導による首都高都心環状線上への機甲兵装乱入事案、江戸橋ジャンクション工事管理棟大量虐殺事案等、同日中に発生した一連の重大テロ事案との関連は、数日を経ても明らかにされなかった。これは警察当局が企図した隠蔽であるというよりは、事態の全容を把握できなかったことと、省庁間の調整が困難であったことの結果であると推測された。

十二月八日、午後二時。新木場、特捜部庁舎内会議室。

沖津特捜部長は一同に向かって言った。

「〈敵〉の狙いはＩＲＦによる龍機兵奪取の阻止にあった。ＩＲＦの裏には中国がいたからだ。〈敵〉は中国国家安全部の工作員を殺害することによって我々に中国の関与を示唆した。我々は利用されたのだ。〈敵〉の思惑通り、我々は紙一重でＩＲＦの作戦を阻止することに成功した。しかし

〈敵〉は逮捕されたキリアン・クインが背後関係を供述することまでは望まなかった。彼が中国による支援を証言すれば、いずれの国も外交上引っ込みがつかなくなる。一刻も早く彼の口を封じる必要があった。そしてその機会は、収監された中央署内にいる間しかない。時間が経てば経つほど暗殺は難しくなる。〈敵〉は彼の逮捕を知った段階で、即座に中国と取り引きした。キリアンの逮捕と居場所を中国に教える。それだけで〈敵〉は目的を達成し、中国に恩を売ると同時に釘を刺すことにも成功した。これ以上よけいな動きはするなとな」

淡々と語る沖津の左右には厳粛な表情の城木、宮近両理事官。

一か月前とまるで変わらぬ顔をした三人の部付警部。

疲れた様子を見せまいと背筋を伸ばした鈴石主任。

頭に包帯を巻いた夏川主任も無言で前を向いている。

一人、由起谷主任だけがいない。

「一方、連絡を受けた中国側は、自爆を忌避しない理由のある人員と爆薬を用意した。おそらく不測の事態を想定してあらかじめ準備していたのだろう。その自爆要員に茅場町駅前のコンビニでわざと目立つような万引きをさせた。中央署の取調室と留置所は刑事組対課の奥にあり、部外者が直接入れないようになっている。キリアンの確実な暗殺のためには、取調室に引致される必要があった。一般に現行犯が所轄に引致される場合、所持品検査は署内に入るまで行なわれない。刑事組対課のフロアを抜けて取調室の並ぶ廊下に入った男は、そこで自爆を敢行した」

微かな呻きが聞こえた。夏川主任だった。目の前に自爆テロの実行犯を捉えながら見逃した彼は、深く自分を責めている。

「キリアンの逮捕からわずか二時間足らずの間に、中国はすべてを遂行した。それにはタイムラグのないリークが不可欠だ。〈敵〉はやはり警察内部のどこかにいる。いや、すでに警察を越えて広がっているかもしれない」

はるか遠い道の先を仰ぐように、沖津は眼鏡の奥で目をしばたたかせた。

「地上には闇がある。ある日突然発生したものではない。世界中の至る所に、何年も、何十年も前からある。もっともっと遡れる。中世、あるいはその以前から、絶えることなく続いているのだ」

全員が思い浮かべる。ＩＲＦの——アイルランドの抱えた闇。それはきっと局所的なものではない。時代にも限定されない。その闇は昼も夜も間近にあって、目を背けたい人の目には闇であると察知できないだけなのだ。

「〈敵〉の卑劣さは、そうした社会の闇を利用している点にある。それは闇より邪悪な行為だ。闇が決してなくならないと知っているのだ。だからと言って看過はできない。この〈敵〉は癌細胞の如く広がっていく。それを食い止めるのが我々の職務である。でき得ればこれを根絶させる」

沖津はそう明言した。でき得ればとは前置きしているが、その口調は持ち前の不敵さを取り戻していた。

「少なくとも私はそう考えている。諸君には引き続き各々の職務を全《まっと》うしてもらいたい。以上だ」


会議を終え部長室に引き上げる上司を、宮近は小走りに追いかけた。城木も後ろに続いている。

「部長」

足を止めて振り返った沖津に、

「自分はキリアン・クイン逮捕の連絡を適切に行ないました。部長の指示の通りです。ただ……」

一瞬言い淀んだが、意を決してきっぱりと告げた。

「逮捕直後に警備局警備企画課の小野寺課長補佐から別件の連絡があり、フォーマルではありませんが、情報を伝えました」

「あの小野寺か」

城木が驚いたように言う。

「警備局にはすぐにでも連絡しなければならないので問題ないと判断しました」

「そうか」

沖津は軽く頷いて、

「小野寺君は確か堀田さんの懐刀だったな」

「はい……自分の判断は間違っていたのでしょうか」

「君が気にすることはないよ」

沖津の口調は恬淡としているが、宮近の心情はまるで違う。小野寺の件についてこの上司に打ち明けることは、場合によってはもう後戻りができない状況を意味する。宮近の行動は一大決心に基づくものであった。それだけにどうしても不安は残る。本当にこれでよかったのだろうかと。

沖津は続けて言った。

「今の話は私の頭の中に収めておく。君達もそのつもりでいてほしい」

二人の理事官ははっと身を硬くする。

「まさか部長は、堀田課長が……」

城木の問いに、沖津は何も答えず去った。


見舞いに訪れた夏川に、由起谷はベッドの上で笑顔を見せた。

「なんだ、またおまえか」

外科病棟の二人部屋。窓から暖かい陽が射している。

上半身をギプスで固定されて、由起谷はまだ身動きもできない状態である。

「なんだはないだろう、俺の顔は見飽きたか」

軽口を返しながら、慣れた手つきでベッドの横に置かれたパイプ椅子を広げる。

「じゃあこれも飽きただろうな」

腰を下ろしながら見舞いのゼリーの箱を紙袋ごと窓際のテーブルの上に置く。他にもいくつか見舞いの品が積まれていた。

「飽きるも何も、俺はまだ一つも食べてない。食べるのは見舞いに来た連中の役らしい」

「そうか、なら奇特な見舞客のためにまた買ってこよう。日保ちがするから残っていたらおまえも食え」

「それまでに両手が動くようになっていればいいんだがな」

「早く治さないとせっかくの見舞いも全部食われてしまうぞ」

「誰のための見舞いなんだよ」

由起谷が大仰にぼやいた。二人は声を出して笑う。だがその笑いはどこかわざとらしく、作り物めいていて弾まなかった。

それでも由起谷は問わず語りに、全身の痛みで夜もあまり眠れぬこと、さっき薬を飲んだこと、痛みが治まると今度はギプスの中の痒みが困ることなどをぽつぽつと話した。

壁際に立て掛けられた額の中にあるのは警視総監表彰である。

キリアン・クイン逮捕の功により、二人は揃って警視総監賞を授与された。しかし二階級特進どころか昇進はなかった。それは警察が二人の勲功と組織内政治とを、初手から計り切れぬ秤にかけた結果であった。

中央署での一時《いっとき》の祝福。あれは一体なんだったのだろう。報われたと思ったのは、まさに束の間の幻想で、午睡の夢より儚く消えた。実際は感傷の余地もないほど即物的であり、一個の爆弾で中央署の取調室ごと跡形もなく消し飛んだ。

中央署は〈ウチの署員の命と引き換えに総監賞を手に入れた〉二人に対する怨嗟の声に満ちているという。死亡した大日方副署長が人望の厚い人物であっただけになおさらである。

ベッドの上から、由起谷は心配そうにこちらの様子を窺っている。彼は自分が大日方警視を誰よりも慕っていたのを知っている。

大日方警視の殉職を知ったとき、夏川は人目も憚《はばか》らずに泣いた――これは自分の責任であると。

狭い病室に空虚な沈黙が訪れた。相部屋の患者は検査で不在である。

ややあってから、夏川は声を潜めて切り出した。

「今回の事案、特に最後の経緯についてはどうにも分からん部分がある。何かがぼかされているような気がしてな。三人の外注警部の動きとか」

由起谷は黙って聞いている。

「永坂館の指揮車の中で何かあったらしい。鈴石主任の様子もおかしかったと技術班の柴田が言ってた。会議で説明はあったが、肝心な部分は曖昧だ。部長は俺達にまだ何かを隠してるんじゃないか」

「闇だよ」

由起谷がぽつりと言った。

「え?」

「お前が話してくれただろう、この前の部長の訓話だよ」

「中世がどうしたって奴か」

「ああ。あの人達は、俺達よりずっと闇に近い所にいるんだよ。この世の際《きわ》から、何か恐ろしいものをいつもまのあたりにしてるんだ。それを俺達に見せたがらないのは、案外、部長の親心かもしれない」

ラードナー警部の妹殺し。それを利用した龍機兵の奪取作戦。自爆テロ。キリアン・クインの爆殺。IRF、中国、黒社会を手玉に取った〈敵〉。

それに樹《シュウ》 枝娃娃《チーワーワ》――ウィッカーマン。生贄を人形の檻に押し込んで生きたまま焼き殺す。古代の迷信と現代の謀略と、どこが違うと問われれば答えに窮する。

すべて暗黒だ。

夏川は何かを言おうとしてやめた。何をどう言えばいいのか頭の中でまとまらなかった。諦めてベッドの上の同僚を見る。

薬が効いてきたのか、由起谷はもう目を閉じていた。


「アイリッシュ・コーヒーのベースと言えば、まずこれだ」

待機室でダンフィーズのボトルを取り出した姿は、それを共用のテーブルの上に置いた。

待機室は無論のこと、庁舎内での飲酒やアルコール類の持ち込みは禁止されている。しかし料理用のワインと同じくソフトドリンクに加えるアクセントとしてなら認められる――それが姿の勝手な弁である。

「昔アイルランドで水上給油を待つ飛行艇の客のために作られたのが最初らしいが、まあそんなことはどうでもいい」

アイリッシュ・コーヒーはソフトドリンクではない、カクテルだ――ユーリは心の中で訂正するが、馬鹿馬鹿しいので口には出さない。おそらく姿は百も承知で言っている。

そもそも、アイルランドのテロリストと命のやり取りをした後にアイリッシュ・コーヒーを飲もうという神経が理解できない。

「ベースが違うと名前が変わる。例えばコニャックベースならそれはもうアイリッシュ・コーヒーとは言わない。ロイヤル・コーヒーだ」

そう言いながら横浜の雑貨屋で仕入れてきたというグラスを二個、ボトルの横に並べて置く。

備品のアームチェアに座り、ユーリは興味のない目で仕方なく眺める。

姿はサーバーのコーヒーを二個のグラスに均等に注ぎ、

「もちろんコーヒーも大事だよ。コーヒーが駄目なら何もかも台無しだ……コーヒーにブラウンシュガー、それにダンフィーズを入れてステアする。最後に生クリームのフロートだ」

完成したアイリッシュ・コーヒーのグラスを一つ、ユーリの前に差し出す。

仕方なく受け取って口に運ぶ――悪くない。少なくとも以前飲まされた缶コーヒーよりはよほどマシだ。

「おまえのカンの通りだよ」

グラスを傾けていると、出し抜けに姿が言った。

「俺の契約書の自爆条項には附則項目が付いている。自爆条項を履行しない不届きな機体は私が責任持って破壊しますってな。おまえのカンは正しかったってわけだ。思った通り、元刑事は伊達じゃない」

思わず聞き返す。

「ならどうして撃たなかった」

「バンシーをか？　必要なかったからさ」

あっさりと答える姿の表情をじっと観察する。嘘をついているかどうか。モスクワ民警時代に身についた習性だ。

「自爆条項ってのは要するに龍機兵の奪取を防ぐためのもので、ライザがバンシーから降りようと降りまいと、バンシーを搬送する手段がなければどうしようもない。わざわざ破壊する必要がどこにある。クライアントの警視庁が望むベストは、バンシーを無傷で確保することに決まってる」

「…………」

「それに敵兵力のずっと高所を確保しているのに、狙撃しないって手はないだろう。人質が邪魔で詩人の先生は撃てなかったが、トラックとデュラハンは楽勝だ。鈴石主任とのやり取りでライザが何かやるだろうと見当がついたから、後はタイミングを合わせるだけでよかった」

あのときの状況を頭の中で再現する——その通りだ。

「おまえが今いるのは突入班だ。捜査班じゃない。もう少し特殊作戦の勉強をしろ。今はネットでマニュアルも売ってるぞ」

ユーリはにこりともせずアイリッシュ・コーヒーを飲み干し、グラスを置く。

「一つ訊いておきたい」

「なんだ」

「もし状況が違っていたら……それこそ自爆条項を履行するしか龍機兵の奪取を防ぐ手段がないような状況になって、俺やライザが契約を守らなかったとしたら、姿、おまえは俺達を撃つのか」

自分のグラスにコーヒーを注ぎながら、姿は極めて簡潔に答えた。

「撃つ」

そうか——

全身から力が抜けていく。白か黒かはっきりしているだけ、現実の曖昧な薄闇よりは気が楽に思えた。

そうか、この男は俺を撃つのか——

「俺からも一つ訊きたい」

コーヒーのサーバーを手にした姿が顔を上げた。

「なんだ」

「おかわり、いる？」

苦々しい思いで答える。

「結構だ」

シフトが明けてその日は朝の九時に庁舎を出た。

年末に向けて日ごとに寒さは厳しくなっているが、一日の多くをラボで過ごす緑に季節の変化はあまり関係ない。強いて言えば気温、気圧、湿度、風向等を計算する龍機兵の照準システムの調整に普段より留意するくらいである。

キリアン・クインの死によって非常態勢は一段落したが、技術班の仕事はむしろこれからだった。フィアボルグは比較的損傷が少なかったが、バーゲストとバンシーの修理には思った以上に時間がかかりそうだった。特にバンシーは相当なダメージを負っていた。全身にNSV重機関銃の12・7㎜×108弾を被弾して外部装甲が数枚剝落している上、活動限界ぎりぎりまで走行した。最後まで稼働したのが信じられない。純白の装甲は硝煙と無数の傷で灰色に変わっていた。こちらが〈灰かぶり姫〉の本質なのだと自ら訴えるかの如く。

風もなく、よく晴れた朝だった。徹夜明けで上気していたせいか、寒さはあまり感じなかった。ずっと作業に集中していたので肩や背中に強い張りを覚える。護国寺の自宅に帰るためいつものように新木場駅に向かって歩いていた緑は、少し近くを散歩しようと思い立った。歩きながら考えたいことがある。ラボや庁舎内ではまとまらない考え。ずっと持て余していた。日頃の運動不足の解消にもいいと思った。

首都高湾岸線と湾岸道路の高架を潜って、夢の島公園へ。

緑道を歩きながら考える――『自爆条項』について。

やはり肯定はできない。考えるほどにそう思う。自爆装置の存在自体は消極的に肯定できなくもない。核兵器と同じ抑止力としての存在である。使われないことが大前提だ。いくら機密であるといっても、個人に自爆を義務づける契約などあってはならない。それは沖津の言う〈敵〉と同じ闇につながる発想だ。

沖津部長は犯罪との戦い、また〈敵〉との戦いを標榜する。自分はそれに賛同する。テロ被害者の一人として、一切の犯罪の根絶に尽力したいと願う。

沖津旬一郎という人物の指揮官としての手腕には卓抜したものがある。それは今回の事案でついに対局者キリアン・クインの先を読み切ったことでも明らかだ。その能力には心から敬服する。

しかし沖津は三人の人間に自爆条項を含む契約を結ばせている。真に潔白な人間ではあり得ない。この上司を果たして信頼していいのだろうか。緑は揺らぐ己を自覚する。

三人の契約者には、それぞれ契約せざるを得なかった理由があるのだろう。だからと言って、それにつけ込んでいいものではない。人の弱みにつけ込んで契約させるのは、そう、悪魔だ。

同時に緑は思う――〈悪魔〉でなければ〈詩人〉には到底勝てなかった。そして〈悪魔〉の手先となって、龍機兵の手入れに余念のない自分は一体何者だ。

さらに思う――ライザ・ラードナー警部。この人が契約した理由は分かった。妹殺し。因果応報としか言いようのない恐ろしい罪だ。自分の想像を絶している。

あのとき自分は、通信の回復したバンシーに夢中で呼びかけていた。その際に発した言葉に偽りはまったくなかった。自分は死ぬまであの人を許さない。そしてバンシーのポテンシャルを一〇〇パーセント以上発揮し得るのはあの人しかいない。だがあのとき自分を突き動かした衝動は――

あれ以来、ラードナー警部とは一言も話していない。普段がそうであるから特に奇異であるとも思わない。整備の必要上、搭乗者と打ち合わせを行なうときもあるが、バンシーの修復作業はまだその段階には至っていなかった。

会議で見かけるラードナー警部も、また以前と変わらぬ態度であった。妹殺しという過去を皆に知られても、まるで気にもならぬというふうな。そのメンタリティはやはり緑には理解できない。

夢の島競技場の横を抜けて左に広がる運河を眺めながら歩く。川面に映える冬の陽光が柔らかで心地好い。疎《まば》らな芝を踏んで歩いていたとき、前方のベンチに座っている人影に気づいた。

ラードナー警部だった。

思わず立ち止まり、葉をすっかり落とした桜の木々の合間から様子を窺う。

いつもと同じ革ジャン。何かを一心に読んでいる。本だ。警部は本を読んでいる。緑は以前、庁舎二階のロビーで読書中の顔を彼女に見られたことがあるのを思い出した。あのときとは立場が逆の状況だ。

ラードナー警部が本を読む、そのこと自体が途轍もなく奇妙に思えた。さらに奇妙だったのは警部の表情だ。今まで見たこともないような顔。別人かと見紛うほどに。

何を読んでいるのだろう――

見覚えのある装幀に気づいて、緑はそっと来た道を引き返した。

かけるべき言葉が見つからない。相手にも、自分にも。あまりのことに、その場を去るよりなかった。

『車窓』だ――どうして警部が――

ラードナー警部は父の著書を読んでいた。あんなに穏やかな顔をして。

謝辞

本書の執筆に当たり、元警察庁警部の坂本勝氏より多くの助言を頂きました。

また科学考証については谷崎あきら氏、道路関係については寺田欣司氏の協力を仰ぎました。

特に〔完全版〕では、最新のシリア情勢について月刊『軍事研究』（ジャパン・ミリタリー・レビュー）編集部の大久保義信氏よりご意見をいただきました。

方々のお力添えに深く感謝の意を表します。

［主要参考文献］

『北アイルランド現代史　紛争から和平へ』ポール・アーサー　キース・ジェフェリー著　門倉俊雄訳　彩流社
『ピースライン　北アイルランドは、今』一木久生著　作品社
『アイルランドを知るための60章』海老島均　山下理恵子編著　明石書店
『ケルト妖精物語』W・B・イエイツ編　井村君江編訳　筑摩書房
『ケルトの国のごちそうめぐり』松井ゆみ子著　河出書房新社
『ドキュメント秘匿捜査　警視庁公安部スパイハンターの344日』竹内明著　講談社
『香港黒社会　日本人が知らない秘密結社』石田収著　ネスコ
『SAS戦闘員　最強の対テロ・特殊部隊の極秘記録』アンディ・マクナブ著　伏見威蕃訳　早川書房
『図説　銃器用語事典』小林宏明著　早川書房
『オールカラー　軍用銃事典［改訂版］』床井雅美著　並木書房

自作解題　『機龍警察』各短篇について

＊ストーリーの核心について触れていますので、未読の方は
短篇集『機龍警察　火宅』を先に読まれることをお勧めします。

『機龍警察　火宅』

読者のおかげで『自爆条項〔完全版〕』を上梓することができた。まず最初に慎んで感謝の気持ちをお伝えしておきたい。ついては、『機龍警察〔完全版〕』で好評だった「自作解題」の短篇版をお届けしようと筆を執った。

『機龍警察〔完全版〕』収録のメールインタビューでも記したのだが、『機龍警察』の短篇は長篇の外伝でもスピンオフでもない。また本伝の補完でもない。すべて本伝そのものである。

「〈特捜部は機甲兵装を使った犯罪に対処するため設立された〉などという設定はないし、そんなことは作中のどこにも書かれていない」と何度書いても、そのように紹介されてしまうのと同様である。先入観による思い込みほど恐ろしいものはない。私も他の作家の作品に接するとき、無意識的に予断を持って読んでいるのではないかと大いに自戒したいところだ。この機会に改めて記しておく次第である。

姿「読者にはどうでもいいハナシだと思うけどね」

ユーリ「少しは作者の気持ちも考えてやれ」

さて、『火宅』はシリーズで最初に書かれた短篇である。ミステリマガジンの警察小説特集号のために執筆した。『機龍警察』シリーズの警察小説としての側面を強調するよい機会であるとも思った。主演には躊躇なく由起谷警部補を選んだ。

姿「顔か？　やっぱり顔なんだな？　だったら俺でもよかったんじゃないの？」

ユーリ「黙って聞け」

なにしろ「警察小説特集」なので、書くからには警察小説の名に恥じない正統派を目指そうと心に期した。その結果は当然読者の判断に委ねられるものだが、短篇集を編むに当たって、表題作を『火宅』にするか『輪廻』にするか、編集部と大いに迷ったことを覚えている。その前段階として、「読みやすいタイトルを表題作にしよう」という考えがあった。『済度』や『沙弥』では、読み方が分からず敬遠する読者がいる可能性が想定されたからである。

完成度でもこの二作が甲乙付け難いというのが大方の意見であったわけだが、最終的に私は『火宅』を選んだ。警察小説としてのこだわりがあったのだと思う。

姿「『輪廻』にしときゃあ俺も出てたってのに」

ユーリ「いいかげんにしろ」

本作には、初出時は言うまでもなく、他社のアンソロジーに収録されたときにも、とんでもないミスが残っていた。あるシーンで発言している人物の名前が違っており、その場にいないはずの人物が喋っているという妙なことになってしまっていたのだ。二社の各担当者と校閲と複数のアンソロジストが何度もチェックしながら、ただの一人もその単純な凡ミスに気づかなかった。もちろん私も。のちに嫌と言うほど思い知ることになるのだが、こうした校正ミスは、いくら厳重にチェックしても〈なぜか〉発生してしまうものなのだ。

ともかく、最初に気づいたときには髪の毛が逆立つ思いをした。「うわあーっ！」と声にも出していた。

姿「白髪でも増えたんじゃないのか」

ユーリ「それは説得力があるな」

これを修正する機会はもはや短篇集の刊行時しかない。刊行を誰よりも待ち焦がれていたのは、他ならぬ私であったかもしれない。無事刊行成った今では、この上なく穏やかな心境である。

同様に『自爆条項』でも、おそらくは改稿時に生じたものと思われる大きなミスがあり、それは増刷時の修正規模ではどうにもならないものだった。完全版の刊行が決まったとき、当然真っ先に修正した。

これも改めて記しておくのだが、〔完全版〕の刊行は『自爆条項』が最後となる。『暗黒市場』以後の作品の完全版が出ることはない。

今回、『自爆条項』を修正するため一言一句入念に精読した。恥ずかしながら、その際、特にライザの過去編において胸が詰まってしまい、どうしようもなかったことを告白しておく。

姿「やっぱりどうでもいいハナシだったな」

ユーリ「…………」

『機龍警察　輪廻』

本稿では、分かりやすく執筆順に解題を試みようと思う。

と言うのも、実は短篇集『機龍警察　火宅』の収録順は、再校後に早川書房の編集部長から意見が出て、急遽現行の順に並べ替えたものなのである。

そのため、結構な修正の必要が生じてしまった。一例を挙げると、壊滅したはずの流弾沙が壊滅していないことになってしまったり。時系列が厳密に定まっている長篇との整合性の問題もある。その辺は細心の注意を払って矛盾が生じないように修正した。結果として、現在の収録順がベストであったと考えている。

由良先生「いい心がけね。先達には常に敬意を払うこと。先生との約束よ」

執筆時、少年兵の問題は日本ではそれほど知られてはいなかった。アフリカの真実についてもだ。そんな状況もこの数年で驚くほどに一変した。例によって「現実が背中を叩きに来た」のだ。

長篇でも執拗に記してきた〈テロの拡散と蔓延〉。悲しむべきことに、それらが本シリーズに一層のアクチュアリティを与える結果となった。もちろん最初から国際情勢を意識して書き始めたシリーズではあったが（厳密に言うと第一作の時点ではシリーズではなかったが）、伝統的な形式を企図しても現代の作家が現代を書く以上、必然的に〈現代の作品〉となってしまう道理である。

縁があってマーク・グリーニー『暗殺者の復讐』刊行時に推薦文を書かせて頂いた。同作では、ヨーロッパ中を飛び交うドローンの顔貌識別ソフトによってグレイマンのグレイマンたる所以（容易に群衆に溶け込める特徴のない容姿）が無効化され、主人公が思わぬ窮地に追い込まれる。『グレイマン』シリーズのような優れた現代作品に対し、一面的な読み方しかできない〈時代感覚を失ってしまった人〉は常にいる。だが今を生きる我々にはそうした人の愚論に耳を傾けている余裕はない。なにしろ我々は、人類史上かつてないと言っていい変化の激しい時代を生き抜いていかねばならないのだから。

ほんの少し前までほとんどの日本人が存在さえ知らなかった「ドローン」という無人兵器を、今では誰もが常識としてごく当たり前のように受け止めている。一機のドローンによって、ターゲットがピンポイントで爆殺され、全世界に報道される。それが現代である。

『機龍警察』は今や至近未来という小手先の言葉さえ通り越し、日本の政治状況も含め、確実に現実となりつつある。

現代の作家として、私は今後も常に現実と向き合っていく覚悟である。そして現代を描き続ける。

その限りにおいて、『機龍警察』はこれまで同様、常に新しい冒険小説であり続けるだろう。
由良先生「大変よくできました、と言いたいところだけど、大口叩くのは十年早いんじゃない？　キミ、ちょっと留年してみる？　先生がたっぷりしごいてあげるわ、ムハーディラで」

『機龍警察　雪娘』

本作と『輪廻』は、それぞれSFマガジンとミステリマガジンの同年同月号に掲載された。『自爆条項』の刊行に合わせての企画である。スケジュールからして、さすがに両誌同時掲載は難しいだろうと思ったが、やってみたらできてしまった。

美晴先生「なんかビミョーにムカつくんすけど？」

それでもプロットを二本同時に出すのは大変で、炎天下の街を汗だくになって歩き回りながらひたすら考えたのを覚えている。人にもよるだろうが、作家とは歩いたり走ったり風呂に入ったり風呂を掃除したりと、いろんなことを試みつつ、歯を食いしばってアイデアを捻り出すものなのだ。もっとも、さすがに妖怪ではないので風呂を舐めたりはしないが、もしかしたらそういう作家もいるかもしれない。

お吟「まあ、たまーにいらっしゃいますわね」

二本のプロットを同時に早川書房に送ったので、ミステリマガジンとSFマガジン、どちらにどれが掲載されるのかまったくの未定であったのだが、ミステリマガジン編集部の方がいち早く『輪廻』を押さえたため、『雪娘』はSFマガジンに掲載されることとなった。

「掲載誌が逆ではないのか」とちらほらと言われたりしたし、自分でもそう思ったのだが、右のような経緯であるので、いかんともし難いことである。
美晴先生「先手必勝ってヤツか?」
律子「勝ち負けの話じゃないような……」
『機龍警察』短篇の題名は仏教用語でほぼ統一されているのだが、唯一の例外がこの『雪娘』である。そのため、短篇集を編む際に改題しようかとも考えたが、結局発表時のままにすることとした。この作品ばかりは、『雪娘』以外のタイトルはなかったと思う。
あと、柴田技官は当初それほど出すつもりはなかったのだが、短篇作品になるとかなりの頻度で登場する。これは、鈴石主任は短篇では使いにくい(背景が重すぎるせいか?)という理由によるものだが、その結果、作者が想定していた以上の存在感を柴田本人が獲得した。今では「賢策」というファーストネームを手に入れたばかりか、巻頭の[登場人物]欄に名を連ねるまでになってしまった。
美晴先生「んー、なかなか根性あるヤツじゃね?」
シリーズ作品では往々にしてこういうこともある。それがまたシリーズの楽しみでもあると思う。言うまでもないが、本作で初登場となる隠し武器は、その後バンシーの標準装備となった。それもまた当初は想定すらしていないことだった。
ともかく、自分としてはミステリマガジン、SFマガジン同時掲載を果たせたことで大いに達成感を得た。もちろん作品的にも。
美晴先生「要するに自己満足ってヤツか?」
お吟「そのようでございますわね」

『機龍警察 済度』

『輪廻』『雪娘』以来の久々のシリーズ短篇である。実を言うと『暗黒市場』刊行時もミステリマガジンから短篇の執筆を打診されたのだが、スケジュールの問題で不可能だった。『自爆条項』で日本SF大賞を頂いたため、急遽執筆することとなった。当時は徳間書店が日本SF大賞を後援しており（私は徳間書店後援時代の最後の受賞者である）、受賞第一作の短篇を読楽に掲載する決まりになっていたのだ。

本作では、ライザの殺しがクライマックスであり、「ミスターX」との邂逅がラストとなる。どちらのシーンもうまくいったと思う。

由良先生「ああ、彼ね。先生もブラジルで会ったことがあるわ。リオのスラムだったかしら。確かにタダ者じゃないわね」

それらの要素に隠れてはいるが、南米での機甲兵装の拡散に対するライザの感慨、洞察にもご注目頂きたい。それこそがまさに世界観の核心であり、「機龍警察」が現実を、いや、現実が『機龍警察』を侵蝕する融合点なのだから。

機会があれば、ライザの逃亡時代（つまりIRF離脱から日本警視庁と契約するまで）のエピソードについて、『眠狂四郎無頼控』のような連作短編の形式で書いてみたいと思っている。場合によっては長篇化もありかもしれない（その場合に初めて「スピンオフ」となる）。タイトルはもちろん『ライザ・ラードナー無頼控』……ではない。

姿「いいんじゃないの、そのタイトルで」
宮近「貴様はまた無責任なことを！」
ユーリ「…………」

『機龍警察　焼相』

『済度』からそう間を空けずしてシリーズの短篇を書くこととなった。今回は小説新潮のSF特集ということで、メカを中心にしようと考えた。

それはいいのだが、さて、肝心の事件をどうするか。

手のうちを明かすと、〈『大都会PARTⅢ』にいかにもありそうなエピソード〉というコンセプトを思いつき、そこから出発した。

結果、「シャブ中の犯人が大勢の市民を人質に立て籠もり、衆人環視の前で人質を警官もろとも爆殺！」という、大変に景気のいいストレートな話となった。

宮近「不謹慎極まりない！　場をわきまえろ姿！」

姿「えっ、オレ？」

しかし、それでもラストで自分ならではの世界に着地できたと思っている。

作中で言及されるADS（アクティブ・ディナイアル・システム）は実在する非殺傷兵器である。従ってバンシーの『四号装備』も、理論的に実在すると言っても過言ではない。

禁断症状の幻覚による主犯の男の言動がどういうわけかやたらとウケたらしいが、もちろんシャブ中の知り合いなどいないので、それらしい妄想のセリフを資料なしで考えた。「総統府の隣にマンションと動物園を～」のアレである。

宮近「やはり覚醒剤の使用は身を滅ぼすということだな」

姿「それ、今月の標語かなんかですか」

『機能警察　沙弥』

これも警察小説特集号（読楽）のために執筆した。由起谷主任の下関時代を描いた一篇である。

執筆時にはすでに長篇第四作『未亡旅団』について構想中で、由起谷の生い立ち、家庭環境が重要なものとなることは分かっていた。そこでこの機会に徹底して作り込んでおこうと思った次第である。案の定、『未亡旅団』執筆は本作を書いておいたおかげで随分とはかどった。

ちなみに、下関には行ったことはない。その分、方言の台詞には気を遣った。

新藤「なんや、あいつは下関のボンクラやったんかい。そやったら警察《サツ》なんかに入らんで、ウチの組に来てくれとったらよかったのに。ええ極道になれたもんを、もったいないことしたのう」

単発の短篇小説としても作者の思惑以上に成功したようで、日本文藝家協会の編纂による年間アンソロジー『短篇ベストコレクション２０１４』に収録された。

新藤「そんなことは聞いとらへんちゅうねん」

また二〇一五年の二月から四月にかけて、ラジオＮＩＫＫＥＩが主催する講座「赤坂朗読サロン」で本作がテキストに使用された。講師や受講生の方々に本作がどのように朗読されたのかは作者として興味を惹かれるところである。

新藤「なんやったら、ウチの若い衆に朗読させたってもええで。一回百万でどや」

ユーリ「…………」

『機龍警察　化生』

河出書房新社『ＮＯＶＡ＋』用に執筆。ＳＦの書き下ろしアンソロジーなので、いつもよりはＳＦを意識した。

龍機兵の根幹に関する内容であることから、短篇集の最後に収録することを執筆中から構想していた。この時点で長篇第五作が『狼眼殺手』になることは未定であったが、結果として『狼眼殺手』のプロローグ的な役割をも担うこととなった。

『済度』におけるライザの感慨と同じく、ラストで緑が直感する世界像もまた、『機龍警察』の核心に関わる現実のビジョンである。

あらゆる意味で、『機龍警察』短篇集のラストを締めくくるにふさわしい作品になったと思う。

『機龍警察　勤行』

『機龍警察』の短篇集を出すにはあと数年はかかるだろうと長らく思い込んでいたのだが、早川書房の編集部長から「短篇集はそんなに分厚くない方がいいのではないか」と言われ、目から鱗が落ちた。確かにその通りだ。

お吟「いかにも、読み易きに越したことはございませぬゆえ」

そこであと一本あれば短篇集が出せる、ということになり、角川書店のご理解を得て執筆したのが本作である。ゆえに執筆時期は『化生』より後だ。作中の時間軸としては、長篇『未亡旅団』の前となる。

最初は夏川主演でゴリゴリの刑事ドラマを考えていた。角川書店との打ち合わせも済ませ、その方向でOKをもらっていたのだが、実際に着手してみるとこれがもうどうしようもなく行き詰まってしまった。

お吟「編集者の立場から申し上げますると、まことに迷惑でございますこと」

そこで急遽方針転換し、宮近主演の官僚ドラマで行くことにした。

執筆に際しては、例によって元キャリア坂本勝氏の協力を仰いだ。当然ながら、ここに描かれている国会答弁の手順はまったく現実に沿ったものである。坂本氏からは、「自分の知る限り、国会答弁について扱った初めての小説ではないか」とのお言葉まで頂いた。

宮近「官僚の職務を広く国民に知ってもらうためにもいいことだ」

作中、宮近が食する「カニクリームコロッケ乗せオムライス」は実際に議員食堂のメニューにある。作者として調べられる限りは調べて書くようにしているつもりだ。物語に生命を与えるためには当然の作業であると考える。

結果として、短篇集『機龍警察　火宅』の中で最も人気の高い一作となった。長篇は言うまでもなく、他がシリアスな作品群の中で、一本だけユーモラスなものが交じっていると目立ってしまうのもやむを得ない。緊張しつつ重い作品を読み進めてきた読者にとっては、ここでほっと息をつけるので、ことさら本作の印象が強くなってしまうのだろう。作者にしてみれば、なんとも複雑な心境ではある。

宮近「私がもっと颯爽と描かれていればよかったのではないかな」

久美子「お父さん、カッコわるーい」

宮近「く、久美子……」

本書は二〇一一年九月に早川書房より
刊行された単行本を加筆したものです。

Hayakawa
Mystery World

〈ハヤカワ・ミステリワールド〉

機龍警察《きりゅうけいさつ》　自爆条項《じばくじょうこう》〔完全版〕

二〇一六年五月二十日　初版印刷
二〇一六年五月二十五日　初版発行

著　者　月村了衛《つきむらりょうえ》
発行者　早川　浩
発行所　株式会社　早川書房
郵便番号　一〇一 - 〇〇四六　東京都千代田区神田多町二 - 二
電話　〇三 - 三二五二 - 三一一一（大代表）
振替　〇〇一六〇 - 三 - 四七七九九
http://www.hayakawa-online.co.jp

印刷所　株式会社亨有堂印刷所
製本所　大口製本印刷株式会社

ISBN978-4-15-209617-3 C0093

ハヤカワ・ミステリワールド

機龍警察　暗黒市場　月村了衛

46判上製

〈第34回吉川英治文学新人賞受賞〉ロシア民警出身のユーリ・オズノフ元警部は、警視庁特捜部との契約を解除され武器密売に手を染めた。一方で特捜部は、ロシアン・マフィアの手による有人搭乗兵器のブラックマーケット壊滅作戦に着手する——リアルにしてスペクタクルな〝至近未来〟警察小説、白熱と興奮の第三弾。